Teresa

Teresa

Crónica de la vida de una mujer

ARTHUR SCHNITZLER

Traducción de
Annie Reney Glücksmann y Elvira Martín
(revisada)

Primera edición en esta colección: abril de 2003

Viriato, 20 - 28010 Madrid, España
T +34 914 45 71 65
F +34 914 47 05 73
Moreno 3362 - 1209 Buenos Aires, Argentina
www.editoriallosada.com
Producido y distribuido por Editorial Losada, S. L.
Calleja de los Huevos, 1, 2º izda. - 33003 Oviedo
Título original: *Therese. Chronik eines Frauenlebens*

Depósito legal: B-3013-2003

ISBN 84-932916-4-1

I

En la época en que el teniente coronel Hubert Fabiani, después de que le dieran el retiro, se trasladó de Viena, su última guarnición –no a Graz, como la mayoría de sus compañeros de profesión y destino–, sino a Salzburgo, Teresa acababa de cumplir dieciséis años. Era primavera, las ventanas de la casa en que se alojó la familia miraban por encima de los tejados hacia las montañas bávaras. Y cada día, durante el desayuno, el teniente coronel celebraba, delante de su esposa e hijos, como un caso de gran suerte, que le fuera dado aún en pleno vigor, apenas llegado a los sesenta, verse liberado de los deberes del servicio, y, evadido del aire viciado y la pesadez de la gran ciudad, poder entregarse a sus anchas al goce de la naturaleza, ansiado desde los días de su juventud. Gustoso llevaba a Teresa, y a veces también a su hermano Karl, tres años mayor que ella, a hacer pequeñas excursiones a pie; la madre se quedaba en casa, más todavía que antes, perdida en la lectura de novelas, y se ocupaba muy poco de su gobierno, lo que ya había dado lugar en Komorn, Lemberg y Viena a repetidos disgustos. Ahora de nuevo, sin saber cómo, solía reunir a la hora del café, dos o tres veces por semana, un círculo de mujeres parlanchinas, esposas o viudas de oficiales y empleados del Estado, que traían a su sala los chismes de la pequeña ciudad. El teniente coronel, si por casualidad se encontraba en casa en esas ocasiones, se retiraba siempre a su habitación, y durante la cena no faltaban sus observaciones punzantes sobre las reuniones de su esposa, a las que ella solía replicar con alusiones imprecisas a ciertas reuniones y diversiones del esposo en tiempos pasados. Acontecía a menudo que el teniente coronel se levantaba entonces en silencio y salía de casa para volver a altas horas de la noche, subiendo la escalera con sonoras pisadas. Cuando se iba, la madre solía hablarles a los hijos con oscuras palabras de los desengaños que, aunque a nadie le son ahorrados, suelen sobre todo formar parte de la suerte de las sufridas mujeres; les contaba también, a modo de ejemplo, varias cosas de los libros que acababa de leer; todo eso, sin embargo, de un modo tan embrollado, que se podría creer que estaba mezclando el contenido de varias novelas..., y Teresa no tuvo reparo en decir de broma, en cierta ocasión, que así se lo parecía. Entonces la madre la reprendió por deslenguada, se volvió ofendida hacia su hijo y le acarició el pelo y las mejillas, como premiando su manera paciente y crédula de escucharla, sin darse cuenta de cómo le guiñaba un ojo astutamente a su hermana caída en desgracia. Mientras tanto Teresa volvía a su labor o se sentaba frente al piano para proseguir los estudios que había empezado en Lemberg y continuado en la capital bajo la dirección de una profesora de música.

Los paseos con su padre, antes de la llegada del otoño, tuvieron un término no del todo inesperado. Desde hacía algún tiempo, venía notando Teresa que el padre proseguía aquellas caminatas solamente para no desmentir sus anhelos. Casi mudo, en todo caso sin aquellas exclamaciones de entusiasmo que los muchachos coreaban antes, hacía el camino proyectado, y sólo de vuelta en casa, en presencia de su esposa, trataba el teniente coronel de evocar junto a los hijos, con tardío entusiasmo, en un torneo de preguntas y respuestas, los diversos momentos del paseo que acababan de dar. Pero eso también terminó pronto; el traje de *sport* que el teniente coronel había usado diariamente desde la fecha de su retiro quedó colgado en el ropero y fue sustituido por un oscuro traje de calle.

Pero cierto día, Fabiani apareció de repente en la mesa a la hora del desayuno, nuevamente de uniforme, con una mirada tan severa y distanciadora que hasta la madre prefirió omitir cualquier observación acerca de este cambio repentino. Pocos días después llegó de Viena un envío de libros a la dirección del teniente coronel, le siguió otro desde Leipzig, un librero de Salzburgo mandó también un paquete; y a partir de entonces el viejo militar comenzó a pasar muchas horas en su escritorio, primero sin confiar a nadie la naturaleza de su trabajo; hasta que cierto día llamó con cara de misterio a Teresa a su cuarto, y empezó a leerle, en unas hojas cuidadosamente manuscritas, casi caligrafiadas, con voz de mando clara y monótona, un estudio de estrategia comparada acerca de las más importantes batallas de los tiempos modernos. A Teresa le resultaba penoso seguir aquella árida y fatigosa conferencia con atención, y aun entenderla, pero como desde hacía algún tiempo sentía por su padre una compasión creciente, trató, mientras escuchaba, de dar a sus ojos soñolientos un brillo de interés, y cuando al fin el padre interrumpió la lectura por ese día, lo besó en la frente como con agradecimiento conmovido. Todavía siguieron tres veladas del mismo estilo antes de que el teniente coronel diera por terminada su lectura; luego llevó personalmente el manuscrito al correo.

A partir de ese momento solía pasar el tiempo en distintas fondas y cafés; había trabado en la ciudad relaciones de género diverso, en su mayor parte con hombres que tenían tras de sí el trabajo de una vida y habían abandonado su profesión: empleados del Estado retirados, abogados que ya no ejercían; había también un actor que había envejecido en el teatro de la ciudad y daba ahora clases de declamación cuando lograba encontrar un alumno. El teniente coronel Fabiani, antes tan retraído, se convirtió en aquellas semanas en un compañero de mesa locuaz y hasta ruidoso, que decía pestes a propósito de la situación política y social, de un modo que resultaba raro en un antiguo oficial. Pero como al final solía siempre suavizar las cosas como si sólo se tratara de una broma, hasta un funcionario de la policía de cierto rango, que a veces participaba en las conversaciones, se reía divertido, lo dejaba hacer.

2

En la noche de Navidad, como si fuera un regalo, había bajo el árbol, entre los demás presentes bastante modestos que los miembros de la familia habían preparado unos para los otros, un paquete del correo, bien atado, para el teniente coronel. Contenía el manuscrito además de una carta de rechazo de la revista militar a la cual el autor lo había enviado unas semanas atrás. Fabiani, rojo de ira hasta la raíz del cabello, culpó a su esposa de haber puesto bajo el árbol, como para burlarse de él, una encomienda que evidentemente había llegado unos días antes; tiró a sus pies la petaca que le había regalado, salió dando un portazo y se fue a pasar la noche, según más tarde se supo, a una de esas casas medio ruinosas, próximas al cementerio de San Pedro, con una de aquellas individuas que ofrecían, allí en venta, a ancianos y jovenzuelos, su cuerpo marchito.

Después de haberse encerrado luego durante el día en su despacho sin dirigir la palabra a nadie, cierta tarde, muy inesperadamente, apareció de repente, vistiendo uniforme de gala, en la habitación de su sobresaltada señora, que en ese momento tenía reunida su tertulia para el café. Sin embargo, sorprendió a las señoras presentes con la amabilidad y el humorismo de su conversación, y hubiera podido tomarse por un acabado hombre de mundo como en sus mejores tiempos si no hubiera osado, so pretexto de la despedida, tomarse incomprensibles confianzas con algunas de las damas en la semioscuridad del vestíbulo.

A partir de entonces todavía pasaba más tiempo fuera de casa, mostrándose sin embargo en ella tratable e inofensivo; y ya se iban habituando con alivio a su nuevo modo de ser, que se iba serenando de un modo tan agradable, cuando cierta noche sorprendió a los suyos con la pregunta de qué opinarían si se trasladaban de nuevo desde la aburrida ciudad de provincia a Viena, agregando otras alusiones a una espléndida transformación de su modo de vivir en un futuro muy próximo. A Teresa le latió tan fuerte el corazón que sólo entonces se dio cuenta de cuánto añoraba aquella ciudad donde había vivido los últimos tres años, aun cuando poquísimos placeres de los que la vida de la capital ofrece a las personas pudientes le habían sido accesibles. No deseaba nada mejor que volver a pasear otra vez como entonces, sin rumbo, a través de sus calles y posiblemente perderse, lo que le había sucedido dos o tres veces, sintiéndose en cada una invadida por un precioso escalofrío de angustia. Todavía brillaban sus ojos con aquel recuerdo cuando vio de repente la mirada de reojo, llena de desaprobación, que su hermano le dirigía... Con la misma expresión que cuando había entrado, hacía pocos días, en su dormitorio mientras estaba haciendo los ejercicios de matemáticas con su compañero de colegio Alfred Nüllheim. Y hasta ese momento no se había dado cuenta de que la miraba siempre con parecido aire de desaprobación cuando ella tenía un aspecto alegre y sus ojos brillaban de placer como ahora acababa de ocurrir. Se le encogió el corazón. Antes, de niños, y hasta hacía un año, se habían entendido maravillosamente, bromeando y riéndose juntos; ¿por qué había cambiado eso? ¿Qué había sucedido para que también su madre, aunque nunca se había sentido muy cerca de ella, le diera ahora la espalda cada vez más malhumorada, casi como una enemiga? Sin querer, le dirigió la mirada y se asustó de la expresión maligna con que ella observaba fijamente a su esposo, quien estaba proclamando con voz tonante que los tiempos del desagravio no estaban lejos y que era inminente un triunfo sin igual.

Aun más maligna y más llena de odio que nunca le pareció a Teresa la mirada de su madre, como si no hubiese perdonado aún a su marido el retiro prematuro..., y como si no pudiera olvidar todavía a la que había sido hacía muchos años, allá, en las posesiones de sus padres en Eslavonia, aquella joven baronesa que atravesaba el parque de su casa, espeso como una selva virgen, a todo galope sobre su pony fogoso.

De repente el padre miró su reloj, se levantó de la mesa, habló de una reunión importante y se fue deprisa.

Esa noche no volvió. Desde la fonda donde había pronunciado palabras casi incomprensibles, casi indecentes contra el Ministerio de Guerra y la Casa Imperial, lo habían llevado a la comisaría y, por la mañana, después de un examen médico, al manicomio. Más tarde se supo que hacía poco había dirigido al Ministerio una solicitud para que lo reincorporasen al servicio activo con nombramiento de general. A raíz de eso había llegado de Viena el encargo de hacerlo observar con disimulo y apenas fue necesaria la penosa escena de la fonda para justificar su entrega a un establecimiento tal.

3

Al comienzo, su esposa lo visitaba cada ocho días. A Teresa sólo se le permitió verlo al cabo de unas semanas. En un espacioso jardín rodeado de altas murallas, a través de una avenida sombreada por altos castaños, vestido con un raído capote militar, el kepis en la cabeza, vino a su encuentro un hombre viejo con barba corta casi blanca, conducido del brazo por un guardián de aspecto céreo, vestido con traje de hilo color amarillo sucio.

–¡Padre! –exclamó ella profundamente conmovida y, sin embargo, feliz de volver a verlo.

Él pasó a su lado como sin conocerla, y murmurando para sí mismo palabras ininteligibles. Teresa se detuvo descorazonada, luego se dio cuenta de que el guardián trataba de hacer comprender algo a su padre; éste sacudió primero la cabeza, luego se dio la vuelta, soltó el brazo del guardián y vino al encuentro de su hija. La tomó en sus brazos, la alzó del suelo como si fuera una nena todavía, la miró fijamente, se echó a llorar con amargura, y la soltó. Al fin, como ardiendo de vergüenza, escondió la cara entre las manos y huyó hacia el sombrío edificio gris que se veía entre los árboles. El guardián lo siguió despacio. La madre, sentada en un banco, había contemplado con indiferencia todo lo ocurrido. Cuando Teresa volvió junto a ella, se levantó aburrida, como si no hubiera hecho más que esperarla, y salió del parque con ella.

Se encontraban en la ancha carretera blanca a la plena luz del sol. Delante de ellas, arrimada a las rocas que la fortaleza de Hohensalzburg corona, alcanzable en un cuarto de hora y sin embargo infinitamente lejos, se hallaba la ciudad. Las montañas se elevaban entre los vahos del mediodía; pasó, chirriando, un carro con el carretero, dormido; desde una casa campesina entre los campos, un perro lanzaba sus ladridos al mundo silencioso. Teresa gimió: –¡Mi padre! La madre la miró enojada: –¿Qué te pasa? Él mismo tiene la culpa. Y siguieron en silencio por la soleada carretera hacia la ciudad.

En la mesa Karl observó: –Alfred Nüllheim dice que estas enfermedades pueden durar muchos años. Ocho, diez, doce. –Teresa abrió los ojos horrorizada, Karl retorció los labios y apartó la mirada de ella dirigiéndola hacia la pared.

4

Desde el otoño Teresa cursaba el penúltimo año del liceo. Aprendía con gran facilidad pero su aplicación y atención dejaban bastante que desear. La directora le mostraba cierta desconfianza; aunque en instrucción religiosa no resultaba peor que sus condiscípulas y participaba de acuerdo con el reglamento en todas las prácticas religiosas de la escuela y de la iglesia, pesaba sobre ella la sospecha de que carecía de auténtica devoción. Y cuando una tarde la maestra la vio en compañía del joven Nüllheim, con quien se había encontrado por casualidad, aprovechó la ocasión para hacer maliciosas alusiones respecto a ciertas costumbres y hábitos metropolitanos que parecían introducirse ahora también en la provincia, dirigiendo a Teresa al mismo tiempo una mirada inequívoca. A Teresa aquello le pareció una injusticia, tanto más cuanto que no le daban importancia ninguna a cosas mucho peores que se decían de algunas de sus condiscípulas.

El joven Nüllheim, por su parte, acudía a casa de los Fabiani para estudiar con Karl, con más frecuencia de la necesaria, y hasta alguna vez se presentaba cuando éste no estaba en casa. Se quedaba sentado en la sala con Teresa, admirando sus hábiles manos que bordaban flores multicolores en un cañamazo gris lila, o escuchando cómo tocaba en el desafinado piano, ni bien ni mal, un nocturno de Chopin. Una vez le preguntó si seguía aún con la idea que había manifestado en cierta ocasión de hacerse maestra. No supo bien cómo contestar. Sólo una cosa le parecía segura: que no seguiría viviendo mucho tiempo en aquellas habitaciones ni en aquella ciudad. Tan pronto como le fuera posible deseaba, mejor dicho, tenía que dedicarse a alguna profesión, y con preferencia en otra parte, no allí. La situación en su casa comenzaba a empeorar a ojos vistas, lo que tampoco podía ser un secreto para Alfred; sin embargo, ahora lo mismo que antes –de eso no habló Teresa– recibía la madre a sus amigas o a las que llamaba así, y de vez en cuando venían también señores, y a veces las reuniones se prolongaban hasta horas muy avanzadas de la noche. Teresa hacía poco caso de ello, sin embargo; cada vez se alejaba más de su madre. En cuanto al hermano, se apartó tanto de ella como de la madre. Durante las comidas no se cambiaban sino las palabras indispensables, y a veces le parecía a Teresa que se le achacase a ella, precisamente a ella, de un modo incomprensible y sin que tuviera conocimiento de ninguna culpabilidad por su parte, la responsabilidad de que su casa se viniera abajo.

5

La siguiente visita al sanatorio, que Teresa casi había temido, le pareció al principio consoladora y hasta tranquilizadora. El padre charló con ella como en otros tiempos, inofensivo, casi sereno, paseando a su lado por los prolongados senderos del parque como con una agradable visita; sólo a la despedida volvió a aniquilar todas las esperanzas de Teresa con el comentario de que, en su próxima visita, probablemente podría recibirla ya con el uniforme de general. Cuando al día siguiente contó a Alfred Nüllheim su visita al sanatorio, éste se ofreció a acompañarla en la siguiente ocasión que fuera a ver al enfermo. Su propósito era, y Teresa lo sabía, estudiar medicina y dedicarse a la psiquiatría y a las enfermedades mentales. Así, se encontraron unos días después como para una cita secreta, fuera de la ciudad, y juntos emprendieron el camino al sanatorio, donde el teniente coronel saludó a Alfred como a una visita agradable y hasta esperada. Esta vez habló acerca de los lugares donde estuvo de guarnición en su juventud, y también de la finca de Croacia donde había conocido a su mujer, siempre se refirió ella, sin embargo, como si ya no viviera desde hacía mucho tiempo. El hecho de tener un hijo parecía habérsele olvidado por completo. Presentaron a Alfred al médico de guardia, quien lo trató con mucha amabilidad, casi como a un joven colega. A Teresa le conmovió de un modo extraño, casi doloroso, que durante el camino de vuelta hablara Alfred de la visita anterior sin tristeza ninguna, más bien con cierta grata excitación, como de una experiencia notable llena de significado para él, y no se fijara en las lágrimas que corrían por sus mejillas.

6

En aquellos días le llamó la atención a Teresa que sus compañeras mostrasen frente a ella una actitud muy diferente. Cuchicheaban, interrumpían de repente la conversación cuando ella se acercaba, y la maestra había dejado por completo de dirigirle la palabra o de hacerle preguntas. En el camino de regreso de la escuela, ninguna de las niñas iba con ella, y en los ojos de Clara Traunfurt, la única con la cual había tenido cierta intimidad, creía ver brillar algo como compasión. Por ella se enteró Teresa al fin del rumor de que las reuniones nocturnas de casa de su madre ya no tenían últimamente un carácter del todo inocente; incluso se decía que la señora de Fabiani había sido citada recientemente por la policía, donde la amonestaron, y ahora recordó Teresa que, en efecto, desde hacía dos o tres semanas, aquellas veladas de su casa se habían suspendido.

Cuando aquel día, tras las explicaciones de Clara, se vio en la mesa con su madre y su hermano, observó que ni una sola vez se dirigió Karl a su madre con pregunta ni respuesta alguna; y entonces se dio cuenta de que ya hacía una semana que ocurría lo mismo. Dio un suspiro de alivio cuando se levantó Karl y la madre se retiró a su habitación; pero al verse de repente sola ante la mesa todavía sin levantar, sobre la que caía el sol primaveral a través de la abierta ventana, se quedó sentada un rato, rígida, como en un mal sueño.

Aquella misma noche le pasó otra cosa: de repente la despertó un ruido en la antesala. Oyó cómo alguien abría cautelosamente la puerta y volvía a cerrarla; y después, pasos quedos en la escalera. Se levantó de la cama, fue a la ventana y miró hacia abajo. Al cabo de pocos minutos se abrió la puerta de la calle y vio salir a una pareja, un señor de uniforme con el cuello levantado, y la envuelta figura de una mujer, desapareciendo ambos rápidamente en la esquina. Teresa se propuso pedir explicaciones a su madre. Pero llegado el momento le faltó valor. Volvió a sentir cuán inaccesible y extraña se había vuelto su madre para ella; últimamente parecía incluso que la envejecida mujer aumentaba casi con intención su rara conducta hasta llegar a lo fantasmal. Había adoptado una extraña manera de andar sigilosamente, producía ruidos sin sentido en las habitaciones, murmuraba palabras ininteligibles y después de comer se encerraba durante horas en su cuarto donde empezó a escribir en grandes pliegos de papel con una pluma chirriante. Teresa supuso primero que su madre estaba ocupada en esbozar un alegato de defensa o acusación relacionado con aquella cita de la policía; luego pensó que tal vez la madre estaba escribiendo sus memorias, propósito del que había hablado alguna vez anteriormente; pero pronto se vio –la señora de Fabiani se refirió a ello una vez en la mesa como a cosa sabida y aceptada– que estaba escribiendo una novela. Teresa dirigió sin querer una mirada de sorpresa a su hermano; pero la mirada de aquél resbaló por su hombro en dirección a los arabescos que el sol dibujaba en la pared.

7

A comienzos de julio Karl Fabiani y Alfred Nüllheim pasaron su reválida de bachillerato. Alfred resultó ser el número uno entre sus condiscípulos; Karl simplemente aprobó. Al día siguiente salió para hacer una larga excursión a pie, después de haberse despedido de su madre y de su hermana tan fría y rápidamente como si pensara volver a casa aquella misma noche. Alfred, que según proyectos anteriores hubiera debido acompañarlo en aquella caminata, tomó como pretexto una ligera enfermedad de su madre para quedarse por el momento en la ciudad. Continuó visitando casi a diario la casa de Fabiani, primero para retirar libros y cuadernos, y a continuación para pedir noticias de Karl; y resultó que estas visitas de la tarde durante los hermosos crepúsculos del verano se prolongaron en paseos con Teresa que se hacían cada vez más largos.

Cierta noche, en un banco de los jardines de la Colina de los Monjes, volvió a contarle que en el otoño iría a la universidad de Viena para estudiar medicina, cosa que, como la mayor parte de lo que contaba, no era nueva para Teresa, y hubo de confesarle –lo que tampoco la sorprendió– que había renunciado a su viaje de vacaciones sólo para pasar esos últimos meses cerca de ella. Teresa permaneció impasible, más bien enojada, pues fue para ella como si aquel joven, aquel muchachito, se atreviera, con toda su modestia, a presentarle una especie de compromiso de deuda que sentía pocas ganas de satisfacer.

Pasaron dos oficiales, a uno de los cuales, como a la mayoría de los militares de los regimientos de la guarnición local, conocía Teresa de vista; la fisonomía del otro, sin embargo, resultaba nueva para ella. Era un hombre esbelto, rasurado, de cabello oscuro, y –lo que sobre todo llamó su atención– llevaba la gorra en la mano.

Sus ojos pasaron sobre Teresa sin detenerse, pero cuando Nüllheim y el otro oficial cambiaron un saludo, también él saludó, y, como quiera que se hallaba destocado, lo hizo sólo con una animada inclinación de cabeza, dirigiendo una mirada vivaz, casi alegre, a Teresa. Pero no se dio la vuelta como ella hubiera esperado, y pronto desapareció con su compañero detrás de una espesura de la arboleda. La conversación entre Teresa y Alfred no logró reanimarse. Los dos se levantaron y se fueron caminando despacio hacia abajo en medio del crepúsculo.

8

El regreso de Karl se esperaba para comienzos de agosto; pero en lugar de él llegó una carta diciendo que no pensaba regresar a Salzburgo y rogaba que, en adelante, le mandaran la pequeña suma que le estaba asignada por mes a Viena, donde ya había logrado, mediante un anuncio en la prensa, conseguir lecciones con un alumno de secundaria. Al final, una pregunta de cumplido por el estado de su padre, y saludos para su madre y hermana terminaban la carta, donde no parecía vibrar ni el más mínimo pesar por una separación probablemente definitiva. A la madre ni el tono ni el contenido de la carta le produjeron una impresión notable; pero, aunque las relaciones con su hermano se habían ido enfriando poco a poco, Teresa se sentía ahora, con asombro por su parte, completamente abandonada. Le reprochaba a Alfred que no fuera la persona capaz de ayudarle a vencer esa impresión de soledad, y su timidez empezó a parecerle un poco ridícula. Sin embargo, cuando una vez durante un paseo por las afueras de la ciudad la cogió del brazo y se lo apretó suavemente, se libró de su presión con una violencia exagerada y todavía al despedirse en la puerta de casa se mostró fría y lejana.

Cierto día su madre le recriminó que ya no se ocupara de ella para nada y que ahora sólo pareciera tener tiempo para el señor Alfred Nüllheim. Poco después, Teresa acompañó a su madre a dar un paseo por la ciudad, y pudo observar que la señora de Fabiani no era saludada por dos señoras que antes visitaban su casa. Otro paseo que dieron al día siguiente las llevó más lejos, por las afueras de la ciudad; más allá del Portón de las Rocas vino a su encuentro un señor de cierta edad, de bigote gris, que parecía que iba a pasar por su lado cuando, de repente, se detuvo y exclamó con una manera de hablar un poco amanerada:

–¿La señora del teniente coronel Fabiani, si no me equivoco?

La señora de Fabiani le dio el título de conde y se lo presentó a su hija; él preguntó por la salud del señor teniente coronel y habló sin que le preguntaran de sus dos hijos, quienes después de la muerte reciente de su esposa se educaban en un convento francés. Cuando aquél se hubo despedido, observó la señora de Fabiani:

–El conde de Benkheim, ex gobernador del distrito. ¿No lo conocías?

Teresa se volvió hacia él involuntariamente. Le llamó la atención su enjuta figura, el traje elegante, demasiado claro que llevaba, así como el paso juvenil y marcadamente elástico con que se alejaba, más deprisa de como se había acercado.

9

Al día siguiente de aquel encuentro Teresa esperaba en casa a Alfred Nüllheim, que tenía que traerle libros y buscarla para dar un paseo. En realidad le resultaba molesto; hubiera preferido salir a pasear sola, aunque últimamente había sido perseguida a menudo e incluso algunas veces abordada por caballeros. Como de costumbre, en aquella época del año había en la ciudad muchos forasteros. Teresa tenía siempre la mirada alerta y curiosa para todo lo que parecía nobleza y elegancia; ya a los doce años en Lemberg se había entusiasmado por un joven y guapo archiduque que servía como teniente en el regimiento de su padre, y a veces lamentaba que Alfred, a pesar de ser de una familia de buena posición y a pesar de su buena figura y de su fino rostro, no soliera vestirse a la moda, sino más bien de un modo provinciano. Entró su madre en la habitación, manifestó asombro al ver que Teresa, con el hermoso tiempo que hacía, estuviera todavía en casa, y empezó a hablar intencionadamente del conde Benkheim, a quien había vuelto a encontrar hoy por casualidad. Decía que tenía interés por la biblioteca de ciencia militar de su padre, y que quería examinarla en algún momento, tal vez para adquirirla.

–Eso no es verdad –dijo Teresa, y salió del cuarto sin saludar. Tomó el abrigo y el sombrero, y bajó corriendo las escaleras. En el portal se tropezó con Alfred. –¡Por fin! –exclamó.

Él se disculpó: lo habían entretenido en casa. Ya oscurecía. ¿Qué le había pasado, preguntó Alfred, que tan alterada estaba?

–Nada –replicó ella. Además, quería confiarle una extraña idea suya. ¿Qué le parecería si esa noche salían juntos a cenar a una de las terrazas de los grandes y hermosos hoteles? ¿Él y ella solos, entre mucha gente extraña?

Él se ruborizó.

¡Oh, con mucho gusto!, pero..., por desgracia..., hoy precisamente era por completo imposible. Es que no llevaba dinero encima, en todo caso demasiado poco para una cena juntos en uno de los hoteles elegantes en que ella pensaba.

Ella sonrió, le echó una mirada. Se había ruborizado todavía más y eso la conmovió un poco.

–La próxima vez –dijo él tímidamente. Ella asintió con un gesto. Siguieron caminando por las calles y pronto dejaron la ciudad y tomaron su camino preferido por los campos. El atardecer estaba pesado. La ciudad retrocedía cada vez más detrás de ellos; encima estaba suspendido un cielo crepuscular sin estrellas. Caminaban entre erguidas espigas; Alfred había tomado la mano de Teresa y le preguntó por Karl. Ella se encogió de hombros.

–No escribe casi nunca –contestó.

–Yo no he sabido nada de él –dijo Alfred– desde que se fue.

Luego volvió a hablar de su próxima marcha. Teresa guardó silencio, y desvió la mirada. –¿Le escribiría a Viena, al menos?

–¿Qué podría escribirle? –replicó, impaciente–. ¿Qué se puede contar de aquí? Un día será igual a otro.

–También ahora un día es igual a otro –replicó él–, y sin embargo siempre tenemos algo que decirnos. Pero me conformaré con que me mande sólo un saludo de vez en cuando.

Del campo ondulante habían vuelto a salir a la carretera. Los álamos se elevaban; como una pared sombría de trazos agudos, la Colina de los Monjes cerraba el panorama con las oscuras murallas de su fortaleza.

–Usted sentirá nostalgia –dijo Teresa con suavidad repentina.

–Sólo por ti –contestó él. Era el primer tú que le dirigía, y ella se lo agradeció. –¿Por qué te quedas con tu madre en Salzburgo? ¿Qué os retiene aquí?

–¿Y qué nos atrae hacia otra parte?

–Cabría la posibilidad de llevar a tu padre a otro sanatorio..., cerca de Viena.

–No, no –se opuso ella con violencia.

–Tenías la intención..., me hablaste de buscar una ocupación, de un empleo...

–Eso no es tan rápido. Me queda todavía un curso del liceo, y además hará falta probablemente pasar un examen de maestra. –Meneó la cabeza, pues sentía como si estuviera ligada a aquel lugar, a aquel paisaje, de algún modo enigmático. Y más tranquila agregó: –De todos modos, en Navidad estarás aquí de nuevo para ver a tu familia.

–Hasta entonces falta mucho, Teresa. Ni siquiera tendrás tiempo de pensar en mí. Tendrás que estudiar. Conocerás gente nueva, mujeres también, chicas. –Sonrió, no sentía celos, no sentía nada.

De repente dijo él: –Dentro de seis años seré doctor. ¿Me esperarás tanto tiempo?

Ella lo miró. Al principio no le comprendía, pero luego no pudo menos que volver a sonreír, esta vez conmovida. ¡Cuánto mayor que él se sentía! En ese momento supo que los dos estaban hablando niñerías, y que nada de aquello se realizaría nunca. Pero le cogió la mano y se la apretó con cariño. Cuando, después, ante la puerta de su casa, se despidió de él en la oscuridad, le devolvió con los ojos cerrados y casi apasionadamente su largo beso.

10

Una tarde tras otra paseaban ahora por las afueras de la ciudad siguiendo los rústicos senderos, mientras charlaban de un porvenir en el que Teresa no creía. Durante el día, en casa, ella bordaba, perfeccionaba su francés, se ejercitaba en el piano o leía en este o aquel libro, pero la mayoría de las horas las dejaba pasar indolentes, sin pensar casi, mirando por la ventana. Por más que esperaba con ansia el atardecer y la llegada de Alfred, casi siempre después de un cuarto de hora de estar juntos tenía síntomas de aburrimiento. Y él, cuando volvió a hablar durante un paseo de su viaje, sintió, con cierto sobresalto, que deseaba que llegara aquel día. Él notaba que el pensamiento de una separación próxima no la afectaba mucho, y le manifestó su impresión, a lo cual contestó ella evasiva, impaciente; la primer pequeña disputa entre ellos se inició cuando caminaban de vuelta, mudos, uno al lado del otro; y se separaron sin besarse.

En su cuarto sintió desierto y oprimido el corazón. Estaba sentada a oscuras sobre la cama, mirando por la ventana abierta la negra y pesada noche. Allá, no lejos, bajo el mismo cielo, se hallaba el triste edificio donde el perturbado padre avanzaba hacia su fin, tal vez lejano todavía. En la habitación contigua, cada vez más extraña a ella, con su pluma incansable, presa también de una manía, velaba la madre hasta la mañana gris. Ninguna amiga visitaba a Teresa, incluso Clara hacía mucho que no venía ya. Y Alfred no significaba nada para ella, menos que nada, pues ni siquiera la conocía. Era noble, era puro, y ella percibía oscuramente que ella misma no lo era, ni quería serlo. En su último fondo, se burlaba de él, por no ser más hábil y más atrevido con ella, y a sabiendas, sin embargo, de que no le hubiera gustado ninguna tentativa de esa especie. Pensaba en otros jóvenes que conocía poco o sólo de vista, y se confesó que algunos le gustaban más que Alfred, y hasta que, de un modo extraño, se sentía con ellos más confiada, más próxima, más familiar que con él; y así se dio cuenta de que a veces una mirada que se cambia rápida en la calle podía ligar a dos personas de sexo diferente más estrechamente que una prolongada e íntima conversación entretejida de pensamientos sobre el porvenir. Con un agradable estremecimiento recordó al joven oficial que, un atardecer de verano en los jardines de la Colina de los Monjes, había pasado por su lado acompañado de un colega y con la gorra en la mano. Sus ojos se habían encontrado con los de ella, y habían resplandecido; y luego siguió su camino sin volverse siquiera... Y sin embargo en ese momento le parecía como si aquél supiera más, mucho más acerca de ella que Alfred, quien se creía su prometido, que la había besado muchas veces y que estaba pendiente de ella con toda su alma. Presentía que ahí algo no marchaba bien, pero la culpa no era suya.

II

A la mañana siguiente llegó una carta de Alfred. No había pegado ojo durante toda la noche; que le perdonase si la había ofendido ayer: una nube en su frente oscurecía para él el día más radiante. A lo largo de cuatro páginas seguía ese tono. Ella sonrió, estaba un poco conmovida, apretó la carta contra sus labios casi mecánicamente y la dejó caer luego semiintencionada, semicasualmente sobre su mesita de costura. Estaba contenta por no hallarse obligada a contestarle: esta noche se verían de todos modos en el acostumbrado lugar de cita.

Hacia el mediodía entró su madre en el cuarto con una sonrisa dulzona: –El conde Benkheim estaba allí y acababa de examinar detenidamente la biblioteca del padre por segunda vez (de la primera visita la madre no le había dicho nada). Se mostraba dispuesto a adquirirla por un precio muy conveniente y había preguntado con mucho interés por la salud del padre y también por Teresa.

Como Teresa continuara sentada con los labios apretados y siguiera bordando, la madre se acercó más y le dijo en voz baja: –¡Ven! Le debemos gratitud, tú también. Sería una descortesía. Te lo ruego.

Teresa se levantó y pasó con su madre a la habitación contigua donde el conde estaba hojeando un gran volumen ilustrado en octavo que se encontraba con otros sobre la mesa. Se levantó enseguida y manifestó su alegría por volver a saludar a Teresa. En el curso de una conversación cortés y completamente inofensiva preguntó a las señoras si no querrían hacer uso alguna vez de su coche para visitar al señor teniente coronel en el sanatorio; también lo ponía a su disposición para una excursión a Hellbrunn o a cualquier otro sitio; pero enseguida se desvió del tema cuando notó en la cara de Teresa extrañeza y resistencia; y se retiró pronto anunciando que, después de un viaje corto, pero impostergable, volvería a visitarlas para arreglar el asunto de la biblioteca. Al despedirse besó la mano tanto a la madre como a la hija.

No bien se cerró tras él la puerta, se produjo un silencio sordo; Teresa se disponía a abandonar la habitación sin decir palabra, cuando escuchó tras de sí la voz de su madre: –Podrías haber sido un poco más amable.

Teresa se volvió desde la puerta: –Lo fui demasiado–. Y trató de irse.

Entonces, sin transición alguna, como si desde hacía días o semanas el encono se le hubiera venido concentrando, la madre comenzó a colmar a Teresa de malignas palabras de reproche por su comportamiento desatento y hasta grosero. ¿O acaso no era el conde un caballero tan fino al menos como el joven Nüllheim, con quien se veía a la señorita por todas partes, en la ciudad y en las afueras, y a cualquier hora del día o de la noche? ¿O acaso no era cien veces más decente recibir con cierta cortesía a un señor formal, maduro y noble que echarse al cuello de un estudiante que la tomaba como pura distracción? Y para que no hubiera lugar a dudas, utilizando crudas palabras, dio a entender a su hija las sospechas que desde hacia ya tiempo tenía acerca de su conducta, y expresó sin recato lo que creía tener derecho, por lo tanto, a esperar y exigir de ella.

–¿Te crees que esto puede seguir así? Pasamos hambre, Teresa. ¿Tan enamorada estás que no te das cuenta? Y el conde cuidaría de ti..., de todos nosotros, también de tu padre. Y nadie tendría por qué saberlo, ni siquiera tu joven Nüllheim. –Se había acercado tanto a su hija que Teresa sintió su aliento en la cara; se desprendió, corrió hacia la puerta. La madre la llamó: –No te vayas, la comida está lista.

–No necesito comida, ya que pasamos hambre –dijo sarcásticamente Teresa, abandonando la casa.

Era la hora del mediodía, las calles estaban casi vacías de gente. ¿Adónde ir?, se preguntó Teresa. ¿A casa de Alfred, que vivía con sus padres? ¡Ay! No era bastante hombre él para acogerla, para protegerla de peligros y ultrajes. ¡Y su madre, que se figuraba que era su amante! ¡Era como para reírse, de veras! ¿Adónde, pues? De haber tenido dinero suficiente, habría corrido sencillamente a la estación y se habría marchado a cualquier parte, seguramente a Viena enseguida. Allí habría bastantes oportunidades para abrirse camino de un modo decente aun sin haber terminado el último curso del liceo. La hermana de una condiscípula, por ejemplo, hacía poco que con sus dieciséis años había aceptado un puesto de niñera en casa de un abogado de Viena, y le iba muy bien. Simplemente había que ocuparse del asunto. ¿No había sido éste su plan, su intención desde hacía mucho? Inmediatamente compró un diario de Viena, se sentó en un banco a la sombra del Parque Mirabel y leyó los anuncios por palabras.

Encontró varias ofertas que encajaban en sus pretensiones. Alguien buscaba una niñera para una niña de cinco años, otro una para dos chicos, un tercero para una niña mentalmente algo retrasada, en una casa pedían algún conocimiento del francés, en otra labores femeninas, y en una tercera nociones de piano. Para todo eso podía servir. Uno no estaba perdido, gracias a Dios; en la próxima ocasión haría sus maletas sencillamente y se marcharía. Tal vez incluso podría arreglarse de modo que hiciera el viaje a Viena al mismo tiempo que Alfred. Sonrió para sí misma. No decirle nada por anticipado y subirse simplemente al mismo tren..., al mismo compartimiento..., ¿no tendría gracia? Pero enseguida se sorprendió con la idea de que en realidad prefería hacer ese viaje sola, incluso con otro cualquiera, un desconocido, con el elegante forastero, por ejemplo –probablemente italiano o francés– que hacía un rato, en el puente del Salzach, la había mirado a la cara tan descaradamente. Y, hojeando acá y allá el diario, leyó algo sobre unos fuegos artificiales en el Prater, un choque de ferrocarril, un accidente en las montañas y, de repente, llegó a un título que le llamó la atención: "Una mujer intenta asesinar a su amante". Se contaba la historia de una madre soltera que había disparado contra su amante infiel y lo había herido de gravedad. María Meitner, así se llamaba la desgraciada criatura.

Sí, también eso le podía suceder a uno... No, a ella no. A ninguna persona inteligente. No se debía tener un amante, no se debía tener un hijo, no se debía ser irreflexivo y ante todo: no había que confiar en ningún hombre.

12

Regresó a casa lentamente; estaba tranquila y en su corazón no sentía ya ninguna ira contra su madre. La frugal comida, la habían conservado caliente; la madre la puso en la mesa en silencio y tomó el diario que Teresa había dejado. Buscó el folletín y lo leyó con ojos ávidos. Después de comer, Teresa tomó su labor, se sentó junto a la ventana y pensó en la señorita María Meitner que ahora estaba en la cárcel. ¿Tendría padres? ¿La habrían echado de su casa? ¿Acaso también ella en el fondo de su corazón hubiera querido tener a otros hombres mejor que a su amante? ¿Y por qué había tenido un hijo? Tantas mujeres había que gozaban de la vida sin necesidad de tener hijos. Se acordó de varias cosas que en el transcurso de los últimos dos o tres años, en la capital y aquí, había aprendido de sus compañeras de escuela. Los temas de algunas conversaciones indecentes, como solían llamar a ciertas charlas, resucitaron ante ella y se sintió llena de una repentina repugnancia contra todo lo relacionado con tales cosas. Recordó que hacía ya dos o tres años, es decir, en una época en que todavía era casi una niña, había resuelto en unión de dos amigas entrar en un convento. Ahora sentía como si despertara en ella un anhelo muy semejante al de entonces. Sólo que ese anhelo hoy significaba otra cosa y algo más: inquietud, miedo..., como si en ninguna parte, fuera de los muros de un convento, hubiera seguridad contra todos los peligros que la vida en el mundo trae consigo.

Pero conforme fue pasando el bochorno y ascendiendo por las paredes de las casas hasta el cuarto piso las sombras de la tarde, fue desapareciendo su temor y su tristeza, y esperó con más placer que nunca el encuentro con Alfred.

Se encontró con él, como de costumbre, fuera de la ciudad. Sus ojos brillaban suavemente, y de su frente parecía emanar tanta nobleza que el corazón se le oprimió de dolor. Se sentía superior a Alfred de un modo penoso, porque sabía o adivinaba mucho más de la vida que él; y al mismo tiempo no muy digna de él, que provenía de aires mucho más puros que ella. Físicamente se parecía a su padre, con quien ella se había cruzado muchas veces en las calles de la pequeña ciudad sin que lo advirtiera, ni siquiera se enterase de quién era. También a la madre de Alfred, aquella señora alta y rubia, y a sus dos hermanas, las conocía de vista; éstas quizá sospechaban algo: hacía poco, en un encuentro casual, se habían vuelto ambas a mirarla con curiosidad. Tenían veinte y diecinueve años, y probablemente las dos se casarían pronto. La familia era pudiente y muy estimada. Sí, para ellas resultaba fácil. Y que el doctor Sebastián Nüllheim, médico de las mejores familias de la ciudad, pudiera llegar a ser internado en un manicomio, era una idea de todo punto inconcebible.

Alfred notó que Teresa estaba con el pensamiento en otra parte; le preguntó qué le pasaba; ella se limitó a menear la cabeza y apretó con ternura la mano de Alfred. Los días ya eran cortos, empezaba a oscurecer. Alfred y Teresa se hallaban sentados en un banco entre el verde, delante de una extensa planicie; las montañas quedaban lejos, un rumor sordo llegaba de la ciudad; el silbido de una locomotora sonó largo y apagado más allá de los prados, por la carretera arriba o abajo rodaba un carro, pasaban como sombras los peatones. Alfred y Teresa se habían cogido de la mano, el corazón de Teresa se henchía de ternura. Cuando más tarde recordara ese primer amor, siempre sería aquella hora vespertina la que surgiría en su memoria: ella y él en un banco entre los campos y prados de una amplia llanura, sobre ellos la noche tendida de montaña a montaña, silbidos que se desvanecían a lo lejos, y, desde un estanque invisible, el croar de las ranas.

13

A veces hablaban del futuro. Alfred llamaba a Teresa mi novia, querida mía. Debería esperarlo; en seis años, a más tardar, sería doctor, y ella se convertiría en su esposa. Y como si hubiese ahora una milagrosa protección a su alrededor, algo como un halo que nimbara su frente, en esos días no tuvo que oír ninguna palabra maligna de su madre; más aún, ésta se portó con ella casi amablemente.

Cierta mañana llegó junto a la cama de Teresa con ojos relucientes y le alargó una hoja de periódico: allí, en el espacio reservado al folletín, estaba impreso el comienzo de una novela: "La maldición del magnate, de Julia Fabiani Halmos". Y se sentó en el borde de la cama mientras Teresa empezaba a leer para sí. La historia comenzaba como otras tantas, y cada frase le parecía a Teresa como si ya la hubiera leído un centenar de veces. Cuando hubo terminado hizo a su madre un gesto como de admiración con la cabeza, pero sin decir palabra. Aquélla tomó el periódico y volvió a leerlo todo en alta voz, en tono importante y conmovido. Luego dijo:

–La novela seguirá publicándose durante tres meses. Ya cobré la mitad..., casi tanto como el retiro de medio año de un teniente coronel.

Cuando Teresa se encontró con Alfred aquel día por la tarde, sintió una agradable sorpresa al verlo vestido con más cuidado, incluso con elegancia, tanto que se le habría podido tomar por un viajero distinguido de los muchos que en aquella época del año se veían en la ciudad. Alfred se alegró del contento que leía en los ojos de ella y le manifestó con cómica solemnidad que tenía el honor de invitarla esa noche a cenar en el Hotel Europa. Ella aceptó complacida, y pronto se hallaron los dos en un jardín bien iluminado, tipo parque, sentados en una mesa lujosamente puesta, solos entre mucha gente desconocida, como una pareja elegante en viaje de novios. El camarero recibió condescendiente la orden de Alfred; les sirvieron una comida excelente, y Teresa notó por su apetito que en realidad hacía bastante tiempo que no había comido hasta saciarse. También el vino dulce y suave le gustó muchísimo y, si al comienzo, un poco tímida, apenas se había atrevido a mirar a su alrededor, ahora paseaba sus ojos cada vez más animada y menos cohibida. De aquí y de allá le dirigían miradas, no sólo los señores, jóvenes y viejos, sino también las señoras, miradas de agrado e incluso de admiración. Alfred estaba de muy buen humor, decía muchas galanterías un poco tontas, lo que no solía ser su costumbre, y Teresa se reía a veces con un tono alto que no le era natural. Cuando, por tercera o cuarta vez –no tenía abundancia de ocurrencias graciosas– le preguntaba Alfred: –¿Por qué nos tomarán: por una pareja de amantes fugitivos o por un joven matrimonio francés en viaje de novios? –pasaron al lado de la mesa unos oficiales, entre los cuales reconoció enseguida Teresa a aquel moreno de los distintivos amarillos en el cual había debido pensar demasiado durante las últimas semanas. También el oficial la reconoció enseguida; se dio cuenta, aunque él no lo exteriorizó, sino que apartó su mirada de un modo cortés y no se sentó, como había esperado, en una mesa vecina, sino que, en compañía de sus compañeros, se dirigió a una mesa un poco alejada. El buen humor de Alfred se había terminado de repente. No se le había escapado el relampagueo de los ojos de Teresa, y, con la celosa premonición del amante, sintió que algo fatal se había producido. Cuando volvió a llenarle la copa, ella le apretó la mano como con remordimiento y, al mismo tiempo, notando su torpeza, dijo de repente:

–¿Nos vamos?... Mi madre se va a inquietar –agregó, aunque sabía que no tenía que temer tal cosa. –¿Qué dijiste tú en casa, Alfred?

Él se ruborizó: –¿Sabes? –contestó–, mi familia está fuera.

–¡Ah, claro! –dijo ella–. Por eso se había mostrado tan atrevido hoy; cómo no se le había ocurrido. ¡Y con qué torpeza se levantaba ahora, después de haber pagado la cuenta! En vez de cederle el paso, como exigía la costumbre, echó a andar delante de ella y ella notó entonces que, en verdad, él no tenía otro aspecto que el de un estudiante endomingado. Ella, en cambio, con su vestido sencillo de *foulard* azul y blanco pasó entre las mesas hacia la salida como una señorita acostumbrada a comer todas las noches en un gran hotel entre extranjeros distinguidos. Después de todo, su madre había sido una baronesa que se había educado en un castillo y había montado un poney salvaje; y por primera vez en su vida Teresa se sintió orgullosa de ello.

Caminaron silenciosos por calles tranquilas. Alfred tomó a Teresa del brazo, y lo apretó contra el suyo.

–¿Qué te parece – observó en un tono ligero que no le quedaba bien – si fuésemos todavía a un café?

Ella rehusó: era ya demasiado tarde. ¡Sí, un estudiante! Bien hubiera podido proponer otra cosa en vez de una hora de despedida en el café. ¿Por qué no llamó, por ejemplo, a aquel cochero que dormía en el pescante para dar un paseo en coche con ella a través de la hermosa y suave noche de verano? ¡Cómo lo hubiese apretado entre sus brazos! ¡Con qué ardor lo hubiera besado! ¡Cuánto lo hubiese querido! Pero tales ocurrencias inteligentes no se podían esperar de Alfred... Pronto se hallaron en la puerta de la casa de Teresa. La calle estaba en completa oscuridad. Alfred atrajo a Teresa hacia sí con más violencia que nunca; ella abandonó sus labios a los suyos con pasión y con los ojos cerrados supo lo noble y pura que era su frente. Al subir las escaleras se sintió llena de anhelos y de tristeza. Abrió sin ruido la puerta de la casa para no despertar a su madre y luego pasó mucho rato aún despierta en su cama pensando que aquella noche no había sido lo que hubiera debido ser.

14

Al día siguiente, mientras estaba sentada a la mesa con su madre, trajeron de la floristería unas admirables rosas blancas en un esbelto cáliz de vidrio tallado. Su primer pensamiento fue: el oficial; el siguiente: Alfred. Sin embargo, en la tarjeta se leía: "El conde Benkheim ruega a la gentil señorita Teresa que tenga la amabilidad de aceptar estas modestas flores". La madre miraba hacia adelante, como si todo eso no la incumbiera. Teresa puso el vaso con las flores sobre la cómoda, se olvidó de volver a la mesa, tomó un libro y se dejó caer en la mecedora de al lado de la ventana. La madre siguió comiendo sola, no dijo palabra, y luego salió de la habitación arrastrando el paso.

Aquella misma tarde, camino de la estación en cuyas proximidades se había citado con Alfred –escogían casi a diario un punto diferente–, Teresa encontró al oficial. La saludó con acabada cortesía, sin acentuar, ni siquiera con una sonrisa, su secreto entendimiento. Ella devolvió el saludo involuntariamente, pero luego aceleró sus pasos, hasta casi echarse a correr, y se alegró de que Alfred, que la estaba esperando, no advirtiera su excitación. Le pareció cohibido, abatido. Siguieron por la carretera polvorienta y un poco aburrida que conducía a Maria Plain arrastrando una penosa conversación en la cual no evocó en ningún momento la velada anterior; pronto se dieron la vuelta porque amenazaba tormenta y se separaron más temprano que de costumbre.

Las veladas siguientes, sin embargo, a pesar de toda su tristeza, fueron hermosas. Se acercaba la despedida. En los primeros días de septiembre Alfred debía irse a Viena para encontrarse allí con su padre. A Teresa se le encogía el corazón cuando Alfred hablaba de la inminente separación, y volvía a suplicarla que le fuera fiel y que persuadiera a su madre con toda energía para que se trasladara a Viena lo más pronto posible. Le había contado que por el momento su madre no quería saber nada de eso; tal vez lograría convencerla poco a poco en el transcurso del siguiente invierno. Nada de todo aquello era verdad. En cambio, Teresa se sentía cada vez más decidida en su propósito de abandonar ella sola la casa paterna sin que ello tuviera que ver para nada con el deseo de Alfred.

Hacía ya mucho que no era aquella la única falta de sinceridad con él que tenía que reprocharse. Pocos días después de aquel encuentro cerca de la estación había vuelto a ver al joven oficial; había venido a su encuentro en la Plaza de la Catedral, al tiempo que ella salía de la iglesia, que solía visitar a veces a esa hora, no tanto por devoción cuanto por ganas de disfrutar de una pacífica soledad en aquel recogido y fresco ámbito. Y él, como si fuera la cosa más natural del mundo, se había detenido frente a ella, se había presentado –sólo entendió el nombre de pila, Max– y se había disculpado por aprovechar aquella ocasión, la última desde hacía mucho tiempo, para tomarse la libertad de conocer por fin personalmente a Teresa. Dentro de poco tenía que ir tres semanas de maniobras con el regimiento al que estaba agregado desde hacía un mes, y durante estas tres semanas su mayor anhelo sería que la señorita Teresa –claro que conocía su nombre, la señorita Teresa Fabiani no era de ningún modo un personaje desconocido en Salzburgo, y de su señora mamá salía ahora una novela en el diario–; bueno, deseaba que la señorita Teresa pensara en él durante su ausencia como en un amigo, como en un buen amigo, un amigo silencioso y adorador que la esperaba con paciencia. Luego había tomado su mano y se la había besado..., y había desaparecido.

Ella echó una ojeada a su alrededor por si acaso alguien había presenciado su encuentro. Pero la Plaza de la Catedral yacía casi desierta bajo el sol resplandeciente; sólo por el otro extremo pasaban unas señoras a quienes por supuesto conocía de vista –¿a quién no se conocía en la pequeña ciudad?–, pero por las que, de seguro, no se enteraría nunca Alfred de que un oficial le había hablado y le había besado la mano. Por lo demás, él no se enteraba nunca de nada; no sabía tampoco que el conde Benkheim iba a su casa; ni de las primeras rosas que el conde le envió; ni de las otras que habían llegado esa misma mañana; ni tampoco del cambio en el comportamiento de su madre, que ahora estaba siempre tan amable y suave como si esperase tranquilamente el desarrollo ulterior de los acontecimientos. Y Teresa había tolerado también tranquilamente que le comprara varias cosas. No era mucho ni muy costoso, pero, de todos modos, algo que le hacía mucha falta: ropa interior, dos pares de zapatos nuevos, un paño inglés para un traje de calle; también se dio cuenta de que la comida en casa había mejorado, y bien podía imaginar que todo aquello no se sufragaba con los honorarios de la novela que seguía saliendo día tras día en el periódico. Pero eso le resultaba ya indiferente. Ya no duraría mucho. Estaba firmemente resuelta a dejar la casa y pensaba que lo más inteligente era desaparecer al otro lado de las montañas, antes de que el teniente volviera de las maniobras. De todo eso, hechos y reflexiones, nada sabía Alfred. Seguía llamándola querida mía, mi novia, y hablaba como de algo muy posible y hasta obvio el que dentro de seis años, cuando fuera doctor en medicina, conduciría al altar a la señorita Teresa Fabiani. Cuando al oscurecer, como ocurría siempre de nuevo, en aquel banco del campo escuchaba y a veces devolvía sus palabras de amor, llegaba a creer casi en todo lo que él decía y hasta en algo de lo que decía ella misma.

15

Una mañana –tras una tarde como tantas otras anteriores– llegó una carta de él. Sólo unas cuantas palabras: cuando las leyese –la escribía–, ya se encontraría él en el tren para Viena. No había tenido el valor de decírselo y le rogaba que le comprendiera y le perdonara; él la quería más de lo que podía expresar, y en este momento sabía con más certeza que nunca que ese amor sería eterno.

Dejó caer la hoja; no lloró, pero se sintió muy desdichada. Terminado. Sabía que se había terminado para siempre. Y era más misterioso que triste el que ella lo supiera y él no.

La madre volvió de la calle. Había estado en el mercado, de compras.

–¿Sabes –preguntó complacida– quién pasó en coche por mi lado esta mañana con baúles y maletas camino de la estación? Tu cortejante. Sí, ya se marchó: ¡visto y no visto!

Era su manera de mezclar en la conversación esas marchitas frases de novela, pasadas de moda. El buen humor de la madre hacía ver a las claras cómo consideraba ya apartado el obstáculo más difícil, el único, para la realización de sus planes. En ese mismo momento, Teresa, sin embargo, estaba pensando en irse, nada más que en irse. Hoy mismo, enseguida, tras él. Los pocos florines necesarios para el viaje los pido prestados... Creo que Clara me los dará...

Salió de la casa y pronto se encontró bajo las ventanas tras de las cuales vivía su amiga; pero le faltó ánimo para subir las escaleras. Además, las cortinas estaban corridas; tal vez los Traunfurt no habían vuelto aún de su veraneo. Pero en ese momento Clara salió por el portal, bonita y pulcramente vestida como siempre, con su aspecto gracioso e inocente; saludó a Teresa con exagerada cordialidad y enseguida entró en sus temas preferidos. Sin que expresara nada equívoco, y menos aún indecente, se agitaba bajo la superficie de sus palabras un ininterrumpido oleaje de pensamientos equívocos. Después de haber lamentado de paso que se vieran ahora tan raras veces, aludió enseguida a la familia Nüllheim, con un tono que no le dejaba la menor duda a Teresa de que la amiga creía sus relaciones con Alfred muy diferentes a lo que en realidad eran. Teresa, no ofendida, sino sólo con el sentimiento de su inocencia, se lo explicó a Clara, a lo que ella sencillamente y casi con desprecio contestó: –¿Cómo se puede ser tan tonta?–. Una señora conocida se acercaba y Clara se despidió de Teresa con chocante apresuramiento.

Por la tarde, a la hora en que Teresa solía reunirse con Alfred, trató de escribirle. Estaba asombrada de lo difícil que le resultaba hacerlo y hubo de limitarse a unas cuantas palabras fugitivas: Que ella todavía se sentía mucho más desdichada que él, que sólo en él pensaba y que esperaba que Dios diera a todo eso un buen fin. Llevó la carta al correo, ¡ay!, sabiendo que era una carta tonta e insincera; enseguida regresó a casa; no fue capaz de hacer nada; tomó una labor, intentó leer, tocó unas escalas y arpegios en el piano y, al fin, inquieta y aburrida al mismo tiempo, hojeó los números del periódico que publicaba la novela de su madre. ¡Qué historia de mal gusto era aquélla, y con qué palabras altisonantes estaba relatada! Era la novela de una familia noble. El padre era un magnate duro, severo, pero magnánimo, con unas espesas cejas de las que se hacía continua mención; la madre, dulce, bondadosa y sufrida; el hijo, un jugador, duelista y tenorio; la hija, pura, de angelical pureza, una verdadera princesa de cuento de hadas, según volvía a repetirse también siempre; algún siniestro secreto de familia esperaba su solución y en alguna parte del jardín –lo sabía un viejísimo criado– estaba escondido un tesoro desde el tiempo de los turcos. También había muchas bien meditadas observaciones sobre la devoción y la virtud, y al leer esta obra, nadie hubiera creído capaz a la escritora de estar tramando la entrega de su hija a un viejo conde.

16

Al día siguiente llegó otra carta de Alfred y así en adelante, un día y otro. Le contaba cómo su padre le estaba esperando en la estación y cómo le había alquilado una habitación en el barrio de Alser, cerca de las clínicas de la Facultad de Medicina; con él visitaba teatros y museos; mencionaba que por el comportamiento de su padre deducía que aquél sospechaba algo. Así, una vez, mientras cenaban en un restaurante, había hablado de cosas que a los jóvenes se les meten en la cabeza y que al final de cuentas resultan no ser realizables; a él también le había pasado algo semejante en su juventud y, por supuesto, lo había vencido. Lo que sobre todo importaba era el trabajo, la profesión, la vida seria.

Teresa pensó que Alfred no hubiera debido contárselo con tanto detalle. ¿Es que desde ahora quería apartar de sí toda responsabilidad? Ella no le había pedido nada. Podía hacer lo que quisiera. Era difícil contestar a aquello adecuadamente; como, en general, no era fácil encontrar asunto para las cartas que a diario tenía que escribirle, pues aquí, en la pequeña ciudad, según ella subrayaba a modo de disculpa y con algo de mal humor, todo seguía su acostumbrada y aburrida marcha. Y de lo que sucedía realmente, de eso, precisamente de eso, por supuesto nada le podía contar a su novio. Nada de la última visita del conde Benkheim durante la cual había contado, de un modo muy divertido y sin alusiones abiertas a sus verdaderos propósitos, varios episodios de su vida, sobre todo de sus viajes a Oriente –había estado de joven en Persia, como agregado de embajada. Y para un próximo futuro planeaba otro viaje, un viaje alrededor del mundo, en cierto modo. Y al decirlo, había mirado a Teresa a la cara de un modo formal y significativo. Ella no hizo gesto alguno. Sí, un viaje por el mundo habría sido cosa de su gusto…, pero con otro, no con el viejo conde. También había hablado de su padre, no sin simpatía y respeto, observando que, ciertamente, la ambición herida era lo que había hecho perder la razón a aquel benemérito oficial.

Teresa, avergonzada por no haberse ocupado durante tres semanas enteras de su padre loco, acudió al día siguiente al sanatorio y volvió a encontrar al teniente coronel en pleno derrumbe mental. No obstante ahora cuidaba mucho su apariencia. Desde los tiempos en que estaba sano no había vestido tan cuidada y finamente. Pero ya no reconocía a su hija y le hablaba como a una extraña.

De esa visita le informó a Alfred con expresiones de la más íntima compasión y de dolor filial, que, bien se daba cuenta, apenas correspondían a sus verdaderos sentimientos..., tan poco como las palabras de cariño y nostalgia que dirigía a su novio ausente. Pero ¿qué podía hacer? Imposible era contarle la verdad: que a veces trataba en vano de representarse sus facciones, que empezaba a olvidar el tono de su voz, que pasaban horas durante las cuales no pensaba en él para nada..., y, en cambio, muy a menudo en otro en quien no hubiera debido en manera alguna pensar.

Una tarde, justo cuando estaba empeñada en contestarle a una melancólica carta, penosamente y casi con desesperación, apareció el conde Benkheim. Preguntó si molestaba; ella, contenta de no tener que seguir escribiendo, lo recibió más amistosamente que de costumbre. Él pareció interpretar mal aquello, se le acercó mucho y le habló de un modo por completo desusado. Sin ambages, hasta como si hubiese habido entre ellos algunas conversaciones que le dieran derecho a semejante tono, empezó a decir:

–¿Entonces, qué piensa mi señorita del viaje alrededor del mundo? Claro que no tendríamos por qué ir ni a la India ni al África–. Le tomó las dos manos y nombró un lugar a orillas de un lago italiano donde hacía años había pasado un otoño en una pequeña *villa* encantadora rodeada de un hermoso jardín. Escalones de mármol descendían directamente al lago. Uno podía bañarse hasta el mes de noviembre. En la *villa* vecina –seguía contando–, vivían tres señoras jóvenes. Solían bajar hasta la orilla desde su terraza, bajo el sol del mediodía, las tres juntas, pero antes dejaban caer sus capas bajo las cuales no llevaban nada puesto. Sí, desnudas por completo, nadaban en el lago.

Se arrimó más a Teresa y se propasó de tal modo que ella, presa de asco y de miedo, trató de desembarazarse de él. Al fin saltó de su asiento; la mesa con la lámpara quedó vacilando... Se abrió la puerta, entró un rayo de luz y apareció la madre en el umbral como si acabase de regresar a casa, ladeado el sombrero sobre el revuelto peinado y con el chal negro de abalorios pasado de moda. Saludó al conde y le rogó –se había levantado también– que permaneciera sentado, y apartó la mirada rápidamente de su hija, pues no quería enterarse de su confusión más de lo que había querido notar la sacudida de la mesa. Con celeridad se planteó una conversación indiferente y, al dirigir el conde alguna pregunta inofensiva a Teresa, no tuvo ésta más remedio que contestarla del mismo modo trivial, lo que logró sin mayor esfuerzo.

Cuando el conde se fue, tenía buenas razones para creer que se le había perdonado, y no podía sospechar que la aparente tranquilidad de Teresa sólo tenía por fundamento su firme resolución de poner en práctica sin más tardanza sus planes de viaje y fuga.

En respuesta a anuncios periodísticos escribió a Graz, Klagenfurt, Brünn y, por si acaso, también a Viena, rogando que la contestaran a la lista de correos. No recibió ninguna, sino de agencias de colocaciones en Viena y Graz que ante todo pedían un pago adelantado. Ya pensaba irse al azar, pero entonces sucedió que, con asombro por su parte, empezó a encontrarse mejor en su casa. La madre se portaba amablemente; en casa no faltaba nada, y del conde Benkheim había llegado una especie de carta disculpa, gentil, no exenta de humorismo, e incluso un tanto conmovedora. En su siguiente visita se había portado tan intachablemente como si se hubiera encontrado en casa de una familia burguesa decente; más aún, como si hubiera estado entre sus iguales. A pesar de todo, Teresa siguió contestando a otros tantos anuncios en los que se pedía una niñera o gobernanta, pero en general se ocupaba del asunto con cierto abandono. Lo que en realidad la retenía en Salzburgo... ni a sí misma se lo confesaba.

17

Un día lluvioso, al caer de la tarde, se hallaba en el zaguán del edificio del correo leyendo la contestación a su carta que acababa de recibir de una señora de Viena, cuando Teresa oyó a alguien decir a sus espaldas:

–Buenas tardes, señorita.

Enseguida reconoció la voz; un delicioso escalofrío le recorrió el cuerpo y sin pronunciar las palabras, sin pensarlas siquiera, sintió con todo su ser: ¡Al fin!

Se volvió despacio, sonrió al encuentro del teniente como al de alguien largamente esperado, y ya fue demasiado tarde cuando cayó en la cuenta de que mejor hubiera sido no sonreír con tanta felicidad.

–Sí, aquí estoy –dijo el teniente con naturalidad–. Le tomó la mano a Teresa y la besó repetidamente. –Hace una hora que estoy de vuelta, y el primer ser humano que encuentro es usted, señorita Teresa. Si eso no es una señal del destino... –y retuvo la mano de ella con fuerza entre las suyas.

–¿Así que ya terminaron las maniobras? –preguntó Teresa–; ¡la cosa ha sido rápida!

–He estado ausente una eternidad –dijo el teniente–. ¿Usted no lo ha notado?

–¡No, de veras! No pueden haber pasado más de ocho días.

–Veintiún días y veintiuna noches, y cada una de ellas he soñado con usted. De día también, por lo demás. ¿Quiere que le cuente qué?

–No soy curiosa.

–Pero yo lo soy en grado sumo. Y por eso daría mi vida por saber lo que dice esa cartita que de un modo tan misterioso ha retirado del correo.

Ella tenía aún la carta en la mano; entonces la estrujó y la escondió en el bolsillo del impermeable, mirando cara a cara al teniente con cierta picardía.

–Pero me parece que éste –dijo el oficial– no es el lugar indicado para charlar a nuestras anchas. ¿No estaría dispuesta la señorita a cobijar bajo sus alas a un pobre teniente sorprendido por la lluvia?

Le tomó sin más el paraguas, lo abrió sobre ambos, deslizó su brazo bajo el suyo, salió afuera con ella y mientras caminaban bajo la lluvia torrencial empezó a contarle. Le habló de su vida durante las maniobras, del campamento al aire libre a tres mil metros de altura, del asalto a la cumbre de los Dolomitas, de cómo tomaron prisionera a una patrulla enemiga –él, por supuesto, estaba en el ejército victorioso–; y mientras tanto seguían caminando a través de las calles desiertas y poco iluminadas hasta que se hallaron en una callejuela frente a un edificio antiguo, donde él le propuso ahora, como si la cosa no tuviera nada de particular, que para no enfermarse al final con la lluvia, tomaran, allí en su casa, una taza de té con mucho ron. Pero entonces ella volvió a la realidad. ¿Por quién la había tomado? ¿Es que estaba completamente loco? Y cuando él la rodeó con su brazo como si quisiera atraerla hacia sí, ella echaba chispas: ¿es que tenía ganas de echarlo todo a perder de una vez por todas?

Entonces la soltó y le aseguró que bien sabía, e incluso se había dado cuenta enseguida, de que ella era una criatura muy excepcional. Y desde que la había visto no había podido pensar en otro ser femenino, ni siquiera mirar a otra. Y, a riesgo de parecerle ridículo, a partir de ese momento todas las tardes a las siete en punto estaría allí, delante de ese portal, esperando. Esperando, hasta que ella viniera. Y aunque tuviera que esperar diez años, allí estaría todas las tardes. Sí, lo juraba solemnemente por su honor de oficial. Y en cualquier parte de la ciudad que la encontrase la saludaría cortésmente al pasar, pero no le dirigiría la palabra a menos que ella con un gesto le concediera su permiso. Solamente allí, en esa puerta, estaría siempre –en todo caso, debía retener el número de la casa, setenta y siete– noche tras noche, a las siete en punto. No le quedaba otra cosa que hacer. Sus camaradas –bueno, entre ellos había muchachos muy simpáticos, pero le tenían sin cuidado. Amiga no tenía; ¡oh!, hacía mucho ya que no tenía ninguna –agregó ante la sonrisa incrédula de Teresa–. Y si ella..., si acaso ella no se hallara a las siete, subiría él a su cuarto, ahí, en el segundo piso –vivía completamente solo en casa de una señora anciana, que además era completamente sorda–, y allí, en su cuarto acogedor, tomaría su té, comería un panecillo con manteca, fumaría cigarrillos y... volvería a esperar... hasta la tarde siguiente.

–Sí, espere usted hasta el día del juicio –exclamó Teresa, con la voz un poco vibrante, y como en ese momento daban las nueve en las torres, dio media vuelta y se fue corriendo sin tenderle siquiera la mano.

Pero a la tarde siguiente se presentó ante la puerta, precisamente a las siete; allí estaba él, en el zaguán, fumando un cigarrillo, con la gorra en la mano como el día en que por primera vez lo viera, y con los distintivos amarillos de su uniforme destacándose tan claros como si fueran del color más hermoso del mundo. Y también sus ojos, su rostro entero se iluminó. ¿Había susurrado su nombre, o no? Apenas lo sabía ella. Pero asintió con un gesto y entró en el portal con él, y prendida a su brazo subió la escalera de piedra retorcida y estrecha hasta una ancha puerta de madera que sólo estaba entornada pero como por arte de magia y sin ruido se cerró detrás de los dos.

18

Mantuvieron en secreto su felicidad. Nadie sabía en la ciudad que Teresa, una tarde tras otra, se colaba por la escalera umbría en casa del teniente; nadie la veía volver a dejarla unas horas después; y quien acaso la viera, no la reconoció tras de su velo. Tampoco su madre, enredada por completo en su trabajo, notó o quiso notar nada. A la señora de Fabiani le había encargado una gran revista ilustrada alemana que le entregara una novela –lo que ella le comunicó a Teresa con orgullosa satisfacción–, y se pasaba ahora los días enteros y la mitad de las noches sentada escribiendo incansablemente a puertas cerradas. El cuidado de la modesta casa, casi pobre ahora de nuevo, quedaba exclusivamente a cargo de Teresa; pero en esa época madre e hija daban aun menos importancia que de costumbre a la satisfacción de necesidades materiales.

De Alfred, mientras tanto, llegaban día tras día cartas llenas de cariño y pasión que también Teresa, por su parte, contestaba mucho más cariñosa y apasionadamente de lo que hubiera podido hacerlo antes. Al hacerlo no tenía conciencia de mentir, pues no quería a

Alfred menos que antes e incluso le parecía a veces que ahora le quería más que en los tiempos en que todavía estaba cerca. Las palabras que por carta iban y venían entre ellos tenían tan poco que ver con lo que Teresa vivía de verdad que al mismo tiempo se sentía libre de toda culpa frente a uno y otro amante.

Por lo demás, Teresa no dejaba transcurrir los días inútilmente y seguía estudiando, en modo alguno olvidada de sus proyectos para el porvenir, el francés, el inglés y el piano. Por las noches, con las entradas que Max solía regalarle, asistía frecuentemente al teatro acompañada por su madre, quien no se preocupaba de la procedencia de éstas. En esas veladas Max solía ocupar su asiento en la primera fila y, fiel al acuerdo concertado, ni siquiera dirigía un saludo a Teresa, que estaba sentada con su madre mucho más atrás. Sólo a veces la sonreía con los ojos pícaros medio cerrados, y ella sabía que esa sonrisa significaba un recuerdo de la noche anterior o una promesa para la próxima.

Para Teresa esas idas al teatro eran una distracción bien recibida; para la madre, una fuente de emociones y estímulos de los más diversos géneros. No sólo la ocurría que en los dramas representados creía encontrar analogías casuales con experiencias personales o cosas sucedidas a su alrededor; también descubría alusiones manifiestas que el autor, completamente desconocido para ella e incluso difunto ya, había puesto en su obra o que tal vez la dirección misma del teatro había agregado en consideración a la famosa escritora presente; y no dejaba en tales ocasiones de llamar la atención de Teresa, sentada a su lado, con miradas que pedían comprensión sobre semejantes extrañas casualidades, que para ella no lo eran.

El conde Benkheim, mientras tanto, había suspendido por completo sus visitas a la casa de Fabiani. A Teresa eso no le preocupaba ni extrañaba mucho, y sólo volvió a acordarse de él cuando le vio alguna noche en el palco de proscenio con una dama que la víspera, cuando actuaba en una farsa francesa, le había llamado la atención no tanto por su talento de actriz como por la extravagancia de su *toilette*.

19

Una tarde, poco después de su llegada a la habitación de Max y mientras se quitaba el sombrero y el velo, llamaron a la puerta y, con extrañeza por su parte, Max dijo enseguida: "Pasa", y su compañero, un joven larguirucho y rubio, entró en compañía de una joven que Teresa reconoció enseguida como una de las actrices de la opereta que acababan de ver.

–¡Qué sorpresa! –exclamó Max, sin lograr engañar a Teresa ni por un momento respecto a que esta sorpresa estaba convenida entre los compañeros.

El primer teniente resultó ser una persona sociable, gentil y cortés, y la actriz, muy en contra de lo que Teresa hubiera esperado, hacía gala de una extrema reserva y parquedad de palabras, lo que evidentemente le había sido recomendado en atención a Teresa. Trataba a su acompañante de "mi primer teniente" y de "usted", y no dejó de mencionar que su hermana mayor estaba casada con un abogado y que, para Navidad, su madre, viuda de un alto funcionario de Viena, pensaba trasladarse allí. Se habló de las últimas representaciones teatrales y, acto seguido, como los juicios sobre la calidad artística de obras y actores se agotaron pronto, sobre las relaciones del director con la ingenua y del conde Benkheim con la primera dama; la velada se terminó con una botella de vino en un restaurante donde la conversación continuó de un modo bastante animado, pero no particularmente divertido para Teresa. Algunos oficiales de otras mesas saludaron cortésmente, sin reparar más en el grupo. A una hora temprana, poco después de las diez, Teresa se despidió, insistiendo en que Max se quedara todavía con los otros; y se fue a casa de un humor bastante pesaroso y algo avergonzado.

El siguiente encuentro en casa de Max resultó mucho más divertido. El teniente primero había traído fiambres y dulces, y ya después de la primera botella de vino se vio a las claras, lo que naturalmente para Teresa no era una sorpresa, que el primer teniente y la actriz se hallaban entre sí en pie de mayor intimidad de lo que habían querido demostrar la vez anterior. De todos modos, la actriz se mantuvo todavía un tanto reservada; volvió a hablar enseguida de su madre, quien, si no podía venir para Navidad, vendría a buscarla el domingo de Ramos; y más tarde, cuando el pequeño grupo se hallaba en un café y el actor cómico del teatro la llamó desde un rincón con un gesto cordial –¡Hola, chiquita!–, apenas devolvió el saludo, limitándose a observar:

–¡Qué se figura ese fresco de Bengel!

Poco tiempo después, Teresa pidió a Max, en un rato que estaban a solas, que prescindiera por favor de esas reuniones de cuatro; se encontraba mejor en su sola compañía. Él sonrió primero como halagado, pero luego se hizo el ofendido y le reprochó, al principio suavemente y luego cada vez con más violencia, su "orgullo" y su "puntillosidad". Ella lloró un poco; la velada se volvió triste y aburrida; y cuando unos días después el primer teniente y su amiga volvieron a llamar a la puerta de Max, Teresa, en el fondo, se alegró. Luego en el restaurante y durante las noches siguientes, ella parecía, si no la más alegre, sí la más vivaz de todos, y lo era también en reuniones más numerosas, que ahora, cada vez con más frecuencia, solían congregarse en torno a su mesa.

20

El invierno había irrumpido tarde, pero con fuertes nevadas de inmediato; la ciudad y todo el paisaje quedaron envueltos en una suave blancura bienhechora; y cuando a causa de los caminos obstruidos por la nieve se obstaculizó el tráfico ferroviario, Teresa experimentó el sentimiento tranquilizador de una existencia circunvalada y segura, con lo que se percató entonces de que incesantemente había dormitado en el fondo de su alma el temor a una súbita llegada de Alfred.

Las nevadas cesaron, vinieron soleados días de invierno, y Teresa emprendía con Max, los domingos, excursiones en trineo a las montañas, hacia Berchtesgaden y al Königssee; al comienzo, ellos dos solos; luego también en compañía de otros oficiales y sus amigas, casi todas pertenecientes al teatro. Max toleraba sin celos que en las salas de los albergues, llenas de humo, junto al ponche caliente, sus camaradas no se mantuvieran en los límites de una galantería todavía admisible, ni siquiera con Teresa.

La noche del día posterior a Navidad la pasó Teresa con Max en un parador junto al Königssee, y cuando al mediodía siguiente un trineo la depositó frente a su domicilio y se dispuso a subir las escaleras con cierta aprensión por el disgusto de su madre, ésta le tendió en silencio y con cara de reproche una carta expresa certificada que, según le hizo observar con aire de reprimenda, había llegado ya la noche anterior. Teresa reconoció la letra de Alfred. Sin abrirla aún, sabía lo que la carta contenía, y por lo tanto la leyó sin mayor asombro. Se avergonzaba hasta lo más profundo de su alma –escribía Alfred– de haber puesto en ella sus sentimientos, y le deseaba de todo corazón que encontrara junto al señor teniente la felicidad que él, Alfred, desgraciadamente no había estado en condiciones de proporcionarle. El tono relativamente tranquilo de la carta fue lo que más avergonzó a Teresa; pero después de haber vencido la depresión inicial, suspiró con alivio; se sentía contenta de no tener que imponerse desde ahora la más mínima restricción. Ahora se exhibía con su amante por todas partes, incluso en el teatro y en la pista de patinaje, y hasta acabó por tolerar lo que antes había rechazado con firmeza y casi ofendida: que Max le hiciera pequeños regalos, entre otros una cadenita con un medallón que a partir de ese momento debía llevar siempre al cuello, una media docena de pañuelos y un par de zapatillas de cuero rojo bordeadas de cisne blanco, par gemelo de otro que la amiga del primer teniente había llevado en escena en cierta ocasión.

Poco después del Año Nuevo fue cuando Teresa se encontró frente a la casa del teniente con Clara, su antigua amiga, que volvía de la pista de patinaje. Se saludaron, y Clara, como si sólo hubiera esperado esa oportunidad, empezó a hacer violentos reproches a Teresa, no tanto por la vida que llevaba como por su falta de prudencia.

–¿Qué ganas con que se hable tanto de ti? ¡Mírame a mí! Ya estoy con el cuarto, y nadie tiene la menor idea. Y aunque tú lo contases en todas partes, nadie te creería.

Y riéndose le prometió a Teresa ir a verla uno de aquellos días para contarle más detenidamente sus aventuras, de lo que tenía verdadera necesidad. Teresa la vio alejarse con sentimientos muy complejos; de todos, el más vivo era éste: el deseo de hallarse completamente sola. Siempre la asaltaba esa impresión cuando alguien frente a ella había creído entregársele resueltamente y con plena confianza.

La carta de Alfred –por más que pareciera una carta de despedida– no fue la última. Había callado unas cuantas semanas, y ahora llegaban de repente cartas de un tono nuevo por completo; con reproches, con ultrajes; usaba palabras que Teresa no hubiera sospechado que un hombre como Alfred pudiera llevar jamás al papel, y que hacían subir el rubor a la cara. Se propuso quemar las siguientes sin leerlas, pero cuando pasaron unos días sin que llegara ninguna, sintió una rara inquietud y sólo volvió a tranquilizarse cuando nuevamente llegó una. Ella no contestaba ni una palabra. Después de haber recibido como una docena de cartas por el estilo, cesaron por completo. En cambio en una de las raras noticias que su hermano enviaba a casa, daba cuenta de un encuentro con Alfred, a quien había visto hacía poco de buen humor, excelente aspecto y vestido con mucha elegancia (lo que citaba expresamente) en el centro de la ciudad. Después de eso, aquellas cartas iracundas de Alfred le parecieron a Teresa comedia y mentira, metió unas cuantas en la estufa y contempló cómo se convertían lentamente en cenizas.

La visita de Clara se hizo esperar bastante. Sólo un día a fines de febrero, cuando la nieve empezaba a fundirse y a mediodía entraban en el cuarto de Teresa por la ventana abierta los primeros aires de primavera, llegó la amiga; pero, en vez de hacerle, como había prometido, un relato de sus aventuras, le informó de que se había comprometido con un ingeniero, y que su charla de hacía poco no había sido más que una jactancia pueril provocada por el enojo que le ocasionaba la actitud vacilante de su novio, y que confiaba en que Teresa no dejaría traslucir jamás nada de aquello. Luego ponderó a su novio y la tranquila dicha que le esperaba en la paz del pueblecillo montañés a donde le habían destinado a él para dirigir la construcción de un ferrocarril. Se quedó un cuarto de hora apenas, se despidió de Teresa con un rápido abrazo, y no la invitó a la boda.

21

En aquellos engañosos días de incipiente primavera sintió Teresa, sin mayor dolor, cómo empezaba a desvanecerse poco a poco su cariño por Max, y el vacío y la falta de perspectivas de su existencia llegaron a su ánimo de un modo cada vez más deprimente. Meses hacía que no visitaba el sanatorio donde seguía su padre. Como ocasión acogida con agrado para este abandono le había servido una observación del médico asistente durante su última visita: que su padre no obtenía el menor beneficio de las visitas, pero que en cambio para ella su imagen podía evolucionar cada vez más hacia el lado triste, y un recuerdo que debería ser consolador y digno de reverencia para ella, iba a acompañarla en forma torturante y fantasmal durante todo el resto de su vida. Pero ahora llegó de improviso una carta del sanatorio diciendo que el teniente coronel, como ocurría a veces con esta enfermedad, se sentía mucho mejor y había manifestado deseos de volver a ver a su hija. Teresa atribuyó a esta notificación más significado del debido, como si de las palabras, o sólo de la voz de su padre pudiera venirle un consuelo, un esclarecimiento, o al menos un apaciguamiento. Y así, un día nuboso y pesado se puso en camino a lo largo de la carretera donde la nieve derretida fluía en riachuelos sucios, con un humor deprimido y sin embargo no desesperado, hacia el sanatorio.

Cuando entró en el cuartito tipo celda de su padre, Teresa lo encontró sentado ante su mesa cubierta de mapas y libros, como lo había visto tantas veces en otras épocas, y él se volvió hacia ella con una mirada en la que, como antes, relampagueaba la razón y hasta la alegría de vivir. Pero apenas su mirada hubo abarcado su figura, reconociérala o no –eso no lo puso en claro nunca–, la expresión de su rostro se contorsionó; sus dedos se contrajeron y agarró de repente uno de los gruesos volúmenes, como si quisiera arrojárselo a su hija a la cabeza.

El celador le sujetó las manos. En el mismo momento entró el médico y, entendiéndose con Teresa con una rápida mirada, dijo:

–Es su hija, mi teniente coronel. Deseaba usted verla. Ahora está aquí. Sin duda quería usted decirle algo... Tranquilícese, pues –agregó, al ver que el celador apenas podía contener al furioso.

Entonces el teniente coronel levantó la mano derecha que había conseguido liberar y con un gesto imperativo señaló la puerta. Como Teresa vaciló al obedecer la orden enseguida, sus ojos adquirieron una expresión tan amenazadora que el médico mismo tomó a Teresa por los hombros y la sacó del cuarto, cuya puerta cerró el celador enseguida detrás de ellos.

–Es raro –le dijo el médico en el pasillo a Teresa–, nosotros los médicos también nos engañamos con frecuencia. Cuando esta mañana le hablé de su inminente visita pareció muy contento. No debieron haberle dado los mapas y los libros.

En la puerta le apretó la mano a Teresa de un modo diferente a cómo solía hacerlo y observó:

–Quizá pueda usted, señorita, hacer otro intento dentro de unos días; le hablaré..., y sobre todo tendré cuidado de que no vuelvan a llegar a sus manos esos peligrosos libros. Parece que esa lectura remueve algo en él. Envíeme una palabra, señorita, avisando cuándo piensa usted venir. La esperaré a la entrada.

La miró de un modo raro, le apretó la mano con más fuerza y ella se dio cuenta de que no era su visita al padre lo que le importaba. Asintió con un gesto, pero sabía que nunca iba a volver.

Lentamente se encaminó hacia la ciudad. "Lo sabe todo", pensó. "Por eso me ha echado. ¿Qué será de mí ahora?" Y de repente, iluminando su depresión como un relámpago, se le ocurrió que Max, cuando pidiera su retiro para entrar en el establecimiento fabril de su tío, cosa de la que había hablado a veces últimamente, podía casarse con ella e incluso debía hacerlo. Uno de sus compañeros había dejado el servicio hacía pocas semanas para casarse con una joven de fama bastante dudosa, mientras que Max había conocido a Teresa siendo una muchacha decente y la había –ésa era la expresión acostumbrada– seducido. También por vez primera se le representó en el sonido de esta palabra lo que había sucedido entre él y ella, y se rebeló. ¿No era la hija de un alto oficial?, ¿y, aunque sin fortuna, de buena familia? ¿No provenía su madre de una antigua estirpe nobiliaria? Max estaba obligado, simplemente, a hacerla su esposa.

Durante la siguiente entrevista con Max, sin esperar una ocasión oportuna, se atrevió ya a hacer una alusión. Max no comprendió primero o no quiso comprender, y Teresa sonrió y disipó con besos su malhumor; la siguiente vez fue más clara; se produjo una desagradable situación, discusión y riña. Teresa, aunque sin verdadero cariño pero todavía bastante enamorada de

Max, abandonó sus tentativas tan de repente como las había iniciado y dejó que las cosas siguieran el curso que quisiesen.

22

La primavera se acercaba, la temporada teatral tocaba a su fin. A Teresa apenas le hubiese llamado la atención que últimamente Max no pudiera verla varias veces por motivos del servicio, ni tampoco que en una ocasión, también según decía por supuestas causas de servicio, hubiera tenido que ausentarse unos días..., a no ser porque en la tertulia del restaurante, cuando se pronunció el nombre de una actriz muy popular en la ciudad, un compañero de cuerpo sonrió a Max y éste rechazó la sonrisa delatora con un gesto de enojo. La siguiente vez que fue al teatro no se le pudo escapar a Teresa, que ya desconfiaba, que la dama joven, cuando al final del acto salió a saludar con los demás intérpretes, demoró su mirada en Max, que estaba en primera fila, y la saludó con leve inclinación de cabeza. Teresa, mediante algún pretexto, hizo que su madre se fuera para casa sola y esperó al teniente, quien pareció desagradablemente sorprendido por este encuentro. Rechazó su ofrecimiento de acompañarle a casa, dando como razón una cita con unos compañeros. De repente se puso muy amable, y se ofreció por su parte a acompañar a Teresa hasta casa, la tomó del brazo y la acompañó en efecto hasta el portal, maldiciendo de su cita con un disgusto al parecer tan auténtico, que Teresa quedó tranquilizada por esa vez.

Cuando de repente abrió la puerta de su cuarto, vio con asombro a su madre, de rodillas ante la cómoda, revolviendo algo en el cajón de abajo. Al ver entrar a Teresa, se sobresaltó mucho y balbuceó:

–Sólo quería ver..., ordenar tus cosas; tú nunca tienes tiempo.

–¿A media noche ordenar mis cosas? ¡No me digas!

–No te enojes, niña; no pensaba hacer nada malo. –Y azarada agregó: –Puedes mirar si te falta algo.

Su madre se marchó y Teresa se arrodilló de inmediato ante el cajón abierto. Después de haber quemado la mayoría de las cartas de Alfred, todavía habían llegado con grandes intervalos tres o cuatro más, ya no llenas de injurias como las anteriores, sino más bien de un tono sentimental y sombrío, como si la tormenta se desvaneciera poco a poco a lo lejos. De esas cartas faltaban algunas, y tampoco las notitas que Max solía dirigirle a veces estaban todas. ¿Qué quería su madre con aquello? ¿Acaso planeaba chantajearla? ¿Era simple curiosidad? ¿O un impuro deseo de calentar el corazón que envejecía con imaginaciones de aventuras amorosas ajenas? Sea como fuere, Teresa sabía que no podía seguir viviendo con su madre bajo el mismo techo. No concebía por qué había abandonado tan pronto su proyecto de inducir a Max al matrimonio, y decidió enfrentarse al día siguiente con él sin ambages y plantearle esa cuestión. Tal decisión, que debía llevar a una solución y, en todo caso, poner las cosas en claro, la tranquilizó tanto que se durmió con un pesado cansancio, y a la mañana siguiente se sintió capaz de saludar a su madre amistosamente y evitar toda alusión al encontronazo de la noche anterior. Como además era un hermosísimo día de marzo, que reflejaba ya todos los colores de la primavera, y tal vez también porque al día siguiente era domingo de Ramos y al otro día debía dispersarse toda la compañía teatral, Teresa esperó con buenos presentimientos el encuentro convenido con Max para aquella misma tarde.

Cuando al atardecer entró en su cuarto, Max, como a veces sucedía, aún no había vuelto. Una idea que hasta entonces había desechado siempre por extraña se le hizo presente como un recuerdo de algo visto antes: echar una mirada al armario y los cajones de su amante; y para sustraerse a esa fea tentación tomó uno de los libros que había sobre la mesa. Max solía leer lo que la casualidad traía a su casa: novelas, de vez en cuando una pieza teatral, la mayoría de las veces en ejemplares sobados, pues ya habían pasado por varias manos antes de llegar a las suyas. Abrió Teresa un libro, una edición ilustrada de una novela de Hackländer, echó luego una mirada distraída a una obra voluminosa, ilustrada con mapas, del Estado Mayor sin hacer caso de su contenido, y al apartarla con un gesto involuntario notó que debajo de él, como escondido a propósito, se hallaba el manuscrito impreso de una pieza teatral nueva que pocos días antes había visto representar. Hojeando el ejemplar se dio cuenta de que siempre el mismo nombre femenino, Beata, estaba subrayado en rojo. ¿Beata? ¿Es que no se llamaba así en la pieza recién vista un personaje que interpretaba aquella dama joven con quien sospechaba ella desde algunos días atrás que Max sostenía relaciones? Beata, eso es. La relación era clara. Después de tal descubrimiento se creyó con derecho a mayores investigaciones, y, a causa de sus celos, despiertos de repente, las llevó a cabo tan desconsideradamente y con tanto resultado, que cuando Max entró la encontró frente a su armario abierto con cartas, gasas y ropa interior de encaje a sus pies; de modo que bien podía ahorrarse toda negativa.

Se lanzó sobre ella, le sujetó los brazos, ella se soltó, le gritó a la cara "¡Canalla!" y sin esperar respuesta, disculpa o justificación quiso salir del cuarto. Él la agarró por los hombros.

–No seas niña –le dijo.

Ella le miró con los ojos muy abiertos.

–¡Ya no está aquí!

Pero como ella siguiera mirándole sin comprender, continuó:

–¡Palabra de honor! Acabo de dejarla en la estación.

Entonces lo entendió, y con una risa dura se fue. Él corrió tras ella. En la escalera oscura la agarró otra vez del brazo.

–¿Quieres hacer el favor de soltarme? –profirió con los dientes apretados.

–¡Ni lo sueñes! –dijo–. Eres una loca. ¡Escúchame! La culpa no es mía... Ella me persiguió. Puedes preguntárselo a quien quieras. Estoy encantado de que se haya ido. De cualquier manera, hoy te hubiera contado todo el asunto. ¡Palabra de honor!

La atrajo hacia sí con violencia. Ella estaba llorando.

–Niña –repitió él. Y mientras con una mano le sujetaba la muñeca, con la otra acariciaba su pelo, su mejilla, su brazo.– Además te has dejado el sombrero arriba –dijo–. ¡Pero tranquilízate de una vez! Déjame siquiera que te lo explique, y luego puedes hacer lo que quieras.

Ella le siguió de nuevo al cuarto. Él la hizo sentar de un tirón sobre sus rodillas y le juró que a ella y sólo a ella había amado siempre y que “una cosa semejante” nunca volvería a producirse. No le creyó ni una palabra, pero se quedó. Y cuando hacia el amanecer volvió a su casa, se encerró en su cuarto; cansada y asqueada hizo sus maletas, dejó unas cuantas frías palabras de despedida para su madre, y en el tren del mediodía se fue a Viena.

23

La primera noche de su estancia en Viena la pasó Teresa en un modesto hotel cerca de la estación, y a la mañana siguiente, según el programa trazado de antemano y bien deliberado, se puso en camino hacia el centro de la ciudad. Era un día claro de vísperas de primavera; ya se ofrecían violetas, muchas mujeres llevaban trajes primaverales; pero Teresa se sentía muy a gusto también con su traje de invierno sencillo y bien cortado, y se alegraba de estar lejos de Salzburgo y sola.

Del periódico había sacado algunas direcciones donde buscaban niñera o institutriz, y todo el día anduvo, haciendo un breve alto para almorzar en un restaurante barato, de una casa para otra. La mayor parte de las veces la encontraban demasiado joven, otras era rechazada porque todavía no estaba en condiciones de presentar certificados; alguna vez a ella misma no le agradaron las personas a cuyo servicio hubiera podido entrar y, finalmente, con el cansancio de la tarde que caía, resolvió aceptar colocación en casa de una familia de un funcionario con cuatro hijos de tres a siete años.

En comparación con lo que tuvo que aguantar, la vida en su casa, aun en los peores tiempos, había sido incluso suntuosa. Los niños, siempre hambrientos, daban a la pobre vivienda tan sólo ruido y ninguna alegría; los padres eran amargados y malignos; Teresa, forzada a mejorar a expensas propias su alimentación, se encontró al cabo de pocas semanas con sus recursos a punto de agotarse e, incapaz de soportar más el tono grosero de aquella gente, dejó la casa.

En su empleo siguiente, en casa de una viuda con dos hijos, la trataron como a una sirvienta; en el tercero, resultaba insoportable la suciedad del ambiente; en el cuarto, fue la desvergonzada conducta del amo lo que pronto puso en fuga a Teresa. Así cambió de empleo varias veces todavía, no sin darse cuenta de que parte de la culpa de su incapacidad para convivir bajo techo ajeno la tenían su propia impaciencia, un cierto orgullo que le asaltaba por rachas, y una indiferencia que no hubiera sospechado frente a los niños confiados a su cuidado. Fue una época tan llena de penas y preocupaciones que Teresa casi nunca llegó a una auténtica reflexión; sin embargo, a veces, cuando, acostada en una estrecha cama arrimada a una pared fría la despertaba el llanto de uno de los niños a su cuidado en medio de la noche, o cuando al amanecer el ruido de la escalera y la charla de la servidumbre la arrancaban de su sueño, o cuando en un triste parquecillo de las afueras se sentaba, cansada, en un banco, con unos mocosos que le eran indiferentes y hasta repugnantes, o cuando se quedaba sola en ocasiones en el cuarto de los niños, y disponía de un ocio indeseable para meditar en su suerte, entonces toda la miseria de ésta se le mostraba con repentino esclarecimiento.

Las pocas tardes libres que se le concedían solía pasarlas, agotada como se sentía, en el lugar de su trabajo, sobre todo después de haber fracasado el ensayo de dar un paseo en compañía de una niñera de la vecindad. Esta persona, que siempre hasta entonces le había hablado acerca de varios intentos de seducción a que estuvo expuesta en sus diferentes empleos, ya por parte de los amos o de los jóvenes de la casa, intentos que había rechazado victoriosamente, aceptó aquella tarde de domingo en el Prater hasta los más osados piropos de jóvenes de toda laya, y en sus respuestas se moderó tan poco al final, que Teresa, en un momento de descuido, presa de asco repentino, se esfumó y volvió a casa sola.

24

Las noticias de Salzburgo habían sido escasas durante todo aquel tiempo; ella, claro está, con ocasión de su partida parecida a una fuga, no había dejado dirección, y la primera respuesta que después de varios meses se decidió a obtener por medio de una agencia de colocaciones resultó tan indiferente como habían sido sus propias palabras de despedida. Pero mientras que en las cartas de su madre resonaba todavía al comienzo un cierto tono ofendido, de las posteriores se hubiera podido desprender que Teresa había dejado la casa de perfecto acuerdo con ella. Y aunque las cartas de Teresa, con toda su reserva, estaban escritas de modo que un alma simpatizante hubiera podido leer en ellas la desolación y la miseria de su existencia..., la madre parecía no percibirlo, e incluso se mostraba satisfecha por el bienestar de su hija. Lo que hubiera podido parecer mofa no era, sin embargo, más que distracción. Muchas veces surgían en estas cartas nombres completamente indiferentes y hasta desconocidos para Teresa. Del padre decían tan sólo que su estado era "en conjunto el mismo", y del hermano no hizo ninguna mención hasta que de repente llegó una tarjeta cuyo contenido único era el deseo, expresado en tono de ligero reproche, de que Teresa se ocupara alguna vez de Karl, de quien su madre no tenía noticias desde hacía varias semanas y a quien había esperado en vano para las vacaciones en Salzburgo.

Se indicaba la dirección y Teresa, en una tarde libre, ya entrado el verano, se puso en camino hacia allá. En un cuarto pobre pero bien ordenado, a través de cuya ventana no se veía nada más que una pared desnuda con tragaluces tras los cuales subía la escalera de una casa vecina, tomó asiento frente a él. Según Teresa dedujo de las preguntas de Karl, éste la creía recién llegada; encontró muy razonable de su parte la resolución de mantenerse por su cuenta; se mostró apesadumbrado por la enfermedad del padre, que podía prolongarse todavía durante años, y no hizo de la madre ni la menor mención. Además, le contó que él, mediante muy moderada retribución, daba lecciones cuatro veces por semana durante tres horas a los dos hijos de un profesor de las clínicas, cosa que más adelante le podía proporcionar ciertas ventajas, y habló con una chocante vivacidad sobre varios abusos ocurridos en esa universidad, de los favoritismos, de las ventajas a los hijos de los profesores y, sobre todo, de la invasión judía de la universidad, que era como para amargar a cualquiera la permanencia en las aulas y laboratorios. Un rato después se disculpó por tener que salir, pues todos los domingos tenía una reunión vespertina con camaradas de sus mismas convicciones en un café, reunión a la que él, como secretario de actas, no podía faltar. Acompañó a Teresa escaleras abajo y se despidió de ella en la puerta misma de la calle con un fugaz: "Dame pronto noticias tuyas". Lo siguió con la mirada y lo encontró más crecido; el traje le encajaba bien, sólo algo flojo; llevaba un sombrero hongo marrón, y con su andar desacostumbradamente presuroso y su aspecto cambiado le pareció un extraño. Descorazonada y otra vez solitaria –pues sólo ahora se daba cuenta de que había esperado algo de esta visita–, volvió a emprender el camino a casa.

25

Desde hacía algunas semanas estaba empleada en casa de un viajante, donde tenía que cuidar al único hijito de cinco años. Al padre le había visto sólo dos veces y fugazmente: un hombrecillo siempre con prisa y preocupado; la mujer se portaba con cierta amable indiferencia hacia ella; al chico, un hermoso niño rubio, casi había llegado a quererlo, de manera que pensaba que en esa casa al fin podría permanecer más tiempo. Cuando cierta tarde de domingo regresó más temprano de lo esperado, encontró al chico ya acostado y oyó en la habitación vecina voces susurrantes; después de un breve rato salió la señora con una bata echada ligeramente por encima y, confusa y molesta, le pidió que fuera a buscar por allí cerca un poco de fiambre y, al volver, Teresa encontró a la señora cuidadosamente vestida, sentada junto a la cama del niño, hojeando con él un libro de estampas. Frente a Teresa se mostró serena y despreocupada; charló con ella de modo desacostumbrado sobre asuntos de la casa; pero a la mañana siguiente la despidió bajo un pretexto fútil.

Teresa se hallaba de nuevo en la calle. Por primera vez le vino la idea de volver a casa. Pero su dinero apenas alcanzaba para el billete, de modo que se fue otra vez con su maletín a la antigua casa del suburbio Wieden con sus muchos patios y escaleras donde ya había pernoctado varias veces, en los intervalos entre un empleo y otro, en casa de la viuda de Kausik. Allí durmió en un cuarto miserable en compañía de la mujer y sus hijos; toda la casa olía a petróleo y a grasa barata; en el patio había, ya a las tres de la mañana, el ruido de ruedas chirriantes, caballos que relinchaban y groseras voces de hombres que, como siempre, esta vez también la despertaban antes de hora. Las horas del tranquilo y sosegado despertar, de que todavía hacía poco tiempo disfrutara en su casa, volvieron a su recuerdo con melancolía, y le hizo medir temerosamente la profundidad de su ruina y la rapidez con que se producía. Y con una reflexión perfectamente clara consideró por vez primera la posibilidad de aprovechar su frescura juvenil y sus encantos físicos, como tantas otras en su situación lo hacían, y simplemente venderse. Aquella otra posibilidad, la de ser amada, la de volver a ser feliz, no la había considerado después de su primer desengaño, y las burdas y repugnantes tentativas de acercamiento que había tenido que sufrir durante los últimos meses por parte de patrones, ayudantes de carnicero, empleados de comercio, no habían sido a propósito para incitarla a la aventura. Así, a su alma cansada y desengañada, de todas las formas del amor fue el profesional el que se le presentó como más digno y decente. Se dio todavía un término de una semana. Si no encontraba hasta entonces una buena colocación, sólo le quedaba –tal le pareció en esta turbia hora del alba– la calle.

26

La viuda de Kausik, que se ganaba su escaso pan como asistenta, buena persona ella, aunque a veces malhumorada, solía levantarse a las cinco de la mañana. Poco después se levantaron también los niños, y la fútil agitación que llevaba el día al mísero cuarto arrancó también a Teresa de la cama. En una taza blanca de mala factura, con los bordes saltados, recibió el café de su desayuno; a continuación acompañó hasta la escuela a los niños de la Kausik, un chico y una niña de nueve años que le mostraban mucho apego, y una hora después, luego de un paseo por el parque municipal cuyo florecer veraniego levantó un poco su ánimo, entró en una agencia de empleo donde la trataron con poca amabilidad, como a una persona que en ninguna parte parara mucho. Sin embargo, le dieron de nuevo unas direcciones y, después de algunas malogradas tentativas, casi al mediodía, subió con las esperanzas algo decaídas la escalera de una elegante casa de la calle del Ring donde se buscaba una institutriz para dos niñas de trece y once años. La señora de la casa, guapa y un poquito maquillada, se disponía a salir, y al principio pareció impaciente al ver que la retenían. No obstante, hizo pasar a Teresa y pidió que le mostrara sus certificados. Siguiendo una inspiración momentánea, Teresa contestó que no podía mostrarle ninguno, pues era la primera vez que buscaba trabajo. En actitud de rechazo al principio, en el transcurso de la conversación la señora pareció encontrar agradable a Teresa; sobre todo, le impresionó la circunstancia de que la aspirante dijera pertenecer a una familia de militares, y finalmente la citó para el día siguiente a una hora en que las dos niñas habrían regresado ya de la escuela. En el zaguán leyó Teresa en una placa de vidrio negro con letras doradas: Dr. Gustav Eppich, Abogado de la Corte de justicia, Defensor de lo Criminal.

Al día siguiente, a la una, Teresa entró en el salón donde encontró a la señora de la casa en compañía de sus hijas, y creyó ver en las maneras amables de las bien educadas niñas que habían sido influidas a su favor por la madre. Poco después, llegó también el señor de la casa; en tono de leve reproche observó que había dejado su despacho más temprano que de costumbre. También él parecía interesado de antemano en favor de Teresa; en particular no había dejado de impresionarle el que perteneciera a una familia de oficiales, y cuando Teresa contestó a una pregunta que su padre había muerto hacía alrededor de un año de pena por su retiro prematuro, en las caras de todos los miembros de la familia apareció una especie de simpatía personal. El salario mensual que le ofrecieron era menor de lo que había esperado, pero a pesar de ello apenas pudo esconder su alegría cuando la despidieron con la indicación de que debía iniciar su trabajo en la casa al día siguiente.

En casa de la Kausik encontró una carta de su madre con la noticia de que su padre había muerto. Tuvo que dominar un leve escalofrío, casi una sensación de culpa; sólo después llegó a su conciencia el dolor. Siguiendo un primer impulso, se fue a casa de su hermano, que todavía no tenía noticia del triste acontecimiento. No pareció singularmente afectado. Se puso a pasear silenciosamente por el cuarto, se detuvo al fin frente a Teresa, que se había sentado en el borde de la cama por estar las dos sillas cargadas de libros, y como cumpliendo un deber, la besó en la frente.

–¿Sabes algo más de casa? –preguntó luego.

Teresa le contó lo poco que sabía, entre otras cosas que su madre había dejado la vivienda, vendido los muebles y alquilado una habitación amueblada.

–¿Vendido los muebles? –repitió Karl con una agria sonrisa–. Hubiera debido consultarnos. –Y a una mirada de asombro de Teresa–: Tú y yo somos, en cierto modo, copropietarios del mobiliario.

–Sí, es verdad –dijo Teresa–. Ella también me dice algo de eso: que nos van a pagar dentro de poco una cierta suma.

–¿Una cierta?... ¡Hum! De esto habrá que averiguar algo con más exactitud. –Volvió a recorrer de arriba a abajo el cuarto, meneó la cabeza, y con una rápida mirada a Teresa dijo como hablando consigo mismo–: Ahora nuestro pobre padre ya está más allá de todo sufrimiento.

Teresa no supo qué responder a aquello; se sintió aun más incómoda de lo que podía explicarse a sí misma, y se despidió de su hermano sin contarle, como había sido su intención, lo de su nuevo empleo. Karl no la retuvo.

En el camino hacia su casa entró en una iglesia y allá permaneció largo rato, sin rezar pero pensando con devoción y hasta con fervor en el difunto, que ahora se le representaba ante los ojos con su aspecto anterior, tal cual lo había conocido y querido de niña. Recordó la manera alegre y ruidosa con que él solía entrar en el cuarto, levantarla del suelo donde jugaba, apretarla contra sí y acariciarla; y enseguida se unió también a ese recuerdo la figura de la madre en aquellos tiempos, alegre y juvenil, y tan radiante como nunca la había visto en la realidad. Y de nuevo la sobrecogió aquel escalofrío que hoy había sentido ya una vez al recordar en qué breve plazo esos dos seres habían cambiado tan por completo que ambos le parecían ahora como desaparecidos desde hacía mucho, desde hacía mucho enterrados, y sin tener lo más mínimo en común con el maniático teniente coronel recién fallecido y con la desaseada, maligna y un poco tenebrosa escritora que envejecía en Salzburgo.

27

Al día siguiente, Teresa llegó a su nuevo empleo. Con especial amabilidad trataron de ayudarla a vencer la timidez del primer almuerzo, durante el cual conoció también al hijo de la casa, George, como pronunciaban su nombre a la francesa, un aceptable buen mozo de dieciocho años que estaba matriculado como estudiante de Derecho en la Universidad.

El horario del día se estableció sólo para Teresa. Las niñas acudían a la escuela; Teresa las llevaba y las traía, les ayudaba a hacer sus deberes y las acompañaba en sus paseos, a cuya regularidad daba mucha importancia la señora de Eppich. El comportamiento de los padres seguía siendo de una amabilidad inalterable, aunque Teresa pronto dejó de hacerse ilusiones acerca de su completa indiferencia íntima hacia ella. Le facilitaban su entrada en las conversaciones durante las comidas, en las cuales a veces se trataban temas políticos, y en esas ocasiones el doctor Eppich, con intención innegable, manifestaba unos puntos de vista extremadamente liberales contra los cuales nadie se oponía más que su propio hijo, quien reprochaba al padre un idealismo demasiado amplio, lo que éste parecía oír no con desagrado, e incluso halagado. En cuanto a la señora de Eppich, había días en que demostraba el más vivo interés no sólo por sus hijas, sino también por los asuntos caseros, apareciendo tan pronto en este cuarto como en el otro y dando órdenes; y otros en los cuales no se ocupaba lo más mínimo de la casa, de las cuentas y de los hijos, y permanecía invisible para Teresa fuera de las horas de las comidas. George se detenía en el cuarto de sus hermanas más de lo necesario, y por sus miradas, tímidas a veces, a veces atrevidas, pronto descubrió Teresa que su proximidad despertaba en él deseos y tal vez esperanzas, de las cuales ella, manteniendo una perfecta reserva, parecía no darse cuenta. La mayor de las dos niñas a veces se mostraba inclinada a apegarse a Teresa y abrirle su corazón; pero cuando esto se había producido algún día, al siguiente e intencionadamente se apartaba de ella. La más pequeña estaba llena de una alegría constante, todavía por completo infantil, y ambas hijas se acercaban a su madre con un gran cariño, que, según Teresa creyó notar a veces, no les era retribuido del mismo modo, incluso a veces era recibido distraídamente y hasta con impaciencia.

A Teresa le quedaba poco tiempo para sí misma. Un domingo sí y otro no tenía "salida", según la expresión usual, pero ella apenas sabía qué hacer con sus horas libres; las empleaba sin verdadero deseo en dar paseos, y raras veces en ir al teatro. Del trato en la casa no podía quejarse, pero no obstante le entraba poco a poco cierta inquietud, casi un sentimiento de inseguridad, cuya causa creía reconocer en la atmósfera extrañamente cambiante en el seno de aquella familia, en la cual ella misma se sentía envuelta involuntariamente y sin saber bien cómo. Allí no había ningún ser viviente en quien pudiera o quisiera confiarse. Sólo una institutriz francesa, a la que, según opinión de Teresa, ya no podía llamarse joven, aunque todavía no había pasado de la treintena, le fue algo simpática y aprovechó la ocasión de conversar con ella para perfeccionarse en la lengua francesa. Sylvie era divertida; le confió a Teresa, aunque con cierta reticencia, varias historias no del todo inocentes de su pasado, e intentó inducir también a Teresa a confidencias personales. Ésta, reservada por naturaleza, no contó mucho más de lo que hubiera podido contar también a la persona más ajena, pero se dio cuenta de que *mademoiselle* Sylvie no quería creer en su castidad. Teresa misma se asombraba a veces de que ni su corazón ni siquiera sus sentidos recordaran ya la dicha pasada en brazos del teniente. La desilusión sufrida con su engaño hacía mucho que ya no le causaba dolor; sin embargo, sentía como si nunca más pudiera volver a confiar en un hombre y a veces eso la alegraba.. También le halagaba un poco disfrutar de una intachable reputación y de que la señora de Eppich mencionara no de mala gana ante los conocidos de la casa que Teresa procedía de una antigua familia austriaca de oficiales.

28

Llegó la primavera, y el segundo día de Pascua –primera hora de la tarde– Teresa esperaba en la Plaza de San Esteban a la institutriz de una casa amiga de los Eppich, mujer bonachona y bastante marchita por quien desde el primer momento había sentido no tanto amistad como compasión. La señorita se hacía esperar y Teresa se divertía entre tanto mirando a los que pasaban, quienes en este suave y azul día de fiesta, parecían avanzar como liberados de preocupaciones hacia algo alegre. No faltaban las parejas de enamorados; Teresa, sin sentir envidia precisamente, encontraba un tanto ridículo el no estar esperando aquí a un amante, sino a una avejentada institutriz con la que nada en común la ligaba, como no fuera la similitud de profesiones; y casi experimentó angustia ante la tarde probablemente aburrida que tendría que pasar con ella. Como ya había transcurrido una media hora después de la fijada para la cita, resolvió aventurarse ella sola por las afueras. Miró una vez más, concienzudamente, hacia todos lados por si acaso llegaba todavía la otra; pero luego abandonó el lugar señalado deprisa, se sumergió en la corriente de los paseantes gozando de su soledad, de su libertad y también del enigma que resplandece en cada nueva hora cuyo contenido no ha sido prefijado. Así aconteció que, empujada y conducida por la multitud, tomó el camino del Prater hasta encontrase finalmente en la avenida principal, cuyos árboles estaban todavía pelados, mientras que el suelo exhalaba ya el perfume de la primavera. El paseo central estaba lleno de coches y a cada minuto era mayor el tráfico, pues en ese mismo momento, en fiacres y carretelas, el público volvía de las carreras en la Freudenau. Como otros muchos, también Teresa se quedó un rato al borde del paseo de coches;

muchas miradas pasaban sobre ella, alguna se volvió, entre otras, la de un joven oficial que, algo parecido a Max, le pareció, sin embargo, más distinguido, un poco más noble que su seductor. Dicho sea de paso, hacía mucho que se había dado cuenta de que entonces se había rebajado, y se prometía ser más sensata la próxima vez.

Siguió por la avenida densamente poblada hasta llegar a la zona de las orquestas que tocaban en los repletos jardines de los restaurantes, y no sólo para los parroquianos de las mesas. Cientos, miles de personas transitaban paseando, se paraban, se amontonaban contra las verjas, y Teresa notaba con placer cómo las orquestas se relevaban y entrelazaban entre sí y cómo en la suave melodía de una próxima se mezclaba de repente un salvaje redoblar de tambores o sonido de platillos de otra lejana, y cómo el trote de los caballos, el susurro, el parloteo y las risas de la multitud y los pitos de la locomotora desde el viaducto del ferrocarril colaboraban también en el gran concierto del festival de la recepción a la primavera.

Hasta entonces su atavío oscuro y sencillo y su rostro inmóvil, serio casi por costumbre, habían refrenado cualquier atrevimiento. Sólo cuando se detuvo un poco junto a la verja del jardín de un restaurante un joven se le había aproximado demasiado; pero luego de un vivo movimiento defensivo de su brazo, había vuelto a desaparecer sin que hubiera llegado ella a percibir con claridad sus rasgos. Mientras, alejándose del ruido y de la música, continuaba su paseo entre los árboles todavía sin hojas, se dio cuenta de que en realidad no recordaba con repugnancia aquel contacto voluntario. Rápida, con pasos casi fugitivos, se apresuró. La corriente humana se desvaneció poco a poco; Teresa pensó en descansar un rato en un banco, en el primero que viera desocupado. Se cruzó con ella un hombre, que ya de lejos le había llamado la atención por su aspecto: un traje recién planchado pero de pésimo corte y ridículamente claro colgaba de su delgada figura flácida; bailoteaba más que caminaba, ambas manos en los bolsillos del pantalón; y además llevaba en la derecha, flojamente entre dos dedos, su blando sombrero castaño. Rozó a Teresa con una mirada pueril y sin embargo algo alevosa, la saludó con un movimiento de cabeza amistoso, casi cordial y en ningún modo atrevido, tanto que ella estuvo a punto de devolver el saludo, y sonrió sin querer. Después de unos cuantos pasos, se volvió de repente, anduvo hacia ella, y sin más ceremonia tomó asiento a su lado. Ella trató de levantarse, pero él ya había comenzado a hablar como si no hubiera notado su movimiento; habló del hermoso tiempo de primavera, de las carreras de caballos a que había asistido; de la caída de un jockey durante la carrera de obstáculos; bromeó acerca de una pareja que pasaba vestida de un modo llamativo; preguntó en fin a Teresa si había visto el coche de la archiduquesa Josefa y el tiro de cuatro caballos del barón Springer, y si no era hermoso oír cómo sonaba la música muy a lo lejos, como desde otro mundo. Teresa, algo aturdida por el torrente de sus palabras, contestó de un modo breve y no precisamente descortés; pero de repente se levantó con un leve saludo y... también él se levantó con toda naturalidad, empezó a andar a su lado y siguió conversando. Empezó a tratar de adivinar quién sería ella: vienesa, en modo alguno. ¡Ah, no! Y como ella sonriera..., ¿acaso alemana? ¡Hablaba de un modo tan culto!... ¡Ah, italiana de nacimiento es lo que era! ¡Sí, seguro! Los cabellos oscuros, la mirada ardiente y prometedora: ¡italiana, desde luego!

Casi asustada, ella le miró. Él se rió. De todos modos provenía del sur, sus padres, sus antepasados seguramente..., que ella misma era vienesa, eso se notaba perfectamente, aunque hablaba tan poco..., y un alemán tan correcto. ¿Acaso era actriz? ¿Cantante? ¿Una *prima donna*? ¿O quizá una dama de la corte? Sí, eso era: una dama de la corte a la que le gustaba contemplar alguna vez de cerca las andanzas del pueblo..., si no una princesa o una archiduquesa... ¡Claro, una archiduquesa!

De ahí no había quien lo sacara, y hasta hacía como si lo creyera en serio. Todo lo indicaba así: su vestir, tan sencillo pero, como él decía, altamente distinguido; su porte, el andar, la mirada... Se quedó tras ella, dejándola avanzar unos pasos para admirar por detrás su porte y su andar.

–Alteza –dijo de repente cuando hubieron vuelto al lugar de las orquestas–: consideraría un honor extremo invitar a Su Alteza a un *souper*, mas, para decir la verdad –pobreza no es deshonra ni riqueza desgracia–, mi fortuna asciende desgraciadamente a la suma de un solo florín. No sería una cena muy principesca. Así que Su Alteza tendría que pagarse su cena.

Le preguntó riéndose si estaba loco. "En modo alguno", replicó él con seriedad.

Ella aceleró el paso. Que era tarde, que tenía que volver a casa. Bueno, entonces al menos le permitiría acompañarla hasta la carroza real, que seguramente la esperaba en alguna parte. ¿Junto a la Casa Suiza? ¿Junto al Museo de Figuras de Cera? ¿O junto al viaducto? Entretanto habían llegado a una acera lateral; en el jardín de una modesta fonda, detrás de una valla pintada de verde, un público más humilde se sentía a gusto con cerveza, salchichón y queso, y se contentaba con los acordes sueltos de la música que llegaba hasta allí desde los jardines vecinos y lejanos. Pronto, para su propio asombro, Teresa se encontró sentada con su acompañante ante una mesa que se tambaleaba un poco cubierta con un mantel floreado en rojo, y ambos devoraron con apetito lo que les sirvió el sudoroso mozo con frac reluciente de grasa.

–Oh, señor Swoboda –le saludó el acompañante de Teresa como si le conociera desde hacía mucho tiempo, y le hizo varias preguntas en broma–: ¿Cómo le va al abuelo? ¿Sigue trabajando de adivino? Y su señorita hija, ¿sigue de cabeza parlante? –Luego se desvivió en cómicas excusas por haber osado traer a la princesa a un local tan imposible. Pero aquí habría menos peligro de que se descubriera su incógnito. Luego llamó su atención sobre ciertos personajes: un señor de abrigo oscuro y sombrero hongo muy encajado –un estafador huido, de seguro–; dos soldados con sus novias quienes tomaban, cada pareja, la cerveza en un solo jarro; el padre de familia, de ojos saltones, con la mujer gorda y los cuatro hijos; el viejísimo señor, muy rasurado, que se hallaba sentado debajo de un farol murmurando solo; y al final descubrió, con bien fingido susto, en un rincón del jardín, a un caballero vestido de negro y –lo que era singular– con sombrero de copa, que naturalmente sólo podía ser un policía secreto. Comisionado, claro está, para vigilar a la princesa aquí presente.

Todo cuanto dijo de ese estilo era bien poco ingenioso, y su expresión bastante trivial; Teresa se daba buena cuenta. Pero después de tan largos meses en cuyo transcurso nadie le había dirigido una palabra de diversión inocente, en aquella atmósfera siempre cargada de recato y decoro, se había acumulado inconscientemente en ella un deseo tal de alegría, que ahora, al lado de una persona que hacía una hora no conocía, aun inobservada, libre, y un poco aturdida además por dos vasos de vino bebidos con rapidez, se apoderó con ansia de la primera desdichada oportunidad de estar un poco alegre y de reírse. Reflexionó con disimulo sobre lo que podría ser su acompañante. ¿Pintor, quizá? ¿O actor? Fuera lo que fuere, era joven y despreocupado, y en todo caso lo de hoy resultaba más divertido que lo había sido aquella vez en Salzburgo en el jardín del hotel elegante con Alfred. Y le preguntó a su acompañante si conocía Salzburgo. –¿Salzburgo? –Claro que había estado allá. También en el Tirol, y en Italia, y en España..., hasta Malta había llegado. ¿No había adivinado todavía que él era un artesano errante, uno de aquellos que recorren el mundo con la mochila al hombro? Hasta ayer no había vuelto aquí, y con la intención de volver a liar sus bártulos. Pero si pudiera acariciar la esperanza de volver a ver a Su Alteza, estaría dispuesto a quedarse un par de días más, con sus noches –agregó al desgaire.

El camarero esperaba; pagaron cada cual lo suyo, y dejaron luego el jardín; el desconocido tomó a Teresa del brazo y no la soltó. Entre barracones, puestos de tiro, tabernas, calesitas, mientras por todas partes el ruido de fiesta comenzaba a extinguirse poco a poco, se acercaron a la salida. Con un pregonero que en dialecto bohemio invitaba a visitar un gabinete mágico de sorpresas picarescas, el acompañante de Teresa entabló una conversación, imitando su dialecto para regocijo de los que pasaban. Eso le hizo muy poca gracia a Teresa; sacó su brazo del suyo, y quiso irse, pero él la alcanzó enseguida. Al pasar por una parada de coches se detuvo como si buscara una carroza real, mostrándose inconsolable al no encontrarla.

–Ahora terminó la broma –dijo ella–, y creo que lo mejor será que nos digamos adiós.

–Entonces, si la broma ha terminado –dijo él con inesperada seriedad–, conviene que me presente formalmente: Casimiro Tobisch. En otro tiempo –agregó con ironía–, von Tobisch. Pero... –declaró enseguida–, tenía poco sentido usar un título de nobleza cuando se era un pobretón. Y ahora tendría que adivinar la señora qué era aparte de eso.

–Pintor –dijo ella sin pensarlo mucho.

Él asintió al instante. En efecto, era pintor y músico, según los casos. –¿No querría la señora visitar alguna vez su estudio? –Y como ella ni siquiera contestó a esto, comenzó a hablar otra vez de sus viajes. ¡Oh, no sólo había estado en Italia! También en París, también en Madrid y en Inglaterra, como pintor y músico. Músico de orquesta, pues tocaba todos los instrumentos, desde la flauta al bombo. ¡Ay, qué ciudad, Madrid, misteriosa y romántica! Pero Roma, ésa superaba a todas. Las catacumbas, por ejemplo: un millón de esqueletos y calaveras en las profundidades de la tierra..., no era un lugar acogedor para pasear. Si uno se extraviaba, estaba perdido. A un amigo suyo le había pasado eso, pero finalmente se había salvado. ¡Y el Coliseo! Un circo gigantesco en el que cabían cientos de miles de personas. Ahora yacía en ruinas, bajo la luna. Por supuesto, sólo de noche. ¡Ja, ja! Se acercaban a la casa donde vivía Teresa; ella le suplicó que no siguiera y, a ruego suyo, le dio su nombre y dirección..., y, además, una cita para dentro de quince días. Notó que él la seguía a cierta distancia y esperó en la esquina hasta que ella desapareció en el portal.

29

En aquellos quince días siguientes llegaron tres cartas de él. La primera era cortés y galante; la segunda, escrita en un tono más gracioso, llamando "princesa" a Teresa y dándole el tratamiento de "Su Alteza" y firmándose Casimiro, tambor mayor, flautista y artesano errante. Pero la tercera carta tenía ya un hálito de ternura y la firmaba, como por distracción, con las iniciales C. v. T.

Se encontraron, según lo convenido, en el Praterstern. Llovía a torrentes. Casimiro apareció sin paraguas, envuelto románticamente en una amplia capa. Tenía en el bolsillo entradas para la función vespertina del Teatro Karl. ¡Oh, no le habían costado nada! Era amigo del director, y también de algunos actores. A veces se encontraban en restaurantes, en fiestas de *atelier*. Bueno, lo de las fiestas no había que tomarlo tan al pie de la letra. Pero a decir verdad esos asuntos a veces eran muy divertidos, aunque ni de lejos tanto como por ejemplo las de París, al menos no tan desenfadadas. Hubo una vez un baile de artistas en el que las modelos bailaban completamente desnudas, y varias, lo que tal vez era peor todavía, envueltas sólo en velos transparentes rojos, azules, verdes...

Así la entretuvo durante el breve camino al teatro. Allí se sentaron en la tercera galería, segunda fila; daban una opereta como las que Teresa había visto representar también, no mucho mejor ni peor, en Salzburgo. Lo del escenario resultaba bastante divertido, pero lo que Casimiro susurraba a su oído mientras tanto la hacía tan pronto reír, tan pronto ruborizarse, hasta que en la oscuridad de la sala se puso demasiado cariñoso, y ella tuvo que llamarle en serio la atención. Entonces quedó como cambiado y se mantuvo correcto y quieto en su asiento hasta el final, sin contestar siquiera a sus preguntas, lo que, por supuesto, era una nueva clase de broma.

Cuando al final de la función salieron a la calle, aún era de día y la lluvia continuaba. Se fueron a un café próximo, se sentaron junto a un ventanal; Teresa hojeó unas revistas ilustradas; Casimiro observó interesado una partida de billar, dio consejos a los jugadores y hasta intentó una carambola, que salió mal, echándole la culpa al taco malo. Teresa encontró raro que se ocupara tan poco de ella, y cuando volvió a su lado sugirió que podían irse ya. Él la ayudó a ponerse la chaqueta, se envolvió en su capa con aire fanfarrón, y en la calle abrió el paraguas sobre ella pero no la tomó del brazo. Se mostraba reservado, casi melancólico, y ella tuvo un poco de compasión por él. Al pasar por delante de un restaurante muy iluminado él echó una mirada tan hambrienta a través de los altos cristales que Teresa casi sintió deseos de invitarle a una cena en una de aquellas atractivas mesas de blanco mantel; sin embargo, temió que se ofendiera, y tal vez más que pudiera aceptar su invitación. Silenciosos siguieron uno junto al otro, pero al despedirse en una esquina, él declaró con súbita animación que no podía en manera alguna esperar quince días hasta la próxima entrevista. Ella se encogió de hombros. No era posible de otro modo. Él no cedía. Después de todo, ella no era una esclava. ¿Por qué no iban a poder verse durante una horita alguna de las noches próximas?

–Esclava claro que no soy –contestó ella–, pero estoy empleada, tengo obligaciones.

–¿Obligaciones? ¿Hacia quién? Hacia gente extraña que se aprovecha de usted.

Eso no era más que una esclavitud. No, él no quería de ningún modo esperar otros quince días. Una noche libre, por excepción, durante la semana, ¡no se la podían negar! Ella se mantuvo firme en apariencia, pero para sus adentros le daba la razón.

A la noche siguiente le mandó una nota, en la cual decía que la esperaba en la esquina, pues tenía que hablarle con urgencia. La señora de la casa estaba presente y vio cómo Teresa se ponía colorada. No hay respuesta, dijo Teresa al mensajero. Y Casimiro no volvió a dar señales de vida hasta el día de la cita convenida.

30

Teresa esperaba a la entrada del Parque Municipal. Frente a ella, ante un café de la calle Ring, los clientes estaban sentados al aire libre tomando el sol. Un niño pálido ofreció a Teresa unas violetas que vendía. Ella tomó un ramito. Un transeúnte le susurró algo al oído, una invitación muy directa con palabras tan desvergonzadas que ni siquiera se atrevió a volverse. Se puso roja como una amapola, pero no sólo de indignación. ¿No era una locura, en verdad, vivir como una esclava..., como una monja? ¡Había que ver cómo la miraban todos! Algunos se daban la vuelta para mirarla, y uno, un hombre joven y elegante, pasó y repasó varias veces esperando evidentemente a ver cuánto tiempo estaría aún sola. Quizá era mejor si Casimiro no se presentaba. Era un pobre diablo, y loco por añadidura..., y ¿por qué ése? ¿Por qué? Ella podía elegir.

Pero ya estaba allí, con un traje de verano muy claro, no por cierto del mejor sastre, como bien se notaba, pero que le caía bastante bien; el blando sombrero en la mano, como de costumbre; la otra mano en el bolsillo del pantalón; andaba ligero y alegre. Ella sonrió y se puso contenta. Él la besó la mano; anduvieron acá y allá por el parque, cogidos del brazo; observaron a los niños que daban de comer a los cisnes; Casimiro le habló de un parque en París y de una laguna donde había remado una noche y pernoctado en el barquito protegido por la sombra de una roca artificial.

–No solo, por supuesto – infirió ella.

Él puso la mano sobre el corazón como para dar fe a sus palabras:

–Ya no me acuerdo; cosas del pasado.

Teresa no quería oír hablar más de París ni de Roma y todas aquellas ciudades lejanas. Si tanta nostalgia tenía de ellas, mejor sería que se fuera enseguida para allá. Él apretó su brazo contra el suyo y la invitó a tomar una merienda en la terraza del Kursalon. Ante una mesa pequeña se dejaron caer y Teresa sintió de repente un ridículo temor a que la pudieran ver allí con Casimiro y se lo contaran a "sus patrones". Cuando esa palabra pasó por su mente, agachó sin querer la cabeza, y Casimiro, que estaba sentado con mucha distinción, cruzadas las piernas y fumando un cigarrillo, le dijo en la cara lo que le estaba pasando por dentro. Ella negó con un débil movimiento de cabeza, pero las lágrimas le afluyeron a los ojos.

–¡Pobre niña! –dijo Casimiro, y agregó con resolución–: Esto tiene que cambiar–. Llamó al mozo, pagó; las monedas sonaron magnífica y un tanto ridículamente sobre el tablero de mármol, y luego bajó con Teresa los anchos escalones hasta el parque. Le contó cuánto la había echado de menos y que sólo en el trabajo había encontrado alguna tranquilidad. Habló de un cuadro que estaba pintando, un paisaje de fantasía "utópico-tropical", y de otros cuadros que tenía casi terminados en la cabeza. "Cuadros del terruño".

–¿Cuadros del terruño?

Sí, porque por raro que pareciera él tenía algo así como un terruño propio. Y le habló de la pequeña ciudad de la Bohemia alemana donde había nacido; de su madre, que todavía vivía allí, viuda de un notario; de los coloreados macizos de flores del jardinillo donde había jugado de niño. Entonces Teresa le contó también cosas de su familia, de su padre, que siendo general se había suicidado por ambiciones insatisfechas; de su madre, que bajo seudónimo escribía novelas para los grandes diarios; de su hermano el estudiante. Y ella misma –¿por qué no confesarlo?– había estado comprometida una vez con un oficial, cuyos padres no habían querido permitir el casamiento con una muchacha pobre..., pero era mejor no hablar de eso, era un recuerdo demasiado penoso. Casimiro no insistió.

Paseaban por calles de un suburbio que Teresa no conocía. Pensó en su sueño de infancia: Perderse por caminos desconocidos, volver de un lugar donde nadie se imaginaba que estuviera.

–Aquí estamos –dijo Casimiro sencillamente. Ella levantó la vista. Se encontraban frente a una pensión que tenía el mismo aspecto que otras cien; él sostuvo firme el brazo de ella, le hizo entrar en el portal, subieron las escaleras, delante de puertas con tarjetas de visita clavadas o chapas de bronce, con ventanas que daban a los corredores, tras de las cuales pasaban sombras indiferentes, y al final, en el último piso debajo del tejado, Casimiro abrió con chirriante llave una puerta. En el recibidor, bastante espacioso, no había nada más que una máquina de estirar ropa; las paredes estaban casi desnudas y en una colgaba un calendario. Por la puerta inmediata entraron al estudio. La enorme ventana se hallaba casi en sus dos tercios velada por una cortina verde oscuro, así que de un lado casi era día y del otro casi noche. En la oscuridad había un gran caballete con un cuadro cubierto por un trapo sucio. Sobre una cómoda vieja había libros; encima de un cajón largo, una paleta con colores mezclados; al lado, un mantón de terciopelo azulado. En el suelo, medio llenos, había botellines y botellas, grandes y chicos, de contenido turbio. Olía a trementina, a botas encerradas y a un perfume dulzón. En un ángulo brillaba el respaldo de una butaca roja. Casimiro, con un gesto airoso, tiró su sombrero en un rincón, se acercó a Teresa, tomó su cara entre ambas manos, la miró a los ojos complacido y bizqueando un poco, la abrazó, la atrajo hasta el sillón y la sentó sobre sus rodillas. Como una de las patas del sillón pareció ceder, a ella se le escapó un gritito. Él la tranquilizó y luego empezó a besarla, despacio, como deliberadamente. Su bigote olía a pomada perfumada, casi como una peluquería donde de niña solía ir en busca de su padre. Sus labios eran húmedos y frescos.

31

Para poder ver a Casimiro más de una vez cada quince días Teresa tenía que recurrir a diversos pretextos; tan pronto inventaba una salida al teatro con una amiga, como un encuentro indispensable con su hermano; el caso era salir de casa, a veces también por la noche. Como por lo demás cumplía concienzudamente sus deberes de institutriz, no parecían tomar a mal estas pequeñas irregularidades.

El amigo de Casimiro con quien, según él decía, compartía el estudio, inesperadamente –así contó Casimiro– había vuelto de un viaje, y la utilización exclusiva de la pieza se había hecho cuestionable e insegura. Así surgió para la pareja de enamorados la necesidad, si querían estar juntos sin que les molestaran, de acogerse a sórdidas habitaciones de hostales, cuyo alquiler, cuando Casimiro no estaba con fondos, tenía que pagar Teresa. Ella no ponía mala cara al hacerlo, e incluso eso le deparaba cierta satisfacción. Claro está que sus continuas preocupaciones de dinero tenían como resultado que él estuviera con mucha frecuencia de mal humor; incluso llegó una vez a gritar a Teresa del modo más brusco, sin razón aparente. Pero cuando ella, no acostumbrada a ese tono, se levantó sin decir palabra de su lado, se vistió aprisa e hizo gesto de salir, se echó de rodillas ante ella e imploró su perdón, un perdón que Teresa estuvo dispuesta a concederle demasiado pronto, según ella misma percibió.

En los primeros días de julio la familia del abogado tuvo que irse de veraneo a Ischl. Teresa pensaba cambiar de empleo sólo con el fin de quedarse cerca de Casimiro. Pero él mismo se lo desaconsejó, prometiendo visitarla durante el verano y, tal vez, tomar alojamiento en alguna casa aldeana cerca de ella, o, si no era posible de otro modo, ya se le ocurriría alguna estratagema para reunirse pronto.

El último domingo antes del traslado a Ischl hicieron una excursión a los bosques de Viena. Al caer la tarde estaban sentados en el jardín de una hostería situada en el declive de un prado rodeado por bosques que movía el viento. En las mesas la gente bebía, cantaba, reía; unos niños iban de acá para allá corriendo y cayéndose, en la sala de la hostería, junto a la ventana abierta, un hombre gordo estaba sentado en mangas de camisa y tocaba el acordeón. Casimiro tenía dinero y no quería que les faltara nada a Teresa y a él. Cerca de ellos se encontraba un matrimonio con dos hijos; Casimiro inició una conversación con los padres, alabando el hermoso panorama del valle del Danubio, brindando por su salud, degustando el "vinillo" y contando historias de numerosos vinos extranjeros excelentes que había bebido en sus viajes, de Veltlin, de Santa Maura, de Lacrima Christi y de Jerez de la Frontera. Luego narró cuentos de borracheras a las que había asistido e imitó, para divertir a los presentes, el tambaleo y tartamudeo de un borracho; finalmente se puso a cantar a los sones del acordeón una melodía medio cómica medio triste. Hubo aplausos a su alrededor y Casimiro los agradeció con unas reverencias humorísticas.

Teresa sentía que se estaba poniendo cada vez más triste. Si se levantaba y desaparecía ¿se daría él cuenta siquiera? Y si de repente ella desaparecía, por completo de su vida, ¿la echaría de menos y le dedicaría algún pensamiento? Y asustada por ese esclarecimiento repentino, se preguntó si no hubiera debido comunicarle ya en el camino de ida cierta preocupación suya que creía fundada y que para él también tenía que significar algo. Ahora ya no se sentía capaz de hacerlo. ¿Para qué? Tal vez mañana mismo comprobaría que su preocupación era vana.

El sol hacía mucho que había desaparecido, el bosque se elevaba negro e inmóvil. Desde la planicie subía suavemente la noche. Atravesando la pradera pasaban por delante de la hostería estudiantes con gorras coloradas. Involuntariamente Teresa miró esperando ver a su hermano entre ellos. Pero él no llevaba gorra. Lo de que era miembro de una de esas pandas era una mentira suya, nada más, como tantas otras. ¿Qué diría Karl si su miedo resultara justificado? ¡Ah, a él qué le importaba! A él tan poco como a los demás. ¿A quién tenía ella que rendir cuentas? A nadie más que a sí misma.

La oscuridad era casi completa cuando Teresa y Casimiro emprendieron el regreso. Él la rodeó con su brazo y así bajaron el prado en declive a lo largo del bosque. En un lugar de cuesta más pronunciada echaron a correr, ella estuvo a punto de caerse y los dos rieron como niños. Él la sujetó con más firmeza y ella volvió a sentirse feliz. Muy pronto llegaron al llano; a través de calles pobladas, entre jardines y villas siguieron caminando con un alegre paso de marcha. En un tranvía atestado de gente se dirigieron al centro de la ciudad. Teresa volvió a sentirse incómoda de repente, pero Casimiro, en medio de la muchedumbre de mujeres cansadas, niños alegres y hombres medio borrachos, se sentía apreciablemente tan bien como si ése fuera su propio elemento. Enseguida tomó parte en la charla trivial que se cruzaba entre los pasajeros, se hizo el galante indicando a un señor grueso que debía levantarse inmediatamente y ceder su asiento a una muchacha bonita, y ofreció a su alrededor los cigarrillos que había comprado en la hostería. Teresa se alegró cuando el viaje llegó a su término. La casa de él quedaba cerca; en el portal concertaron rápidamente una cita para el fin de aquella semana y Casimiro pareció tener de pronto mucha prisa en despedirse. Le siguió con la mirada hasta que la puerta se cerró a sus espaldas. Ni siquiera se había vuelto hacia ella.

32

Ella apenas pudo aguardar al siguiente encuentro. Dos veces le escribió en el transcurso de ese tiempo, cartas breves, tiernas, y no recibió respuesta. Un miedo confuso le transía, que, sin embargo, se fundió casi en felicidad cuando el sábado por la noche, en el lugar de costumbre, la esquina del Prater, lo vio avanzar hacia ella, radiante y juvenil. ¿Cómo era que no le había contestado? –¿Contestado? ¡Cómo! ¡No había recibido carta alguna! ¿Adónde le había escrito? ¿Al estudio? ¿Había olvidado entonces que él se había mudado? –¿Mudado? –¡Pero claro; con toda seguridad que se lo había dicho la vez pasada! Su amigo había salido de viaje para Múnich y se vieron obligados a dejar el estudio; por lo tanto él había alquilado provisonalmente una pequeña habitación, momentáneamente, no del todo mala.

No tuvieron que ir muy lejos; hasta una casa muy vieja en una calle estrecha y mal alumbrada de la parte antigua de la ciudad. Una angosta escalera los llevó al cuarto piso; Casimiro abrió la puerta de la vivienda; el recibidor estaba oscuro, de la cocina, a través del ojo de la cerradura, salía una luz, y olía a petróleo. Entraron en la habitación. Por el hueco de una ventana se veía el oscuro cañón de la chimenea de la casa de enfrente. El tejado quedaba tan cerca que casi se hubiera podido alcanzarlo con la mano. Pero cuando Teresa dejó vagar su mirada atisbando de reojo, contempló por encima de los tejados y chimeneas un amplio panorama nocturno de la ciudad.

Casimiro explicó a Teresa las ventajas de su nueva vivienda: vistas, tranquilidad, bienestar. Quizá se decidiera a alquilarla por un año.

–¿Pero es posible pintar aquí? –preguntó Teresa.

–Cuadros más pequeños... sí –aventuró él.

Casimiro no había prendido aún la vela y en el opaco resplandor nocturno, que descendiendo del cielo claro y azul caía en la estrecha habitación, el alto y viejo ropero, la angosta cama, cuya cabecera quedaba oculta en el nicho de la ventana, y sobre todo la chimenea de azulejos, cobraron una rara apariencia hogareña. Casimiro le hizo notar que se hallaban en una de las casas más viejas de Viena, en un antiguo palacete, y parte del mobiliario era una añeja pertenencia condal.

Teresa intentó curiosear dentro del ropero. Casimiro no se lo permitió; no había ordenado todavía las cosas. Esa misma mañana se había mudado allí. –¿Cómo? ¿Hoy mismo? ¡Y no había recibido sus cartas en el estudio! ¡Qué extraño! –pensó ella, pero no lo dijo. Además tenía que hacerle una confesión. Se trataba de que se había visto obligado a ayudar a su amigo, el mismo con quien había compartido el estudio hasta ahora, a salir de un mal trance, y no se había reservado lo bastante para proveer para la cena.

Ella le pasó su monedero, y él salió corriendo. Se quedó sola en la habitación oscura, y suspiró. ¡Ay, Dios mío! ¿Por qué mentía tanto? ¡Como si fuera una vergüenza ser un pobre diablo! Y, sin embargo, en ciertas ocasiones, se mostraba orgulloso precisamente de ello. Todas sus mentiras tenían relación con su pobreza. Ella quería rogarle que en adelante le confiara sin reservas todos sus pesares. La situación en realidad era tal que ya no debía haber secretos entre ellos. Hoy mismo debía enterarse él de que esperaba un niño.

Casimiro tardaba mucho. Se le antojó que quizá no regresaría. De nuevo se le ocurrió abrir el ropero, pero sin que se percatara, él había sacado la llave. Bajo la cama se veía una maleta pequeña. La sacó; no estaba cerrada, dentro había unas cuantas prendas de ropa interior remendadas y una deshilachada corbata. Volvió a cerrar y a colocar la maleta en su sitio. Estaba conmovida. La pobreza de Casimiro le partía el corazón más profundamente de lo que su propia miseria la había afectado jamás. Sentía como nunca cuán unida se hallaba a él; como si ambos hubieran sido elegidos por el destino una para el otro. ¡Cuántas cosas era posible ayudarse a sobrellevar mutuamente!

Cuando él entró de nuevo, trayendo en la mano un paquetito y una botella de vino, ella se echó impulsivamente a su cuello, y él, condescendiente, le permitió dar rienda suelta a su ternura. Fuera el vino lo que tan leve ponía su alma y le soltaba la lengua, o ese estar el uno cerca del otro como ella jamás lo había sentido..., de pronto, sin saber cómo, acurrucada entre sus brazos, le confesó aquello que desde hacía días llevaba encerrado en su pecho. Él no quería tomarlo en serio. Estaba convencido de que ella se equivocaba. Había que esperar algún tiempo, luego se vería. Y añadió varias cosas que le hubieran dolido de haberlas comprendido, sí, de haber querido escucharlas.

Cuando descendieron juntos la escalera, todo entre ellos estaba como si nada le hubiera dicho. La medianoche había pasado hacía rato cuando se despidieron ante el portal de la casa de Teresa. Él tenía mucha prisa otra vez y, por lo demás, todo estaba ya concertado: ella conocía su dirección, él la suya, y tal vez dentro de algunas semanas estarían juntos de nuevo..., en el campo, bajo el cielo estrellado.

33

La villa de Ischl estaba emplazada en medio de un gran jardín. Desde el balcón se veía a la masa de bañistas que paseaban por la explanada en un continuo ir y venir. El humor de la familia Eppich, cuyos miembros masculinos se habían quedado aún en la ciudad, parecía como aliviado; las dos muchachas, alegres como jamás las había visto Teresa, y la madre, más amable, más gentil con ella de lo que solía serlo en la ciudad. No faltaban las visitas. Un joven elegante, con una pequeña calva, que a veces, en la ciudad, había almorzado junto con otros invitados en casa de los Eppich, aparecía casi a diario, y al atardecer se sentaba en el fondo del jardín con la dueña de la casa.

Teresa emprendía prolongados paseos con las dos muchachas y se les agregaban amigas menores y mayores, con sus institutrices, chicos bastante crecidos y hasta algunos jovencitos; a veces se dirigían a un lago próximo para hacer pequeñas regatas, y en casa se organizaban inofensivos juegos de sociedad, en los que también participaba Teresa. La chica mayor, Berta, entabló con Teresa una inesperada intimidad, hizo de ella la confidente de inocentes secretos sentimentales, y a veces iban a pasear del brazo apartadas de los demás. La seducción del paisaje, el aire estival, la permanencia fuera de casa, las distracciones, todo eso le hacía mucho bien a Teresa; y como día por medio le llegaban breves cartitas de Casimiro, su espíritu se hallaba casi libre de inquietudes. De repente, sin embargo, cesaron de llegar sus cartas. Teresa cayó en una violenta excitación; la certeza de su estado, de cuya efectividad dudaba siempre de nuevo y que a veces le había hecho sentirse casi dichosa, se le representó ahora en toda su terrible seriedad. Envió a Casimiro una carta certificada, donde le expresaba sin reserva sus preocupaciones. No tuvo respuesta; en cambio recibió una carta de su madre, diciéndole que ahora que se hallaba a pocas horas de ella, bien podría hacerle una visita. Teresa mencionó, casi involuntariamente, esa invitación delante de la señora Eppich, y como si sólo se hubiera estado esperando una sugestión de esta índole, se organizó una excursión a Salzburgo de un grupo considerable.

Al día siguiente Teresa salió en compañía de las señoras de Eppich, una señora amiga con hijo e hija, y el joven elegante de la pequeña calva, rumbo a Salzburgo. Apenas en la estación, Teresa se separó de los demás y corrió a ver a su madre, que se había mudado a una habitación clara, con una hermosa galería, en una casa nueva. La señora de Fabiani recibió a su hija con suave cordialidad; aquel desequilibrado espíritu de los últimos años casi había desaparecido, pero parecía de repente una mujer completamente vieja. Se alegró de saber que su hija se encontraba bien; ella tampoco, por suerte, tenía de qué quejarse. Ganaba lo necesario y algo más, y la soledad, lo confesaba sinceramente, convenía mucho a su trabajo. Quiso que Teresa la hablara de su actual colocación y de sus ocupaciones anteriores, y Teresa casi se sentía conmovida por el interés que le dedicaba su madre. Pero durante el almuerzo, que habían traído de una hostería vecina y servido en una mesita junto a la galería, la conversación comenzó a decaer, y Teresa notó con desagrado que se hallaba de visita en casa de una mujer distraída, anciana y extraña.

Mientras su madre echaba una siesta sobre el diván, ella se puso a mirar desde la galería, hacia la calle que divisaba en un gran trecho hasta el puente sobre el río, cuyo rumor llegaba hasta allí. Pensaba en las gentes con quienes había llegado hasta allí, y que ahora estarían en el hotel, a la mesa; pensó en Max, en Alfred, y finalmente en el más extraño entre todos aquellos extraños, en Casimiro, de quien llevaba un hijo en el seno, y que no había contestado a sus últimas cartas. Pero aunque hubiera sido menos extraño, ¿en qué podía ayudarla él? Con su amor o sin su amor..., estaba igualmente sola.

Se marchó cuidando de no despertar a su madre, y deambuló un rato por las calles de la ciudad, que a esa hora calurosa de la tarde estaban tranquilas y desiertas. Primero había estado tentada de visitar diversos lugares ligados a sus recuerdos; pero esos recuerdos le parecían ahora sin brillo. Y se sentía tan cansada, tan apagada, como si la vida para ella hubiera llegado a su fin. De manera que pronto se dirigió, sin motivo alguno, casi maquinalmente, hacia el hotel donde la gran comitiva se había alojado; pero ya habían emprendido una excursión, y Teresa se puso a hojear revistas ilustradas en el frío vestíbulo del hotel; cuando a través de la puerta de vidrio su mirada cayó por casualidad sobre el escritorio contiguo, le vino a la mente la idea de dirigirle otra vez una carta a Casimiro. Lo hizo con palabras de cálida ternura, destinadas a despertar en su memoria las horas de placer pasadas en común, le describió atractivamente la posibilidad de pasar juntos una noche en el jardín de la villa o en el bosque, y se abstuvo del propósito de aludir a aquello que en realidad la movía.

Cuando terminó la carta abandonó el hotel un poco aliviada, y no le quedó otro recurso que dirigirse de nuevo al piso de su madre. Ésta estaba ya sentada trabajando, y Teresa tomó un libro de la estantería, el primero que cayó en sus manos; casualmente era una novela policiaca que absorbió su atención hasta que hubo oscurecido. Ahora también su madre dejó de lado el trabajo e invitó a Teresa a dar un corto paseo; ambas mujeres anduvieron silenciosas a lo largo del río, con el fresco aire nocturno, y por último se sentaron en el jardín de una modesta hostería jamás frecuentada por turistas, donde la señora de Fabiani fue saludada por el hostelero como cliente asidua y, para asombro de Teresa, se bebió tres jarras de cerveza. Por la noche Teresa tuvo que acomodarse lo mejor que pudo en el diván. Se despertó molida; aunque no debía encontrarse con los demás hasta el mediodía en la estación, se despidió muy pronto de su madre, que estaba acostada en una alcoba separada de la sala por cortinas, y se sintió contenta cuando volvió a hallarse al pie de la escalera.

La mañana era alegre y clara. Teresa se sentó en el jardín de Mirabell entre el brillo, el colorido y el aroma de mil flores. Dos muchachitas, compañeras de colegio antaño, pasaron delante de ella; no la reconocieron al principio, pero luego se volvieron a mirarla, vinieron a ella y se entabló un cruce de saludos y preguntas. Teresa les contó que era señorita de compañía de una distinguida familia vienesa y había venido para ver a su madre; e indagó luego qué había de nuevo en su pequeña ciudad. Pero como no se atrevió a preguntar por Max ni por Alfred, no se enteró sino de chismes que no le importaban lo más mínimo. Se sentía mucho mayor que las dos compañeras de colegio, que en realidad tenían su misma edad; no tenía ya nada que ver ni con ellas ni con esa ciudad, y se sintió contenta al encontrarse, una hora más tarde, en la estación con su gente de Ischl para emprender el regreso.

34

Los días siguientes en la villa de Ischl esperó febrilmente alguna noticia de Casimiro. En vano. La excitación en que estaba comenzó a llamar la atención, y entonces comprendió que debía hacer algo, que al menos debía hablar con alguien. Pero ¿a quién podría confiarse? Se sentía más inclinada hacia Berta, la chica de quince años, que cada día estaba enamorada de uno distinto, y antes de acostarse solía llorar sus penas con Teresa. Precisamente esa niña, tal le pareció al menos, era quien mejor podía escucharla y consolarla. Pero pronto se dio cuenta de lo absurdo de su ocurrencia, y calló. Entre las institutrices y señoritas de compañía a quienes la había acercado el veraneo, no había ninguna hacia la cual se sintiera inclinada. Alguna de ellas debía de tener sus propias experiencias, pero Teresa temía el escarnio, la indiscreción, la traición. Sabía naturalmente que existían medios y caminos para auxiliarse, pero tampoco ignoraba que aquello encerraba peligros, que podía enfermarse, morir y también ir a la cárcel. Y cierta historia medio olvidada, que había sucedido hacía dos o tres años en Salzburgo y que había tenido un trágico fin, surgió borrosa en su memoria.

Se dio a sí misma un último plazo de ocho días para esperar noticias de Casimiro. Durante ese tiempo halló en las distracciones de la vida campestre cierta alegría y calma ficticias. Cuando los ocho días pasaron pidió tres días de permiso. Tenía que hablar urgente y personalmente con su hermano por causa de la herencia de su padre. El permiso le fue concedido sin dificultad.

35

Llegó a Viena al mediodía y se fue directamente al piso de Casimiro. Corrió escaleras arriba. Le abrió una mujer vieja. Allí no vivía ningún señor Casimiro Tobisch, nunca había vivido allí ningún señor con ese nombre. No obstante, hacía algunas semanas un joven había alquilado aquella habitación y abonado una pequeña seña, pero había desaparecido ya al día siguiente sin haber hecho la inscripción para la policía. Teresa se marchó perpleja y avergonzada. Por medio del portero se enteró de que habían llegado a la casa algunas cartas para un señor Casimiro Tobisch; la primera de ellas había sido retirada, las otras quedaron allí. Teresa las vio ante sí, reconoció su propia letra. Pidió que se las entregara. El portero se negó. Se marchó de allí con el rostro encendido y se fue a la casa donde Casimiro había ocupado el estudio. Allí el nombre Tobisch era enteramente desconocido para el portero. Quizá los dos pintores que ocupaban ahora el estudio sabrían algo. Teresa subió corriendo. Un hombre ya mayor, que vestía un blusón blanco manchado de colores, le franqueó la puerta. No sabía nada de ningún señor llamado Casimiro Tobisch; antes de él había vivido un extranjero, un rumano, que se fue sin pagar lo que debía de alquiler. Teresa balbuceó las gracias por el informe, y en los ojos del pintor hubo una chispa de compasión. Cuando ella bajaba las escaleras sintió su mirada en la nuca.

Entonces se quedó parada en la calle. A pesar de todo, no creía que Casimiro hubiera salido de Viena. No tenía que regresar enseguida, podía deambular unos cuantos días más por las calles, los suficientes para llegar a tropezarse con él. Y aún sintiendo interiormente lo irrisorio de su empresa, comenzó en efecto a vagar por la ciudad de un lado para otro, horas enteras, hasta que por fin el cansancio y el hambre la llevaron a una hostería. Era una hora desacostumbrada para comer; se sentó, pues, sola en aquel recinto grande y poco acogedor, y como afiebrada, contó incesantemente, mientras esperaba la comida, las mesas de mantel blanco, desde las colocadas en la claridad de los huecos de las ventanas hasta las últimas, que desaparecían en la penumbra del fondo. Su mirada cayó sobre su cartera, que había dejado al entrar sobre una silla, y cayó en la cuenta de que todo el tiempo había recorrido las calles con ese maletín en la mano y que aún no tenía dónde alojarse. El restaurante en que se hallaba pertenecía a una posada de suburbio de rango inferior; decidió establecer allí su residencia.

Cuando se hubo limpiado en su cuarto el polvo del viaje y de la caminata, todavía faltaba mucho para la llegada de la noche. Desde su ventana del cuarto piso contempló el humo de la calle, de la que subían hasta ella los ruidos del tránsito, monótonos y casi hoscos.

Si Casimiro pasara por allí abajo –se preguntó– y descendiera a toda prisa la escalera, ¿lo podría alcanzar?... Sí, pero ¿lo reconocería desde allí arriba? Las caras allá abajo resultaban borrosas. Tal vez acababa de pasar y no lo sabía. Se inclinó hacia abajo y se sintió señalada; se apartó de la ventana y tomó asiento ante la mesa. El ruido callejero se aminoró, su soledad, su libertad, el saber que en aquel momento nadie sospechaba dónde se encontraba, le procuraron durante breve rato una extraña tranquilidad, casi bienestar. ¿Por qué se había sentido de tan mal ánimo durante los últimos días y semanas, como si algún peligro real la amenazara? ¿Qué tenía que temer a fin de cuentas? ¿A quién debía explicaciones? ¿A su madre?... ¿A su hermano, tal vez? Ninguno de los dos se preocupaba por ella... ¿A aquellas gentes donde trabajaba, que le pagaban y por quienes, en todo caso, después de años, o de meses, cuando mejor les conviniera, podía ser despedida como cualquier extraña? ¿Qué le importaba toda aquella gente? Además, según había sabido por su madre la última vez en Salzburgo, poseía, procedente de la herencia, una suma algo mayor de lo que pensaba, con la cual era posible arreglarse por unos meses; de modo que no dependía de nadie. Entonces tal vez era una suerte no haber hallado a Casimiro ni tener nada más que ver con él. Hubiera sido capaz, a la postre, de quitarle esos pocos florines que podrían y deberían ayudarla a sobrellevar la temporada difícil. ¿Por qué había venido a Viena, entonces? ¿Qué quería de él? ¡Ah, qué pregunta! Bien lo sabía. Le quería a él, a él mismo, sus besos y sus abrazos. Y de repente, tras esa breve calma ficticia, la desesperación cayó de nuevo sobre ella. Por él había venido a Viena, llena de esperanzas, anhelante, y sin embargo ya con el miedo de no encontrarle; y ahora sabía sin lugar a dudas que estaba lejos, que se había marchado, que simplemente había huido para sustraerse a cualquier responsabilidad, sí, a cualquier molestia. ¡Qué tontería! Ella no le hubiera pedido nada. ¿Es que no lo había comprendido? ¿Por qué no se lo habría dicho ella desde un principio? Él no tenía compromiso alguno con ella. No era una muchacha inexperta e inocente cuando la hizo suya. Y había sabido siempre que él era un pobre diablo. Nunca le hubiera exigido nada. ¿Y el niño? Eso era cosa de ella, de ella solita.

Dentro de la habitación se había hecho la oscuridad completa. Ante la ventana abierta se extendía el mortecino reflejo de la ciudad nocturna. ¿Y ahora? ¿Bajar a la calle? ¿Vagar sin rumbo? ¿Y luego, a la noche? ¿Y mañana? De todas maneras no lo encontraría, aun cuando él estuviera ahí. ¿Qué la retenía allí entonces? Y se le ocurrió la idea salvadora de volver a Ischl en el tren nocturno de aquella misma hora. Hizo sonar el timbre, arregló su cuenta, bajó apresurada las escaleras, llegó con su saco de mano a la estación, se dejó caer en un rincón del compartimiento y se sumió en un sueño tan profundo que sólo despertó un cuarto de hora antes de llegar a su destino.

36

Teresa era tratada con mucha consideración en casa de los Eppich; los huéspedes también se mostraban amables con ella, como con una persona menos favorecida, es cierto, por la fortuna pero con iguales derechos que los demás miembros de la familia. Un joven abogado mal parecido, miope, de rasgos finos algo doloridos, se interesó por ella, le habló de su juventud triste, de sus estudios, sus experiencias como maestro y preceptor, y ella sintió que la sobrevaloraba un tanto más aún, que la tomaba por una clase de persona distinta de lo que era. También ella le contó algunas cosas: sobre sus padres, sobre el hermano, sobre Alfred, su "amor juvenil"..., de aquella manera un poco descuidada y de vez en cuando incierta, algo adaptada a su momentáneo oyente, que se había acostumbrado a usar; acerca de Max guardó completo silencio; de su aventura con Casimiro habló, pero de una forma tal que resultara por completo inocente y como si después de aquella primera noche en el Prater sólo hubiera paseado con él unas cuantas veces amistosamente. El último día de sus vacaciones, habiendo permanecido ambos un poco atrás del resto de la comitiva en el bosque, el joven abogado trató de abrazarla en forma algo desmañada. Ella le repelió primero vivamente, luego le perdonó y le autorizó a que le escribiera. Jamás volvió a saber de él.

A fines de agosto llegó el joven señor Eppich. Sus hermanas, que no se entendían muy bien con él en la ciudad, estaban dichosas con su llegada; todas sus amigas estaban enamoradas de él. Se había rasurado, como era moda entonces, su bigotillo, y hallaban que tenía semejanza con un conocido actor predilecto de las mujeres. Con Teresa se mostró reservado al principio, pero una tarde tuvieron un encuentro casual en la escalera y él bromeando no la dejaba pasar, y ella no opuso tanta resistencia a sus avances como se había propuesto. Cerró la puerta detrás de sí y pronto vio desde su ventana cómo el joven salía por la verja del jardín, un cigarrillo entre los labios, sin volverse siquiera.

Entretanto, el doctor Eppich había pasado allí dos días; entre él y su esposa debía haber ocurrido algo enojoso, según todos pudieron notar, y había vuelto a partir sin despedirse. La hija menor anduvo llorosa todo el día siguiente, y Teresa pronto se dio cuenta de que esta muchacha de doce años sabía más de las cosas que pasaban a su alrededor y las sentía más dolorosamente que los demás.

Cierta noche Teresa se sobresaltó de repente, le pareció haber escuchado un ruido en la puerta. Se le ocurrió la idea de que quizá George trataba de entrar en su habitación. Pero en lugar de miedo experimentó más bien una emoción agradable y, cuando después volvió a quedar todo en silencio, una indudable desilusión. Lo que desde su encuentro en la escalera le había pasado fugitivamente por las mientes más de una vez, se convirtió en esa noche de insomnio en una especie de plan: se propuso asegurarse con George un padre para su hijo. Por cierto que ya era tiempo. Pero como si el joven hubiera adivinado sus intenciones..., se mantuvo desde entonces completamente alejado de ella, y Teresa, extrañada al principio, pronto descubrió que en el transcurso de los últimos días había surgido un amorío entre él y una señora joven que frecuentaba la casa. En ningún momento sintió celos. Su cólera contra sí misma se convirtió pronto en vergüenza; se sentía despreciable y comprendía más profundamente cada vez lo desagradable de su estado y el peligro de su situación. Sobre todo la idea de encontrarse con su hermano la llenó de nuevo de un temor casi ridículo. Pero al mismo tiempo, estaba convencida de que la mayoría de las mujeres que conocía, sobre todo algunas de sus colegas, habían pasado ya por trances semejantes y habían sabido hallar una solución a tiempo. No era posible preguntarlo lisa y llanamente, pero debía haber alguna manera de llevar la conversación a un punto en que se pudiera sacar algo útil al respecto. Entre las ayas e institutrices que conocía había dos con las cuales había sostenido en ocasiones conversaciones ligeras y bastante libres, sin que en realidad se hubiera tocado un tema verdaderamente delicado en ningún momento. Una de ellas era un ser flaco, anémico, marchito y aparentemente suave, que solía expresarse malévolamente, no sólo respecto de la familia donde estaba empleada, sino también de todas las personas que frecuentaban aquella casa. Se sabía que era viuda o divorciada, pero siempre se la llamaba señorita. La otra era una morena aún no llegada a los treinta, de temperamento alegre, a quien se atribuía un montón de amoríos, sin poder demostrar uno siquiera. Ésta era la persona a quien creyó Teresa poder pedir consejo. Y así, una tarde lluviosa de mediados de septiembre, cuando daban un paseo, precedidas por los chiquillos, inició, siguiendo un plan premeditado y de manera algo torpe, una conversación acerca de la abundancia de hijos en la casa del director del banco donde la señorita Rosa estaba empleada. Pero como no se atrevió a hacerle una pregunta directa, no se enteró de nada más de lo que ya sabía: que había mujeres complacientes, y también médicos que se prestaban a esas cosas, y que los peligros en general no eran demasiado graves. Esa conversación superficial calmó a Teresa de un modo extraño, pues a través de la manera alegre y casi chistosa con que la otra encaraba el tema, muchas cosas que antes le hubieran parecido peligrosas y terribles las encontraba ahora menos difíciles, y hasta en cierto modo bastante naturales. Todo aquello era un acontecimiento común en la vida de muchas mujeres, que no dejaba huellas; tampoco para ella debería significar cosa distinta.

37

El tiempo otoñal comenzó y se trasladaron a la ciudad. Teresa leía en los periódicos, como antaño, las ofertas de trabajo, otros que en aquella situación pudieran serle de utilidad. Una tarde subió la escalera de caracol de una vieja casa del centro de la ciudad, pocos instantes después se encontró sentada frente a una señora amable, de edad mediana, quien, debido al reflejo de los visillos de la ventana, se hallaba bañada en una luz rosada. El confortable salón amueblado al modo burgués no permitía sospechar en modo alguno la verdadera profesión de la inquilina, y Teresa le contó sin temor, pero con ciertas precauciones, su caso. La amable señora mencionó que hacía apenas media hora la había visitado una joven baronesa por un asunto similar, y ésta era ya la segunda vez en ese año. Todavía habló más acerca de su distinguida clientela, que parecía extenderse hasta la más cercana proximidad de la corte, bromeó amablemente sobre la ligereza de las jóvenes, después desvió bruscamente y de pronto la conversación hacia un fabricante riquísimo que hacía poco había estado allí con una actriz, y le ofreció a Teresa mediar entre ella y el fabricante, que ya estaba cansado de su amante, y ponerles en relación. Teresa se despidió diciendo que lo pensaría y que volvería al día siguiente. Cuando salió por la puerta de la calle un señor allí, parado, vistiendo abrigo oscuro con cuello de terciopelo negro raído y con una cartera en la mano, se puso a escudriñarla de pies a cabeza. El corazón le golpeó hasta la garganta; ya se veía detenida, acusada, condenada, en la cárcel... Y sólo cuando se hubo perdido entre la multitud, comenzó a tranquilizarse paulatinamente.

Por lo demás, aquella primera experiencia no la descorazonó, y a la noche siguiente se dirigió a casa de una mujer que también ofrecía a través del periódico consejo y ayuda a las señoras en su estado, pero que sólo daba su dirección después de haberse dirigido a ella por carta. En la calle principal de un suburbio, en el tercer piso de un edificio nuevo, se podía leer en una placa con letras doradas el nombre de Gottfried Ruhsam. La bien ataviada sirvienta condujo a Teresa a un pequeño y casi elegante salón, donde esperó un momento hojeando un álbum fotográfico con un sinfín de retratos de familia y fotos de conocidos actores de teatro. Por fin entró un señor que la saludó al paso y volvió a desaparecer por otra puerta. Después de pocos segundo regresó en compañía de una señora delgada, ya no muy joven, que vestía un cómodo pero bien cortado traje de casa, murmuró un quedo "*pardon*" y volvió a desaparecer. Teresa pudo ver todavía cómo la señora Ruhsam dirigía una tierna mirada a la puerta que él había cerrado a sus espaldas.

–Mi esposo –dijo, y como disculpándose añadió–: Casi siempre está de viaje. Bien, ¿en qué puedo servirla, hija querida?

Teresa se expresó aún con más precaución de lo que lo hiciera el día anterior, pero la mujer la entendió enseguida y le preguntó sencillamente cuándo pensaba trasladarse a su piso. Y como de la respuesta de Teresa dedujo que en modo alguno pensaba ésta esperar ahí la hora de su parto, se puso un poco tiesa y le aclaró que a eso que Teresa al parecer deseaba, ella solamente se decidía en muy raras oportunidades, y mencionó enseguida una suma mediante la cual estaba dispuesta, por excepción, a correr ese riesgo. Era inaccesible para Teresa. A raíz de eso la señora Ruhsam le aconsejó que más valía no hiciera tonterías, le habló de un señor que se había casado con una muchacha después de saber que había tenido un hijo de otro hombre, previno a Teresa contra las señoras que se anuncian en los periódicos y citó dos que habían sido detenidas en los últimos días.

Teresa se marchó con el rostro encendido y confusa. Como en sueños, vagó bajo una leve lluvia otoñal por las calles de la ciudad. Casualmente pasó ante la casa donde había estado con Casimiro la última vez. Cediendo a un impulso repentino preguntó al portero si en ese tiempo el señor Tobisch había retirado cartas, y supo para asombro suyo que, en efecto, y por cierto no más lejos de ayer, tal había sido el caso. Una nueva esperanza la estremeció. En la confitería más próxima le escribió a Casimiro una carta que no contenía ninguna clase de reproches, solamente afirmaciones apasionadas de su indestructible amor. No quería preguntar; sabía que en la vida de un artista hay siempre cosas arcanas; ella se encontraba perfectamente, y tenía infinitos deseos de volverle a ver dondequiera que fuese, aunque sólo fuera por un cuarto de hora. Dejó la carta al portero, durmió tranquila esa noche y se despertó con un sentimiento entre confuso y agradable, como si el día anterior hubiera tropezado con algo grato.

38

El tiempo inmediato discurrió sin que Teresa hubiera emprendido cosa alguna. Cuando, después de cumplidos con todo rigor los deberes del día, le llegaba el reposo y la soledad nocturnos, acontecía a veces que, hallándose en la cama sin poder conciliar el sueño, no sólo su situación presente, su vida toda, desde el pretérito hasta el presente, le parecía tan lejana y extraña como si no fuera la suya. Su padre, su madre, Alfred, Max, Casimiro, flotaban en su memoria como seres irreales, y lo más irreal, incluso lo más imposible de todo era para ella que en su seno se estuviera gestando algo nuevo, algo vivo, algo real, sin que ella percibiera la más mínima señal de ello; que en su mudo e insensible seno se desarrollara su hijo, el nieto de sus padres, una criatura condenada a destinos, a juventud y vejez, a dicha y desdicha, a amor, enfermedad y muerte como otros seres, como ella misma. Y como de ninguna manera podía comprender eso, siempre le parecía de nuevo como si aquello no pudiera ocurrir nunca, como si después de todo ella estuviera engañada.

Una ligera observación bienintencionada por parte de la sirvienta, pero inequívoca, le hizo darse cuenta de que a su alrededor se comenzaba a sospechar de su estado. Con un repentino susto paralizador sintió de nuevo la seriedad de su situación, y ese mismo día volvió a tomar la senda que ya dos veces había recorrido en vano. Esa vez tuvo que habérselas con una mujer que de inmediato le inspiró confianza. Le habló de modo objetivo y benévolo, acentuó que no se engañaba acerca de lo ilegal de su actividad, pero que las crueles leyes no tenían en cuenta las situaciones sociales, y terminó con la frase filosófica de que para la mayoría de los seres lo mejor sería no haber nacido. La suma que pidió no era muy exagerada, y acordaron que Teresa se encontrara allí el día siguiente, a la misma hora. Teresa se sintió liberada. El tranquilo estado de ánimo en que pasó el lapso establecido volvió a traerle a la conciencia cuán temerosa y oprimida, bajo una ficticia calma, había vivido las últimas semanas. Su estado le parecía completamente natural y casi indigno de preocupación. Los desagrados o hasta peligros que había temido cesaron de existir; todo era sin motivo.

Pero cuando a la hora determinada subió las escaleras, su tranquilidad desapareció otra vez de repente. Tocó rápidamente el timbre para evitar la tentación de correr escaleras abajo y emprender la fuga. La sirvienta le comunicó que su señora había salido para ver a una clienta en el campo y que no estaría de regreso hasta dentro de varios días. Teresa respiró aliviada, como si el desagradable asunto no hubiera sido pospuesto sólo por breve plazo, sino resuelto de una vez por todas. En el primer piso, ante una puerta entreabierta, había dos mujeres conversando; interrumpieron de repente su charla y miraron a Teresa con una singular sonrisa solapada. Abajo, ante la puerta, había un fiacre. El cochero, para ella desconocido, la saludó tan devotamente como si quisiera exagerar la obsecuencia. En el camino de regreso tuvo la sensación de que alguien la seguía; pero pronto reconoció que había sido una equivocación, y tampoco encontraba ahora chocante que aquel cochero la hubiera saludado tan cortésmente, ni la intranquilizaba el que las dos mujeres de la escalera la hubieran medido con mirada desconfiada; sin embargo estaba segura de que le era imposible volver a hacer ese camino de nuevo ni probar suerte en manos de otra de aquellas complacientes señoras. Se le ocurrió la idea de ir a Salzburgo a ver a su madre y confesarle todo. Ella la comprendería y conocería algún medio de ayudar a su hija. En sus novelas ocurrían cosas mucho peores y al final todo se arreglaba. Y en la casa de Salzburgo, ¡qué de historias sospechosas no habían ocurrido! ¿No habían salido furtivamente de noche oficiales y señoras tapadas con velo? ¿No había pretendido su madre venderla a un viejo conde? Pero así y todo..., ¿qué podría hacer su madre para ayudarla? Volvió a desechar el plan. Después pensó en viajar a la buena de Dios, en ir a alguna parte donde no la conocieran, echar el hijo al mundo en el extranjero, confiarlo al cuidado de algún matrimonio sin hijos, o regalarlo, o simplemente depositarlo de noche ante una puerta y huir. Finalmente se le ocurrió visitar a Alfred, confiarse a él, y pedirle consejo. Tales ocurrencias, y otras más que rechazaba de inmediato, le pasaban por la cabeza, no sólo de noche o siempre que se hallaba a solas, sino también cuando estaba a la mesa con la familia Eppich, o salía con las chicas, y hasta mientras las ayudaba a hacer los deberes. Y tan acostumbrada estaba ya a cumplir sus quehaceres maquinalmente y sin alma, que en realidad nadie pareció percatarse de lo que le pasaba ni de su estado.

Entretanto la última mujer a quien pidiera ayuda debía haber regresado del campo tiempo atrás, y una mañana cualquiera Teresa se dijo que no podía hacer nada más sensato que emprender otra vez el camino hacia su casa. Por escrito, sin mencionar su nombre, pero con clara referencia a la última consulta, se anunció para el día siguiente.

39

Pocas horas antes de la visita prevista llegó una carta de Casimiro. Había ido a casa –así decía–, allá, a casa de su madre; le extrañaba no haber sabido nada de Teresa desde Ischl; hoy mismo, en ese momento, había retirado su carta del portero de la casa "donde hemos sido tan felices". Sí, tal podía leerse textualmente, y Teresa se sintió desvanecer. Tenía que volverla a ver –así terminaba su escrito– aunque para ello hubiera de jugarse la vida.

Ella sabía que mentía. Seguramente nunca había salido de allí, y sin duda había recibido todas sus cartas, no solamente esa última; pero también sus mentiras formaban parte de su personalidad y precisamente eran ellas las que le hacían tan seductor y digno de ser amado. Y sintió tan fuerte su amor hacia él que se propuso conservarlo de ahora en adelante, atarlo a sí para toda una eternidad. Por lo pronto, mientras todavía fuera posible –¡oh, y aún era posible por largo tiempo..., por muchas semanas!–, él no debía enterarse de su estado. Lo que una vez le contara a propósito de ello, probablemente lo habría olvidado hacía ya mucho. O, si se acordaba y no lo mencionaba, es que aceptaba gustoso que ella se hubiera equivocado. ¡Sólo volver a él, hallarse de nuevo descansando al fin en sus brazos!

Se encontraron en el parque municipal como en aquellos hermosos tiempos lejanos. Era una desabrida y fría noche otoñal, y Casimiro esperaba ya cuando llegó ella. Le pareció que había adelgazado, enflaquecido; no llevaba capa, sino un abrigo claro bastante corto, demasiado liviano, con el cuello subido. La saludó como si se hubieran visto el día antes. –¿Cómo era posible –le preguntó él– que ella no le hubiera escrito siquiera? –Pero si lo había hecho –le aseguró tímidamente, e incluso habían sido retiradas las cartas. –¿Cómo? ¿Retiradas? Seguramente por algún intruso. ¡Inaudito! –Ya le diría él cuatro frescas al portero. Ella le preguntó por qué no le había escrito sencillamente a Ischl que había ido a ver a su madre. Sí, en eso tenía ella razón. Pero si tuviera idea de la situación en casa... Un hermano de su madre se había suicidado, y señaló ligeramente la banda negra que llevaba alrededor de su sombrero de fieltro gris. Pero hoy prefería no contar nada de las cosas que habían sucedido en casa. –De eso, querida, en otra ocasión –así se expresó–. Ahora todo volvía a estar bien. Incluso tenía esperanzas de conseguir un puesto fijo en una revista ilustrada; y además un marchante había aceptado algunos de sus cuadros para la venta.

En el cuarto de la hospedería –ay, ella conocía ya eso de antes..., y el tiempo no le había vuelto más amable–, se mostró más tierno que nunca y alegre como en aquellos primerísimos días. Le preguntó por sus experiencias veraniegas e inquirió en tono de chanza si le había sido fiel. Ella se limitó a mirarlo fijamente y comprendió tan poco su pregunta como si jamás hubieran existido en su mente ciertos planes tenebrosos. Le habló de sus paseos, de sus excursiones, de su viaje a Salzburgo, de las exigencias de su profesión, que exageró un tanto. Casimiro meneó descontento la cabeza. Indigno era –afirmaba él– vivir en semejante esclavitud. Pero eso ya no podría durar más tiempo. En todo caso debía dejar la casa de la familia Eppich y tratar de salir adelante con lecciones. Así tendría más libertad. Él también tendría pronto un ingreso fijo, podrían mudarse a un piso común..., y ¿por qué bien valorado todo no habían de casarse?, ¿no sería eso lo más sensato, y hasta práctico en cierto sentido? A pesar de sí misma, se sentía dispuesta a creerlo. Ligeras dudas querían hacerse presentes en ella, pero no permitió que la dominaran. Sin embargo, se guardó bien de decirle nada de su estado a Casimiro. El momento oportuno para ello no había llegado aún. Y ¿quién sabe en qué momento esa confesión significaría sólo una pura alegría para él?

Tres días después, un domingo por la tarde, ya estaban otra vez juntos. Él le había traído, por vez primera desde que se conocían, algunas flores, y –lo que la conmovió más– le ofreció una pequeñísima suma en devolución de una parte de sus deudas. Ella rechazó el dinero; él insistió, y ella se declaró por fin dispuesta a aceptar el dinero de su primer sueldo fijo, pero de ninguna manera antes. Con eso se dio él por satisfecho y volvió a guardar el dinero. Y ahora tenía que pedirle disculpas por un asunto del cual aún no le había revelado nada y que no quería ocultarle por más tiempo. El preámbulo la asustó; pero ¡cómo le pidió perdón para sus adentros cuando vio que no tenía que confesarle otra cosa..., sino que esta vez había hablado de ella con su madre! ¿Y por qué no? ¡Las dos mujeres debían encontrarse muy pronto para conocerse y quererse! Teresa tenía lágrimas en los ojos. Y ahora ella tampoco quiso tener secretos para con él. Él la escuchó tranquilo, serio, y hasta con franca emoción. Lo había presentido, y en el fondo era una señal de que estaban destinados el uno para el otro, y de que debían permanecer juntos eternamente. Pero él creía su deber advertirle que no se apresurase demasiado. Por el momento, era mejor que no dejase su puesto en la casa de Eppich; no se le notaba lo más mínimo; no debía dejar la casa de ninguna manera antes de Año Nuevo, y todavía faltaban dos meses, ¡cuántas cosas podían ocurrir entretanto! Sus asuntos, los de Casimiro, tendían visiblemente a mejorar. Se despidió tranquilizada, casi feliz, de sus brazos; dentro de dos o tres días a más tardar volvería él a dar noticias.

Pero tuvo que aguardar una semana entera la noticia prometida; y cuando vino, fue una amarga desilusión, pues Casimiro había tenido que salir inesperadamente para su casa con motivo del asunto de la herencia. Ella le escribió enseguida a la dirección que él le daba; escribió una segunda, una tercera vez; no llegó respuesta. Por fin se decidió a escribir en el sobre, cosa que hasta ahora no había hecho, su nombre y dirección... Tres días después recibió personalmente su carta devuelta por el cartero con la observación: "Destinatario desconocido". Su sacudida no fue tan profunda como hubiera esperado; en lo más íntimo de su ser estaba preparada para algo así. Pero ahora sabía definitivamente que no había otra salida para ella que aquélla decidida hacía mucho: como siempre, terminar con el asunto. Sin embargo difirió la ejecución de lo resuelto de día en día; su medrosa intranquilidad creció. De noche la atormentaban malos sueños. La casualidad quiso, además, que se volviera a mencionar precisamente por aquellos días en el periódico, un proceso contra un médico por aborto, y de repente le vino a Teresa el pleno convencimiento de que sería su muerte segura si permitía que se llevara a cabo en ella la temida intervención. Y cuando se hubo decidido a no intentar nada y dejar que las cosas siguieran libremente su curso, cayó sobre ella una extraña y al mismo tiempo tétrica, pero no obstante dichosa calma.

40

Yendo una vez con sus alumnas por el centro de la ciudad, entró con ellas, mitad por casualidad mitad de propósito, en la iglesia de San Esteban. Desde aquel día de verano en que conoció la muerte de su padre, no había entrado en ninguna casa de Dios. Estaban ante un altar lateral casi en la oscuridad. La chica menor, que tenía inclinación a la piedad, se dejó caer de rodillas y parecía rezar. La mayor dejó que su mirada indiferente y un poco aburrida vagara a su alrededor. Teresa sentía abrirse su corazón al porvenir con fe creciente. Jamás había sido creyente en el verdadero sentido. De niña y de muchacha había tomado parte en todas las ceremonias religiosas con atención, pero sin participación profunda. Hoy por vez primera inclinaba la cabeza por un impulso interno, cruzaba las manos en oración muda y abandonaba la iglesia con el propósito de regresar pronto y con frecuencia. Y en verdad aprovechó de ahí en adelante toda oportunidad, ya sola, ya con las dos muchachas, para entrar en cualquier iglesia que encontrase en su camino, aunque sólo fuera por unos minutos, para elevar una breve plegaria. Pronto ya no le bastó con aquello; y el primer domingo de diciembre pidió permiso a la señora Eppich, que no pareció extrañarse, para asistir a misa temprano. Allí, fuera solamente cansancio matutino o falta de verdadera piedad, según ella misma se reprochó, a pesar del sonido del órgano y la solemne ceremonia, se quedó inconmovible entre aquellas numerosas gentes y, cuando salió al frío de la mañana invernal, sintió su corazón más vacío que otras veces. Pero con tanto mayor fervor rezó desde entonces todas las noches en casa, como lo hiciera en los tiempos de su pasada niñez. Y así como en aquel entonces había pedido con frases de su propia invención para ella misma, para sus padres, sus maestras, sus amigas, y hasta incluso para sus muñecas, la gracia del cielo, así pedía ahora el perdón y la clemencia divina, no solamente para sí, sino también para su madre, en quien reconocía un alma descarriada y trastornada; para el niño cuyos primeros latidos de vida comenzaba a sentir ahora en su seno, y hasta para Casimiro, el cual, fuera lo que fuere, había engendrado ese niño y tal vez hallaría más tarde el camino de vuelta hacia él e incluso, quizá, hacia ella. Una vez se le ocurrió elevar también una plegaria por el eterno descanso de su padre, y vertió luego fervorosas lágrimas sobre las almohadas.

Pocos días antes de Navidad la señora Eppich llamó a Teresa a su habitación y le manifestó que por desgracia ya no podían tenerla más en casa. En realidad, había esperado que Teresa misma se hubiera despedido a tiempo; pero como seguramente ella se entregaba a una ilusión no rara en tales casos, era necesario ya, por consideración hacia las dos muchachas, que Teresa abandonara la casa ese mismo día, o a más tardar al siguiente.

–Mañana –repitió Teresa con voz opaca. La señora Eppich asintió brevemente.

–Ya están preparados en casa. Yo les he contado que su madre está enferma en Salzburgo...

Suave y como maquinalmente respondió Teresa:

–En todo caso le agradezco su bondad, señora –se dirigió a su habitación y empaquetó sus cosas.

La despedida fue rápida y sin especial conmoción. El doctor Eppich exteriorizó su esperanza de que su madre se restableciera pronto, y las chicas creyeron o hicieron como que creían en un pronto regreso de Teresa; en la mirada burlona del joven George leyó, sin embargo, claramente: ¡Oh, qué listo he sido!

41

Pernoctó una vez más en casa de la señora de Kausik. Pero ya a la mañana siguiente se dio cuenta de que en aquellas condiciones de menesterosa tristeza no podía continuar allí. Hizo un recuento. Como el resto de la pequeña herencia paterna le había sido abonado, esperaba, haciendo economías, estirarlo durante un año. Ante todo era necesario hallar un refugio para la próxima temporada difícil; ¿y después –se preguntaba–, cuando ya no se tratara de ella sola? Los pensamientos y el aliento se le cortaron, como si sólo entonces hubiera arribado a su conciencia con plena claridad lo que le aguardaba. Y de pronto, como si ése fuera el único ser en quien podría hallar comprensión, no sólo para su situación externa sino para el estado de su ánimo, recordó a la señora de Ruhsam, cuyo amable aspecto surgía en su memoria como una nueva esperanza, y se puso en camino sin confesarse a sí misma que también la llevaba allí otra esperanza además de la de encontrar un hogar mientras durase la época peor.

La señora de Ruhsam no pareció sorprendida de volver a ver a Teresa, y cuando ésta, vacilante e inhábil, empezó con sus preguntas, la señora de Ruhsam dejó entrever cierta impaciencia, y suponiendo, al parecer, que solamente le faltaba el coraje para hacer la premeditada pregunta, acudió en su ayuda declarándose dispuesta a recomendarle un médico que podría realizar la pequeña operación. Allí en esa casa. El costo, naturalmente... Teresa la interrumpió. No había venido para eso. En tal cosa no pensaba ya.

–¿Entonces, en busca de alojamiento? –aventuró la señora de Ruhsam–. La cosa sería, pues... –examinó a Teresa con una mirada calculadora–, para mediados o fines de marzo–. Por de pronto tenía algunas habitaciones reservadas precisamente para esa época, pero vería qué se podía hacer. Teresa tampoco había pensado en eso, pero el ofrecimiento la tentaba. Allí había tranquilidad, amabilidad y tal vez hasta bondad...; todo aquello que tanto necesitaba. Se informó de las condiciones...; una estancia de tres semanas costaba todo el capital de Teresa.

–Realmente no es excesivo –le aseguró la señora de Ruhsam–. Tal vez la señora se moleste en venir por aquí alguna vez con su esposo, y él se cerciorará aquí mismo de todo. ¡Los señores no encontrarán nada mejor, y además la más absoluta discreción! Hasta por lo que concierne a la inscripción policial..., también en este sentido tenemos buenas relaciones–. Teresa le replicó que consultaría el asunto con su esposo, y se marchó.

Así que decidió seguir viviendo de momento en casa de la señora de Kausik, y pronto volvió a adaptarse a la modesta situación de aquella vivienda. La señora de Kausik estaba todo el día fuera, de ahí que Teresa pasara mucho tiempo en compañía de los niños, cosa que le resultaba agradable, pues mientras les ayudaba a hacer sus deberes y jugaba con ellos, sus propios talentos de educadora se mantenían hasta cierto punto en ejercicio. Además, allí se encontraba a salvo de toda posibilidad de ser descubierta, como en una ciudad extraña, casi como en otro país. Y poco a poco, no sólo en su existencia exterior, sino también en su manera de hablar, y casi hasta en el dialecto, se acomodó al tono de las gentes entre las cuales vivía entonces. Respecto a su vestimenta cada día ponía menos cuidado, y el cambio rápidamente progresivo de su silueta contribuía un poco a su dejadez, lo que también era a propósito para alejarla de su mundo anterior, de su ser anterior.

Para evitar el tedio que muchas veces la asaltaba sacó un abono a una biblioteca circulante del barrio y, sin elegir, pero siempre con ansiedad y muchas veces sumida por completo en un mundo de fantasía, consumía al vuelo obras enteras durante las muchas horas que pasaba sola en su triste cuartucho. De vez en cuando tenía conversaciones, generalmente en la escalera, con los pequeños burgueses vecinos suyos, y si por algún lado caía una observación referente al estado de Teresa, ello ocurría de pasada, bondadosamente, en tono de broma, sin que nadie en aquel círculo hallara nada de particular en el embarazo de Teresa, ni le chocara.

Pero había momentos, sobre todo por la mañana temprano cuando todavía estaba en cama, en los cuales, despertando de su letargo, encontraba incomprensible y casi indigna toda su existencia. Mas apenas recobraba, ya con el primer involuntario movimiento casi siempre, la conciencia de su corporeidad, entonces, como si fluyera de aquella nueva vida que en ella germinaba, a través de todos sus miembros, cual de un manantial oculto, sentía una corriente de dulce languidez, en la cual todo su ser, abandonado a un destino natural exento de miedo y sumisamente entregado, se disolvía como en un milagro. De todas las molestias que suele acarrear a tantas mujeres el embarazo, estaba enteramente libre, y hasta sentía un estado de gran bienestar. Sólo una cierta pereza física aumentaba en ella de día en día, y le ocurría que, por las mañanas, cuando estaba sentada en la cama peinándose, se quedaba minutos enteros como pasmada, sin moverse, el peine en el cabello, observando el rostro desconocido que la miraba desde el espejo enmarcado en madera sobre la desnuda pared de enfrente..., un rostro pálido, hinchado y casi fofo, de labios entreabiertos, algo azulados, y ojos grandes, asombrados, vacíos. Entonces, volviendo en sí de su abstracción, sacudía la cabeza, continuaba peinándose, cantaba en voz baja, se levantaba pesadamente y se acercaba al espejo, de modo que su imagen, por un breve instante, desaparecía en el hálito de su aliento. Cuando volvía a aparecer, había en ella una rara tristeza de la cual Teresa nunca antes había tenido noción.

En un día claro de febrero la lectura del capítulo de una novela, donde se describía atractivamente el trajín de una gran ciudad en las calles alumbradas de noche, despertó en ella el anhelo de volver a ver algo tan alegre y rutilante; y se le ocurrió que nada era más fácil que satisfacer ese anhelo. Bastaba con ocultar su rostro tras un velo; con su figura, podía estar segura, no la reconocería nadie. A última hora de la tarde salió de casa sintiendo al principio cierta pesadez en las piernas que desapareció como por encanto cuando Teresa llegó a una calle principal, cuya bien alumbrada longitud parecía enviarle ya un saludo de regiones todavía más iluminadas y magníficas. Se fue en tranvía hasta la ópera, se dejó arrastrar por la multitud, se detuvo aquí y allá delante de los escaparates, y se sintió intranquila y feliz al mismo tiempo en medio de toda aquella luz, ruido y aglomeración. Hizo algunas pequeñas compras, desde hacía tiempo necesarias, y la conmovió extrañamente que le llamaran por primera vez en su vida "señora". Cuando salió de la tienda, un gran cansancio la invadió, se dio prisa en llegar a su casa y se refugió en ella de inmediato. La señora de Kausik le preguntó como al descuido cuáles eran sus planes para los tiempos que se avecinaban. Allí no podía quedarse, y había llegado el momento de buscarse un alojamiento adecuado. La señora de Kausik dejó caer la palabra "casa de expósitos", y Teresa se asustó; no quería saber nada de eso, y a la mañana siguiente se dedicó a la tarea de buscar habitación.

42

La empresa era más dificultosa de lo que había pensado. Cada barrio tenía sus inconvenientes, que no siempre se podían reconocer en el primer momento, así que Teresa se vio obligada a mudarse tres veces en el transcurso de pocas semanas, hasta que por fin halló una habitación limpia y agradable en un cuarto piso, en casa de una señora de edad...., y en cuya vecindad gritaban y alborotaban una media docena de chicos o un hombre ebrio castigaba a su mujer. La dueña de la casa, la señora de Nebling, parecía por su aspecto y lenguaje pertenecer a mejores esferas. Llevaba en casa una raída pero bien cortada bata de terciopelo rosa, y para la limpieza, que hacía personalmente, se ponía en las manos unos guantes largos, y naturalmente llenos de zurcidos. Los primeros días hablaba poco con Teresa y le preparaba el frugal almuerzo, y hasta a veces tomaba parte en él, sin sostener empero largas conversaciones. Por la tarde se marchaba y no regresaba hasta el oscurecer o por la noche.

De ese modo, Teresa se quedaba mucho rato sola, y usaba con gusto del derecho a pasar el tiempo en el denominado salón, que con sus claros visillos y los cuadros al óleo de las paredes parecía más amable que el gabinete exento de adornos que Teresa ocupaba. Después de las muchas mudanzas de las últimas semanas se sentía tan fatigada, tan pesada, que le costaba decidirse a salir de su casa. Ya no leía ningún libro, solamente el periódico, pero éste desde la primera a la última palabra, de un modo por completo maquinal, sin saber a punto fijo cuándo terminaba, ni qué había leído. Después trataba de evocar en su memoria a los distintos seres que hasta entonces habían tenido significación en su vida. Mas era raro que consiguiera, ni aun por breve tiempo, fijar su pensamiento sobre una figura determinada. Cualquiera que fuese, volvía a escapársele enseguida, y así se mezclaban todas formando una enrevesada fantasmagoría, extrañas y lejanas como en un sueño. Consigo misma le pasaba casi igual. Se volvía a perder una y otra vez; no así su destino, no así su propio ser..., que el cuerpo deformado sobre el que dejaba caer la vista, que las manos que descansaban entrelazadas sobre sus rodillas, le pertenecían; que su padre había muerto en un manicomio, que ella había sido amante de un teniente, que en alguna parte, en algún rincón de Moravia o Bohemia, o Dios sabe dónde, vivía un hombre de quien ella iba a tener un hijo..., todo aquello era tan irreal para ella como aquel niño mismo, pese a que hacía ya semanas que daba implacables señales de vida dentro de ella y que sentía latir su corazón al unísono con el suyo. Le parecía como si antes hubiera amado a ese niño aún no nacido, no sabía exactamente cuándo, ni si durante horas o días; pero en ese momento no sentía nada de ese amor dentro de sí, y ni asombro ni remordimiento de que ello fuera así. *Madre...* Sabía ella que tenía que llegar a serlo, que lo era, pero en realidad no le importaba nada. Se preguntó si hubiera sido distinto de habérsele permitido vivir su destino de mujer de una manera más bella que la que le había sido concedida; si, como otras madres, hubiera podido esperar el nacimiento en una vinculación al menos exteriormente firme con el padre del niño, o como esposa dentro de un hogar constituido. Pero todo le resultaba tan inconcebible que tampoco podía imaginarse nada semejante a una gran dicha.

Y alguna que otra vez le vino la idea... de si, puesto que no experimentaba ningún sentimiento maternal, ningún anhelo, ningún deseo de ese niño..., ¿no sería todo aquello solamente un espejismo, solamente un error? Había oído o leído una vez que existían ciertos estados que fingían la sensación de un embarazo. ¿No era concebible, puesto que su alma nada sabía ni quería saber de ese niño, que aquello que vivía esos meses en su cuerpo no fuera otra cosa que remordimientos, mala conciencia, miedo, que pretendían ocultársele a sí misma... y que solamente de esa manera daban señal de su presencia? Lo más notable, sin embargo, era que no deseaba llegar al término de ese tiempo, y hasta sentía más bien cierto temor de volver al mundo aquel que había abandonado. ¿Volvería a poder hallarse otra vez en aquel ordenado curso de la vida? ¿Volver a conversar con gente culta, dedicarse a un trabajo regular, ser una mujer entre otras mujeres? Ahora estaba colocada aparte de todo ser y todo quehacer; y no mantenía otra relación que la sostenida con el lejano e infinito trozo de cielo azul, en que su mirada se hundía cuando se recostaba en un ángulo del diván. Así flotaba en suspenso, así divagaba, así soñaba la mente de Teresa en el vacío y se perdía allí con gusto, como si sospechara que tan pronto volviese a encontrarse con la realidad sólo la aguardarían preocupaciones y cuitas. Lo que especialmente le inquietaba a Teresa en ocasiones era que la señora de Nebling no pareciera notar su estado para nada, o al menos no lo tomara en cuenta de manera alguna. Al mediodía las dos mujeres comían juntas; por la tarde la señora de Nebling salía de casa y regresaba, como siempre, a horas avanzadas. A veces asaltaba a Teresa, amenazante, el sentimiento de su soledad, con un súbito sobresalto. Y una vez se le ocurrió la idea de pedirle a Sylvie, por medio de unas breves líneas, que viniera. Pero cuando, en efecto, preguntó por ella al domingo siguiente, le mandó a decir Teresa, por intermedio de la señora de Nebling, que se había vuelto a mudar sin que se supiera adónde.

Un día al mirar por la ventana vio a su hermano doblar la esquina; apenas tuvo tiempo de retirarse rápidamente, y temió por unos minutos que la hubiera visto, y que entrara en la casa y preguntase por ella. Después se avergonzó de aquel miedo ridículo, considerando que a nadie de este mundo le debía menos cuentas que a él. Por lo demás, se sentía bien y segura; la señora de Nebling no había dado señales en ningún momento de que le pudiera resultar incómodo o penoso que Teresa continuara allí, y dinero no le faltaba por el momento...; si fuera necesario, podía enviar en busca de un médico, que en todo caso estaría obligado a tener discreción. Que la señora de Nebling la expulsara de la casa con el niño de la noche a la mañana le parecía increíble y, en todo caso, todo lo demás se podía arreglar para lo sucesivo sin mayor apuro.

En esos días se entretuvo alguna vez con el pensamiento de escribir a Alfred. Sabía bien que no lo haría; pero le gustaba tejer imágenes, suponiéndose que entraría allí, conmovido por su suerte, y hasta apesadumbrado;... y seguía soñando: él la amaba aún, con toda seguridad, y también amaría a su hijo; la tomaba por esposa; era médico de campo, vivían juntos en un hermoso lugar, ella tenía dos hijos de él, tres; y ¿no era él acaso también el padre de ese primero que esperaba? Aquel Casimiro Tobisch, ¿existía realmente? ¿No había tenido siempre algo de fantasma? ¿No había sido, incluso, Satanás mismo? Alfred era su amigo, su único amigo, sí, su amado, aunque él no lo supiera. Y su aparición se transformaba extrañamente en el recuerdo de su corazón. Su rostro suave, demasiado suave, se afinaba aún más, de manera tal que casi llegaba a asemejarse a un santo; su voz le sonaba oscura y dulce a través de la lejanía de los tiempos, y cuando con el pensamiento retrospectivo se veía con él en aquella lejana llanura, de noche, tiernamente abrazada, sentía como si volara con él desde la tierra lentamente hacia arriba, hasta el cielo.

43

Una noche de abril, diez días antes de lo que esperaba, se sintió sorprendida por los dolores. Saltó de la cama, golpeó a la puerta de la señora de Nebling, pero no había regresado aún; pensó entonces bajar a toda prisa las escaleras o al menos llamar desde ellas a la portera; pero al llegar a la puerta del piso se detuvo; los dolores se desvanecían; volvió a su habitación y se echó en la cama. Pocos minutos después los dolores volvieron a comenzar. ¿Le daría tiempo aún de ir al hospital?..., ¿de llamar un coche por la ventana? ¿No podría llegar a pie hasta allí? No era tan lejos. Volvió a levantarse, abrió el armario, comenzó a sacar vestidos y ropa blanca, y después, cansada, dejó caer las manos y volvió a sentarse. Al poco tiempo, con nuevos y cada vez más terribles dolores, corrió de acá para allá por la habitación, luego por el recibidor; en la habitación otra vez se acostó, gimió, gritó; no le importaba que la oyeran. ¿Por qué no habían de oírla? ¿Acaso era una vergüenza lo que le ocurría? Nadie sabía en la casa quién era. El nombre mismo no significaba mucho. ¿Por qué había dado el verdadero? ¿Por qué se había quedado en Viena? ¿No hubiera podido ocultarse en el campo? Pero, ¿era posible? ¿Iba a tener un hijo? Ella, Teresa Fabiani, la hija de un teniente coronel y de una noble, ¿iba a tener un niño? ¿Entonces era de veras que iba a tener un hijo ilegítimo?

La señora de Nebling apareció de pronto en la puerta con ojos asustados. En efecto, desde la escalera había oído gritar a Teresa. ¿Cómo, había gritado? Oh, no había sido nada, no podía ser nada todavía. A lo sumo, dentro de diez días. Era tan sólo que había despertado de un mal sueño. La señora de Nebling volvió a alejarse. Teresa oyó mover muebles, su ir y venir por el cuarto de al lado según estaba acostumbrada todas las noches; una ventana fue abierta y vuelta a cerrar. Comenzó a dormirse. De repente el dolor la volvió a despertar. Se dominó con un inaudito esfuerzo, apretando el pañuelo con los dientes, crispadas las manos en las almohadas. ¿Estoy loca? –se preguntó–, ¿qué hago?, ¿qué quiero? ¡Ah, si pudiera morir! Quizá me muera, entonces todo estaría bien. ¿Qué voy a hacer con un niño? ¿Qué dirá mi hermano de ello? –Toda la vergüenza de sus años juveniles se despertó en ella. Le parecía incomprensible como un mal sueño haber llegado a eso; qué cosas horribles, tal como sólo a otras les pasaban..., como había leído algunas veces en periódicos o novelas..., deberían sucederle a ella, a Teresa Fabiani. ¿No era todavía tiempo, entonces, de poner fin a todo? –¡Socorro! ¡Socorro! –gritó de repente. –De nuevo saltó de la cama, se arrastró por el cuarto de al lado hasta la puerta de la señora de

Nebling, escuchó, golpeó, todo quedó en silencio. Se repuso de nuevo. ¿Qué pretendía de la señora de Nebling? No la necesitaba. No necesitaba a nadie. Sólo quería estar, seguir estando, como lo había estado durante todo el tiempo. Era mejor así. Entonces en su cama, volvió a tenderse tranquila, hasta que de pronto los dolores volvieron a venirle con tan inaudita fuerza que ya no pudo dejar de gritar. Ahora era ya tarde para buscar cualquier auxilio. No, ningún auxilio, no. Quería sucumbir. Era mejor que sucumbiera..., ella y el niño, y con ellos el mundo entero.

44

Llegó la liberación. Teresa yacía en mortal y sin embargo dichosa languidez. Una vela sobre la mesa ardía en la noche. ¿Cuándo la había encendido? No lo sabía ya. Y allí estaba el niño. Con semiabiertos ojos chispeantes, con una arrugada, fea cara de anciano, allí estaba, y no se movía. A lo mejor estaba muerto. Seguramente estaba muerto. Y si no estaba muerto..., se moriría en los próximos instantes. Y eso era bueno. Porque también ella, la madre que lo había dado a luz, debía morir. No tenía fuerza para volver la cabeza; los párpados se le volvían a cerrar siempre, y respiraba anhelante y rápida.

De repente le pareció que algo se movía en las facciones del niño; también los bracitos y piernecitas se movían; la boca se desdibujaba como para llorar, y un gemido quedo y plañidero hirió su oído. Teresa se estremeció. Ahora que el niño daba señales de vida, su presencia le resultaba siniestra, amenazadora. Mi hijo, pensó. Y ese niño era un ser independiente, que existía por sí mismo, tenía respiración, mirada y una vocecilla, una debilísima vocecilla gimiente que, sin embargo, partía de una nueva alma viviente. Y era su hijo. Pero ella no lo quería. ¿Por qué no lo quería, si era su hijo? ¡Ah!, eso se debía a que estaba cansada, demasiado cansada para poder amar nada en este mundo. Y le pareció que de ese cansancio sin igual no volvería jamás a poder despertar del todo. –¿Qué esperas tú del mundo? –dijo desde lo profundo de su corazón a la criatura gimiente y arrugada, en tanto extendía el brazo derecho hacia él y procuraba atraerlo hacia sí–. ¿Qué harás tú sin padre ni madre en el mundo, y yo qué hago contigo? Vale más que te mueras enseguida. Les diré a todos que nunca has vivido. ¿Quién se va a preocupar de eso? ¿Acaso no estabas muerto ya? ¿No fui a ver yo a tres mujeres o cuatro para que tú no vinieras al mundo? ¿Qué haré ahora contigo? ¿He de vagar contigo por el mundo? Yo tengo que preocuparme sólo de otros niños...; debería entregarte a alguien; no te tendría. Y ya te he matado dos o tres veces antes de que llegaras. ¿Qué puedo hacer con un niño muerto durante toda la vida? Los niños muertos deben ir a la tumba. No lo quiero tirar por la ventana, ni al agua, ni al canal... ¡Líbreme Dios! Sólo te quiero mirar fijamente para que sepas que estás muerto. Si tú sabes que estás muerto, te dormirás enseguida y entrarás en la vida eterna. No ha de tardar mucho, yo te sigo. ¡Oh, cuánta, cuánta sangre! ¡Señora de Nebling, señora de Nebling! ¡Ah!, ¿por qué la llamo? Ya me encontrarán. Ven, niñito, ven, pequeño Casimiro... ¿Verdad que tú no quieres ser un hombre tan malo como tu padre? Ven, aquí acostado estarás bien. Yo te tapo bien, y así nada te dolerá. Ahí bajo la almohada se duerme bien, se muere bien. Otra almohada, así tendrás más calor... Adiós, mi niño. Uno de nosotros dos no despertará más...; o ninguno de los dos despertaremos jamás. Yo te quiero bien, querido hijito. No soy la madre conveniente para ti. Yo no te merezco. Tú no debes vivir. Yo estoy destinada a otros niños. No tengo tiempo para ti. Buenas noches, buenas noches...

Despertó como de un terrible sueño. Quiso gritar pero no pudo. ¿Qué había ocurrido? ¿Dónde estaba el niño? ¿Se lo habían quitado? ¿Había muerto? ¿Estaba enterrado? ¿Qué había hecho ella con el niño? A su lado se veían las almohadas amontonadas una sobre otra. Las tiró. Y allí estaba el niño. Con los ojos muy abiertos, estaba allí, desdibujados los labios, las aletas de la nariz, movió los dedos y estornudó. Teresa respiró hondo, se sintió sonreír y le vinieron lágrimas a los ojos. Atrajo hacia sí al niño, lo tomó en brazos, lo oprimió contra su pecho. El niño se apretó contra ella y mamó. Teresa suspiró hondamente, miró a su alrededor; era un despertar como jamás había tenido. La luz matinal vibraba en la alcoba, los ruidos del día subían hasta allí, el mundo estaba despierto. ¡Mi hijo –sintió Teresa–, mi hijo! ¡Vive, vive, vive! ¿Pero quién lo acercará a mi pecho cuando yo esté muerta? Porque ella quería morir, tenía que morir. Pero en su ansia de muerte había un placer sin igual. El niño le bebía la vida de su alma, le chupaba su vida sorbo a sorbo, y sus propios labios se pusieron contraídos y secos. Extendió el brazo hacia la taza de té que desde anoche había quedado sobre la mesilla, pero temió molestar al niño y vaciló un instante. El niño, sin embargo, como si pudiera comprender, se soltó de su pecho, de modo que Teresa pudo alcanzar la taza, y halló fuerzas suficientes para incorporarse un poco y llevársela a los labios. Con el otro brazo seguía sosteniendo al niño, lo sostenía con fuerza; y en su recuerdo, una hora lejana surgió fantasmagórica, una hora en un triste cuartucho de fonda donde había sido la amante de un hombre extraño del que había concebido ese niño. Aquella hora... y ésta; aquella noche y esta mañana...; aquella embriaguez... y esta lucidez sin igual..., ¿tenían realmente alguna relación entre sí? Oprimió más fuertemente al niño y supo que le pertenecía a ella sola.

45

Cuando la señora de Nebling entró, no se mostró sorprendida lo más mínimo por lo acontecido. Inmediatamente, sin detenerse en observaciones ni preguntas, con la habilidad de una partera profesional, se ocupó de todo lo que el momento requería, y entonces se pudo ver con cuánto acierto se había preocupado del asunto en todos los sentidos. Compareció un médico, un señor de edad, amable, vestido un poco a la antigua; se sentó junto a la cama de Teresa, hizo averiguaciones hasta donde era necesario, dio prescripciones y consejos, y al despedirse, paternal y distraídamente, le dio unas palmaditas en la mejilla a Teresa.

En ese primer día y en los siguientes se encontró Teresa tan bien protegida y cuidada que no lo hubiera estado mejor una joven y feliz esposa después del parto en un hogar bien ordenado. La misma señora de Nebling parecía cambiada desde el nacimiento del niño. Ella, que tan callada había sido antes, charlaba con Teresa como una vieja amiga, y sin tener que preguntar se enteró Teresa de un montón de cosas de su vida, entre otras, que estaba contratada en un teatro de opereta para papeles de figurante, y que precisamente esas semanas estaba libre; que había sido madre tres veces y que todos sus hijos vivían, pero en el extranjero. Si había estado casada alguna vez, si los niños eran todos del mismo padre, de eso no dijo nada, así como a Teresa no se le ocurrió contar nada acerca del padre de su propio hijo y de las circunstancias de su triste aventura; hablaron mucho de maternidad y felicidad maternal, pero ambas mujeres tenían tan poco que decirse acerca de las dichas y penas del amor, que daba la impresión de que esas cosas no tenían nada que ver con las penas y dichas de la maternidad. El médico apareció todavía unas cuantas veces en visitas más bien amistosas; resultó ser médico del teatro y estaba en buenos términos con la señora de Nebling; en ocasiones contaba, con un humor un poco seco, historias chistosas de su mundillo, anécdotas, y también cosas de doble sentido, que Teresa no le tomaba a mal. Otra visita se presentaba a menudo: era una mujer joven que vivía en la misma casa; la esposa sin hijos de un pequeño empleado que se pasaba casi todo el día trabajando fuera. Se sentaba en la cama de Teresa y contemplaba con ojos húmedos al bebé, a quien la parturienta apretaba contra su pecho.

Después de unas semanas recordó Teresa que ya era tiempo de preocuparse del porvenir, y entonces se puso de manifiesto que la señora de Nebling tampoco había estado inactiva en ese sentido. Un buen día se presentó una mujer bien nutrida, vestida al estilo campesino, que se declaró dispuesta a tomar el niño a su cuidado por el pago de una mensualidad relativamente modesta. Había traído consigo a su propia hija, una chiquilla de ocho años, Agnes, de mofletes colorados que inspiraban confianza, y casi imperceptiblemente bizca. Contó que ya había tenido otras veces niños a su cuidado. El último hacía poco que había salido de su casa al casarse sus padres y llevarse al pequeño consigo. Aludió a esto sonriendo amablemente, como si fuera un buen precedente para Teresa. Unos cuantos días después, Teresa, con su pequeño en brazos y en unión de la señora de Nebling, tomaba un coche de alquiler para dirigirse a la estación. Poco después de salir de casa, en una esquina de la calle, un transeúnte cruzó la calzada y echó casualmente una mirada al interior del coche. Teresa ya se había reclinado con precaución bajo la cubierta protectora, pero cierto brillo en la mirada del peatón le delató que la había reconocido, tanto como ella a él. Era Alfred: encontrarlo después de tanto tiempo por primera vez y bajo esas circunstancias conmovió a Teresa hasta lo más profundo. Una casualidad que no le resultaba desagradable había hecho que un segundo antes la señora de Nebling tomase al niño de brazos de Teresa por un momento.

–Ése era él –dijo Teresa como para sí misma con una sonrisa feliz. La señora de Nebling se inclinó fuera del coche, miró hacia atrás y se volvió a Teresa: –¿El joven del sombrero gris? –Teresa asintió.– Todavía está allí –dijo la señora de Nebling significativamente. Y en ese momento comprendió Teresa que por su exclamación la señora de Nebling suponía que el joven del sombrero gris era el padre del niño. Teresa no rectificó. Prefería que fuera así, y se encerró en un sonriente silencio hasta llegar a la estación.

46

Después de un viaje de apenas dos horas en tren-carreta llegaron al punto de destino. La campesina, señora de Leutner, las esperaba en la estación, y por entre agradables chalecitos, en su mayoría aún deshabitados, anduvieron lentamente por el lugar, hasta un camino lateral más estrecho que, empinado hacia arriba, conducía a una pequeña alquería rodeada de frutales en flor, desde la cual, pese a su escasa altura, se ofrecía un amplio panorama. La aldea, modesto lugar de veraneo, se extendía a sus pies; los rieles del tren corrían a lo lejos; la carretera se perdía entre colinas en el bosque. Detrás de la alquería se extendía el prado hasta una cantera cercana, cuya superficie estaba cubierta de boscaje. En un recinto bajo, que tenían limpio pero con olor a moho, la campesina ofreció a sus visitantes leche, pan y manteca, comenzando enseguida a ocuparse del niño de Teresa, mientras explicaba a grandes rasgos cómo procedería a alimentarlo y cuidarlo; luego, mientras la señora de Nebling se quedaba con el pequeño, le enseñó a Teresa la casa cuarto por cuarto, el jardín, el corral, y el granero. El campesino, muy alto, algo encorvado al andar, bigote caído, regresó del campo; apenas dijo nada, contempló al niño con ojos vidriosos, asintió unas cuantas veces, estrechó la mano de Teresa y se volvió a marchar.

Agnes, la niña de ocho años, regresó del colegio y pareció contenta de que hubiera de nuevo un pequeño en casa; lo tomó en sus brazos y todas sus maneras demostraban que también ella entendía ya perfectamente el manejo de los bebés. La señora de Nebling, mientras, se había echado sobre su impermeable bajo un plátano, en cuyo tronco estaba clavada, bajo un cristal con marco, rodeada por una corona marchita, una imagen de María.

Las horas volaban; sólo cuando se acercó el momento de la despedida comprendió Teresa que debía alejarse de su niño; que debía alejarse y que un capítulo extraño, y, pese a todas las preocupaciones, hermoso capítulo de su vida, había concluido de una vez para siempre. En el viaje de regreso no habló una palabra con la señora de Nebling, y cuando volvió a pisar el cuarto donde todo le hacía evocar al niño, se sintió en el mismo estado de ánimo que si volviera de un entierro.

El despertar a la mañana siguiente fue tan triste que hubiera querido volver enseguida a Enzbach. Se lo impidió una lluvia torrencial que se desencadenó de repente; también llovió y hubo tormenta al día siguiente, y hasta el subsiguiente no pudo volver a ver a su hijo. Hacía un suave tiempo primaveral; se sentaron al aire libre bajo un silencioso cielo azul pálido, que se reflejaba en los ojos del niño. La señora de Leutner habló mucho con Teresa acerca de un montón de asuntos de la casa y del campo y de toda suerte de experiencias que en el transcurso de los años había hecho con los niños que criaba; el campesino se unió esta vez a ellas por más largo rato, pero estuvo tan taciturno como la primera. Agnes sólo apareció a la hora del almuerzo; en esa ocasión, se preocupó poco por el niño y se fue enseguida. Teresa se despidió más tranquila y con menos tristeza que la última vez.

47

La noche de ese mismo día hizo la observación, ante la señora de Nebling, de que ya era hora de buscarse un nuevo empleo. También de eso se había ocupado ya la señora de Nebling a su manera previsora, y tenía preparadas una cantidad de direcciones adecuadas. Al siguiente día Teresa se presentó en algunas casas; por la noche tenía tres para elegir y se decidió por una en la que debía tomar a su cargo a una niña de siete años. El padre era un comerciante acomodado; la madre una buena mujer un poco flemática; la niña, dócil y bonita, y Teresa se sintió enseguida muy a gusto en su nuevo ambiente. Había conseguido salida para un domingo sí y otro no y una tarde en semanas alternas, y hasta bien entrado el verano no surgieron dificultades, pero una mañana de un hermoso domingo de julio la señora de la casa le pidió a Teresa por una u otra razón que renunciara a su día libre y eligiera en cambio cualquier otro día de la semana siguiente. Teresa había esperado con tan desenfrenada alegría volver a ver a su niño, que muy contra su habitual manera de ser, casi malhumorada, insistió en su derecho, que finalmente le fue reconocido; pero no le quedó más remedio que dejar la casa tras el usual término de despido.

Pronto encontró una nueva colocación como institutriz en casa de un médico, con dos chicas y un muchacho. Las dos chicas, de diez y de ocho años, iban al colegio; una francesa y un maestro de piano les daban lecciones en casa; el varón de seis años estaba confiado por entero al cuidado de Teresa. Era una casa modelo: bienestar sin exceso, las mejores relaciones entre los esposos, los niños muy bondadosos, bien educados; y pese a la abrumadora actividad tras de la cual volvía el médico, jamás había una palabra de impaciencia o de malevolencia, ni de mal humor o discusiones, como en otras familias que conocía.

Hacia mediados de agosto pudo pasar tres días completos con su hijo. Desgraciadamente dos de ellos fueron lluviosos, y hubo unas cuantas horas durante las cuales, mientras se hallaba con los campesinos en la mohosa sala, comenzó a apoderarse de ella una sensación de aburrimiento y vacío. Cuando percibió eso más nítidamente, acudió como arrastrada por un íntimo reproche hacia su niño que dormía tranquilamente en la cuna. A la turbia luz de ese día de lluvia la menuda carita la pareció singularmente pálida, delgada y extraña. Asustada casi sopló en los párpados del niño, que ahora desdibujó la boca como para llorar y luego, cuando vio el rostro de la madre inclinado sobre sí, comenzó a sonreír. Teresa, dichosa de nuevo, tomó al niño en los brazos, lo acarició y lo mimó, y lloró de felicidad. La campesina, visiblemente conmovida, le predijo toda clase de bienes y muy especialmente un buen padre para el niño. Pero Teresa meneó la cabeza. No tenía el menor deseo, declaró, de compartir a su amado pequeño con nadie más. Le pertenecía a ella sola y así debía seguir siendo en adelante.

Después de aquellos tres días la separación fue triplemente penosa. Cuando Teresa volvió al Semmering, donde la señora de Regan pasaba sus vacaciones veraniegas con los niños, no pudo ocultar ante la madre de sus alumnas la expresión preocupada de su rostro. Con su manera suave y amable, sin hacer preguntas directas, la señora de Regan dejó entrever la esperanza de que Teresa se repondría pronto con aquel puro aire montañés. Involuntariamente y como conmovida Teresa le besó la mano, pero se propuso no revelar nada de su secreto. En efecto, se repuso más pronto de lo que había pensado, volvió a tener colores y alegría, se organizaron paseos y también excursiones, y el ligero tono de la vida social veraniega trajo consigo que Teresa conociera en diversas oportunidades señoras jóvenes y mayores que no se daban el trabajo de ocultar su simpatía y sus deseos. Sin embargo Teresa permaneció indiferente a cualquier tentativa de aproximación, y cuando en los primeros días de septiembre se volvieron a trasladar a la ciudad no lo lamentó en lo más mínimo y se sintió alegre de poder estar nuevamente cerca de su hijo.

Las pocas horas que cada ocho o catorce días pasaba fuera, en Enzbach, significaban para ella, siempre de nuevo, la más pura felicidad. Y aquel sentimiento de monotonía y vacío que una vez la había acometido en un día lluvioso pasado allí, no volvió a presentarse ni en las horas más sombrías del otoño. Había temido los viajes invernales, pero en ese sentido tuvo la más agradable sorpresa. Nada más delicioso que cuando todo alrededor de la alquería yacía cubierto de nieve y, desde la habitación bien caldeada, con su niño en brazos, divisaba a través de los cristales empañados el paisaje blanco en la penumbra con sus dormidas casas de campo y la pequeña estación, desde donde las oscuras líneas de los rieles se perdían en la lejanía helada. Más tarde vinieron magníficos días de sol, en los que, substraída a las nieblas de la ciudad, hallaba, no sólo claridad y amplitud, sino también una especie de calor primaveral, y podía, en el banco puesto ante la casa, dejarse bañar junto a su hijo por los rayos del sol.

Cuando volvió la primavera le pareció notar un profundo vínculo entre el desarrollo de su niño y el florecer de la naturaleza. Para ella el día de los primeros cerezos floridos fue también aquel en que su hijo dio unos cuantos pasos sin ayuda alguna ante la puerta de la casa; el día que en el jardín de la blanca villa "Buen Descanso" de la calle de la estación fueron liberados los rosales de su envoltura de paja fue el mismo en que a Franz le salió el segundo incisivo; y cuando en uno de los últimos días de abril –pues el invierno había sido largo– el paisaje con sus jardines, bosques y colinas la recibió en pleno verdor, su hijo, sostenido por la campesina ante la ventana abierta, batió palmas al ver venir a la madre por la pradera con un paquetito en la mano... –siempre tenía que traerle algo. Un día de junio en que arrancó las primeras cerezas, el niño pronunció por primera vez unas cuantas palabras coherentes.

48

Tres años siguieron, tan parejos en su curso, que más tarde, en el recuerdo de Teresa, se fundían siempre una primavera con otra, un verano con otro verano, un otoño con otro otoño, un invierno con otro invierno...

Y eso a pesar de que llevaba una especie de doble vida, o precisamente por ello: como institutriz de la familia Regan, la una, y la otra como madre de un bebé que estaba en el campo al cuidado de unos aldeanos.

Cuando pasaba el día en Enzbach, ya durante el viaje todo lo que dejaba atrás en la ciudad: el matrimonio Regan y los niños, la casa, la habitación que ocupaba, la ciudad entera, se sumía en un vapor gris de cosa inimaginable, del que todo volvía a reflotar como la realidad cuando bajaba del tren, y, a veces, sólo cuando llegaba a la casa.

Pero al hallarse en la mesa con la familia Regan, estudiando con los niños o paseando, o tendida en la cama por la noche, con el cansancio de haber cumplido sus tareas, volvía a aparecérsele entonces el paisaje de Enzbach, al resplandor veraniego o en la paralización invernal...: la alquería sobre la colina, envuelta en verde o en blanco..., el plátano con la imagen enmarcada de la Virgen..., la pareja de campesinos en el banco delante de la casa o en la sala baja junto a la chimenea..., como algo inverosímil, casi legendario; y era siempre un prodigio cuando subía poco a poco el empinado camino hacia el hogar de los Leutner y todo estaba allí como lo había dejado hacía días o semanas, y podía tener a su hijo, siempre el mismo y sin embargo de una vez para otra una criatura nueva, entre sus brazos, o en su regazo; y a veces ocurría que si había cerrado los párpados por un instante y volvía a abrirlos, el que estaba en sus brazos era otro niño distinto al que había imaginado con los ojos cerrados.

No siempre le fue tan bien en el campo como en su nostalgia se había figurado. El señor Leutner tenía en ocasiones sus días malos, y también la campesina, en general de buen humor y demasiado charlatana, estaba a veces como cambiada, poco amable, casi hosca, de manera que cuando Teresa se mostraba descontenta en lo más mínimo, le replicaba vivamente, quejándose de las molestias que le ocasionaba el chico y que ni le agradecían ni le pagaban lo bastante. También hubo desacuerdos de toda índole tras repetidos aumentos de la pensión. Una vez omitieron avisar a Teresa de una leve enfermedad del niño, y luego pusieron en su cuenta unos gastos para medicamentos que con toda seguridad no estaban bien, y recurrentemente creyó notar Teresa, por esta o aquella señal, que la señora de Leutner en modo alguno se ocupaba tanto del niño como era su deber. Otras veces había celos no solamente entre Teresa y la aldeana, sino también entre Teresa y la pequeña Agnes; Teresa se quejó directamente de que la señora de Leutner y su hija mimaban al niño como si quisieran descastarlo. En algunas ocasiones, tampoco el mal tiempo era lo más a propósito para estimular el humor y la comprensión. Era demasiado fastidioso tener que estarse sentado con los pies húmedos en la habitación fría o demasiado caldeada, oliendo a tabaco malo que picaba en los ojos y que, seguramente, también perjudicaba al niño.

No era muy raro que Teresa se sorprendiera a sí misma con el deseo de no tener que ir hasta Enzbach, y dejó pasar algún que otro de sus domingos libres sin ver a su hijo. Otras veces le parecía no poder aguantar más de nostalgia, y en su nostalgia había tanto temor que pasaba las noches con pesadillas.

En conjunto, sin embargo, fue una linda época. Y con frecuencia pensó Teresa que realmente le iba mejor que a algunas madres, que podían tener siempre a su hijo consigo y no sabían apreciar esa dicha, en tanto que para ella, para Teresa, ese estar juntos, al menos por la alegría previa, significaba siempre un día de fiesta.

En casa de los Regan continuaba sintiéndose contenta. El doctor, con su tacto no del todo exento de complacencia, se mostraba siempre amable, pese a lo riguroso de su trabajo profesional; la señora de Regan siguió mostrándose también muy estricta, pero jamás caprichosa y siempre justiciera ama de casa; las niñas eran vivaces pero aplicadas y obedientes, y muy afectas a su institutriz; el chico era de modales más apacibles, muy amante de la música, al extremo de que ya a los ocho años era capaz de interpretar, en veladas musicales domésticas, la parte de piano de los cuartetos de Haydn y Mozart; Teresa ejecutaba muchas veces a cuatro manos con él y disfrutaba en estas veladas su humilde participación en el aplauso. En la atmósfera de actividad, orden y constancia que allí la rodeaba se preocupó más de ampliar su cultura y halló algún tiempo para seguir sus estudios de piano e idiomas.

En esa bien ordenada existencia había pequeños acontecimientos que interrumpían el habitual curso de los días. Algunas veces ocurría que la señora de Fabiani venía a Viena para tratar personalmente con redactores y editores, y la familia de Regan insistía amablemente en invitar a la mesa a la madre de la señorita, en cuyas oportunidades la señora de Fabiani exhibía un comportamiento intachable y hasta distinguido y no dejaba de hacer mención de su hijo, el estudiante de medicina, quien pese a su juventud comenzaba ya a desempeñar un papel político en la universidad, y el otro día, con motivo de una reunión estudiantil, había hecho un discurso que llamó la atención.

Después de una de esas visitas maternas, Teresa encontró en la calle a su hermano a quien no había visto desde hacía meses, y hablaron de su madre, acerca de cuya última novela, que se publicaba en un diario vienés, se refirió Karl en tono burlón y despectivo. Teresa se sintió extrañamente herida; los hermanos se despidieron con frialdad; desde la esquina próxima Teresa se volvió para mirar a su hermano y le chocó, y no en sentido favorable, cuánto había cambiado, en el curso de pocos años. Su aspecto era más cuidado que antes, pero la actitud un poco inclinada de la cabeza, aquellos cabellos un poco largos, mal cortados que le rozaban el cuello, su andar rápido, casi saltarín, prestaban a toda su persona cierto aire que a Teresa le parecía poco distinguido, inseguro, subalterno, y le resultaba repelente.

Al principio se había sentido obligada a visitar a veces a la señora de Nebling, y una noche asistió a una representación de opereta para la cual la actriz le había regalado una entrada. Con una voz aguda, extraña, cantaba y representaba a una mujer de cierta edad, una buscona, muy peripuesta, y se conducía de tal manera que Teresa casi se avergonzó por ella, y se estremeció ante la idea de que uno de sus hijos pudiera regresar del extranjero y ver a su propia madre saltando por el escenario en tan indecente actuación, maquillada de rojo escarlata, con ademanes y miradas lúbricos, convertida en el hazmerreír hasta de sus colegas, como Teresa percibió muy bien.

Una vez en la calle le dio la impresión de que Casimiro Tobisch venía a su encuentro. Pero se había equivocado; apenas sí existía parecido entre el padre de su hijo y el hombre que se cruzaba con ella; cuando, en un breve espacio de tiempo, fue víctima de tales errores dos o tres veces más, experimentando siempre la misma desagradable emoción, reconoció que en el fondo tenía miedo de volver a ver a Casimiro Tobisch; algo así como si él, precisamente él, no debiera saber jamás nada de que ella continuaba existiendo y, sobre todo, de que existía el niño, su niño. La imagen de otro a quien hubiera vuelto a ver de buena gana, Alfred, ni siquiera le fue sugerida, en cambio, por ningún transeúnte casual. A él, de quien sabía con certeza que vivía en la misma ciudad que ella, ningún agradable azar le trajo a su encuentro.

También las semanas de veraneo con la familia Regan, aunque pasadas cada vez en un distinto lugar montañoso, se amalgamaron más tarde para Teresa de un modo singular como unas vacaciones estivales únicas, y los jóvenes y señores mayores que intentaron acercarse a ella en el campo, tampoco se distinguían después en su recuerdo unos de otros. Que de todos ellos ninguno se le acercara verdaderamente, dependió no tanto de su propia resistencia, de sus precauciones, de su frialdad –pues en contraste con ciertas épocas anteriores y posteriores de su vida, sus instintos parecían casi adormecidos en esos años–, sino más bien de la falta de libertad resultante de su colocación, que de manera recurrente frustraba la decidida prosecución de una relación incipiente, la conclusión de otra que ya hubiera avanzado algo. Y así ocurría a veces que se despertaba en ella la envidia hacia quienes se les daba eso mejor, hacia algunas de las damas que durante las noches cálidas del verano, cuando ya la señorita se había retirado a sus habitaciones con los niños, podían pasear por la gran plaza iluminada de delante del hotel cuanto quisieran y con quien quisieran, o aun desaparecer en lo oscuro. Veía y oía, lo que, por supuesto, ya no era cosa nueva para ella, cómo mujeres, madres, muchachas, intercambiaban miradas significativas con hombres, sostenían conversaciones intrincadas; y ella sabía cómo solían seguir adelante tales comienzos. En cuanto a la señora de Regan, pese a ser siempre una mujer linda, y hasta tentadora, era de las pocas que no parecían contagiadas en lo más mínimo por la atmósfera que la rodeaba, con lo cual Teresa se sentía por su parte tranquilizada, resguardada, y hasta quizá protegida.

Nada indicaba un cambio próximo; el doctor Regan y su esposa la trataban entonces como siempre con amabilidad, hasta con afecto, y entre ella y las niñas, sobre todo la mayor, se había entablado una especie de amistad, y el tocar el piano a cuatro manos con el bien dotado chico se había convertido en un hábito agradable..., cuando una mañana de junio, poco antes de trasladarse al campo, la señora de Regan la llamó a su habitación y, sin duda algo desconcertada pero segura y fríamente, le comunicó que habían decidido traer a la casa a una francesa, y debido a eso –naturalmente con el mayor pesar– se veía obligada a despedirla a ella, a Teresa. Claro que eso no corría ninguna prisa, se le concedían semanas, meses de plazo, hasta encontrar una colocación adecuada, y con respecto al tiempo inmediato quedaba por entero al arbitrio de Teresa acompañar a la familia de Regan a los Dolomitas, o, lo que en estas circunstancias tal vez fuera preferible, tener todas las vacaciones sin que la molestaran a su disposición.

Teresa se quedó pálida, con el corazón herido, pero declaró inmediatamente –sin dejar entrever su emoción en nada– que no haría uso del bondadoso ofrecimiento de la señora de Regan y posiblemente dejaría la casa antes de que transcurrieran los catorce días habituales. Singular le pareció a ella misma que su conmoción no fuese duradera, e incluso que en la misma hora sintiese brotar en sí un cierto contento, si no alegría, por el cambio en perspectiva. Se confesó pronto que no había sido tan feliz en esa casa como a veces había pretendido imaginarse, y en una conversación casual que esos días sostuvo con la señorita Steinbauer, la institutriz de una familia amiga de los Regan, persona vieja y amargada, se dejó convencer fácilmente de que los Regan se habían aprovechado de ella, sencillamente, poniéndola después en la calle, como era el destino que se repetía con todas. La inmutable gentileza de la señora de Regan le pareció ahora una mezcla de falta de temperamento y de falsedad; la condición suficiente y vanidosa del afamado médico siempre le había resultado, según advertía ahora, repelente hasta lo más profundo del alma; el muchacho, si bien era un gran talento musical, era retrasado mental; las dos niñas, si bien no se podía discutir su aplicación, tenían muy moderadas dotes, la más chica ya un poquito echada a perder, la mayor no dejaba de ser taimada; y que la señora de Regan había puesto a las niñas al corriente del planeado cambio hacía tiempo, no ofrecía la menor duda. Falsedad e hipocresía por todas partes.

Dejó la casa con amargura en el corazón, y se prometió no volver a pisarla jamás.

49

Las siguientes semanas las pasó en Enzbach con su hijo. La atmósfera campestre la calmaba, y aun la llenaba de tanta dicha al comienzo, que se le ocurrió la idea de afanarse por lo pronto en dar lecciones a los veraneantes, y más tarde quizá radicarse en el lugar. Esta vez le dio la impresión de que entre esa gente sencilla y amable para con ella se iba a sentir mucho mejor que en la ciudad, entre gentes a cuyos hijos debía educar y que al final la plantaban en la calle.

Había entre los lugareños algunos con los cuales solía hablar en ocasiones y que demostraban cierta simpatía hacia ella y hacia su hijo. Ya hacía algún tiempo había conocido a un primo de la señora de Leutner, Sebastián Stoitzner, un hombre todavía bastante joven que hacía poco que había enviudado. No era mal parecido, tenía buena estatura, se hallaba en condiciones holgadas y buscaba una segunda esposa que pudiera dirigir su heredad y su casa. Aconteció, y no por casualidad, que lo manifestara así con frecuencia en casa de los Leutner, y a Teresa le hacía un efecto refrescante por sus maneras desenvueltas, a veces plenas de humor, y también porque se ocupaba, de una manera desmañada pero conmovedora, del hijo. Su creciente inclinación hacia Teresa era indiscutible; la señora de Leutner no escatimó las indirectas demasiado claras, y hubo momentos en los que Teresa pensó seriamente en una vinculación con él. Pero conforme él se hacía ver con mayor frecuencia y menos embozadamente expresaba sus sentimientos, en especial cuando una vez dando un paseo la atrajo con inesperada y brutal pasión hacia sí, percibió ella que ahí no podría haber nunca una relación duradera, y se lo hizo notar con tal claridad que, de una vez por todas, puso él término a sus desvelos. Cuando entonces, después de su renuncia, volvía a embargarla el aburrimiento, se hizo al principio reproches por no bastarle la compañía de su niño para llenar por completo su existencia. Pero pronto se dijo que, pese a todo el amor hacia su hijo, no era capaz sencillamente de aguantar por más tiempo la inactividad, que no tenía derecho además a llevar una vida ociosa en el campo, sin pensar en su profesión y sobre todo en ganar dinero.

50

Faltaba mucho aún para que el verano llegara a su fin cuando volvió a colocarse, y por cierto en una casa que, a primera vista, parecía bastante distinguida, como institutriz o señorita de compañía de una hija de catorce años. Pocos días después de su entrada salió ya de viaje con madre e hija para un pequeño balneario de Estiria, donde tomaron alojamiento en un mal gobernado y no enteramente limpio hospedaje, en tanto el esposo, un alto empleado del Estado, se quedaba en Viena. La baronesa era cortés con Teresa, sin dirigirle jamás una palabra superflua. En el lugar casi no había sino personas viejas, en su mayoría enfermos de gota; un sesentón mal vestido, flaco, que para asombro de Teresa llevaba el nombre de una gran estirpe antigua de nobles húngaros, iba con una muleta, tomaba asiento a veces después del almuerzo en la mesa de las señoras, conversaba con ellas en su idioma materno, pero fuera de eso no tenían más relaciones. Además, ahorraban tanto en las comidas, que Teresa se sentía devuelta a los días más tristes de su juventud. A veces cuando se encontraba sola con la joven baronesa intentaba entablar alguna suerte de conversación con ella, refiriéndose con gracejo a encuentros en el paseo o en el parque, a ésta o la otra aparición ridícula. La muchacha, sin embargo, parecía incapaz aun de entender cualquier chanza superficial, y una somera, cuando no ridícula contestación, era todo lo que Teresa podía obtener.

En lo peor de los calores veraniegos se volvieron a Viena, y las horas de las comidas no fueron de ningún modo más interesantes porque el señor de la casa tomara parte en ellas, pues jamás le dirigía la palabra a Teresa. Cuando ésta tuvo ocasión por primera vez de ir de nuevo a Enzbach, respiró aliviada como si se escapara de una cárcel. En la distancia, la casa de la baronesa, donde estaba condenada a vivir entonces, le parecía más detestable que de costumbre, y hasta horrible, y apenas comprendía cómo había podido aguantar allí tanto tiempo. Por una cierta inercia, tal vez un poco sobornada también por el sonido del noble nombre, difería siempre de nuevo su despedida, hasta que por fin para Navidad se le dio como aguinaldo una suma de dinero vergonzosamente baja y, agotada su paciencia, se despidió.

51

Sin embargo, vinieron malos tiempos para ella. Fue como si el destino la hubiera condenado a ver de cerca todas las situaciones repulsivas y feas de las familias burguesas. ¿O era sólo que ahora tenía más abiertos los ojos? Tres veces seguidas vio matrimonios deshechos. Primero fue un matrimonio de gente aún joven, que, sin consideración a sus dos hijos de seis y ocho años y también sin la menor consideración a Teresa, solían echarse en cara a gritos, durante las comidas, cosas tan horribles que ella creía morirse de vergüenza. A la primera discusión que se vio obligada a asistir se levantó simplemente de la mesa. Cuando unos días más tarde trató de hacer lo mismo, el marido la llamó, exigiéndole que se quedara; necesitaba en absoluto un testigo para los insultos que su mujer profería contra él. La siguiente vez resultó ser la mujer quien le hizo a Teresa la misma petición. Ambos traían con frecuencia invitados a comer, y en esas ocasiones se conducían delante de ellos como una pareja feliz. Había momentos, sin embargo, y eso era lo más incomprensible para Teresa, en que los esposos parecían entenderse de veras magníficamente, y así como en otras ocasiones debía escuchar los mutuos insultos, era también a veces testigo de ternezas que la afectaban de un modo casi más desagradable y repulsivo que las acostumbradas discusiones.

La colocación siguiente, en una casa bien puesta y de buena posición donde la profesión del dueño –quien de noche sólo rara vez estaba en el hogar– siguió siendo un secreto para ella, al principio no le pareció mal. La chica de siete años confiada a su cuidado era bonita, digna de confianza e inteligente; la madre, que pasaba días enteros sin salir de su habitación, y otros los pasaba fuera de casa de la mañana a la noche, y parecía no preocuparse en absoluto de su hija –de una manera que para Teresa era completamente incomprensible–, la trataba con mucha amabilidad; esa amabilidad iba siempre en aumento, y con el tiempo fue tomando un cariz que a Teresa la llenó primero de extrañeza, luego de repugnancia, y más tarde de miedo. Precipitadamente huyó una mañana de la casa tras una noche en la cual tuvo que encerrarse en su habitación con llave, y desde la estación, de la que salía para pasar unos días en Enzbach con su hijo, le escribió al señor de la casa diciéndole que había tenido que salir de improviso para ir a ver a su madre enferma.

En el siguiente empleo como institutriz de dos despiertos niños de siete y ocho años fue el comportamiento del dueño lo que imposibilitó su permanencia allí. Primero creyó que ciertas miradas y tropezones aparentemente casuales eran sólo un malentendido de su parte, tanto más cuanto que las relaciones entre el marido y la mujer aún joven y hermosa parecían por completo normales. Pronto pudo darse cuenta Teresa, sin embargo, de que respecto a las intenciones del señor de la casa, que pese a todo no le desagradaban, ya no había lugar a equívocos; tuvo que confesarse que no hubiera podido ni querido resistir por mucho tiempo, hasta que un intento muy brutal de aproximación que se permitió una noche, en tanto la señora y los niños estaban en el cuarto de al lado, la llenó más de miedo que de repugnancia, y la obligó de nuevo a una precipitada despedida.

52

Ahora volvió a entrar en una llamada "casa grande", hecho que hizo destacar la dueña de la agencia de empleo como un desusado y en cierto modo no merecido golpe de suerte, por el cual quería ser compensada con una retribución extraordinaria. El director de banco Emil Greitler era un hombre de más de cincuenta años, de maneras amables, gentiles, casi diplomáticas en su reserva; su esposa, insignificante y marchita, estaba ligada a él con amor no correspondido y lo contemplaba con admiración. Tenían cuatro hijos; con los dos mayores, un estudiante de Derecho y otro que se dedicaba a la profesión bancaria, Teresa no tenía nada que ver; la niña de trece años y el hijo menor de nueve asistían a institutos de enseñanza oficial y tenían además tantos maestros particulares que la tarea de Teresa consistía casi tan sólo en llevar a los dos niños al colegio, y de allí a la casa, y en acompañarlos en sus paseos. Con gusto se hubiera ligado más cordialmente a la joven, pero ésta, parecida en los rasgos fisonómicos a su padre, era también, pese a toda su infantilidad, inabordable como él, y permanecía fría ante sus tentativas casi maternales. Al principio Teresa se sintió herida, y luego se hizo más dura, más severa con la niña de lo que hubiera querido, hasta que por fin se estableció entre ellas una relación indiferente, en la que sólo a veces una exaltación ridícula por parte de Teresa, una altiva inaccesibilidad por parte de Margarita, recordaba la medio inconsciente lucha anterior. Sigfrido, de nueve años, era un niño alegre y para su edad notablemente gracioso, al que Teresa tenía que regañar con frecuencia por sus turbulencias, pero de cuyas chistosas ocurrencias y dichos tenía que reírse algunas veces, lo mismo que los demás. Disponía de mucho tiempo libre para sí, pero no veían con gusto que saliera demasiado rato de la casa, y si bien la necesitaban poco, debía estar siempre a disposición. Con frecuencia había reuniones pequeñas o grandes, a las cuales apenas la invitaban. Hacia fines de Carnaval, sin embargo, dieron un baile, para cuyos preparativos la señora de Greitler, que estaba algo indispuesta, había requerido de diversos modos la ayuda de Teresa, y no pudo evitar que la señorita tomara parte en la fiesta. Sólo después del descanso un joven guapo, de bigotillo rubio, la invitó a bailar; también los dos muchachos de la casa, el jurista y el bancario, así como otros huéspedes, bailaron con ella. El joven rubio volvía una y otra vez y la entretenía de una manera alegre, algo atrevida. Un teniente de dragones le ofreció en el *buffet* una copa de *champagne* y la chocó con la suya. Tenía una negra cabeza rizada con una reciente y bien marcada cicatriz sobre la frente, y, al bailar, la había oprimido descaradamente contra sí, pero apenas había dicho una palabra, y a las tres de la mañana se atrevía a hacer unas insinuaciones tan audaces, que ella enrojeció profundamente y no osó contestar nada. Finalmente el rubio le pidió una cita. Ella lo rechazó, pero en los días que siguieron al baile, a cada paso que daba en la calle alentaba la esperanza de encontrarlo, y cuando una semana más tarde hizo él una visita a la casa, de la cual se hizo mención entre otras en la mesa, experimentó una especie de desilusión, que no se relacionaba tanto con ese encuentro frustrado como con algunas otras frustraciones involuntarias y sin culpa de los últimos años, que ahora de golpe se le evidenciaban.

Como el pago de su salario en la casa Greitler solía retrasarse algunos días, no le llamó la atención cuando una vez transcurrió un mes entero sin recibir su sueldo. Pero cuando también el día del siguiente vencimiento se omitió el pago, Teresa, que necesitaba el dinero, se vio obligada a decírselo a la señora de Greitler. Le rogaron que tuviera paciencia unos cuantos días más, y, en efecto, poco después recibió una considerable parte de su salario. Se hubiera quedado en cierto modo tranquilizada si ese mismo día no le hubiera preguntado la sirvienta cuánto le adeudaban. Su norma había sido hasta entonces no entregarse jamás a conversaciones con el personal de una casa donde estuviera colocada acerca de los "señores"; pero esta vez no pudo resistir la tentación y pronto supo que la casa Greitler estaba endeudada por todas partes; de que, por ejemplo, ni siquiera había sido saldada la cuenta del confitero desde el último baile. Teresa sencillamente no podía ni quería creer aquello. Pues en la casa todo seguía su marcha ordinaria. Se servía con distinción, se comía de un modo excelente, se recibían visitas, el coche estaba ante la casa, las *toilettes* de verano para la señora estaban encargadas como de costumbre a un modisto de primera categoría; tampoco en el humor del señor Greitler se apreciaba cambio alguno; tenía la misma amabilidad de siempre, un poco fría y distante, para con su esposa e hijos; no le traicionaba ninguna huella de preocupación o impaciencia; en la mesa surgió la cuestión de la temporada en el campo, y ninguna señal dejaba presumir que allí se cerniera un cambio de signo. Pero un día, en mayo, el señor Greitler salió de viaje, cosa que ocurría a menudo; se despidió alegremente como de costumbre, para regresar al cabo de diez días; tampoco en su ausencia se notó el más mínimo cambio en la casa, hasta que una mañana, en horas muy tempranas, un inusitado desorden en la antecámara despertó a Teresa, obligándola a prestar atención. Dos horas más tarde la criada anunció que la señora de Greitler también había partido repentinamente. A la hora del almuerzo, el hijo mayor habló en la mesa de la repentina enfermedad de un pariente lejano. Pero antes del anochecer la señora de Greitler reapareció... mortalmente pálida y llorosa. No era posible mantener en secreto por más tiempo lo que había ocurrido. Los diarios vespertinos traían ya la noticia. Había sobrevenido el derrumbe; el señor Greitler había sido detenido por la mañana en el tren, a dos horas de Viena. Su esposa dejó a la libre voluntad de Teresa el que abandonara la casa inmediatamente, pero ésta se ofreció a quedarse hasta que no encontrara un nuevo empleo. Le pareció notable lo pronto que todos los miembros de la familia supieron adaptarse al cambio de condiciones, el cual apenas era perceptible exteriormente. Se comía tan bien como antes, los niños seguían yendo al colegio, Margarita siguió tan altanera como siempre, Sigfrid continuó con sus bromas, los maestros aparecían a las horas usuales, y no faltaban visitas: algunas entre ellas, que no se habían visto antes en la casa, mientras que otras más habituales antes sí faltaban. Cuando Teresa se despidió, la señora de Greitler, que precisamente en aquellos días difíciles había mostrado una poco usual tranquilidad y fuerza de voluntad, le expresó los más cordiales deseos para proseguir su camino, pero, por supuesto, no le pagó el salario todavía pendiente.

53

Tuvo que aceptar el primer empleo que le ofrecieron: como "señorita" para atender a tres niños completamente mal educados de seis a diez años, que eran su tormento en todo sentido. El padre, un agente de seguros, solamente estaba en casa por la noche y siempre de pésimo humor; la madre, una señora gruesa, tonta, visiblemente apática, que, sin embargo, dos o tres veces al día, repentinamente, empezaba a gritar a los niños y a pelear con quien tuviera cerca, y comenzaba a tratar a Teresa como a una sirvienta, para volver a caer de nuevo en una especie de letargo, del cual ni los compromisos domésticos ni el alboroto de los niños eran capaces de sacarla, de modo que toda la responsabilidad de la casa se acumulaba sobre Teresa. Dos meses soportó esa existencia; después, se despidió y se fue a Enzbach.

No era sólo la repugnancia, el cansancio después de las emociones de los últimos meses; era también una repentina nostalgia de Franz, no del todo exenta de reproches de conciencia, lo que la llevaba esa vez con tanta fuerza hacia allí. Durante los últimos tres años se había ocupado demasiado poco de él; en su crecimiento y desarrollo apenas había tomado parte. Por más que procuraba tranquilizarse –y en parte tenía derecho a ello, pues le había faltado tiempo, cuando no su estado físico y psíquico le había hecho encontrar penoso en los días de permiso aun el corto viaje a Enzbach–, percibía, sin embargo, claramente que, con demasiada frecuencia, el deseo de ver a su hijo no se había hecho sentir en forma muy apremiante, y que incluso mediando semanas de separación, cada vez le resultaba más lejano y extraño, y a veces sentía como una carga la obligación material relativamente exigua que tenía con la señora de Leutner. Volvió a disculpar esto ante sí misma por el hecho de que el apego de su Franz a la madre adoptiva parecía a veces ser más fuerte que hacia ella misma; que, poco a poco, se iba convirtiendo en un verdadero niño campesino, y que, a pesar de todo, en ciertos instantes, se parecía de una manera casi horrible a aquella lamentable criatura que era su padre. En los últimos tiempos se asociaba a aquellas cavilaciones, y ello ocurría siempre de nuevo, un cierto sentimiento de culpa: le daba la impresión de que debía una reparación a su niño, como si la debilidad e inseguridad de sus sentimientos maternales tuvieran que ser vengadas tanto en ella como en él alguna vez; y así subió la cuesta hacia la alquería de los Leutner con un temor que hacía mucho no experimentaba. Sentía un repentino miedo a encontrar a su hijito enfermo. En verdad, hacía tres semanas que no había tenido noticia alguna de él. O a que él no quisiera ya nada con ella y le dijera: "A qué vuelves siempre? Ya no te necesito".

Cuando lo vio acudir contento hacia ella como apenas lo había hecho nunca antes, rompió en lágrimas y lo apretó contra su corazón, cual si lo hubiera vuelto a recuperar para siempre. También la señora de Leutner le pareció más cordial que otras veces; se mostró muy asustada por el mal aspecto de Teresa y le aconsejó con apremio que se quedara en el campo hasta el otoño. Tan cansada de cuerpo y de alma se sentía Teresa que se mostró de acuerdo enseguida, y en los primeros días se repuso ya visiblemente. Hacía mucho tiempo que no tenía tanta alegría con su chico; lo extraño de su ser parecía esta vez haber desaparecido; y, lo que antes no había hecho nunca, se iba con ella por propia voluntad a dar cortos paseos; casi por vez primera, su mirada le parecía abierta y franca. Desde hacía algunos meses iba a la escuela, y el maestro, con el que ella había hablado una vez, lo había calificado de niño inteligente y despierto. La señora de Leutner había comprado para él muchas cosas indispensables; como Teresa se había demorado también en satisfacer la pensión, no pudo ya atrasar más el pago y por vez primera se vio obligada a recurrir a su madre en busca de ayuda. El dinero tardó algún tiempo en llegar, con lo que el comportamiento y humor de la señora, y más del señor Leutner en relación a Teresa, empezaron a cambiar de una manera poco agradable. La cantidad que su madre le remitió al fin, tras una nueva petición de ella, fue tan pequeña que no alcanzaba. Teresa saldó parte de su deuda. El mal humor aumentaba de día en día; Teresa comprendió que su estancia en Enzbach no se podía prolongar más; y un ardiente día de agosto, apenas diez después del de su llegada, se volvió a Viena, para tomar un nuevo empleo, el primero que le ofrecieron en respuesta a sus ofertas por escrito.

54

Las dos niñas de cuatro y seis años que estaban confiadas a su tutela le daban bastante trabajo porque la madre estaba ocupada el día entero en una oficina y sólo regresaba por la noche. El padre al parecer estaba en viaje de negocios, jamás llegaban cartas de él, y Teresa comprendió pronto que había dejado plantada definitivamente a su mujer, criatura desprovista de encantos e irascible. La niña más pequeña era enfermiza, solía estar intranquila por las noches, pero eso apenas parecía molestar a la madre que dormía en la habitación inmediata. Cuando Teresa le habló de eso una vez, indicando que sería bueno consultar a un médico, la madre le gritó, declarando que ella ya sabía lo que debía hacer; una palabra trajo la otra, y Teresa dejó su empleo. No había imaginado que el despedirse de la niña enfermiza la conmovería tanto como la conmovió; y durante mucho tiempo recordó la carita pálida, conmovedora, de la niña, y su sonrisa, y cómo lloraba de noche rodeando con los bracitos su cuello.

No quería ir de nuevo a Enzbach hasta haber saldado su pequeña deuda con la señora de Leutner, y como no encontró enseguida un nuevo empleo prefirió trasladarse a un hospedaje barato. Nunca había habitado en un barrio más miserable y abandonado. Dormía sin desvestirse. Para mayor desgracia, durante los días en que hubo de recorrer cien calles subiendo y bajando escaleras en busca de un empleo, llovió casi sin interrupción. Esa vez no quiso precipitarse, y prefirió defenderse algún tiempo lo mejor posible, en lugar de volver a entrar en una casa donde no pudiera permanecer. Ocurría que en las casas donde causaba una perceptible buena impresión y donde le hubiera gustado quedarse, no la aceptaban por sus ropas casi menesterosas, como bien notaba por las miradas de la gente. ¿Qué debía hacer? ¿Dirigirse de nuevo a su madre para que la despachara con una especie de limosna? ¿Recurrir a su hermano, con quien, desde hacía años casi, no tenía relación alguna? ¿Pedir algo a alguna de las señoras con quienes había trabajado en otro tiempo? Todo eso la asustaba. Tampoco sabía de dónde hubiera podido esperar una ayuda suficiente. De nuevo, en una noche interminable, vestida sobre esa miserable cama que ahora era su lecho, se le ocurrió la idea, como años atrás en situación semejante, de venderse. Pensó en ello como en algo indiferente, aunque de difícil ejecución. ¿Era todavía una mujer? ¿Sentía aún el más mínimo deseo de descansar entre los brazos de un hombre? ¡Qué triste existencia llevaba, como un ser que nunca se pertenecía a sí mismo, que no tenía hogar, que era madre y en lugar de cuidar de su propio hijo tenía que educar a los hijos de gente extraña, y que no sabía hoy dónde recostaría mañana su cabeza, que pasaba todo el día entre episodios, negocios y secretos de gente extraña, llevada por casualidad a la esfera íntima o enterada a propósito de asuntos ajenos, para ser plantada al día siguiente en la calle como una extraña cualquiera...! ¿Qué derecho tenía a una felicidad humana, a una felicidad de mujer? Estaba sola y destinada a la soledad. ¿Había aún algún ser al cual se sintiera atada? ¿Su hijo? Su corazón de madre estaba destrozado como toda su alma, como su cuerpo y como todo lo que llevaba sobre su cuerpo. También su belleza..., ¡ay!, ella nunca había sido realmente bella..., su garbo, su juventud, habían pasado. Sintió cómo sus labios se desdibujaban en una fatigada sonrisa. Tenía veintisiete años. ¿No era aún demasiado temprano para abandonar toda esperanza? Recordó aquel baile de los Greitler, que no estaba tan lejano, y en el cual había hecho tantas conquistas.

En el silencio y oscuridad de la alcoba, mientras en la ventana golpeaban incesantemente las gotas de lluvia, bajo su raído abrigo, dentro de las pobres cobijas y vestidos, sintió de pronto la vida de su cuerpo, su piel, sus venas latentes, con tan creciente calor como apenas lo había sentido dentro de un baño tibio o en aquellos, por supuesto ya olvidados, abrazos de hombres amados.

Por la mañana despertó como de un sueño lúbrico, cuyos detalles no era capaz de recordar. Con ese temple y un renovado valor, se atrevió a ir en busca de una modista que conocía de otros tiempos. Fue recibida con la mayor amabilidad; para disculpar su aspecto algo deficiente contó una historia de una maleta perdida, y a su pedido le acabaron en el favorecedor de veinticuatro horas un traje sastre sencillo y sentador, sin hacer cuestión del pago inmediato, y así volvió a emprender la peregrinación... –¡ay!, cuántas veces y cuán fastidiada lo había hecho ya en muchas ocasiones...– con renovada confianza.

Consiguió un empleo conveniente en casa de la viuda de un profesor, donde tenía que dirigir la educación de dos niñas rubias y silenciosas de diez y doce años, las cuales, debido a su constitución enfermiza, no asistían ese año a un colegio oficial. El buen trato que le dieron a Teresa en esa casa, el agradable tono que allí regía, la modestia y docilidad de las niñas, la amabilidad de la madre, que parecía rodeada aún de las sombras luctuosas del esposo recién fallecido, obró sobre ella al principio de un modo benéfico. También la enseñanza le proporcionaba tanto más placer cuanto que estaba en sus manos exclusivamente; comenzó de nuevo a prepararse para las lecciones, como había hecho en la casa Eppich, refrescando sus conocimientos en algunas cosas, y encontró en sí misma algún interés que ya había creído extinguido. Por Navidad le concedieron permiso con gusto, se fue a Enzbach, esta vez tuvo mucha alegría con su niño... y nunca hubiera sabido decir qué fue lo que la movió a regresar para la ciudad ya en la tarde del segundo día de fiesta. Cuando por la noche se volvió a encontrar con la viuda y las dos niñas ante la frugal cena, silenciosa como de costumbre, mientras que las otras hacían melancólicas alusiones al difunto cabeza de familia, la asaltó de repente tan atormentador aburrimiento, que comenzó a sentir un rencor sordo contra aquellas personas cuyo ánimo triste la contagiaba sin que ella fuera parte. Con bastante frecuencia había comprobado que nadie tenía en consideración su estado de ánimo, que daban rienda suelta en presencia suya a alegrías y dolores con igual indiferencia; pero nunca aquello había suscitado tal sentimiento de íntima rebeldía como allí, donde en verdad no tenía nada de qué quejarse y donde era visible que la querían bien. A eso se añadió el que no habían contado hoy con su vuelta para la cena, y tuvo que levantarse de la mesa con más hambre que de costumbre. Ya esa noche tomó la decisión de dejar la casa cuanto antes; pero se dilató hasta la primavera el que Teresa pudiera llevar a cabo esa decisión.

55

Después de una despedida dolorosa, en la cual se sintió quizá por primera vez culpable frente a las gentes cuya casa abandonaba, entró en su nuevo puesto con una acomodada familia de comerciantes, un sombrerero del centro, como institutriz de un hijo único de siete años, muy malcriado y sumamente hermoso. Lo que más le llamó la atención fue el ininterrumpido buen humor que en aquella casa reinaba. A la hora de comer había siempre algún invitado: un tío, una prima, un amigo de negocios, un matrimonio pariente de provincias; se comía y se bebía de modo excelente, se contaban anécdotas, chismes de cerca y de lejos, se reía mucho y se estaba visiblemente contentos, casi halagados, incluso, cuando Teresa se reía también. La trataban como a una antigua amiga, le preguntaban por su casa paterna, por sus experiencias juveniles; era la primera vez que podía volver a hablar de su padre, el finado oficial superior; de su madre, la laureada escritora de Salzburgo; de un montón de gentes que había conocido en el transcurso del tiempo, todo ello sin parecer entrometida. Así era fácil sentirse cómoda. Y el niño, a pesar del trabajo que le daba su condición mimada y consentida, le encantaba. Pronto descubrió que sus padres lo mimaban, sí, pero en realidad no le concedían todo el valor que tenía. Encontró que no sólo era inteligente, mucho más de lo que correspondía a sus años, sino también de una rarísima, casi ultraterrenal belleza, que en cierto modo le hacía recordar el retrato de algún príncipe, no sabía cuál, visto alguna vez por ella en un museo. Y pronto se dio cuenta de que quería a aquel niño tanto y aun más que al suyo propio. Cuando una noche enfermó con fiebre alta, fue ella quien, transida de miedo, veló tres noches seguidas junto a su cama, en tanto que la madre, algo indispuesta en esos días, se limitaba a informarse del estado del niño, quien, por otra parte, al tercer día estaba ya completamente repuesto. Poco después comenzaron a hacerse diversos planes para el veraneo; se propusieron los alrededores de Salzburgo, y también fue escuchado con gusto el parecer de Teresa.

Ocurrió entonces que, un alegre domingo por la mañana, la señora de la casa la llamó a su habitación y le comunicó, tan amablemente como de costumbre, que dentro de pocos días regresaría la institutriz antigua, que había estado visitando a unos parientes en Inglaterra con una licencia de medio año. Teresa creyó al principio no haber comprendido bien. Cuando ya no le cupo duda de que debía marcharse, rompió a llorar. La señora la consoló hablándole gentilmente y riéndose de ella con su manera bondadosa e irreflexiva por esa "debilidad". Ni ella ni su esposo parecían tener la más mínima idea de que inferían un agravio a Teresa o siquiera le causaban un dolor. El tono de la casa para con ella cambió tan poco después de ese anuncio que Teresa se sentía tentada de nuevo a creer que le sería concedido seguir allí. Sí, se seguían discutiendo como siempre con ella los distintos detalles de las proyectadas vacaciones, y el niño hablaba de excursiones, paseos en bote, subidas a las montañas, que emprendería con ella. Siempre durante las comidas tenía que luchar con sus lágrimas. Hubo una noche que, medio en sueños, discurrió toda clase de proyectos románticos: raptar al niño, una ofensiva contra la institutriz que regresaba de Inglaterra...; propósitos más tenebrosos aún, contra el niño y contra sí misma, pasaron por su mente. Por la mañana, naturalmente, todo había quedado en nada.

Por fin llegó el día de la despedida. Se habían cuidado de mandar al pequeño de visita a casa de los abuelos; obsequiaron a Teresa con una bombonera barata y los mejores deseos, sin indicar con una sola palabra que tuvieran deseo de volver a verla alguna vez. Mientras bajaba las escaleras, tiesa y sin lágrimas, sabía que jamás volvería a pisar aquella casa. No era la primera vez que se había propuesto tal cosa; pero hacia allí, donde tal propósito no había salido de ella, donde se había despedido en paz, y hasta, por así decirlo, amistosamente, tampoco hacia allí volvería a dirigir sus pasos. ¿Cuándo hubiera dispuesto de tiempo además para eso?

Se fue a Enzbach con la esperanza de volver a restablecerse en medio de la naturaleza, con el anhelo de sentirse bien allí afuera entre aquellas gentes, y también con el casi desesperado deseo de amar a su hijo más y mejor que hasta entonces. Nada de todo eso salió bien; todo parecía mucho más desesperanzado que nunca, jamás había habitado en un mundo tan extraño. Le parecía como si todo, malévola, casi hostilmente, estuviera en su contra, y, por mucho que se afanó, no logró sentir ternura maternal por su hijo.

Lo peor fue cuando Agnes, que entretanto había estado de niñera en Viena, regresó por unos cuantos días a Enzbach. La ternura que la chica de dieciséis años mostró por el niño repugnaba a Teresa desde lo más profundo del alma. No soportaba ver a la muchacha comportarse con el niño más maternalmente de lo que ella misma era capaz. Otras veces le parecía que la conducta de Agnes no procedía de instintos maternales; daba más bien la impresión de que Agnes se proponía sólo enfadar a Teresa, herirla y hacerle experimentar celos. Cuando Teresa se lo dijo a la cara, ella contestó con ironía y descaro. La señora de Leutner se puso de parte de su hija; llegaron a una discusión en la cual Teresa perdió toda compostura; disgustada con los demás, descontenta consigo misma, comprendió que todo se pondría peor si se quedaba más tiempo, y por vez primera abandonó Enzbach sin despedirse..., como huyendo.

56

Sobre su nuevo trabajo, en el que entró un caluroso día de agosto, la habían informado mal en la agencia, como pronto se demostró. No era, ni mucho menos, el elegante chalet de un fabricante de buena posición, como le habían dado a entender; era más bien un edificio sumamente abandonado, grande y construido como una casa de campo, donde habitaban cuatro familias durante el verano, que, con sus niños, se hallaban en continua querella, de modo tal que se peleaban en el jardín por los asientos, los bancos, las mesas, y había siempre quejas mutuas. Los niños peor educados de todos eran los tres –en la agencia sólo le habían hablado de dos– confiados a Teresa: tres varones entre nueve y doce años. La madre era una mujer todavía bastante joven que había engordado prematuramente; pintada ya desde temprano y que acostumbraba a pasearse por dentro de la casa y en el jardín con una bata de dudosa limpieza; aunque para salir de paseo solía arreglarse a lo grande y llamativamente. Ella, lo mismo que sus hijos, hablaban un feo dialecto judío contra el cual, como también en general contra los judíos, experimentaba Teresa de antiguo una cierta antipatía, aunque en algunas casas judías no se había encontrado en modo alguno peor que en las otras. El que también los Eppich, si bien bautizados, pertenecieran a una raza frente a la cual no estaba ella exenta de prejuicios, fue cosa que sólo había sabido poco antes de su despido, y con cierta sorpresa. El padre de sus nuevos alumnos, un hombrecillo deprimido, con melancólicos ojos de perro, venía al campo solamente los días festivos hacia el mediodía, y en esas ocasiones solía haber riñas entre su esposa y él. Por la tarde desaparecía apresuradamente y, según Teresa deducía de las observaciones irónicas de su mujer, se dirigía al café, donde se quedaba hasta la noche jugando a las cartas, y perdiendo su dinero; a juzgar por las afirmaciones de la esposa, toda su dote, poco a poco. Teresa no comprendía por qué la mujer se quejaba siempre de que él la tenía abandonada, dado que ella misma no tenía tampoco ningún tiempo que dedicarle a él. Por la tarde se recostaba horas enteras en el diván; luego se vestía para el paseo y regresaba siempre más tarde de lo esperado. Con Teresa era tan pronto amable con vistas a ganarse su favor, tan pronto imperativa e impaciente, y en todo momento de una falta de recato que la impresionaba desagradablemente. Entre otros deberes, el esposo tenía el de traerle a su mujer libros de una biblioteca circulante, los cuales, sin embargo, solían quedarse sin leer sobre los bancos del jardín o por los muebles de la habitación. Era intención de Teresa dejar aquella casa inmediatamente después del veraneo. Por eso, no se preocupó de los tres bribonzuelos judíos –como solía llamarlos para sus adentros– más de lo indispensable; los dejaba con sus juegos y su mala educación; y como no sabía bien qué hacer de su tiempo, en ocasiones echaba mano maquinalmente de un libro de la biblioteca circulante y leía aquí o allá un capítulo, sin tomar verdadero interés en el asunto. Por casualidad cayó así en sus manos un libro de su madre. Lo cogió apenas con más interés que cualquier otro, puesto que lo que conocía de las obras de la escritora Fabiani hasta el presente no sólo le parecía aburrido sino, lo que es peor, ridículo. Leía por la tarde en el jardín, a una hora relativamente tranquila para un lugar de vacaciones, sólo perturbada por la ejecución al piano de alguna inquilina de la casa, y leía sin interés una historia que creía haber leído ya cien veces antes, hasta que llegó a cierto pasaje que la conmovió sin saber por qué. Era la carta de un engañado y desesperado amante lo que tan de improviso agitó el alma de Teresa por su conmovedor tono de verdad. Unas cuantas páginas más adelante seguía una segunda carta, una tercera, de parecido estilo; y en ese momento reconoció Teresa que las cartas que aquí leía impresas, no eran otras sino las que Alfred le había escrito hacía muchos años y que su madre le había robado entonces del cajón. Estaban algo cambiadas, según lo pedía el contenido de la novela, pero algunas frases las había conservado tal cual. Primero Teresa experimentó tan sólo la leve vehemencia que hacía presa de ella cuando evocaba a Alfred de algún modo. Pero luego se apoderó de ella un intenso rencor contra su madre; no duró mucho..., y hasta acabó riéndose. Pero aquella misma noche le escribió a su madre medio en broma diciéndole cuán halagada se sentía de haber colaborado modestamente, cosa que hasta ahora no sospechaba, en las obras de la célebre escritora.

Pocos días después llegó una carta muy seria, y sin embargo cordial al mismo tiempo, de su madre, preguntándole qué honorarios solicitaba Teresa por su colaboración, y otros dos días más tarde, sin que lo hubiera pedido, le llegó, no una suma de dinero, pero si algunas prendas de ropa interior y una blusa de batista, blanca, que Teresa pensó primero devolver, pero que luego decidió conservar porque le venían bien.

Pocos días antes de regresar a Viena del veraneo recibió Teresa una carta donde le pedían una cita. La firmaba, con un nombre por completo desconocido para ella hasta entonces, un oficial que no podía ser otro sino cierto teniente primero, muy macilento, de bigote negro, con quien solía encontrarse casualmente en el parque, y que la escrutaba con miradas muy descaradas. En frases francas, que al comienzo la sublevaron, pero luego tuvieron una repercusión hondamente excitante en ella, el oficial le confesaba su amor, su pasión, su deseo. Después de haberse resistido en su interior durante todo el día, fue a altas horas de la noche, una vez acostados los niños, al parque; el teniente primero, que la aguardaba, se acercó a ella y le tomó la mano de una manera salvaje, casi violenta; por un sendero oscuro pasearon arriba y abajo; pronto, casi sin saber cómo, devolvió sus besos ansiosos. Él intentó llevarla a lugares aún más oscuros y apartados del parque, entonces se desprendió de él y volvió para su casa. Hasta ese momento no se había dado cuenta de que apenas había cambiado diez palabras con el teniente durante esa apasionada entrevista, y se avergonzó mucho. Al día siguiente él había insistido en esperarla de nuevo, pero ella se propuso firmemente no concurrir al lugar de la cita. Pasó una noche de insomnio, durante la cual su deseo hacia él creció hasta casi el dolor físico. Al mediodía recibió una carta de mano desconocida. Contenía el consejo de una "bienintencionada amiga", que sin embargo ocultaba su nombre, de que se fijara mejor en las gentes con quien deambulaba de noche por el parque. Alguien que por desgracia lo sabía le hacía notar que el oficial se hallaba en ese balneario para hacerse tratar cierta enfermedad contagiosa que distaba de estar curada. Esperaba que esa advertencia llegara todavía a tiempo. Teresa se asustó mortalmente. No se movió de casa; oscuramente se daba cuenta de que los besos de ayer podían tener terribles consecuencias. Pero esperaba al mismo tiempo que Dios no la castigaría tan duramente, si tenía al menos la fuerza de no volver a ver a ese hombre peligroso. Consiguió, en efecto, quedarse en casa los días siguientes; una fuerte discusión con la madre de sus discípulos le facilitó dejar el empleo antes del tiempo de despido; camino de la estación vio de lejos al teniente primero y tuvo la suerte de escapar sin que él la hubiera visto.

57

En la casa de un gran industrial donde encontró su siguiente puesto, debía oficiar, según pronto supo, no tanto de educadora como de enfermera de una niña de nueve años, casi paralítica, que agonizaba lentamente sin salvación posible. Con una dolorosa piedad, que ella misma apenas se explicaba, hacia esa pobre niña, no sólo sufriente sino al parecer conocedora de su próxima muerte, y compadecida también de los malhadados padres que desde hacía años eran testigos impotentes de aquel sufrimiento, Teresa se creyó dispuesta al principio a realizar el sacrificio que se le exigía. Pero al cabo de pocas semanas comprendió que ni sus fuerzas físicas ni las morales daban para ello, y se despidió.

Llamada por una amable carta de su madre, se trasladó por unos días a Salzburgo, donde fue recibida con cordialidad. La posición de la señora Fabiani en la pequeña ciudad parecía haberse vuelto de lo más ventajosa en el curso del último año. Señoras de la sociedad visitaban su casa, y Teresa conoció entre otras a la mujer de un mayor recién trasladado allí, y a la esposa de un redactor, quienes testimoniaban a la escritora Julia Fabiani toda la consideración imaginable. Teresa se encontró en casa de su madre mejor, pero al mismo tiempo más extraña que antes, algo así como si no estuviera en casa de su madre, sino de visita en casa de una señora mayor, con quien hubiera trabado amistad en algún viaje. Como Teresa aludía, charlando, a mucha gente de la que había tratado en el transcurso de los últimos años, su madre la escuchaba con creciente interés, sin dejar de tomar nota, y hasta de copiar literalmente relatos de Teresa, declarando por último a su hija que se proponía pagarle unos medianos honorarios por esos "datos de la vida real" y que esperaba seguirlos recibiendo de ella regularmente. También en Salzburgo habían ocurrido un montón de cosas: el conde de Benkheim, que había corrido tras Teresa, y que luego se había casado con aquella actriz que le era tan adicta, había muerto hacía poco, dejando a su viuda una cuantiosa fortuna. También se habló del hermano, que entre el estudiantado vienés hacía un papel cada vez más representativo como vicepresidente de una asociación nacional-alemana y venía ahora con frecuencia a Salzburgo, donde se movía en los círculos interesados en política. El que no se preocupara ni lo más mínimo de su hermana, así como tampoco de su madre, no parecía ésta, que ahora empezaba a sentirse orgullosa de él, tomárselo a mal.

58

Cuando Teresa regresó a Viena en los últimos días de octubre, se sentía físicamente repuesta, pero empobrecida en lo íntimo. Se había despedido de su madre en la mejor armonía, pero sabía mejor que nunca que no tenía madre. Las mejores horas que recordaba de su estancia de tres semanas en Salzburgo eran, después de todo, aquellas que había pasado en solitarios paseos y en la iglesia, donde casi nunca rezaba pero donde, sin embargo, se sentía siempre tranquila y bien protegida.

Teresa se colocó entonces en casa de un magistrado del Tribunal Supremo, que con mujer e hijos, y en unión de otro vecino, de quien nada veía ni oía decir, habitaba una pequeña casa en un suburbio residencial. El magistrado era un hombre silencioso, nada alegre, pero cortés; la madre, limitada y bondadosa; las dos hijas, de diez y doce años, no especialmente dotadas, pero muy bondadosas y fáciles de llevar. Vivían con economía, pero a Teresa nada le faltaba, y el trato que le dispensaban era tal que no se podía sentir mimada y regalada, pero tampoco relegada o desdeñada.

En la misma vivienda vivía como huésped un joven empleado de banco que no tenía trato alguno con la familia. Teresa lo veía raras veces, en el recibidor, en la escalera; en sus casuales encuentros se saludaban, y a veces cambiaban algunas palabras sobre el tiempo, pese a lo cual no se sintió sorprendida, sino que le pareció algo mucho tiempo esperado cuando, una noche que se encontraron solos en la antesala, él la tomó violentamente entre sus brazos y la besó. A la noche siguiente –apenas sabía si se lo había pedido él o si ella se lo había prometido– estaba con él, y a partir de esa noche, algunas veces sólo por un cuarto de hora –pues siempre tenía miedo de que las dos niñas con quienes compartía su habitación se dieran cuenta de su ausencia– lo visitaba todas las noches. Fuera de ese rato apenas pensaba en él, y cuando lo encontraba casi no se daba cuenta de que era su amante. Sin embargo, lamentaba con bastante frecuencia haber desperdiciado, como se decía ahora, tantos años de su vida, y no haber tenido un amante desde Casimiro Tobisch. Cuando comenzó a percatarse de que la pasión de él por ella iba siendo más seria y le dirigía preguntas que delataban celos sobre su pasado, le pareció llegado el momento de romper con él. Le hizo creer que la familia del magistrado había concebido sospechas, y le volvía a demostrar de continuo un temor, también sincero a veces, por las posibles consecuencias de sus relaciones. Decidió llegar a un rápido final, buscando, sin que él lo supiera, un nuevo empleo, y una mañana dejó la casa para siempre, sin habérselo comunicado.

59

En el empleo siguiente, en casa del dueño de un pequeño negocio de cambio del centro de la ciudad, disponía de mucho tiempo libre. Sí; la madre del niño de siete años que era su discípulo, una mujer muy desdichada en su matrimonio, no parecía nunca tan feliz como cuando podía estar sola y sin que la molestaran, en compañía de su hijo único. Teresa hubiera tenido entonces más oportunidades que nunca, no sólo durante horas sino también durante días, para ir a Enzbach a ver a su Franz, pero prefería a veces vagar por las calles de la ciudad sin rumbo, y de excusa para consigo misma le servía la circunstancia de que los campesinos de allá, Agnes sobre todo, con sus impertinencias y sus maneras solapadas, le resultaban cada vez más antipáticos.

Así fue como una noche Teresa se topó en la ciudad con el hermoso muchacho que, casi dos años antes, conociera en el baile de Greitler. Él dijo que era un signo del destino el que se volvieran a encontrar, y con una debilidad de voluntad que ella misma no alcanzaba a explicarse, estaba ya dispuesta a darle cuanto le pidiera. Era estudiante de Derecho, alegre y atrevido; Teresa se enamoró mucho de él, y muchas veces le consagraba los días que en realidad estaban destinados a su hijo. Con mucho gusto le hubiera hablado más de sí misma, pero él no parecía dar importancia a eso, y hasta cuando ella trataba de hablar más en serio, le aburría visiblemente, y por miedo a estropear su humor desistía de molestarlo con sus propios asuntos. Hacia comienzos del verano le llegó una alegre carta de despedida: ella había sido una muchacha encantadora, y debía conservar de él un recuerdo tan amable como él de ella. Lloró durante dos noches; después volvió a Enzbach para ver a su hijo, a quien durante cuatro semanas enteras no había visto; lo quiso más que nunca, hizo una promesa ante la imagen de la Virgen colgada del plátano de no abandonar nunca más al pequeño Franz, se llevó lo mejor que pudo con los viejos Leutner, puesto que Agnes no estaba en casa, y regresó la noche del mismo día bastante consolada a Viena.

Volvió a encontrarse a sí misma. En el fondo no le parecía cosa distinta que si hubiera calmado una sed atormentadora, y pudiera continuar ahora tranquilamente con sus deberes y su profesión. Pero cuando quiso recuperar la influencia sobre su pequeño pupilo no tardó en notar que eso era mal visto por la madre, y hasta con desconfianza. Un día llegó al extremo de que aquella mujer, cuyo marido había entablado relaciones con otra, le reprochara a Teresa que intentaba quitarle el amor de su hijo, y cuando esas manifestaciones de celos se hicieron morbosas, Teresa no tuvo más remedio que despedirse.

60

Entró entonces en una casa cómoda y tranquila, donde esperaba poder permanecer largo tiempo: de un fabricante que parecía ocupado y contento de su ocupación, una amable y alegre mujer y dos niñas que comenzaban a salir de la infancia, criaturas inteligentes, bien educadas, fáciles de tratar; ambas con bastantes dotes musicales. Teresa estaba ya acostumbrada a adaptarse pronto a las nuevas situaciones y sabía que los elementos de su profesión eran hermanar extrañeza y confianza y ponerlas en un justo nivel. Ante todo se guardó bien de entregar su corazón a los seres jóvenes cuya educación le estaba confiada, pero tampoco permanecía indiferente; una especie de fría maternidad que podía dispensar casi a voluntad era la base de aquellas relaciones. Así, en lo íntimo era libre por completo cuando la puerta de la casa se cerraba detrás de ella, e igualmente, de nuevo en casa cuando regresaba. A su hijo lo visitaba con regularidad sin que en el tiempo de separación la atormentara gran nostalgia.

Una vez a principio del invierno, cuando iba a Enzbach, tuvo que tomar asiento, a causa de una excesiva aglomeración en el tren, en un coche de primera clase. Un hombre elegante y ya no muy joven, el único pasajero del vagón, entabló conversación con ella. Iba de viaje al extranjero, y sólo por estar obligado a una corta permanencia en una pequeña heredad de una estación intermedia, había utilizado para ese primer tramo de su viaje el tren corto. Tenía una manera afectada de hablar y de acariciar con el dedo índice de la mano derecha su bigote recortado a la inglesa. Ella dejó con gusto que la tomara por una señora casada, y él no tuvo por qué dudar de su explicación de que iba de visita a casa de una amiga, la esposa de un médico, madre de cuatro hijos, que vivía todo el año en el campo. Cuando descendió en Enzbach el señor había conseguido su promesa de volver a verla dentro de quince días, después de su regreso de Múnich, y se despidió de ella besándole la mano.

Mientras transitaba por el camino nevado hacia su conocida meta, sentía su paso más liviano que de costumbre, con mayor aplomo. Frente a su hijo experimentó, sin embargo, esta vez una rara sensación de extrañeza, y le chocó más que nunca la manera de hablar de Franz, que si no era decididamente dialectal, tenía un acento aldeano cada vez más inconfundible. Consideró si no sería ya tiempo y si no estaría en el deber de sacar de allí al niño y llevarlo a la ciudad. Pero ¿cómo hacerlo posible? Y mientras se hallaba sentada en el húmedo recinto de techo bajo y tomaba café a la luz de una lámpara de petróleo, con la señora Leutner charlando de mil cosas, Agnes con su atavío dominguero cerca de la estufa con su labor de costura y Franz deletreando despacio con su libro de estampas ante sí, ella seguía viendo a aquel señor desconocido que solo ahora en el coche, con su elegante abrigo de pieles y guantes amarillos, recorrería el ancho mundo a través de la nieve azotadora, y se consideraba un poco a sí misma como aquella mujer casada que había representado ser ante él. ¿Y si él sospechara que en modo alguno iba ella al campo para ver a una amiga, sino para ver a su hijo, un hijo ilegítimo que tenía de un mentiroso llamado Casimiro Tobisch? Se estremeció de pronto, llamó a su hijo, le abrazó y le besó como si tuviera que rendirle cuentas.

Los siguientes quince días transcurrieron con tan atormentadora lentitud como si volver a ver a aquel extraño fuera la meta de su vida, y cuanto más próxima estaba tanto más temía que el desconocido no sostuviera lo convenido. Pero allí estaba; llevaba incluso esperando un rato en la esquina de la calle. Su aspecto la desilusionó hoy un poco. En el vagón no había observado que era algo más bajo de estatura que ella, y casi calvo. Pero su manera de pronunciar las palabras, y más que nada su tono de voz, volvieron a causarle la misma impresión que la otra vez. No disponía más que de media hora –manifestó enseguida–, estaba invitada a un té donde debía encontrar a su esposo para ir con él al teatro. El señor desconocido no era audaz; tampoco quería ser indiscreto; se dio por satisfecho y apreció el que se le concediera la posibilidad de convenir una compensación futura, presentándose:

–Consejero ministerial doctor Bing. Yo no pido saber su nombre, estimada señora –agregó–. Tan pronto se convenza usted de que puede confiar en mí, usted misma me lo dirá..., o no..., a su gusto.

Entonces le habló de su viaje. No había sido un viaje de placer ni mucho menos, sino en cierto modo un viaje de negocios políticos. Sin embargo, había visitado algunas veces en Berlín la Ópera, que en el fondo era también su única distracción aquí.

–¿La señora es también aficionada a la música?

–Un poquito, pero no tengo muchas oportunidades de asistir a óperas y conciertos.

–¡Claro –dijo el funcionario–, deberes de ama de casa, deberes de familia; puede uno imaginárselo!

Teresa movió la cabeza. No tenía hijos. Había tenido uno, pero se le murió. Ella misma no sabía por qué mentía, por qué negaba, por qué pecaba. El funcionario lamentó haber tocado un punto sensible. Su delicadeza de sentimientos le hizo tanto bien como si le hubiera dicho la verdad. En una esquina determinada le rogó que la dejara seguir sola su camino. Después de haberse despedido cortésmente lo lamentó, pues no le quedaba más remedio que pasar en casa una noche que ya había pedido libre, y sintió ese vacío del que ella misma era culpable como algo lacerante.

Al siguiente encuentro, en una fría noche invernal, el doctor Bing la invitó de una manera muy respetuosa a tomar el té en su casa. Teresa no se hizo rogar más de lo indispensable, y quizá no hubiera hecho falta ni el confortable piso, ni la suave luz velada ni la excelente comida preparada expresamente, para llevar la aventura a la prevista y deseada conclusión. Él no preguntó nada, y parecía dispuesto a creer todo cuanto le contara, pero a la vez siguiente ya, para no verse un día en la situación de la mentirosa descubierta, le pareció bien confesarle por lo menos una parte de la verdad. Había estado casada, en efecto, pero ahora estaba divorciada desde hacía dos años. Su marido la había abandonado después de la muerte del niño; y como por ese lado, pese a tener derecho a ello, no recibía apoyo ninguno, había decidido ganar su sustento como institutriz. El funcionario besó su mano y se mostró aún más respetuoso que antes.

Se encontraban regularmente cada quince días, y Teresa se alegraba de antemano pensando en el amable piso, la luz suavemente atenuada, y también en la cena seleccionada siempre con refinamiento; y eso por la simple distracción que ese día significaba en su vida, más que por el amante mismo. Su voz seguía sonando agradablemente velada, su manera de hablar seguía siendo tan encantadoramente afectada como el primer día, pero en las cosas que le contaba no podía encontrar un especial interés. Prefería escucharlo cuando hablaba de su madre, a la que denominaba mujer "noble y bondadosa", y de sus idas a la ópera, que solía describir con frases que a Teresa le parecían bien conocidas por los periódicos. También de política hablaba a veces, tan objetiva y secamente como si tuviera delante a un colega del ministerio, y lo hacía a veces en momentos no muy adecuados para tales cuestiones. En su manera discreta, no exenta de vanidad, se había ofrecido a mejorar su situación material mediante una pequeña cantidad mensual, que ella, después de haberse negado al principio, aceptó.

Era, en suma, una temporada tranquila que casi hubiera podido ser dichosa; pero sentía más que nunca la falta de rumbo y hasta el absurdo de su existencia. A veces experimentaba la necesidad de volcar su corazón con el hombre que al fin y al cabo era su amante. Pero alguna traba interior la contenía siempre, o bien, como le parecía a veces, era cierta resistencia de parte de él lo que se lo impedía; sí, hasta notó con claridad que él trataba de rechazar tales muestras de confianza de su parte para evitar molestias o una mayor responsabilidad. Con esto adquirió conciencia de que también esa relación terminaría más o menos pronto, de igual manera que no dudaba de que la casa del fabricante, agradable como era su relación con padres e hijos, pudiera ser un empleo duradero y menos un hogar para ella.

Así se encontraba siempre y en todas partes sobre una base vacilante, y ni siquiera cerca de su hijo llegó jamás a tener una sensación de seguridad. Sí, no podía ocultarse a sí misma que Franz, llevado por las circunstancias, tenía mucha más confianza con la señora de Leutner y hasta con la pequeña Agnes, que en su prematura madurez parecía ya una muchacha mayor, que con su propia madre. A veces anhelaba poder franquearse con alguna persona sobre su íntimo desamparo, y una que otra vez estuvo a punto de abrir también su corazón a alguna de sus compañeras de oficio y de suerte con quien la casualidad la reunía y que le revelaban sus secretos pequeños y grandes; pero al final prefería abstenerse; comenzaba a tener fama de reservada y hasta de altanera, lo que trataban de excusar los benévolos con el pretexto de que ella pertenecía a una familia noble empobrecida y se tenía por mejor que las de su condición.

En mayo, mes durante el cual habían luchado dentro de ella la preocupación y una tranquilidad engañosa, no pudo hacerse ya ilusiones: otra vez se hallaba encinta. Su primer impulso fue, naturalmente, ponerlo en conocimiento de su amante. Pero cuando lo vio en la siguiente oportunidad, y con una timidez incomprensible se abstuvo de aludir a ello, tomó la firme resolución de no contarle nada, y poner fin a su estado lo más rápidamente posible, costara lo que costara. Antes la muerte que otro niño. No vaciló mucho esa vez; después de pocos días, contra el pago de una no muy considerable suma que tenía destinada a un vestido nuevo, se vio libre de aquella preocupación, rápidamente y sin ninguna consecuencia enojosa.

En la familia del fabricante fue mal visto que debiera guardar cama unos cuantos días. Parecían haber concebido sospechas, la animosidad contra ella aumentó, percibió lo injurioso del tono con que se le hablaba, nadie se molestaba en ocultarlo, y comprendió que su situación en aquella casa empezaba a hacerse insostenible. De ello, sin mencionar la causa, habló la vez siguiente con su amante, el consejero ministerial. Su evidente indiferencia, que ni trató de disimular esa vez bajo afectadas frases de condolencia, la amargó. Todo cuanto se había acumulado durante los últimos meses en su interior de inconfesados reproches, no solamente contra él, sino contra su propio destino, se volcó sobre él, y de sus labios salieron palabras de las que enseguida tuvo que avergonzarse. Pero como él volvió a comportase nuevamente como si fuera él quien tenía que perdonarla, su cólera estalló de nuevo; le echó en cara que había estado esperando un hijo suyo y que sólo lo había callado porque él no sabía ni quería saber nada de ella, y no significaba más para él que cualquier mujer de la calle. Con palabras un poco torpes, pero conmovidas, intentó calmarla. Lo único que ella entrevió fue lo muy aliviado que estaba de que el asunto hubiera terminado tan bien para él; se lo dijo francamente y quiso marcharse, pero él la contuvo con suavidad; besó sus manos y llegaron a una reconciliación que ella sabía que no podía ser duradera.

Pocos días más tarde la familia del fabricante se fue al campo; aprovecharon la oportunidad para prescindir de los servicios de Teresa. Ella respiró. Aquel hermoso día de verano en que atravesaba el sendero empinado de Enzbach, por el que había transitado cien veces hacia el caserío de los Leutner, le pareció presagiar un ánimo conciliador. No solamente a su hijo, sino también a los Leutner, e incluso a Agnes, que la quería cada vez menos, les había traído pequeños regalos. Ese verano quería preocuparse seriamente de la educación de su hijo; pero siempre volvía a darse cuenta de que no sería fácil hacer valer su propia voluntad frente a las taciturnas y siempre vivas influencias de un ambiente tan distinto, completamente rural. Asustada, se percató de que Franz había adquirido la manera de hablar, y hasta ciertos ademanes, que le recordaban en ocasiones de una manera casi cómica los incoherentes modales del señor Leutner. Teresa intentó quitarle ante todo los peores giros y ademanes campesinos y hacerse una idea acerca de sus progresos en las diferentes materias de enseñanza. Naturalmente, no había pasado todavía del leer, escribir y los rudimentos de las cuentas. Comprendía con bastante facilidad, pero no le producía gusto el aprender. Le hubiera encantado hacerle participar de su propio amor a la naturaleza, dirigiendo sus sentidos hacia el aroma de la pradera y de los bosques, el vuelo de las mariposas. Pero tuvo que reconocer enseguida que él aún no estaba maduro, o que quizá no estaba hecho para sentir todo aquello. Claro, lo que le resultaba a Teresa siempre renovadamente encantador había sido para él la condición y la atmósfera de su vida desde su primer día, de modo que era imposible que pudiera depararle ninguna especial sensación de belleza y alegría. Más que nunca notó Teresa esa vez lo retraídos y reconcentrados, totalmente dependientes de sí mismos y de quienes les eran más afines, que pasaban su existencia los Leutner, al igual que otras familias de aquella comarca. Se veían unos a otros a menudo, se encontraban en el campo, en la taberna o camino de la iglesia, pero una verdadera relación de familia a familia o de persona a persona, en realidad, no existía en ninguna parte. Las conversaciones giraban casi siempre sobre lo mismo, y muchas veces ocurría que Teresa le escuchara la misma insignificante novedad repetida una y otra vez, casi con las mismas palabras, a distintas gentes. Ella también había dejado hacía tiempo de ser interesante para los habitantes de Enzbach. Se sabía que era la madre de Franz y que estaba empleada en Viena. Ella era amable con todos, entablaba conversaciones y sólo después solía darse cuenta de que también había adquirido la costumbre de relatar una historia enteramente indiferente una docena de veces y siempre con las mismas palabras.

Para ahuyentar el fastidio que sentía, con más frecuencia de lo que hubiera querido confesarse a sí misma, en aquellos dos meses de su permanencia allí, escribió más cartas que nunca. Mantenía una fugaz correspondencia con algunas compañeras de oficio, enviaba tarjetas con saludos a algunos de sus pupilos de antaño para recuerdo; con mayor amplitud le escribía a su madre, a la cual no había comunicado aún hasta la fecha la existencia de su hijo, y, como a la mayoría de la gente le hacía creer que se hallaba en el campo para pasar unas semanas de descanso veraniego en casa de una amiga. Que su madre sospechaba algo, si es que no lo sabía todo, de eso estaba convencida; la única persona que deseaba no llegara nunca a saber de la existencia de su hijo era su hermano, con quien, después de haberlo encontrado casualmente en la calle el año anterior, había entablado una relación casi formal, tanto que incluso la había visitado una vez en casa del fabricante donde había tenido su última colocación

Al consejero ministerial le había escrito algunas cartas al principio de su estancia en Enzbach. Sus respuestas, en su estilo breve y formal, con el que contrastaban ridículamente los ardientes encabezamientos y despedidas, le causaron a Teresa un efecto desagradable. Una vez dilató su respuesta largo tiempo para ver si él reaccionaba o no. No supo más de él, y en el fondo se alegró.

61

En septiembre aceptó un nuevo empleo como una especie de señorita de compañía para una joven de diecisiete años, pálida, insignificante y un poco tonta, hija única de un antiguo industrial, viudo y desde hacía muchos años ciego, en cuya casa habitaban además dos hijos mayores, jurista uno e ingeniero el otro. Vivían en una tranquila calle de las afueras, en el primer piso de un edificio bastante viejo, algo oscuro pero bien conservado, donde todavía no se habían introducido ciertas innovaciones modernas como, por ejemplo, la luz eléctrica. El comerciante, un hombre cincuentón, de barba gris y todavía buena presencia, había admitido personalmente a Teresa, con la observación de que era su voz, su voz fiel, según dijo, lo que le conmovía agradablemente. Como su hija carecía de toda habilidad para llevar la casa, con preferencia se asignó aquella tarea a Teresa, y ésta se alegró al descubrirse un verdadero talento en este sentido. En aquella casa había más sociabilidad y alegría de lo que Teresa hubiera esperado. Los jóvenes recibían a sus colegas; Berta, la hija, era visitada por parientas y amigas; y al hombre ciego que envejecía le hacía bien tener a su alrededor un círculo juvenil, a veces ruidoso, y tomar parte en sus conversaciones. Teresa se podía sentir ahí como una igual, y poco después como si perteneciera a la familia. Una de las primas, una criatura despierta y algo alocada, hizo de Teresa la confidente de una seria pasión que decía sentir por su primo mayor, el jurista. Pero a Teresa le parecía que a la joven le gustaba el otro hermano, o cierto muchacho rubio con uniforme de voluntario que de vez en cuando venía por la casa, casi tanto como el aparentemente adorado primo. Experimentó algo de celos, aunque no se lo quería confesar, pues se había jurado no volver a trabar relaciones absurdas. Estaba ya cansada de que la lanzaran de acá para allá; anhelaba paz, un hogar, cuidar de su propia casa. ¿Por qué no podía lograr ella lo que habían alcanzado otras mujeres en situación análoga con menos derechos íntimos y externos, sin gran esfuerzo? Hacía poco, una de sus colegas, criatura menesterosa y casi marchita, había contraído matrimonio con un bien situado contable de libros; otra persona, además de bastante mala reputación, se había casado con un viudo de cierta posición en cuya casa había sido institutriz. ¿No le podría suceder lo mismo a ella? Su hijo no podía ni debía ser un impedimento. Finalmente venía a ser como si hubiera estado casada y se hubiera divorciado o enviudado. El señor Trübner ya no era joven y además era ciego, pero era un hombre de buena presencia, casi hermoso, y no era difícil de notar que su proximidad le hacía bien. Le gustaba que ella le leyera, casi siempre escritos filosóficos, cosa que, al comienzo la aburría un poco, hasta que él, interrumpiéndola con amables preguntas, comenzó a explicarle, e incluso a darle coherentes conferencias, creyendo despertar su comprensión e interés por un mundo de pensamientos que en general estaba muy lejos de ella. Alguna vez intentaba con ternura averiguar cosas de su pasado. Ella le contó con bastante fidelidad cosas de su infancia, de sus padres de su época de Salzburgo, y de algunas experiencias recogidas en su profesión. Sobre sus asuntos amorosos habló tan sólo por alusiones, dejando entrever que había pasado por algunas situaciones difíciles, y que hacía años había estado por corto tiempo "prácticamente como casada". El señor Trübner no hizo más indagaciones, pero una noche, entre dos capítulos de un libro filosófico, le preguntó a Teresa con maneras amables y graves cómo estaba su hijo, explicando a la azorada señorita, cuando ella vaciló en su contestación, que había notado en el tono de su voz, desde hacía mucho tiempo, que era madre, y como ella callara, retuvo su mano entre la suya sin ir esta vez más lejos.

Una vez, a la noche, cuando regresaba de una diligencia, encontró en la mal alumbrada escalera al voluntario rubio. Como por broma le cerró el paso; ella sonrió y un instante después la oprimió con un violento abrazo, para soltarla sólo cuando se oyó abrir la puerta arriba. Ella se precipitó a subir sin volverse a mirarlo, y supo inmediatamente que él la había conquistado. Comprendió que sería inútil tratar de mostrar una resistencia aparente, y antes de concederle en el próximo encuentro una cita secreta, tan sólo le pidió bajo palabra de honor la más severa discreción. Él accedió a su ruego, mantuvo su palabra, y para ella tenía un gran atractivo sentarse a la mesa, en alguna cena en casa de los Trübner, frente a su joven amigo, en cuya mirada había aún el reflejo de las recientes horas de amor, y oír que le dirigía palabras amables y llenas de respeto. Por lo demás con Teresa no se comportaba menos amable y galantemente que con las restantes jóvenes, a quienes traía flores y bombones, y cuando en carnaval sentían deseos de bailar en el pequeño círculo, era él quien tocaba el piano.

Pero aunque nadie parecía sospechar lo más mínimo sobre las relaciones entre él y Teresa, no cabía dudar de que el comerciante, ciego y vidente al mismo tiempo, se había percatado de algo, y a su modo, de una manera bastante benévola, advirtió a Teresa de las desilusiones y peligros a las que más que nadie estaban expuestas las jóvenes de su posición. Aunque Teresa comprendió muy bien que no eran sólo preocupaciones acerca de su virtud lo que estaba en juego, sus palabras no dejaron de causarle impresión, e involuntariamente cambió de comportamiento para con Ferdinand. Ya no era la criatura alegre y ligera que él estaba acostumbrado a tener entre sus brazos, dejaba traslucir preocupaciones, con las cuales hasta entonces había evitado turbar las hermosas horas pasadas en común, y después de una nueva conversación con el señor Trübner en la cual había hablado, generalizando, de la liviandad de los jóvenes y de las obligaciones morales de las mujeres solteras, Teresa, casi como bajo un hechizo, escribió una carta de despedida a Ferdinand. Cierto que, tres días después, ya estaban juntos de nuevo, pero ambos sabían que aquello era el fin.

Una vez, cercana ya la primavera, yendo de compras por la ciudad, se encontró con Alfred, a quien había visto por última vez hacía ocho años a través de la ventanilla del coche en que iba con su hijo recién nacido y la señora de Nebling a la estación. Se detuvo, no menos contento que ella misma; comenzaron a charlar, y al cabo de pocos minutos ninguno de los dos podía creer que hiciera tantos años que no se veían ni hablaban. Alfred apenas había cambiado. También su leve timidez característica estaba ahí, pero ahora no daba tanta impresión de torpeza como de reserva. Teresa le contó lo que, precisamente, le quiso contar; silenció algunas cosas por las cuales no le preguntaban sus labios pero sí sus ojos, y en modo alguno apareció como insincera. Que después del asunto con Max había vivido algunas cosas más, podía imaginárselo. Él también, entretanto, se había hecho un hombre. De nuevo la asaltó la rara sensación de que Alfred fuera el padre de su hijo, y trajo a su faz una enigmática sonrisa que se reflejaba como una pregunta en la mirada de Alfred. Él habló de los suyos: sus dos hermanas estaban casadas; la madre, algo delicada; en cuanto a él, ese verano se doctoraba, con algún retraso... No había sido, por desgracia, tan aplicado como otros compañeros, su hermano Karl, por ejemplo, que era ya primer ayudante médico y a quien de seguro le esperaba una gran carrera; en todo caso, agregó, como político. ¿Sabía Teresa que Karl no se llamaría ya más Fabiani, sino Faber, nombre mucho más conveniente para un hombre de inclinación tan germanófila, que uno de sonido extranjero, que además podría en el futuro ser utilizado en contra suya? Teresa miró a lo lejos.

–Yo casi no lo veo –indicó a la ligera. Luego le rogó a Alfred que le escribiera tan pronto como fuera doctor.

–¿Y antes no? –preguntó Alfred.

Ella levantó la vista sonriendo, le tendió la mano para despedirse y todavía siguió sonriendo durante todo el trayecto hasta su casa.

El señor Trübner comenzó pronto a hacerse leer no sólo obras filosóficas, sino –agradable cambio al comienzo– también lecturas más ligeras, y Teresa llegaba a veces a pasajes que podía pasar tan sólo perpleja y balbuciente. Una vez, en un capítulo de una obra francesa de memorias, se detuvo porque su voz flaqueaba no solamente por cierto sentimiento de vergüenza, sino también debido a una repentina excitación. El señor Trübner le tomó la mano y se la llevó a los labios; luego, como Teresa, asustada y estremecida, le dejó hacer, se hizo más osado y Teresa, con voz semiahogada, tuvo que rogarle finalmente que la dejara. Todavía permaneció un rato, muda, a su lado, y luego, con una leve disculpa, dejó la sala. Al siguiente día le pidió él perdón con su manera beatífica, hoy más desagradable que nunca. Pese a ello, él repitió su intento unos días más tarde; ella se libró, y pocos días después, con el pretexto de que debía ir a ver a su madre enferma, dejó la casa.

62

Con el excelente certificado que había recibido tenía libertad de elección. Se decidió por la familia Rottmann, donde las dos hijas de trece y diez años le fueron simpáticas ya en el primer momento por sus francos y vivaces modales. La madre, pianista, y según supo Teresa desde la primera conversación, en giras frecuentes para dar conciertos, la trató casi con exagerada amabilidad, pero su naturaleza intranquila y voluble no le agradó mucho a Teresa. Del padre, un hombre de aspecto serio, algo melancólico y con un aire notablemente joven, no supo qué pensar al principio. En los primeros días tuvo la impresión de que era como un huésped bienquisto y tratado con amabilidad, pero no el dueño de la casa. Aquello cambió de golpe cuando la señora de Rottmann salió de gira. El tono de la casa se hizo más libre, menos forzado; a las niñas parecía habérseles quitado un peso de encima, la melancolía del padre desapareció, y la servidumbre se plegaba con mucho más placer a las órdenes de la nueva señorita que antes con la señora de la casa. De la ausente apenas se hablaba; cartas de ella no llegaban nunca, solamente postales con saludos desde las distintas ciudades alemanas donde daba conciertos. Teresa estaba más atareada y más contenta de su ocupación que nunca, tanto en cuanto encargada de la casa como en su calidad de institutriz de las niñas; cuyo regocijo, talento y aplicación para las lecciones era casi un placer.

Cuando la señora de Rottmann regresó después de seis semanas, todo volvió a cambiar de inmediato, y su mala influencia se hizo perceptible también en que las niñas progresaban menos que durante su ausencia, y el señor Rottmann volvió a caer en su antigua melancolía. Pasaron agosto en una próxima y sencilla ciudad veraniega. Allí la señora de Rottmann, al parecer por aburrimiento, hizo de Teresa su confidente y le contó un montón de cosas y de aventuras que le habían sucedido durante sus giras. Teresa hubiera preferido no escucharla, pero la señora de Rottmann no lo notaba o no parecía notarlo, pues, según advirtió Teresa con claridad creciente, lo único que le importaba, en la vida de rutina inaguantable del campo, era hablar de cosas atractivas, con quienquiera que fuese.

Apenas hubieron vuelto a la ciudad, cesaron bruscamente las confesiones de la señora de Rottmann. En otoño salió nuevamente de viaje, esta vez a Londres, al parecer con el fin de perfeccionarse junto a un pianista de fama mundial. Inmediatamente volvieron a respirar todos en la casa, y Teresa se sentía tan bien en compañía de las dos niñas y de su padre, tan en el hogar, que muchas veces tuvo el pensamiento de si no habría hecho ella mejor el papel de esposa de Rottmann y madre de sus hijas que aquella otra. El hombre le gustaba muchísimo. Hizo por que él se diera cuenta, la proximidad y la confianza del roce diario determinaron el resto, y se convirtió en su amante. Ambos ponían especial cuidado en que esas relaciones quedaran en secreto, y se guardaban bien de traicionarse delante de los demás con la más mínima señal de entendimiento mutuo. Sin embargo, cuando regresó la señora de Rottmann antes de Navidad, él pareció olvidado, por completo, de lo que había ocurrido entretanto con Teresa. Su exagerada precaución ofendió a Teresa; sufrió mucho, y no solamente por el orgullo herido; y cuando pocas semanas después, tras una nueva partida de su esposa, él quiso reanudar las relaciones con Teresa, ella se defendió al principio con decisión, pero él supo aclarar tan bien la necesidad de su comportamiento, que pronto volvió a ceder a sus deseos. A veces se sorprendía con ganas de contarle al señor Rottmann de alguna manera, tal vez por medio de cartas anónimas, la verdad acerca de su mujer; y en cierta ocasión, en un momento de ternura, se atrevió a hacer ella misma una leve alusión, como en broma, sobre los peligros que corrían las mujeres hermosas, sobre todo las artistas, que viajaban solas. Pero Rottmann ni siquiera pareció comprender que era su propia esposa la aludida en aquella forma.

La señora Rottmann regresó de su gira unos días antes de lo previsto. Se mostró enteramente cambiada en su actitud para con Teresa; apenas le dirigió la palabra, y en la misma hora de su llegada, tuvo una discusión a puerta cerrada con su esposo. Apenas hubo aquél dejado la casa llamó a Teresa y le declaró que lo sabía todo, y tras aparentar que estaba por encima de tales cosas, la insultó de la manera más grosera.

Teresa no halló palabras para contestar. El hecho de que el hombre se hubiera sustraído cobardemente a toda explicación confiriendo manifiestamente a su esposa el derecho de arreglar el asunto según su voluntad, hizo que su desconcierto fuera más fuerte que su dolor. La señora Rottmann había procurado también que sus hijas estuvieran ausentes de casa durante unas horas, y exigió categóricamente a Teresa que abandonara la casa en ese momento.

Sola en su habitación, mientras guardaba sus cosas, comprendió Teresa toda la vergonzosa oquedad de esa aventura, y de repente tomó la resolución de no marcharse antes de haberles dicho a la mujer y al hombre, cara a cara, todo lo que merecían escuchar. Pero la señora de Rottmann ya no se encontraba en casa, y con una descarada sonrisa le comunicó la sirvienta que el matrimonio se había ido al teatro. ¿Quería la señorita que mandara a buscar un coche y que le bajara el equipaje?

–No –contestó Teresa. Tenía que hablar con los señores tan pronto regresaran del teatro. Se quedó sentada, lista para irse, con los labios apretados; con la maleta y el saco de viaje dispuestos; y con una inmensa cólera bullendo en su interior, esperó. Las dos niñas llegaron a casa, se extrañaron francamente de encontrar a Teresa preparada para partir. La acosaron a preguntas; Teresa sollozó, incapaz de hablar durante un buen rato, y declaró al fin que había recibido un telegrama, que su madre había enfermado de gravedad y que debía salir de inmediato para Salzburgo. Entonces se levantó, abrazó a las niñas con tanta ternura como si hubieran sido suyas, les rogó que no le hicieran más difícil la despedida, salió, esperó en el portal hasta que la sirvienta trajo un coche, y se fue.

63

Llegó a Enzbach avanzada la madrugada; rechazada, humillada, desdichada, asqueada del mundo, pero más aún de sí misma. Su hijo dormía profundamente; en la oscuridad tan sólo distinguió un pálido reflejo del amado rostro del niño; le pesó en el alma el no haberlo visto durante dos meses. Había pertenecido a otros seres; de nuevo comprendió lo injusto de su destino y se juró que no se sacrificaría de allí en adelante por hijos de extraños, y que su propio hijo tampoco viviría mucho más tiempo entre extraños.

El sueño tardó bastante en apiadarse de ella. La noche anterior –casi no lo podía concebir– estaba en casa de los Rottmann, y hasta había dormido en su cama. Como si pudiera borrar con eso lo hecho, se envolvió profundamente entre las mantas y almohadas. ¡En qué se había convertido durante el último año!

Por la mañana, sin embargo, despertó fresca, más contenta que hacía mucho tiempo. Era como un milagro. Aquella única noche lejos de la ciudad, escapada de la familia Rottmann, la había curado, parecía, por entero. ¿No era fácil la vida cuando tales milagros eran posibles? La clara luz del sol, la tranquilidad campestre siempre bienhechora para ella, la hicieron esta vez más dichosa que nunca. ¡Si pudiera uno quedarse aquí! De todos modos... una serie de días buenos la aguardaban, y se alegraba ahora, a pesar de haberse negado al principio, de no haber aceptado en ocasiones pequeñas cantidades de dinero del señor Rottmann, que le ofrecían la posibilidad de dilatar su estancia en Enzbach más que de costumbre. Todo en su hijo le encantó esta vez, incluso una cierta postura de la cabeza, que antes le había resultado desagradable algunas veces, y hasta penosa, porque Franz le recordaba en esas ocasiones a Casimiro Tobisch, apenas le molestaba ahora. Continuó dando largos paseos con él, jugaba con él en las praderas, se sentía una niña, y Franz también lo era, jamás lo había sido tanto como entonces.

Un día, apenas una semana después de la llegada de Teresa, Agnes vino de visita desde la ciudad. Franz la recibió con explosiones de alegría que extrañaron a Teresa y aquel día no se ocupó ya para nada de su madre; y como, al despedirse Agnes se portara de la manera más inconveniente, se mostró casi desesperado. Teresa sintió tanto rencor hacia él como si fuera una persona mayor que la hiciera víctima de una gran injusticia, y a la cual se le pudiera pedir cuentas. Hacia Agnes, cuyo comportamiento le pareció cada vez más falso y atrevido que nunca, sintió un verdadero odio.

Su humor cambió por completo en ese día. El pensamiento de llevarse al niño consigo ya lo había rechazado antes como impracticable por el momento. No le quedaba otro remedio que continuar ganándose la vida como institutriz de niños ajenos y dejar al chico en el campo. Una cosa se juró sin embargo: no volver a cometer jamás una necedad. En los últimos tiempos, bien se daba cuenta, se había vuelto cada vez más atractiva como mujer; con tanta sencillez, casi probremente como vestía, obligada por las circunstancias, sabía realzar cada vez mejor los encantos de su silueta y a pesar de su apariencia decente, y hasta en general reservada, tenía a veces un gesto, un centelleo en la mirada que parecía encerrar muchas cosas, aunque no pensara ni de lejos en sostener aquellas promesas. Se propuso hacer mejor uso de ahora en adelante de los dones que le había conferido la naturaleza. Después de sus últimas experiencias en casa de los Rottmann, se sentía interiormente con derecho y capaz de enfrentar a los hombres calculadora y fríamente, buscando tan sólo su propia conveniencia. Estaba en tratos con algunas agencias de empleo y se ofreció contestando a anuncios aquí y allá como institutriz, especialmente a viudos con hijos, pero no llegó por de pronto a nada.

Entre las cartas que recibía encontró una vez, entre otras, retrasada, la invitación impresa para la colación de grados de Alfred, que entretanto ya había tenido lugar; y casualmente en el mismo día le llegó una carta de su madre diciéndole si no podía acortar la estancia con su amiga –la palabra estaba entre guiones– y trasladarse por algunos días a Salzburgo. Teresa tomó eso como una señal del destino y dejó Enzbach a la mañana siguiente, pero lo que sobre todo la atraía a Salzburgo era la esperanza de encontrarse con Alfred, el cual, suponía, después de haber recibido su título pasaría allí una temporada con sus padres.

64

No se había equivocado. Ya el primer día de su estancia vino él a su encuentro en la plaza de la catedral. Tomaron por un camino que con frecuencia habían transitado hacía muchos años, y en el bochorno del mediodía –no se movía una rama– se sentaron en aquel mismo banco delante del cual habían pasado antaño dos jóvenes oficiales, uno de ojos negros y gorra en la mano. Teresa le contó esta vez algo de su vida; sabía que él podía comprenderlo todo, y que habría sido capaz de comprender mucho más aún que lo que ella le confiaba. Tampoco le calló que era madre de un niño de nueve años, y Alfred le confesó que hacía tiempo lo sabía. Aquella vez que habían pasado ante él en un coche descubierto, se había dado cuenta de que su acompañante, una señora de edad, llevaba en el regazo un niño, y no había dudado un instante que fuera hijo de Teresa. Aparte de eso él no estaba de acuerdo en que mantuviera tan en secreto la existencia de ese niño. En general la gente se había vuelto más libre de prejuicios, y había familias donde, con seguridad, no se tomaría a mal su pasado.

Se encontraron también los días siguientes, siempre por casualidad, y siempre sabiéndolo de antemano. Alfred habló de su profesión; en otoño debía entrar en el hospital como médico ayudante. No convinieron nada determinado, pero cuando en su último encuentro le comunicó él que esa noche regresaba a Viena, los dos sabían que pronto volverían a verse allí.

Tres días más tarde también Teresa se fue para la capital. Su madre la acompañó a la estación. Nunca había estado tan cordial como en aquellos días, y no obstante Teresa seguía sintiendo una especie de resistencia interior cuando se trataba de comunicarle sus cosas más personales. Pero inesperadamente, cuando ya estaba de pie en la ventana del vagón, a modo de despedida su madre le gritó: –Besos al nene. –Teresa se sonrojó primero, luego sonrió, y, cuando el tren se puso en marcha, hizo un gesto de inteligencia a su madre como a una amiga reciente.

65

No fue en casa de un viudo, sino de un matrimonio con hijos donde Teresa encontró nueva colocación. El varón al que tenía que educar contaba la misma edad de Franz. El padre era redactor de un periódico, hombre bastante joven, pero de pelo gris y naturaleza endeble, cordial, distraído y generalmente un poco inquieto, que se levantaba al mediodía y solía regresar a las tres de la madrugada. Su esposa, menuda y pequeña como él, era directora de un salón de modas, y salía de casa a hora muy temprana. Las comidas eran por separado y a las horas más distintas; a pesar de ello, Teresa no recordaba haber visto jamás un hogar tan bien gobernado y un matrimonio tan bien avenido. Siguiendo el consejo de Alfred, Teresa se había reservado dos días seguidos libres al mes, para poder visitar a su hijo en el campo y quedarse un poquito con él. La señora Knauer no tuvo nada que objetar y, como si el augurio de Alfred debiera cumplirse inmediatamente, hasta pareció cobrarle a Teresa una simpatía especial por esa misma circunstancia, gustando de hablar con ella, después de su primer regreso de Enzbach y, de allí en adelante, acerca del niño.

Su propio hijo Roberto, de nueve años, era un muchacho muy crecido, de pelo rubio ondulado, tan extraordinariamente hermoso que Teresa apenas podía comprender cómo esos padres habían llegado a tener un hijo así. Desde el primer momento quiso al pequeño con tanta ternura como no había experimentado jamás por ninguno de sus pupilos. Como Roberto no asistía a la escuela, Teresa tenía que dirigir toda su enseñanza, y se dedicó a esa tarea con un entusiasmo nunca hasta entonces experimentado. No era raro que sintiera como si debiera pedir ciertas disculpas a su hijo; entonces era más amable con él que de costumbre y se alegraba de que, si no más hermoso y distinguido, al menos fuera mucho más fuerte y tuviera las mejillas más coloradas que su pupilo. Y si la manera de hablar de Franz no estaba del todo libre del dialecto campesino y sus modales también parecían un poco rústicos en ocasiones, el pequeño Roberto seguramente no le aventajaba en comprensión para el estudio. Pero Roberto ganaba siempre nuevas ventajas en su corazón; ella sufría por esto como bajo una culpa y sabía que aquella no era la primera de la que tuviera que acusarse para con su hijo.

Un día, yendo de paseo con el pequeño Roberto, encontró a Alfred, a quien no había visto desde Salzburgo, y aprovechó la oportunidad para decirle que deseaba hablar con él más detenidamente y lo antes posible. En una hora libre de la noche se encontraron, después de haberse dado cita, cerca del hospital. Habló de las relaciones con su hijo y de este otro, de la preferencia que Roberto iba cobrando en su corazón. Alfred trató de amenguar sus escrúpulos de conciencia. Era más que natural que no pudiera dispensar a su hijo aquellos sentimientos como habría sido el caso en circunstancias más felices, pues toda relación, hasta la más natural, exigía la presencia y continua renovación para desenvolverse de modo normal, y aun para poder subsistir. Por otra parte, a él le gustaría conocer alguna vez a su chico. Teresa se alegró mucho del deseo de Alfred, y después de haberse dado cita en oportunidad de un ulterior paseo, se hizo acompañar por él a Enzbach el primer día de Navidad. Había traído un libro ilustrado para el niño, lo hojeó con él, estuvo amable pero inquisitivamente reservado, aun cuando bondadoso, y Teresa se sentía llena de admiración por él. No sólo supo hallar el tono adecuado para la señora Leutner, sino también frente a su insociable e inaccesible marido, y así, aquellas pocas horas en el campo transcurrieron de un modo agradable y placentero. Pero ya camino de regreso a Viena le dijo francamente que el ambiente en que se desarrollaba el niño, así como los modales de sus padres adoptivos, no eran buenos ejemplos para su futuro desenvolvimiento, y le hizo reflexionar si no sería preferible llevarlo a otra parte, tal vez a un suburbio de Viena, darlo a cuidar, para poder así tenerlo más cerca y verlo más a menudo. Antes de descender en Viena se besaron. Era el primer beso desde aquella noche en Salzburgo cuando, sin sospecharlo, se habían despedido para tan largo tiempo.

Poco después aconteció que la señora Knauer rogó una vez a Teresa que desistiera de sus próximos dos días libres, ofreciéndole en cambio que trajera a su hijo a Viena a pasarlos con los Knauer. Al principio Teresa tuvo cierto temor de aceptar aquella proposición, le asustaba, sin que comprendiera el porqué, la idea de ver a los dos niños juntos. Alfred, a quien pidió consejo, rechazó sus temores, y así uno de los días siguientes la señora Leutner trajo a Franz a la casa. El día pasó mejor de lo que Teresa había supuesto. Muy pronto los dos muchachos se hicieron amigos, charlaron y jugaron, y cuando por la noche la señora Leutner vino a buscar a Franz, Roberto insistió en que aquél tenía que volver muy pronto. La señora Knauer hizo un significativo gesto de asentimiento a Teresa, encontró a su chico bueno y bien educado y todavía añadió mucha cosas agradables de él que pusieron a Teresa desmedidamente orgullosa. Se acordó que la señora Leutner traería al niño dos o tres veces por mes a Viena, y siempre era recibido con la misma alegría por Roberto, con abierta cordialidad por parte de la señora Knauer, y también el señor Knauer, que a veces se dejaba ver por una media horita en el cuarto de los niños, parecía hallarlo de su gusto. Esto último en realidad no tenía mucha importancia, pues el señor Knauer, siempre alegre y distraído, estaba de acuerdo con todas las personas y todas las cosas, y mostraba siempre la misma superficial amabilidad hacia todos los asuntos. Para Teresa, no obstante, el menudo periodista distraído de cabello gris seguía teniendo, y hasta había ganado aún más, algo de extraño e impenetrable, y a veces le daba la sensación de que sus eternas bromas no fueran sino una máscara bajo la cual ocultaba su verdadera personalidad.

Sobre todas sus observaciones e ideas solía conversar con Alfred, quien tenía una indulgente sonrisa para con su inclinación a hallar cosas raras y extrañas en todas partes, donde lo más probable es que no hubiera nada. Adquirieron cada vez más confianza en sus entrevistas, generalmente breves, pero cada vez más largas; en ocasiones iban también al teatro juntos y cenaban luego en fondas modestas, con lo que a Teresa volvió a pasarle respecto del amigo lo mismo que tantos años antes: lo deseaba más osado, más atrevido de lo que era. Y sin embargo, tan pronto como él se volvió algo más osado, sintió miedo, casi repulsión, como si eso tan bello que habían vivido hasta entonces estuviera próximo a un cercano fin, precisamente por tornarse más bello aún.

Cuando, por fin, en la habitación, algo desmantelada pero ordenadísima, del barrio Alser, donde él vivía, una noche de incipiente primavera, fue suya, tuvo ella menos la sensación de cumplir algo largamente deseado que la conciencia de satisfacer una antigua obligación; y fue la primera vez que no resultó capaz de hablar con Alfred de una de sus íntimas sensaciones, cosa que casi lamentó. Poco a poco, sin embargo, comenzó a sentirse más cerca de él, y tan dichosa entre sus brazos como jamás lo había sido. Alfred era el primero en quien realmente podía confiar, el primero a quien parecía conocer de verdad y del cual era ella bien conocida. Pensó en todos los demás como en personas extrañas a las que se había entregado en un estado de irresponsabilidad, o que la habían hecho su víctima. Lo único que algunas veces le extrañaba era que él procuraba ahora evitar el mostrarse con ella, alegando que le desagradaría, y también a ella le sería desagradable, encontrarse casualmente a Karl yendo juntos. Sus ocasionales invitaciones para que la volviera a acompañar alguna otra vez a Enzbach parecían ponerlo casi de mal humor, y así se abstuvo en lo sucesivo de exteriorizar tales deseos.

Uno de sus más bellos días fue cuando la señora Knauer le permitió una vez llevar a Roberto consigo al campo y tuvo la alegría de ver a "sus dos hijos", como solía llamarlos a veces para sí misma, y ahora también delante de la señora Leutner, jugar juntos por la pradera. Adoptó la firme decisión de sacar a Franz de Enzbach en el próximo otoño, y buscarle alojamiento cerca de sí.

Más pronto de lo que ella misma pensaba tuvo lugar ese cambio. Sin demasiada dificultad halló alojamiento para su hijo en la familia de un sastre que vivía en Hernals, y de este modo hubiera tenido Teresa oportunidades de ver a su hijo con mucha más frecuencia que antes; pero usó de ellas bastante menos de lo que se había propuesto. Incluso las tardes de los domingos las pasaba con Alfred, que, entretanto, se había convertido en médico ayudante del Hospital General.

A la primavera siguiente se vio obligada ya a sacar a su hijo de casa del sastre, porque no se entendía en absoluto con el hijo de éste, algo mayor que Franz. Entablaron una discusión Teresa y la esposa del sastre, en la que ésta lanzó poco claras indirectas sobre ciertas mañas de Franz, indirectas que Teresa no tomó en serio al principio, inclinándose a considerarlas como maledicencias. Pronto encontró un nuevo alojamiento para el niño en casa de la viuda de un maestro, señora de cierta edad y sin hijos, instalada además en una casa más agradable, así que Teresa no tuvo por qué quejarse del cambio. En el colegio, el pequeño Franz adelantaba a duras penas; en la familia Knauer era tan bien visto como antes, y nadie parecía percatarse aquí de sus malas maneras y costumbres reprobables, sobre las cuales, como antes la señora del sastre, pronto tuvo motivos para quejarse, aunque más suavemente, la viuda del maestro.

Aquello no le llegó tan hondo a Teresa como hubiera sido natural, y no se pudo ocultar a sí misma que el punto central de su vida afectiva no lo constituía ni el amor de su hijo ni tampoco su inclinación hacia Alfred, sino la vinculación con el pequeño Roberto, que paulatinamente había adquirido el carácter de una adoración casi morbosa. Se guardó bien de dejar entrever esa exageración a los padres, como si con eso pudiera conjurar el peligro de una separación. Pero si no escatimaban aquellos las manifestaciones externas de ternura hacia su hijo, no le pasó inadvertido a Teresa que en el fondo no significaba para ellos más que un juguete, muy vivo y delicioso. Seguro era que no sabían apreciar su suerte en toda su grandeza. El niño mismo apenas parecía hacer diferencia entre los sentimientos que profesaba a sus padres y a su educadora, y aceptó, como todos los niños mimados, el amor y la adoración que le profesaban como cosa natural.

En el curso del invierno, la señora Knauer enfermó de bronconeumonía y pasó algunos días en peligro de muerte. Aunque Teresa le deseaba todos los bienes imaginables, no pudo reprimir ciertas esperanzas imposibles de traducir en palabras, o de formular en pensamientos concretos. Sin embargo el señor Knauer nunca había dado a entender ni siquiera con una mirada que Teresa le atrajera lo más mínimo como mujer. A ella misma, con su huera amabilidad, le seguía pareciendo tan extraño como siempre, y como hombre casi le resultaba repelente, pero sabía que si pedía su mano después de la muerte de su mujer, no vacilaría un momento en convertirse en la madrastra de Roberto. A cambio de eso se habría desligado por completo de Alfred, sin vacilar, tanto más cuanto que se daba cuenta a las claras de que esas relaciones, aunque de momento nada indicara un fin cercano, no serían de larga duración en su fase amorosa.

La señora Knauer se reponía lentamente; en su convalecencia estaba bastante irritable y se suscitaron algunas disputas, por supuesto leves, entre Teresa y ella de las que no se acordaba un momento después. Y así ocurrió una vez que Teresa tuvo que hacer una compra para la señora Knauer. No se sentía bien aquel día y se dispuso a delegar ese encargo en la sirvienta. La señora Knauer no quiso acceder a ello; Teresa le contestó con más vivacidad de lo acostumbrado, y la señora Knauer le dijo que podía dejar la casa cuando le placiera. Teresa no tomó en serio aquella salida. ¡Ella era aquí imprescindible!, y nadie podía pensar en alejarla de Roberto o en alejar a Roberto de ella. Y efectivamente, en los días siguientes no pudo notar en el trato de la señora ni del señor Knauer con ella el menor cambio, falta de confianza ni hosquedad. Ya estaba próxima Teresa a olvidar por completo el pequeño incidente cuando un día la señora Knauer, como hablando de un hecho consumado sobre el cual no cabía discusión, comenzó a referirse a la prevista separación de Teresa. Quiso saber con la mayor amabilidad si ésta había encontrado ya una nueva colocación, y recalcó que pensaba arreglárselas muy bien sin institutriz durante los próximos meses de verano en el campo. Teresa estaba convencida de que la hubieran vuelto a elegir como institutriz a ella en el otoño, pero tenía demasiado orgullo para ofrecerse, y así transcurrieron unos días inútiles. Todavía le parecía increíble que debiera irse; tal crueldad, no sólo para con ella, sino también para con el pequeño Roberto era inconcebible; y si no antes, estaba convencida de que la retendrían en el último momento. Así fue posponiendo todos los preparativos hasta el último día, en cuya mañana esperaba la palabra salvadora de la señora Knauer. Pero aquélla sólo le preguntó amablemente si pensaba almorzar con ellos todavía. Teresa sintió las lágrimas en los ojos, un sollozo en su garganta, y consiguió tan sólo asentir desamparadamente, y cuando la señora Knauer, perpleja, dejó súbitamente la habitación, Teresa cayó de rodillas ante Roberto, que tomaba su chocolate del desayuno en su mesita blanca, tomó sus manitas sollozando, y las besó cien veces. El niño, a quien sólo le habían hablado de unas vacaciones transitorias de la señorita, no se sorprendió del estallido de dolor de Teresa, cuyo alcance no podía medir; sin embargo se sintió obligado a agradecerlo de alguna manera, y la beso en la frente. Cuando Teresa elevó la mirada y vio los ojos fríos e indiferentes del niño mimado fijos en ella, se estremeció de pronto, y, como bromeando, pasó su mano por entre los cabellos del niño, se levantó lentamente, se secó los ojos, y le ayudó, como de costumbre, a vestirse. Después le acompañó a la habitación de la madre, de quien solía despedirse antes del paseo diario, y entró allí con una rígida expresión amable. En el paseo Teresa charló con el niño como de costumbre; tampoco se había olvidado de llevar pan de casa para dar de comer a los patos. Roberto encontró unos cuantos compañeros de juegos, Teresa conversó algo altanera con una niñera conocida superficialmente, y se preguntó en cierto momento cuál era el motivo que le hacía sentirse siempre en su interior por encima de sus colegas de oficio y destino. ¿Era ella mejor? ¿No era acaso un ser que carecía de hogar como todas aquellas otras que, fueran niñeras, sirvientas o institutrices, andaban tiradas por el mundo de una casa para otra? Y aunque los deberes que tenían con un niño confiado a ellas los ejecutaran mejor de lo que la propia madre quería o podía –y hasta cuando amaban a un niño lo amaran más que al suyo propio– no tenían el más mínimo derecho sobre él. Desde lo más profundo de su corazón se rebeló, sintió que se endurecía, se hacía mala, y de repente con desusada severidad llamó a Roberto, que corría con otros niños a lo largo del estanque, dejándose atrapar bastante cómodamente, como era natural en él; se habían retrasado más que de costumbre y era hora de volver a casa. Él vino enseguida, obediente e inconmovible en su fuero interno, e iniciaron el camino de regreso.

Después de almorzar Teresa le pidió permiso a la señora Knauer para dormir todavía allí esa noche. La señora Knauer se lo concedió de inmediato, pero se notaba que lo hacía con cierta condescendencia. Teresa se prometió, como si ésa fuera su obligación, dejar la casa a la mañana siguiente sin volver a ver a Roberto. El señor Knauer dio las gracias a Teresa por sus impecables servicios; esperaba volverla a ver alguna vez; tanto ella como su hijo serían siempre bien recibidos en la casa.

Frente a Alfred, en cuya casa se refugió en horas de la tarde de aquel día, no ocultó su desesperación. Declaró que no era capaz de seguir soportando más aquella clase de existencia, y que se dedicaría a cualquier otra profesión, que se trasladaría a Salzburgo junto a su madre. Alfred le explicó pacientemente que tenía tiempo para reflexionar; en todo caso debía dedicar ese verano a su descanso; que se fuera un par de semanas a Salzburgo, y pasara algún tiempo con el pequeño Franz, preferentemente en Enzbach, donde siempre volvería a encontrar amable acogida en casa de la señora Leutner. A través de un velo de lágrimas divisó el semblante de Alfred, y notó que estaba mirando por encima de ella, o más allá, con ojos indiferentes y hasta aburridos, lo mismo que lo habían hecho el señor Knauer, la señora de Knauer y también, pocas horas antes, su querido Robertito. Su extrañeza, su tortura interior no le pasó a él por alto; sonrió turbado, se esforzó por estar cariñoso, y ella lo aceptó, pues anhelaba amor. Y al mismo tiempo se daba cuenta de que hoy, aun cuando siguiera con Alfred durante años, durante la vida toda, comenzaba en ese momento la despedida, la gran despedida. Según había intentado varias veces antes, aunque sin éxito, Alfred le ofreció para los próximos meses una ayuda económica, que ahora no estaba en condiciones de rechazar.

66

A la mañana siguiente dejó la casa. Viajó a Salzburgo, y fue cordialmente acogida por su madre. Esta vez le parecía a Teresa como si todo lo enfermizo, distraído e impuro en la persona de su madre, que había conmovido a Teresa tan penosa y dolorosamente, se hubiera refugiado en sus libros, amalgamándose allí, convirtiéndose ella en una buena anciana sensata, con la cual no sólo se podía uno entender bien sino a quien se le podía cobrar cariño. Manifestó su intención de trasladarse a Viena; necesitaba estímulos mayores y más variados que los que podía hallar en Salzburgo; y luego, Karl se había comprometido y ella soñaba con pasar sus años de ancianidad en las cercanías o dentro del círculo de sus nietos. De nuevo hizo que Teresa le hablara de las familias con las cuales había vivido como institutriz, y también de sus propias experiencias –no se lo ocultaba– le hubiera gustado saber más, y tras la confesión de que con los años le era cada vez más difícil encontrar palabras adecuadas para ciertas imprescindibles escenas de pasión, le preguntó a Teresa por qué no intentaba componer los correspondientes capítulos para una novela en que estaba trabajando ahora. En todo caso insistió en que Teresa echara una mirada al manuscrito en ese sentido. Teresa lo leyó y se declaró incapaz de realizar lo que su madre deseaba, cosa que ésta tomó al comienzo casi como mala voluntad, aunque sin guardarle rencor por ello.

Después de una semana Teresa buscó en Viena a su hijo para pasar con él una temporada en Enzbach. Esta vez estaba decidida a quererlo, y lo consiguió, mientras que en Roberto tan sólo podía pensar con amargura, consumiéndose de nostalgia por él. Alfred la vino a buscar e hizo con ella un pequeño viaje a las estribaciones de los Alpes de Steier, con lo que Teresa se sintió muy feliz. Él tuvo que regresar a Viena al hospital; ella volvió a Enzbach sola. La señora Leutner no pudo callar a Teresa por mucho tiempo que esta vez tenía que darle quejas por algunas relaciones del pequeño Franz. La estancia en Viena no parecía haberle hecho mucho bien. Era maleducado, atrevido; en un chalet, en compañía de otros muchachos, había desvastado adrede la huerta, y lo peor era que hasta cometía raterías. El muchacho lo negó. Había arrancado unas cuantas flores en aquel jardín, eso era todo. Y el que hubiera guardado unas pocas monedas que la señora Leutner dejara sobre la mesa, sólo había sido una broma. Tampoco Teresa pudo ni quiso tomar aquellas pequeñeces muy en serio. Le prometió a la señora Leutner que Franz se corregiría y le hizo pedir perdón a la bondadosa mujer. Ella, a pesar de todo, redobló su ternura hacia él. Se ocupaba de él todo el día, le daba lecciones, lo llevaba mucho de paseo; y le parecía que al cabo de pocos días su personalidad había cambiado en sentido favorable.

Una vez vino Agnes de visita con un llamativo atavío dominguero, aparentando cuatro o cinco años más de los dieciocho que tenía. Lo besó como si fuera su madre, pero de una manera muy diferente, a la vez que atisbaba con descaro a Teresa. En la mesa contó un montón de cosas horrendas de la casa distinguida donde trabajaba como "segunda doncella", trató a Teresa de igual a igual, quiso saber dónde se encontraba "sirviendo" ahora, y no escatimó las alusiones a ciertas cosas que se tenían que soportar siendo hermosa y joven por parte de los señores jóvenes y peor aún de los mayores, de lo cual Teresa tendría también de seguro algo que contar. Teresa, indignada, le prohibió observaciones de tal índole. Agnes se puso agresiva; la señora Leutner dio fin a la reyerta en ciernes. Agnes dijo:

–Ven, Franz –y escapó con él. Teresa lloró amargamente. La señora Leutner la consoló. Vino una visita del vecindario, el niño y Agnes regresaron, y antes de que ésta volviera a marcharse para la ciudad al anochecer, se enfrentó con Teresa y le alargó la mano.

–No esté enfadada, no era para tanto... –Y la paz pareció de nuevo restablecida.

Entretanto se acercaba el momento en que Teresa debía buscar nuevo empleo. Un intento de entrar como maestra en un establecimiento educativo fracasó, pues carecía de los títulos necesarios. Una vez más hizo proyecto de subsanarlo en la oportunidad más próxima. Hizo luego lo que ya había hecho tantas veces: leyó los anuncios de los periódicos y escribió ofertas; todo le parecía más difícil y más inalcanzable que nunca. En ocasiones se le ocurría que Alfred pudiera ocuparse un poco de ella, por lo menos tomando nota y llamándole la atención sobre los anuncios de los diarios que leía, pero él parecía como *ex profeso* desentenderse de las cosas concernientes a su profesión. En Enzbach no se había dejado ver más.

67

Teresa halló empleo en casa de un director de banco, con dos niñas de ocho y diez años. Se había propuesto firmemente no volver nunca más a sobrepasar los límites de su deber, preservar inconmovibles su corazón y su alma, y tener presente siempre que en cualquier casa era y seguiría siendo una extraña. Pese a ello, pocos días después comenzó a sentir una viva y siempre creciente simpatía hacia la niña menor, de naturaleza conmovedoramente dúctil; con tanta mayor intención endureció su corazón frente a la mayor. El director de banco era un hombre cincuentón, todavía lo que se suele calificar de buen mozo, no sin amaneramiento, revelado sobre todo en la costumbre de ensayar caídas de ojos y de usar un rebuscado lenguaje en el trato. Tenía asimismo un cierto modo de rozar a Teresa como por casualidad al pasar, y de echarle el aliento en la nuca, y Teresa estaba completamente convencida de que sólo de ella dependía la iniciación de unas relaciones más estrechas con él, tanto más cuanto que su mujer ya no era joven, y se mostraba algo torpe y descuidada en su exterior y siempre enfermiza. En todo caso, se preocupaba mucho de su salud, y a Teresa le amargaba constantemente que la señora del director pudiera cuidarse todo lo que le diera la gana, y acostarse cuando quisiera, mientras que nadie tenía ni había tenido consideración para con ella, que al fin también era mujer. Recordó cómo años atrás, en una de las casas en que había trabajado, a pesar de sentirse terriblemente indispuesta había tenido que ir en busca de los niños al colegio, con un tiempo endemoniado, lo que casi le había costado una enfermedad grave. Y aquello que en aquel entonces había aceptado como inevitable gaje de su oficio, lo cargaba ahora íntimamente sobre la gente a cuyo servicio estaba, aunque sin dejarlo traslucir. Pero cuando Alfred, con quien hablaba de todas esas cosas, le hacía ver sus ocasionales exageraciones y manifiestas injusticias intentando convencerla de que debía ablandarse y ser más flexible, ella le reprochaba que él, hijo de una familia de buenos burgueses, que jamás había conocido preocupaciones, tenía que sentirse solidario hasta con judíos directores de banco, tildándole de egoísta y sin corazón, y llegó a echarle en cara que él, y sólo él, tenía la culpa de toda su desgracia, porque la había dejado sola en Salzburgo cuando aún era una muchacha joven e inocente. A tales observaciones Alfred contestaba con un leve encogimiento de hombros que la enfurecía por completo, y así, en sus raros encuentros siempre había discusiones, discordia y peleas.

Para su hijo había hallado entretanto alojamiento adecuado en un suburbio, Liebhartstal, entre el campo y la ciudad, de fácil acceso para ella, de nuevo casualmente en casa de un sastre, y como Teresa había desistido hacía tiempo de mandar a Franz a un colegio secundario, aceptó aquello como una señal del destino, e hizo que Franz iniciara su aprendizaje, mientras seguía acudiendo aún a la cercana escuela pública. Le parecía que se desarrollaba entonces mejor que el año anterior; el patrón, un hombre bondadoso, algo dado a la bebida, lo mismo que la patrona, nada tenían en contra del niño, y con su hijo, algunos años mayor que Franz, éste se entendía bien, de modo que Teresa creyó poder recuperar la tranquilidad con respecto a su porvenir.

Alfred la sorprendió un día con la noticia de que se trasladaría próximamente a una pequeña ciudad universitaria de Alemania, para seguir perfeccionándose en su especialidad con un famoso médico psiquiatra. Por más que él no parecía convencido de que aquello significara una separación definitiva, Teresa no dudó de que era el fin. Pero no dejó traslucir nada, y en esas últimas semanas que aún les quedaban, se mostró de una firmeza y una ternura que desde hacía mucho no le había conocido Alfred.

En las primeras cartas que llegaron de su nueva residencia, se mostraba más desembarazado y contento de lo que había estado en sus últimas entrevistas; pero en el tono amistoso de esas cartas faltaba casi por completo el acicate del amor o el apasionamiento, y Teresa, medio de intento, medio inconscientemente, supo adaptarse pronto al nuevo tono. En verano se trasladó con las niñas y la esposa del director de banco a un confortable chalet de los alrededores de Viena; comenzaba entonces a reponerse, y a sentirse a gusto gracias al trato de amable cordialidad de la señora del director y a la alegre condición de las niñas, cuando llegó una carta de la esposa del sastre, comunicándole lacónicamente que, por motivos familiares, Franz no podía seguir en la casa.

¿Es que nunca tendré paz? –se preguntó Teresa. Pidió permiso de inmediato, partió para Viena, y en Liebhartstal se enteró sin gran sorpresa de que Franz era "bastante perverso", que instigaba al hijo de la casa a cometer "toda clase de maldades", y que el maestro de la escuela deseaba hablar con ella urgentemente. Teresa fue a verlo enseguida y, a través de ligeras insinuaciones fácilmente comprensibles de aquel hombre atento e inteligente, recibió el consejo de sacar al niño cuanto antes del colegio y llevarlo de nuevo al campo, a un ambiente más sano.

Pese a su propósito de no tomarse más a pecho lo que concernía al niño, aquellas revelaciones la afectaron más de lo que hubiera esperado, y no pudo librarse de la amarga sensación de arrepentimiento por haberle faltado el coraje una vez, en el momento oportuno, de visitar a una mujer complaciente que le hubiera evitado todas aquellas penas y vergüenzas, bajo cuyo signo transcurría su existencia. Y la embargó tal profundo rencor contra aquel ya olvidado, ridículo e insignificante Casimiro Tobisch, que se sintió capaz de infligirle algún daño si alguna vez volvía a encontrarlo.

Se le ocurrió hacer adoptar a su descarriado hijo por un matrimonio sin prole, cosa que Alfred había insinuado de paso en una conversación, y que ella había rechazado indignada, para no volver a pensar más en ello. Pero apenas hubo comenzado a concebir ese plan, su humor sufrió un vuelco. Todos sus sentimientos maternales hacia el pobre muchacho, que no era culpable de su naturaleza y su sino, y que bajo circunstancias distintas tal vez se hubiera desarrollado como una persona buena y útil, explotaron de nuevo con fuerza inaudita, y sintió el peso de su propia culpa más a fondo que nunca. ¿Le había sido íntimamente fiel? ¿No se había apartado de él constantemente, y a veces hasta en favor de otros niños que no le importaban y a quienes ella amaba tan sólo por pertenecer a hogares mejores, estar bien cuidados, y ser más felices que su propio hijo?

Un caluroso día de verano en que el polvo de la ciudad barría el pobre suburbio hacia las colinas, Teresa, sentada con su hijo en un banco al borde de una empinada calle, apeló a su conciencia; creía leer en sus ojos una especia de comprensión, de arrepentimiento, y se sintió presa de una renovada esperanza cuando el niño se estrechó contra ella y creyó sentir que aquella frialdad de su corazón, que tan a menudo la desesperaba, comenzaba a diluirse, y de repente, como iluminada, le preguntó si a partir de entonces quería venir a vivir con ella, con su madre. Las lágrimas vinieron a sus ojos de pura dicha ante esa idea, y le declaró que no quería a nadie más que a ella, y que aborrecía a todos los demás. ¡Oh, con qué gusto hubiera aprendido más, y se hubiera portado bien en el colegio!, pero los maestros lo miraban con rabia, y por eso no quería complacerlos. Pero era mentira que le hubiera robado un pañuelo a la esposa del sastre, era una mentira; y también la señora Leutner, la de Enzbach, era una falsa. De cómo había hablado de ella, de su madre, con su esposo, con Agnes y otras personas, podría él contar bastante. Y la otra, la mujer del sastre, ¡ésa sí que era una canalla! Teresa, asustadísima, le prohibió que continuara. Pero Franz siguió hablando descaradamente de la patrona, del marido de ésta, del dueño de un coche que con frecuencia visitaba la casa; empleó expresiones que Teresa nunca había oído, y no pudo hacer otra cosa que llamarle una y otra vez al orden. Pero como todo era inútil, sólo le quedó el recurso de interrumpir la conversación y llevarla a otro terreno. Llena de infinita tristeza volvió a bajar con él el polvoriento camino. Todavía conservaba la mano del niño entre las suyas, pero imperceptiblemente se soltaron sus dedos y se encontró sola. Llevó a Franz esta vez de vuelta a su pensión y se dedicó a la tarea, al principio sin éxito, de buscar un nuevo alojamiento y unos nuevos cuidadores para su hijo; pasó la noche en una pequeña fonda de los arrabales y escribió una extensa carta a Alfred, en la cual se le confesó nuevamente como a un amigo. A la mañana siguiente, más calmada, tuvo la suerte de encontrar una habitación para Franz en casa de un matrimonio sin hijos, así que pudo irse al campo con la sensación de haber cumplido un deber. Esas últimas semanas en el chalet le permitieron reponerse, respirar.

Las niñas le daban poco que hacer, vivían muy retirados; el señor de la casa estaba ausente en un viaje de cierta importancia, y casi nunca aparecía una visita... Así que Teresa pasaba casi todo el día leyendo y durmiendo mucho, poco molestada por la señora del director y sus hijas, en el gran jardín sombreado cuyo muro aislaba a toda la casa y a sus habitantes del mundo exterior.

68

En otoño la señora Fabiani se trasladó a Viena, a una pensión. Su hijo, entretanto, se había casado con la hija de un propietario de casas de una ciudad austriaca de provincias, donde durante breve tiempo había sido médico ayudante, y se había establecido luego en Viena para ejercer la medicina. Sin embargo, el principal objeto de su interés era, como antes, la política. De preocupaciones materiales estaba ahora bastante libre, lo cual lo hacía más amable y accesible, según Teresa tuvo ocasión de notar con oportunidad de un encuentro ocasional en casa de su madre. Su joven esposa, que también se hallaba presente, bondadosa, bonita, limitada, de maneras bastante provincianas, acogió a Teresa con ingenua cordialidad, la invitó inmediatamente a su casa, y así fue como Teresa, que pocas semanas antes ni se lo hubiera imaginado, tuvo el placer de asistir a una comida de familia en casa del doctor Faber, nombre que, ahora ya con autorización oficial, llevaba su hermano. De atmósfera familiar había poco; una vez más en su vida se sentía invitada por extraños, y a pesar de que la reunión transcurrió con alegría franca e inocente, guardó de aquella comida doméstica un recuerdo desagradable.

A su hijo no lo veía con mucha más frecuencia que antes. Las gentes a cuyo cuidado estaba, un empleado jubilado de nombre Mauerhold y su esposa, no lo habían tomado sólo por razones pecuniarias, sino porque, habiendo perdido a su hijo único hacía algunos años, ahora, al aproximarse su vejez, sentían la necesidad de volver a tener una criatura joven a su alrededor. Al parecer la bondad y condescendencia de esas gentes ejercía sobre la naturaleza de Franz un influjo altamente favorable; ni de ellos ni de su maestro tuvo que oír Teresa nada desagradable acerca de él, y así transcurrió ese invierno sin extraordinarias emociones. Que las cartas de Alfred fueran cada vez menos frecuentes y más frías, no significaba gran cosa para ella; el concienzudo cumplimiento de sus deberes como educadora y como apoyo del ama de casa, a los que se aplicaba cada vez más, pues la salud de la señora del director seguía delicada, le procuraba una completa satisfacción.

A veces, muy fugazmente, imaginaba que alguno de los señores que frecuentaban la casa, el médico de la familia, por ejemplo, un solterón, o el hermano viudo del director, que la cortejaban, podían enamorarse más en serio de ella, o tal vez llegar a casarse, si conseguía conducirse con suficiente habilidad. Pero como habilidad y desparpajo no habían sido jamás su fuerte, aquellas vagas elucubraciones se diluían en la nada sin que se afligiera demasiado tampoco. Una vez decidió contestar a un anuncio del periódico, donde un viudo sin hijos, en buena situación, de cuarenta y tantos años, buscaba ama de llaves. La inadecuada respuesta que recibió le hizo renunciar a tentativas semejantes.

69

En el Prater, donde a comienzos de la primavera solía pasear con las niñas, volvió a encontrarse al cabo de los años con Sylvie, quien, en compañía de su pupilo, un niño de ocho años, tomaba el sol en un banco. Se mostró muy complacida de volver a ver a Teresa y le contó que había estado empleada en una gran propiedad húngara, y antes aun más lejos, en Rumanía; por lo demás parecía no haber cambiado ni lo más mínimo en su interior. Siempre de buen humor, no encontraba su suerte en absoluto digna de queja y menos, como le ocurría a Teresa en ocasiones, cosa indigna; su aspecto era un poco marchito, pero en conjunto estaba casi más atractiva que en la época en que Teresa la conoció.

En su posterior encuentro, de inmediato invitó a Teresa a una excursión para el siguiente domingo libre. Se había citado con un buen amigo, un voluntario del Cuerpo de Dragones, quien, a su vez, si Teresa quería acompañarles, llevaría un compañero. Teresa la midió con una mirada de sorpresa, casi de enojo, que solamente sirvió para hacer sonreír a Sylvie. Era un hermoso día de primavera; las dos estaban sentadas cerca del estanque; los niños a su cuidado daban de comer a los patos, y Sylvie siguió charlando sin inmutarse. Había conocido a su amigo ese invierno en un baile de máscaras –sí, ella iba también a bailes de máscaras, ¿por qué no?–, era guapo, rubio, más bien bajo, el muchacho más alegre que pueda imaginarse; probablemente seguiría de militar, porque el estudio no le hacía mucha gracia; y cuando Sylvie le había hablado la vez pasada de la amiga que había vuelto a encontrar, se le había ocurrido enseguida esa excursión de cuatro. Pasearían por un brazo del Danubio, Schinakel –ella lo pronunció medio a la francesa: *Chinaquéle*–, cenarían en cualquier parte, en la colina Konstantin o en una confitería, no había que preparar el programa; todo saldría perfectamente. Teresa rehusó, pero Sylvie no se dio por vencida y al fin quedaron en dejar la cosa pendiente del tiempo que hiciera.

Cuando Teresa despertó la mañana del siguiente domingo y vio el cielo cubierto de oscuras nubes, sintió una especie de desilusión; pero al mediodía aclaró. Sylvie vino a buscarla a primera hora de la tarde, y fueron al Praterstern, donde esperaban los dos hombres fumando junto al monumento de Tegetthoff. Saludaron a las señoritas con suma gentileza; estaban muy elegantes con sus uniformes –unos consumados caballeros, pensó Teresa–, y a primera vista le gustó el rubio bajo, que era el amado de Sylvie, mucho más que el otro. Éste era un hombre magro, cuya figura le recordaba a Casimiro Tobisch; cara delgada, apagado, algo amarillento, el bigote negro y una barbita puntiaguda, poco usual entre los oficiales voluntarios austriacos, tenía unas manos que llamaban la atención por finas, demasiado delgadas, de las que Teresa quedó como hechizada de modo extraño e inconcebible. Le agradecieron que hubiera venido; Sylvie condujo enseguida la conversación, con su manera alegre y precipitada; todos hablaban en francés, el rubio muy correctamente, el otro con un poco más de dificultad, pero con un acento mucho mejor, aunque un poco afectado. Fueron por la avenida principal, pero allí había mucha gente –y no olían demasiado bien, como observó el flaco–, de manera que no tardaron en tomar por un caminito que, bajo altos árboles de color verde primaveral, llevaba hacia un paraje tranquilo. El rubio contó cosas de su viaje del año anterior a Hungría, donde lo habían invitado a cazar; Sylvie nombró a algunos aristócratas que había conocido en su último empleo, su amigo se permitió alusiones atrevidas que ella aceptó sonriente, contestando en forma análoga. El otro, un poco más atrás con Teresa, empleaba un tono más serio, su voz era queda, en ocasiones sonaba como deliberadamente velada; había dejado caer el monóculo del ojo y miraba hacia adelante, con una mirada altanera bajo los párpados algo enrojecidos. No podía creer que Teresa fuese vienesa, más bien podía tomársela por italiana, una de esas italianas con pelo castaño del norte, de la Lombardía. Ella asintió no sin orgullo; su padre descendía en verdad de una familia italiana, y su madre de la nobleza croata. Richard se extrañó de que fuera institutriz. Había tantas profesiones que de seguro hubieran sido más adecuadas para ella; con su porte, sus ojos brillantes y su voz grave sin duda hubiera podido abrirse camino en el teatro. Y en todo caso le resultaba a él completamente inconcebible que, voluntariamente –sí, voluntariamente, puesto que Teresa no habría tenido necesidad de ello–, se hubiera sometido a semejante esclavitud. Eso le hizo pensar en Casimiro Tobisch, quien hacía años había empleado idénticas palabras, y su mirada se perdió en la lejanía. Continuó Richard cada vez más animado: –¡Tener a su disposición unas cuantas horas libres tan sólo!...–. Inconcebible, que pudiera llevar una existencia así. Teresa comprendió la intención de aquellas palabras, aunque el rostro de su acompañante permanecía impasible.

En la colina Konstantin tomaron café y dulces. Los dos hombres se mostraron burlones respecto a "los algo inferiores comensales" de las mesas vecinas. Teresa no encontraba nada de malo en esa gente y le pareció que los dos caballeros olvidaban descaradamente que estaban en compañía de dos pobres criaturas que bien se podían clasificar como de la clase "inferior". En la orilla del lago, al pie de la colina Konstantin, alquilaron una embarcación. Teresa se daba cuenta de que para los dos jóvenes era como una broma, como una especie de condescendencia el mezclarse con el pueblo, y con su barca entre las otras, ocupadas por "gente inferior", seguir adelante poco a poco, remando, hasta entrar en el angosto brazo del río que serpentea entre las verdes riberas del Danubio. Sylvie fumaba un cigarrillo; también Teresa probó a hacerlo después de mucho tiempo; no había fumado desde las noches de Salzburgo en compañía del grupo de oficiales y actores. Le gustó tan poco como entonces, y su compañero, que lo notó, le tomó el cigarrillo de entre los dedos, y continuó fumándolo él. Dejó los remos de lado, delegando todo el trabajo en el rubio.

–Le sería muy saludable –observó–, dada su tendencia a engordar. –En la ribera, bajo árboles venerables y gigantescos, descansaban parejas y grupos. Más tarde aquello estaba más tranquilo y solitario. Por fin salieron de la barca, amarrándola a una de las argollas destinadas a ello. Luego continuaron paseando por senderos cada vez más estrechos, a través de las praderas cada vez más espesas. Iban emparejados, cogidos del brazo. Una vez más volvieron a una avenida ancha, y luego tomaron un sendero que los llevó en forma inesperadamente rápida, casi como por encanto, a una apartada región boscosa. Sylvie iba delante con su amigo rubio muy fuertemente abrazados; el otro se detuvo de pronto, tomó a Teresa entre sus brazos y la besó largamente en la boca. Ella no se resistió lo más mínimo. Él continuó hablando a continuación, serio, como si aquello que acababa de ocurrir en realidad no tuviera significado, y luego, respondiendo a una incidental pregunta de Teresa, comenzó a hablar de sí mismo. Estudiaba leyes y quería ser abogado. Ella se extrañó; se había imaginado que deseaba seguir la carrera de oficial, como el otro. Él, casi desdeñoso, meneó la cabeza. Él no pensaba quedarse con los militares; y aunque quisiera, para eso se necesitaba dinero, y él en el fondo era un pobre diablo. Que no lo tomase al pie de la letra, pero al lado de su camarada el rubio no era más que un mendigo. Desde lejos les llegó su risa.

–Siempre contento –dijo Richard–, y a pesar de eso, tiene la idea fija de ser un melancólico.

Una pareja de jóvenes se cruzó con ellos. La muchacha, una hermosa rubia bien vestida, contempló a Richard con tal expresión de agrado que Teresa se sintió halagada. Del cercano pero no visible río emergía un húmedo aroma. El camino seguía estrechándose cada vez más, ya casi no era camino; de vez en cuando tenían que separar las ramas para poder avanzar. Sylvie le gritó una vez a Teresa en su claro francés:

–*À la fin je voudrais savoir, où ces deux scélérats nous mènent*[1].

Teresa había perdido por completo la orientación. El río centelleaba a través de sauces y cañaverales para perderse de nuevo después de una curva. De alguna parte llegaba el largo silbido de una locomotora; cerca, y sin embargo invisible, pasó un tren sobre un puente. A Teresa le parecía haber vivido ya alguna vez todo aquello, no sabía cuándo ni dónde. Sylvie y su acompañante habían desaparecido por completo; se oían risas, resonaban palabras de fingida resistencia, risitas sofocadas, leves gritos. Teresa sintió su propio rostro asustado. Richard sonrió, la miró, tiró su cigarrillo al suelo, lo apagó con el pie, tomó a Teresa entre sus brazos y la besó. Luego la oprimió fuertemente contra sí, la llevó más adentro de los cañaverales, y la arrastró consigo al suelo. De nuevo escuchó la risa de Sylvie muy cercana para sorpresa suya. Con ojos casi horrorizados miró hacia Richard y sacudió vivamente la cabeza. Su semblante le pareció oscuro y extraño.

–No nos ven –dijo él; y de nuevo oyó ella la voz de Sylvie. Era una pregunta, una pregunta atrevida y des-

1 Quisiera saber por fin adónde nos llevan estos dos bandidos. (*En francés en el original*).

vergonzada a Teresa–. ¿Cómo puede permitirse eso? –pensó Teresa. Y de pronto, en los brazos de Richard, se oyó responder, oyó su propia voz, oyó palabras de su boca, casi tan atrevidas y desvergonzadas como habían sido las de Sylvie–. ¿Qué me pasa? –pensó–. Richard apartó de su frente los cabellos humedecidos con caricias y murmuró palabras apasionadas y tiernas a su oído. Un vehículo pasó lejos, muy lejos. El río, que ella no podía ver, se reflejaba extrañamente en el profundo cielo azul por encima de ellos.

Cuando después, a través de la espesura, ganaron un sendero estrecho, se acurrucó, entregada, junto al hombre al que tres horas antes no conocía y que ahora era su amante. Él hablaba de cosas indiferentes:

–Las carreras deben haberse terminado ya –decía–. Las primeras que he perdido.

Y cuando ella levantó la mirada, como ofendida, hacia él –¿Lo lamentas?–, acarició su cabello al tiempo que la besaba, compasivo, en la frente, diciéndole:

–¡Tonta!

Salieron de la floresta al campo abierto, y pronto vieron, al acercarse a la carretera ancha, envueltos en fino polvo, pasar en vertiginosa carrera coches y landós. Llegaron a la plazoleta de la ensenada donde los esperaba la barca, y volvieron a recorrer el mismo trayecto a la inversa. Teresa temió al principio descubrir en las miradas de Sylvie una alusión grosera o frívola, pero con agradable sorpresa por su parte la notó mucho más seria y tranquila que de costumbre. Su amigo comenzó a charlar de hacer un viaje en grupo, que podrían emprender los cuatro en el verano. Pero todos sabían que no era más que una conversación, y Richard no ocultó su desprecio por los viajes en general. Las pequeñas dificultades que ocasionaba cada cambio de lugar las encontraba antipáticas, los rostros extraños le repelían hasta el fondo del alma, y cuando a raíz de eso el otro declaró que Richard tampoco sentía gran simpatía por sus amigos y conocidos, éste no protestó. Sylvie, mirando hacia delante, observó que después de todo había momentos que valía la pena vivir; Richard se encogió de hombros. Eso no cambiaba nada las cosas. En el fondo todo era triste, y lo bello lo que más, por eso el amor era lo más triste del mundo. Teresa sintió profundamente la verdad de sus palabras. Se estremeció levemente; sintió una lágrima en sus ojos; Richard rozó su frente con sus manos delgadas y frías. Los sones bravíos de una banda militar llegaron hasta ellos, mientras la barca seguía deslizándose. Oscurecía. Desembarcaron, y pronto volvieron a tener a su alrededor la aglomeración de gente; por la ancha carretera seguía corriendo una línea cerrada de vehículos, y la música de media docena de orquestas sonaba, se confundía. Todas las terrazas de las hosterías estaban rebosantes. Ambas parejas se perdieron por lugares más tranquilos, pasaron frente a aquella humilde hostería donde Teresa, hacía muchos, muchos años, estuvo sentada haciendo de princesa o dama de la corte con algún fantasma o idiota. Reconoció enseguida al camarero de antaño, el cual trajinaba apurado de una mesa a otra, y se extrañó de que en tantos años no hubiera cambiado lo más mínimo, casi como si fuera el único de los seres vivos que no había envejecido. ¿Todo esto no es más que un sueño? –pensó de repente–; dirigió una rápida mirada a su acompañante como si quisiera asegurarse de que no era Casimiro Tobisch el que marchaba a su lado. Y de nuevo se volvió a mirar al camarero, que, sudando, con la servilleta ondulante bajo el brazo, corría de mesa en mesa. ¡Cuántos domingos desde entonces! –pensóTeresa–. ¡Cuántas parejas se habían formado desde aquella fecha! ¡Cuántas horas de las llamadas dichosas! ¡Cuánta miseria real! ¡Cuántos niños desde entonces, buenos y malos! Y otra vez le pasó por la imaginación, en forma aplastante, el absurdo de su destino, la incomprensibilidad de la vida. Pero el joven que tenía a su lado, ¡qué extraño!, ¿no era acaso el primero que había comprendido fácilmente lo que pasaba en ese momento por su interior, y hasta, quizá, lo sabía sin que ella lo exteriorizara con palabras? Frente a él –a quien se había entregado en las primeras horas de su amistad y de quien sabía que no por eso la despreciaba–, se sentía más próxima, más identificada de lo que jamás se había sentido con Alfred o cualquier otro.

En una de las terrazas más tranquilas de una hostería se quedaron a cenar. Teresa bebió más de lo que tenía costumbre, y pronto se sintió tan cansada que era incapaz de mantener abiertos los ojos y escuchaba la charla de los otros como si viniera de muy lejos. Hubiera deseado mucho poderle decir, o por lo menos insinuar a su amigo en el camino de regreso, aquello que le había pasado por la mente antes, pero no hubo ocasión. La despedida fue brusca; al día siguiente a las cuatro de la madrugada salían de maniobras; en la posterior parada de coches hicieron que las dos muchachas tomaran uno abierto, que Richard pagó inmediatamente, y se dieron una cita para dos domingos después. Richard besó la mano a Teresa caballerescamente. Le dijo:

–Hasta la vista, espero. –Ella le miró con ojos muy abiertos, como asustados. Los suyos estaban fríos y distantes.

De regreso, a través de las calles oscuras, dejó hablar a Sylvie, quien, de repente, hizo un derroche de indeseadas confesiones. Teresa apenas la escuchaba; le había quedado un regusto amargo, y pensaba en su amante de hoy con un raro enternecimiento, como si se hubiera despedido para siempre de ella, como si estuviera ya lejos, muy lejos.

70

Pocos días más tarde, el señor Mauerhold le rogaba por carta que viniera a verle "a la mayor brevedad". Hacía tres semanas que no había visto a Franz y cayó en una inusitada y terrible excitación. El señor Mauerhold la recibió con gran amabilidad, pero visiblemente confuso. Su mujer callaba, turbada. Por fin le explicó que por razones familiares saldría de Viena con su esposa para trasladarse a un pequeño lugar de la Baja Austria, y se veía obligado por eso a rogar a Teresa que colocara al niño en otra parte. Teresa respiró aliviada; aventuró que tal vez no sería malo sacar a Franz de la ciudad y llevarlo a un lugar más pequeño, y se declaró dispuesta a que continuara, a pesar del traslado, con sus actuales cuidadores, con quienes parecía sentirse a gusto. Por la creciente perplejidad de ambos se dio cuenta de que seguramente callaban algo, y cuando insistió con creciente apremio en pedir una aclaración, supo al fin que Franz era culpable de un pequeño robo casero perpetrado últimamente. Entonces, después de haber dicho eso, la mujer, que había permanecido sentada y muda hasta este momento, no pudo contenerse por más tiempo. Esos pequeños hurtos no eran lo peor. El niño tenía además otra clase de malas costumbres, de las cuales prefería no hablar; también del colegio habían llegado quejas. Sus relaciones las formaban los peores jóvenes del vecindario, deambulaba por las calles hasta muy entrada la noche y era imposible prever adónde llegaría con el tiempo ese muchacho de once años. Teresa escuchaba sentada allí con la cabeza gacha como una culpable. Bien, sí, sabía perfectamente que en ese caso no podía sostener su propuesta, esperaría hasta que el muchacho saliera del colegio y se lo llevaría consigo. El señor Mauerhold, con una mirada a su mujer, aventuró cautelosamente que no era tanta la prisa; por unos cuantos días no importaba; con gusto tendrían al muchacho en la casa todavía hasta que hubiera hallado un nuevo hogar para él. Teresa notó con asombro que el bondadoso señor tenía los ojos llenos de lágrimas. Fue él entonces quien se apresuró a consolarla: muchos muchachos no habían sido gran cosa en esa edad crítica, pero se habían convertido luego en personas decentes. La hora en que Franz debía haber vuelto del colegio había pasado hacía rato; Teresa, que sólo había pedido un par de horas libres, no pudo quedarse más tiempo; dio las gracias al señor Mauerhold, prometió ocuparse enseguida de encontrarle un nuevo alojamiento a Franz, y se fue. Camino de regreso se calmó algo y se propuso comentarle el asunto a alguien; pero, ¿a quién? ¿podía confesarse con su madre?, ¿escribirle a Alfred? ¿acaso podían ellos ayudarla o aconsejarla? Debía arreglárselas ella sola y poner todo en orden. Casualmente al día siguiente se encontró con Sylvie en el Prater. Ella hubiera sido la última a quien Teresa, en otras circunstancias, se hubiera confiado y pedido consejo. Pero dada su inquietud, impaciencia y necesidad de encontrar un alma amiga, se sinceró con Sylvie y le contó todo aquello y mucho más de lo que hubiera contado a otra persona; y como si esa confianza mereciera un premio, halló precisamente en Sylvie una consejera, una amiga tan cordial, inteligente y seria como no lo hubiera esperado jamás. Aconsejó a Teresa que dejara su empleo actual y no aceptara ninguno de esa clase por el momento, y alquilase en compañía de su hijo un pequeño piso amueblado y diera clases particulares. Ella misma, Sylvie, se ofreció a conseguirle en brevísimo tiempo esas clases, poniendo a su disposición también, para empezar, algún dinero; "ella tenía algunos ahorros", añadió con una sonrisa maliciosa, en la cual Teresa no quiso reparar. Pero aceptó el ofrecimiento de Sylvie agradecida.

Y con esa nueva esperanza y una energía renovada se puso a la tarea de llevar a la práctica aquella prometedora decisión. Su despedida fue recibida por la familia del director del banco con cierta sorpresa; las dos niñas dejaban marchar a la señorita muy a su pesar, la mayor flotó desconsoladamente, y Teresa estaba conmovida por el amor que había despertado en los corazones de las muchachas sin sospecharlo siquiera.

71

En un húmedo día de pleno verano Teresa ocupó con Franz dos habitaciones amuebladas, con cocina, en una casa bastante nueva, humilde pero limpia, de una bien situada y tranquila calle de las afueras. De antemano, tras esfuerzos de toda especie: preguntando a familias donde había estado colocada antes, contestando a anuncios de periódicos, y en parte con la eficaz ayuda de Sylvie, se había asegurado algunas clases particulares con cuyo producto podía ganarse, en el peor de los casos, el sustento. Asimismo le vino bien una pequeña suma que le regaló la esposa del director del banco en el momento de su despedida. Para ella tenía una significación inmensa el poder vivir, en realidad por vez primera en su vida, en una especie de hogar propio. Creyó sentir que a su hijo quizás lo único que hasta el presente le había faltado para su mejor desenvolvimiento era el vivir al lado de su madre. El colegio al que asistía entonces estaba lo bastante alejado del anterior como para hacer imposibles sus relaciones con los antiguos compañeros. Como ya había ocurrido varias veces en experiencias anteriores, durante las primeras semanas no le fue mal en su nuevo círculo. Le daba la impresión de que acababa de conocerlo. Cierta infantilidad que había perdido prematuramente volvía a reaparecer poco a poco. ¡Qué agradable era, después de todo, poder sentarse con él a la hora de comer para tomar un almuerzo que ella misma había preparado! ¡Y qué maravilloso, por la noche, al volver de sus clases, ser recibida por él con un impulsivo abrazo, y cómo se henchía su corazón cuando él le hacía el honor de requerir su ayuda para cualquier deber difícil! Se sentía bien, contenta, casi feliz. En sus cartas a Alfred, a quien de repente había sentido una apremiante necesidad de volver a escribir, hablaba de todas esas cosas a grandes rasgos, y, como si se tratara del regreso de un amigo, más aún, de un antiguo amante, se alegró al comunicarle él su próxima vuelta a Viena, donde debía ocupar un puesto de médico ayudante en la clínica de psiquiatría.

72

Un día, con sorpresa por su parte, recibió después de casi un año una invitación para comer en casa de su hermano y encontró allí a otros invitados, un joven médico y un profesor del Instituto, ambos relacionados con el doctor Faber, como se deducía de la conversación en la mesa, por intereses políticos. Karl era quien llevaba la voz cantante; los otros dos, incluso el profesor, que por lo menos le llevaba diez años, escuchaban respetuosamente, y Teresa tuvo la impresión de que a su hermano le importaba mucho darle una clara idea de su elevada posición entre los compañeros del partido. Su cuñada, que hacía pocos meses había dado a luz un niño, se retiró después de terminado el almuerzo, pero Teresa permaneció en compañía de los señores; la conversación tomó un giro amable, y cuando se habló de la profesión de Teresa y de sus experiencias personales como educadora y maestra, el profesor no ocultó su pena porque ella se hubiera visto obligada tantas veces a vivir en una situación subordinada, y hasta casi podría decirse servil, en casa de gentes de raza extraña, y señaló como uno de los más importantes temas de legislación el hacer imposibles de una vez por todas circunstancias tan indignas. Hablaba con tono altisonante y lapidario, a diferencia del joven médico, que acababa siempre tartamudeando. Pero su hermano, si bien asentía, guiñaba a veces irónicamente el ojo, y en ocasiones rozaba al profesor con su mirada peculiar, un poco taimada, que Teresa le conocía tan bien.

De Richard hacía semanas, y aun meses, que no había sabido nada, y en el fondo se creía contenta de poder olvidarlo, cuando un día recibió, de improviso, carta de Sylvie invitándola a un nuevo encuentro *avec nos jeunes amis de l'autre jour*[1].Su primer impulso fue rechazar la invitación. Estaba acostumbrada desde hacía algún tiempo a pasar todas las noches en casa con su hijo. Pero cuando Sylvie repitió personalmente la invitación, Teresa se dejó convencer, y pasó con ella, su rubio amigo y Richard, una noche que comenzó de un modo inocente, siguió cada vez más tormentosa y acabó desenfrenadamente. Cuando cerca de la madrugada volvió a casa, le pareció una inesperada, inmerecida suerte hallar a su hijo durmiendo tranquilo en su cama. Pese a tenerle tan poco que reprochar a Richard

1 Con nuestros jóvenes amigos del otro día. (*En francés en el original*).

como él a ella, tenía el firme propósito de no volver a verlo jamás.

Las invitaciones a casa de su hermano se repetían de tiempo en tiempo, y pronto volvió a encontrarse allí Teresa con el profesor, que ahora comenzaba a emplear con ella un tono de galantería torpona, y no cedía el privilegio de acompañarla al anochecer en el bastante largo camino hasta su casa. Pocos días más tarde su hermano le reveló que el profesor se interesaba vivamente por ella, que se le declararía formalmente con probabilidad en la primera ocasión, y le dio el consejo fraternal de que no rechazara esa propuesta, aunque de momento se encontrara ligada por cualquier otra relación.

–Yo no tengo ningún compromiso –repuso Teresa en tono duro y cortante.

Karl pareció no querer notar su tono y se expresó con palabras de seco reconocimiento acerca del valor de su correligionario, quien gozaba de gran renombre entre sus superiores, y en el curso de los próximos años probablemente sería ascendido a director de Instituto en alguna ciudad importante de provincias.

–Y para considerarlo todo –añadió con una mirada oblicua–, eso en lo que estás pensando ahora no tiene por qué ser un obstáculo.

A Teresa le subió la sangre a la cara.

–Tú nunca te has preocupado de mis pensamientos, y tampoco ahora deberían tener interés alguno para ti.

Él hizo de nuevo como que no notaba el tono de rechazo, y continuó hablando inmutable.

–Podría presentarse la cosa como si ya hubieras estado casada. Supongamos que en realidad lo has estado, y luego resultó que ese matrimonio era nulo. Cosas tales suceden. Tú, por así decirlo, no tienes culpa en ello. –La miraba de frente.

Teresa se negó: –Yo puedo responder ante cualquiera de mis actos, y no negaré a mi hijo. No lo habría hecho tampoco ante ti. Pero, ¿acaso me has preguntado nada alguna vez?...

–Te exaltas sin motivo. Precisamente para que no tengas que negar nada se me ocurrió eso del matrimonio nulo. Más bien deberías agradecérmelo. –Y anticipándose a una impulsiva objeción de ella–: Para nuestra madre también sería una tranquilidad que tú tuvieras al fin una posición segura.

Y de repente pensó Teresa: ¿Por qué no? El hombre que su hermano le proponía le era indiferente, pero no le resultaba precisamente desagradable. ¿Acaso no le debía a su hijo el no dejar pasar una tal oportunidad sin sacar provecho de ella? Su hermano comenzó a explicarle las ventajas de semejante enlace: a ella misma la posición de su marido le vendría bien para su profesión, que no necesitaba abandonar de ninguna manera, al contrario, precisamente un maestro, un profesor, sería el mejor esposo para ella y fortalecería su posición.

Entró su cuñada con el niño en brazos. Teresa le tomó entre los suyos, recordando las primeras semanas de vida de su propio hijo, las escasas horas que lo había tenido, para estrecharle así, como ahora al niño de su hermano, contra el pecho. Y se le ocurrió que tal vez ahora, dentro de un nuevo matrimonio de verdad, podría volver a tener un hijo y vivir una felicidad que le había sido vedada con Franz. Pero enseguida ese pensamiento le pareció una injusticia, una infidelidad hacia su hijo. Y las injusticias de toda clase que había cometido con él en el transcurso de los años, con o sin culpa, volvieron a su memoria. Las lágrimas anegaron sus ojos mientras tenía aún al hijo de su hermano en brazos; se sintió incapaz de continuar la conversación, y se despidió llena de la confusión más dolorosa.

La casualidad quiso que pocos días después encontrara a Richard. Con su vestimenta de civil le pareció, al mismo tiempo, elegante y descuidado. El cuello de terciopelo negro del lujoso abrigo estaba algo raído, y en parte resquebrajado el charol de sus finos zapatos. Tenía el monóculo inmóvil en el ojo. Le besó la mano y le preguntó, casi sin más preámbulos, si quería pasar con él esa noche. Ella rehusó. Él no insistió de ninguna manera, limitándose a darle, por si acaso, la dirección de sus padres, con quienes vivía, y adonde ella le escribió al día siguiente. Fue una entrevista extraña, y Teresa no comprendió en realidad por qué había insistido él en llevarla al reservado de un elegante restaurante, puesto que se comportó completamente moderado, rozando apenas su mano. Pero así le gustó mucho más. Habló mucho de sí mismo. Con su familia, contó, no se llevaba bien. Su padre, un abogado de renombre, estaba entonces, como de costumbre, muy descontento de él, "y en realidad tiene razón"...; con su madre no se había entendido nunca y en el transcurso de la conversación la calificó de boba, lo cual asustó a Teresa. Ahora tenía que hacer su tercera reválida, y se preguntaba para qué.

Él no llegaría jamás a ser abogado o juez. Ni nada que valiera la pena. Puesto que no servía para nada, y en el fondo nada de este mundo le alegraba. Ella encontró que tales observaciones estaban en franca contradicción con su personalidad de otras veces. Si a uno todo el mundo le es tan indiferente, ¿cómo puede, por ejemplo, conceder tanto valor, como él confesaba, al matiz del color de una corbata? Él la contempló casi compasivo, cosa que la hirió, y sintió el ferviente deseo de convencerle de cuán capaz era de comprender también tales aparentes contradicciones. Pero no encontró las palabras adecuadas. Después de la cena, apenas estuvieron juntos una hora; la llevó de vuelta a su casa en un coche abierto. Él le besó muy gentilmente la mano y ella pensó que ya no volvería a verlo.

Pero a los pocos días recibió una carta suya. Su deseo de volver a estar con ella la alegró más de lo que había esperado. Feliz, acudió a su llamada. Esta vez él era otro, contento, exuberante casi, y le pareció como si entonces comenzara a ocuparse de ella, de su ser humano, de su existencia exterior. Tuvo que contarle muchas cosas suyas, hablarle de su juventud, de sus padres, de su seductor, de sus otros amantes. Y en esa hora también habló de su hijo, de sus deberes para con él, confesando que había descuidado esos deberes muchas veces. Casi enojado, él se encogió de hombros. No existían esos deberes –dijo–; nadie debía nada a nadie; los hijos, nada a los padres, y los padres, nada a los hijos tampoco. Todo mentira, toda la gente era egoísta, sólo que no querían confesárselo. Además, tal vez esto la interesaría: ayer había ganado en las carreras una suma importante, veía eso como una señal del destino y tenía la intención de continuar probando suerte. El próximo invierno pensaba marchar a Montecarlo, ya había meditado un sistema para saltar la banca. Era lo único que valía la pena de desear en el mundo: tener dinero, poder reírse de la gente. Que ella se fuera con él a Montecarlo. Allí podría abrirse camino, no como maestra, naturalmente. A pesar de sus protestas y de sus reconvenciones aquellas manifestaciones contenían un raro atractivo para ella. Y esa noche se sintió muy feliz con él.

Ante ese recuerdo, una carta de Alfred que recibió a la mañana siguiente le pareció terriblemente aburrida y vacía. Le hablaba de la probable propuesta que le haría el profesor, y Alfred le aconsejaba que meditara bien el asunto; pero se veía claramente a través de sus palabras que la boda de Teresa, que a él lo liberaba de cualquier responsabilidad, no le resultaba desagradable de ninguna manera. Ella le contestó fríamente, malhumorada, casi con ironía.

73

Con Franz las cosas iban bastante bien. Al volver a casa solía encontrarlo inclinado sobre sus libros y cuadernos, notándosele ya muy poco su mala educación anterior; si algunas veces empleaba un tono un poco impertinente con su madre o se propasaba en su lenguaje, en su comportamiento, era suficiente una advertencia de su parte para hacerle ver que no tenía razón. Por eso se vio lo más desagradablemente sorprendida cuando al final del semestre trajo a casa una nota pésima, junto con la acusación de una gran cantidad de clases perdidas. En el colegio se enteró aterrada de que durante los últimos meses había asistido a clase sólo rara vez, y el celador le mostró justificantes que llevaban su firma. Teresa se guardó mucho de confesar que eran falsificadas, afirmando más bien que el niño había estado muchas veces enfermo en el transcurso de ese año; ella le haría recuperar el tiempo perdido; había que tener paciencia con él. Ya en casa empezó a interrogarle; primero se mostró tozudo, luego replicó atrevido y al fin salió corriendo de la habitación y de la casa. Volvió a aparecer a una hora avanzada de la noche. Se acostó de inmediato en el diván de la sala que al mismo tiempo le servía de cama, y su madre se sentó a su lado instándole a que le dijera dónde había estado; él no contestó, la miró de soslayo y se volvió hacia la pared; sólo un momento la rozó una mirada malévola, una mirada en la cual Teresa no reconoció solamente tozudez, falta de comprensión y de amor, sino también amargura, burla, y hasta un oculto reproche, que tal vez se contenía de exteriorizar por una última consideración. Bajo esa mirada desagradable surgió ante ella, lejana, confusa, un recuerdo que trató de borrar, pero que sin embargo se erguía cada vez más cercano y más vívido ante sí. Por primera vez después de largo tiempo pensó en la noche en que lo había dado a luz, la noche en que había creído muerto a su niño recién nacido, en que lo había deseado muerto, ¿deseado?... ¿Sólo deseado? El corazón se le paralizó de miedo sólo de pensar que el muchacho, que se había vuelto hoscamente cubriéndose la cara con la mano, podía darse la vuelta y dirigirle su mirada sapiente, llena de odio, mortal. Se levantó, permaneció allí un rato temblando, con la respiración contenida, y luego se fue de puntillas a su habitación. Ahora sabía que aquel niño, aquel chico de doce años, no vivía sólo como un extraño, sino como un enemigo junto a ella. Y al mismo tiempo nunca había sentido un dolor tan profundo pensando cuánto, cuán desdichadamente y sin esperanza de verse correspondida amaba a aquel niño. No debía darlo por perdido. Todo lo que había dejado de hacer, su ligereza, su injusticia, su culpa, todo eso tenía que repararlo, y para ello debía estar dispuesta a cualquier penitencia, a sacrificios de cualquier índole, más difíciles que cuantos había hecho hasta el presente. Y si se le ofrecía una oportunidad de rodear a su hijo de circunstancias más favorables de las que hasta entonces le habían sido concedidas, la posibilidad de colocarle bajo cuidado y vigilancia paternales, no debía vacilar en aceptar esa oportunidad. ¿Era el sacrificio en realidad tan grande? ¿No podría una boda, a fin de cuentas, significar su propia salvación?

Cuando el profesor Wilnus, en el siguiente encuentro con ella en casa de su hermano, donde les habían dejado expresamente solos a ambos después del almuerzo, le dirigió la pregunta de si quería convertirse en su esposa, ella vaciló primero y, con una mirada firme que encontró la de él, preguntó:

–¿Me conoce usted suficientemente bien? ¿Sabe usted con quién se quiere casar?

Cuando él por toda réplica tomó torpemente su mano, acompañando ese gesto con una perpleja inclinación de cabeza, ella la retiró y dijo:– ¿Sabe usted que yo tengo un hijo, un hijo de casi trece años, bastante malo? Y pese a lo que le hayan contado, yo no he estado casada nunca...

El profesor frunció la frente, enrojeció como si hubiera acabado de escuchar una historia indecente, pero se recobró de inmediato:– Su hermano me había contado, no con detalles, pero..., pero yo había supuesto algo parecido... –y comenzó a dar vueltas por la habitación, con las manos a la espalda. Luego se detuvo ante ella, y de una manera sosegada, como si en su ir y venir hubiera estudiado un pequeño discurso, la encaró enseguida con una acabada proposición. De ningún modo, por la existencia de ese niño, debía arruinarse el porvenir de ellos.

–¿En qué forma piensa usted arreglar eso?

Había matrimonios sin hijos que nada deseaban más ardientemente que adoptar un niño, y si con cautela... Ella lo interrumpió violentamente, con ojos centelleantes:

–Jamás me separaré de mi hijo.

El profesor calló, meditó, y a los pocos segundos, con una voz clara y al mismo tiempo ennoblecida, observó que ante todo deseaba conocer al niño. Luego podrían conversar sobre lo demás. Su primer impulso fue rehusar bruscamente, no aceptar ninguna clase de condiciones. Pero vinieron oportunamente a su memoria las decisiones recién tomadas y se declaró dispuesta a recibir al profesor a la tarde siguiente en su casa.

Había conseguido retener en casa a Franz, quien, como de costumbre, había querido largarse a esa hora. El profesor apareció no sin turbación, que conseguía ocultar a duras penas bajo un comportamiento alegre, mundano por así decir. Franz contemplaba al visitante con evidente desconfianza. Y cuando éste de pronto exteriorizó el sorprendente deseo de echar un vistazo a los cuadernos escolares de Franz, costó algún trabajo vencer la resistencia del muchacho. Lo que por fin se ofreció a los ojos del profesor Wilnus no era precisamente agradable. Pero se contentó con exteriorizar su desagrado en forma de condescendiente humorismo. Luego trató de asegurarse de la cultura del niño a través de preguntas de toda clase sobre el estado de sus conocimientos; tuvo que ayudarle continuamente en las contestaciones, poniéndoselas casi a flor de labios; se comportó en todo momento como un maestro preocupado, por algún motivo, en no dejar fracasar a un alumno malo en un examen. Lo que peor le pareció fue el lenguaje de Franz, que calificó como una mescolanza fatal de dialecto aldeano y jerga de los suburbios. Mientras el profesor aludía a ciertas relaciones que él tenía, indicando la posibilidad de colocar al niño en el colegio superior de una fundación austriaca, Franz desapareció inesperadamente de la habitación, y su madre supo que no regresaría pronto. Le disculpó ante el profesor: las noches hermosas solía pasear un poco al aire libre con sus compañeros de colegio. El profesor más bien parecía alegrarse de estar a solas con Teresa. De la fundación ella no quiso saber nada, y ante una nueva insinuación del profesor cautelosamente exteriorizada de buscar padres adoptivos para el niño, Teresa respondió con decisión que no se separaría en ninguna circunstancia de su hijo. El profesor se mostró condescendiente, sus ojos comenzaron a relampaguear, se arrimó a Teresa, e intentó ser más osado, mientras a cada instante que pasaba a ella le parecía más ridículo y repelente. Dudaba si no debía señalarle la puerta de una vez por todas, cuando llamaron y, con extrañeza de Teresa, entró Sylvie, que hacía muchas semanas que no se había dejado ver; hizo una rápida presentación, el profesor expresó su esperanza de volver a vez a Teresa el próximo domingo en casa de su hermano, y se fue.

Sylvie estaba pálida y nerviosa. Rápidamente le preguntó a Teresa si no había leído aún los diarios.

–¿Qué ha ocurrido? –preguntó Teresa.

–Richard se ha suicidado –replicó Sylvie.

–¡Por Dios! –exclamó Teresa, y desamparadamente apoyó sus manos sobre los hombros de Sylvie. Hacía mucho tiempo que no había visto a Richard. Y Sylvie, con la mirada baja, confesó que ella había estado con él con más frecuencia. Teresa no experimentó ninguna clase de celos, pero tampoco verdadero dolor. De pronto ella fue la superior. Ella era la que tenía que consolar a la amiga. Le acarició el cabello, las mejillas; nunca hasta ahora se había sentido tan hermanada con ella. Y Sylvie le contó. La cosa había sido ese mismo día, en horas de la mañana. La noche la había pasado con ella. Precisamente esta vez había estado muy bien, la había acompañado en un coche hasta la puerta de su casa, le había dicho adiós desde el coche con la mano y luego se había ido al Prater y se había pegado un tiro dentro del coche. Hacía largo tiempo que ella venía venir esto.

–¿Deudas? –preguntó Teresa.

No. Precisamente en los últimos tiempos había ganado siempre en las carreras. Pero estaba asqueado de la vida. De la gente más bien. De todos, casi. A ella, a Teresa, la había querido mucho –dijo Sylvie–. Mucho,

mucho más que a mí. ¿Sabes por qué no quiso volverte a ver?

Teresa asió exaltada la mano de Sylvie, y la miró a los ojos, inquisitiva.

"Es demasiado buena para mí". Ésas habían sido sus palabras: *"trop bonne"*. Y las dos lloraron.

Dos días después, en los funerales, ambas estaban en la iglesia. Al terminar la ceremonia, la fila de enlutados pasó frente a Teresa, que lejos, atrás, estaba sentada en el extremo de un banco. La madre de Richard, una mujer delgada, pálida, en cuyos rasgos cerrados y altaneros creyó Teresa encontrar algo de las facciones de Richard, la rozó tan de cerca, que ella se apartó instintivamente. En ese mismo momento, aquello le resultó penoso; Sylvie asió impulsivamente su brazo. La comitiva fúnebre pasaba ante ella; Teresa vio caras conocidas entre ellos; por ejemplo, el director del banco en cuya casa había estado últimamente, quien la miró sin reconocerla en la penumbra de la iglesia, y también un joven que cierta vez había sido amante suyo: el de la cabeza rizada. Haciendo como que lloraba, ocultó su rostro con el pañuelo. Siguió al féretro con la mirada cuando lo sacaron afuera, a través del pórtico de la iglesia, donde una luz veraniega azul oscura lo recibió. A su memoria volvió aquella noche pasada en las florestas del Danubio, dentro de pocos días haría dos años. ¿Demasiado buena para él?, pensó. ¿Por qué? ¡Como si ella fuera ni buena ni mala para nadie! Oyó cómo el carro fúnebre, fuera, se ponía en marcha. El portón de la iglesia se cerró lentamente, flotaba en derredor un aroma de incienso. Sylvie tenía la cabeza apoyada sobre el reclinatorio y sollozaba quedamente. Teresa se levantó con sigilo y se marchó sola. Un cálido día de verano la acogió afuera. Debía regresar pronto a casa; a las cinco la esperaban sus alumnas para la clase.

74

Durante algún tiempo vivió completa y exclusivamente para su profesión, en la cual no sólo había adelantado y seguía adelantando debido a su práctica continuada, sino también por lo que trabajaba en sus horas libres, de modo que se convirtió en una profesora talentosa y buscada. Daba clases sólo a muchachitas, a quienes preparaba para sus exámenes. A dos muchachos que lo habían pretendido tuvo que rechazarlos porque al parecer tenían otros fines que los de perfeccionarse en el francés y el inglés. A una carta del profesor Wilnus con el ruego de que le permitiera volver a visitarla, había respondido con una rotunda negativa. No lo lamentó un solo instante, a pesar de que algunas veces le parecía que debía estarle agradecida, puesto que desde su visita había tenido lugar una beneficiosa transformación, que hasta entonces duraba, en el comportamiento de Franz: parecía asistir con regularidad al colegio, según pudo comprobar Teresa por una información casual...; dónde y con quién pasaba tantas horas fuera de casa, no se atrevió a averiguarlo, por supuesto.

De su hermano no supo nada, y estaba convencida de que había tomado a mal su desaire al profesor. También la madre estaba alejada de ella, y se hubiera quedado enteramente sola, si no hubiera sido por Sylvie, que venía a visitarla algunas tardes. Richard desapareció con extraña rapidez de sus conversaciones, pero compartieron toda clase de otros recuerdos de tiempos pasados, Teresa más con alusiones, Sylvie con relatos a veces harto vívidos. Y si bien los hombres que ambas mujeres habían encontrado en el curso de su existencia no salían muy lucidos, las dos confortaban sus cansados corazones con el recuerdo de la juventud pasada. Sylvie tenía la intención de regresar cuanto antes a su patria, en el sur de Francia, que no había visto desde hacía casi veinte años. Qué haría allí, cómo se mantendría –pues había podido ahorrar muy poco–, no lo sabía aún, pero su nostalgia del hogar había tomado un carácter casi morboso. A esa criatura siempre alegre, le corrían las lágrimas por las mejillas cuando hablaba de su ciudad natal; y Teresa notaba en esos momentos cuán marchitas, cuán viejas se habían vuelto las facciones de Sylvie y se asustaba. Pero volvía a tranquilizarse con la idea de que ella era siete u ocho años menor.

En esa época de su vida una iglesia que solía visitar a menudo volvió a ser para ella un refugio bienhechor, y pedía o deseaba con anhelo seguir conformándose con su destino, que Franz no le produjera demasiados pesares, y sobre todo que la pasión nunca volviera a perturbar el tranquilo transcurso de su existencia y a apesadumbrarla en lo íntimo.

En aquel verano se le presentó la oportunidad de preparar, una alumna de diez años, hija menor de un conocido actor, para el examen de ingreso al Liceo, y con ese motivo la llevaron a un lago del Salzkammergut[1]. Su obligación consistía casi exclusivamente en dar clases diariamente a la pequeña, generalmente en el jardín. Una hija mayor, de dieciocho años ya, estaba enamorada de un joven que venía de visita a menudo. Un primo hacía la corte a la dueña de casa, aún bonita; el esposo ponía su atención en una amiga de su hija de apenas dieciséis años, una muchacha bastante pervertida a la que, por así decirlo, perseguía. Para Teresa era extraño observar cómo padre, madre, hija, cada uno por su lado, apenas notaban nada o al menos parecían tomar como enteramente inocente lo que los

1 Región montañosa austriaca abundante en lagos y salinas.

demás sentían o padecían. Teresa, con los ojos tan aguzados a través de tantas experiencias, contemplaba aquel juego de pasiones sin estar afectada ella misma, y apenas la conmovían más que a una espectadora en el teatro; estaba sobre todo muy contenta de haber concluido interior y exteriormente con todas aquellas cosas del corazón. Parecía en realidad que todo transcurría en forma inocente; pero al final tuvo, sin embargo, la sensación de que alguna víctima iba a caer. La hija de la casa intentó suicidarse, y entonces fue como si todos despertaran a la vez de un sueño peligroso. Sin llegar a explicaciones penosas, se disolvieron todas aquellas relaciones que se habían entablado solamente a favor de los aires de verano, diluyéndose en la nada; antes de lo que se habían propuesto dejaron el chalet, toda la familia viajó hacia el sur, y Teresa regresó más pronto de lo que pensaba.

A su hijo lo había confiado entretanto al cuidado de una vecina, viuda de un empleado, persona bondadosa y bastante simple, madre de un niño de ocho años. Si no quiso decir nada directamente desventajoso sobre Franz, no pudo callar tampoco que a veces durante días enteros no le había visto el pelo. Teresa le llamó a capítulo; él mintió de una manera tan burda que Teresa no pudo creer ya ni siquiera lo verosímil. Frente a sus reproches se mostró más insolente que de costumbre, pero no fueron tanto sus palabras como su expresión y su mirada lo que asustó a Teresa en lo más hondo. No había en él rasgos de niño..., un rostro infantil...; era un muchacho precoz, pervertido, malvado, quien la miraba a la cara con insolencia. Cuando Teresa comenzó por fin a hablar del colegio, le declaró, burlón, que no pensaba continuar asistiendo, que tenía en perspectiva otras cosas más interesantes; luego profirió las palabras más viles contra sus maestros, y una expresión particularmente grosera hirió tanto a Teresa que no pudo contenerse y le dio un bofetón. Franz, con el semblante desfigurado, levantó el brazo; Teresa no logró esquivar el golpe, y el puño crispado de él cayó sobre sus labios, que comenzaron a sangrar. Sin preocuparse más de ella corrió cerrando la puerta trás de sí. Teresa quedó desazonada, desesperada, pero ya no tenía más lágrimas.

Esa misma noche, después de largo tiempo, le volvió a escribir a Alfred. La respuesta llegó al día subsiguiente; Alfred le aconsejaba mandar al muchacho a algún lugar de la provincia como aprendiz, mandadero o lo que fuese; ella había cumplido plenamente sus deberes, no debía pues tener escrúpulos, lo más importante era que se librara al fin de angustias y preocupaciones. ¿Angustia? –se preguntó–; la palabra la extrañó primero, pero sintió enseguida que era la adecuada. En otro párrafo Alfred le comunicaba que se había comprometido con la hija de un profesor de la Universidad de Tubinga: entre Navidad y Año Nuevo regresaría probablemente con su joven esposa a Viena. Jamás olvidaría, sin embargo, lo que Teresa había significado para él, lo que le debía, y podía contar con él, en cualquier contingencia de la vida, como su mejor amigo. Un gusto amargo subió a sus labios temblorosos, pero tampoco ahora lloró.

Al domingo siguiente estaba invitada a almorzar en casa de su hermano. Como no debía temer encontrar allí a su pretendiente rechazado, aceptó la invitación. Karl la recibió con exagerada amabilidad y pronto se dio cuenta de que él no tenía nada en contra de su desaire al profesor: éste había mostrado ser persona bastante inconstante y por motivos oportunistas había pasado del campo nacionalista alemán al social-cristiano, y había presentado su candidatura para concejal con grandes perspectivas de éxito. Karl empezó a hablar luego de su madre, que según dijo le ocasionaba serias preocupaciones. ¿Qué hacía la anciana –se preguntaba– con su dinero y qué haría de él en el futuro? Fácil resultaba calcular que ya debía haber ahorrado una bonita suma. Los hijos sin duda alguna tenían el deber, especialmente él, Karl, como padre de familia, de preocuparse de eso. ¿Y si Teresa, que como hija independiente podría intentarlo mejor que nadie, sacara la conversación sobre el espinoso tema, y en esa ocasión sugiriera a la madre que él, Karl, estaba dispuesto a llevar a la anciana a su casa, donde lógicamente podría vivir más barato que en una pensión? A pesar de que el modo de tratar Karl esa cuestión le resultaba bastante repugnante, Teresa consintió en hablar con su madre en el sentido deseado, pero no pensó cumplir su promesa por el momento.

Una noche se encontró en el centro con Agnes. Teresa no la reconoció de inmediato. Tenía un aspecto llamativo, casi sospechoso, y a Teresa le resultaba violento estar parada con ella en la calle. Agnes le contó que desde hacía algún tiempo no estaba "sirviendo", sino que trabajaba en una perfumería como vendedora. Teresa le preguntó por los ancianos Leutner y Agnes repuso que iba muy pocas veces a Enzbach; su padre había muerto el verano pasado. Luego le dio un saludo para Franz, y se despidió.

Pocos días después, sin haber sido invitada, se presentó en casa de Teresa. Franz, con quien Teresa no había cruzado palabra desde que había levantado la mano contra ella, y que ahora sólo venía a casa, retrasado siempre, a las horas de comer, por una rara casualidad se hallaba en casa; saludó a Agnes no sin cierta turbación, que sin embargo desapareció rápidamente ante la naturalidad de ella; y pronto, reparando apenas en la presencia de Teresa, empezaron a charlar como camaradas en una especie de jerga callejera que Teresa apenas podía seguir. Intercambiaron recuerdos de Enzbach, con ocultas alusiones, de las que con razón podían pensar que serían incomprensibles para Teresa. En ocasiones, sin embargo, con su desvergonzada mirada oblicua, Agnes le sonreía a Teresa, y podía leerse claramente en esa mirada: –¿Tú crees que te pertenece a ti? ¡Pues me pertenece a mí!

Por fin sacudió la mano de Teresa en una forma brutalmente amistosa, y Franz, sin decir palabra a su madre, salió con ella. ¡Qué aspecto tenía con su traje barato, ya no de corte infantil, pantalón de grandes cuadros, chaqueta corta, pañuelo de ribete rojo, cuán pálido y disipado, y pese a ello no mal parecido! ¿Un niño? No, eso en realidad ya no lo era. Parecía que tuviera dieciséis o diecisiete años. ¿Un mozalbete...? La palabra no le cuadraba bien. Otro calificativo acudía a su mente, pero lo rechazó enseguida. Su pecho se alzaba y se hundía cargado de lágrimas no vertidas.

75

Pocos días después Franz enfermó con síntomas generales graves. El médico diagnosticó una meningitis, y a la tercera visita pareció querer dar por perdido al enfermo. Teresa mandó a buscar a su hermano con una carta implorante. Éste vino, meneó preocupado la cabeza, y ordenó medicamentos internos y externos, que realmente parecieron quebrar la magnitud de la enfermedad ya después de unas horas. Volvió los días siguientes, y pronto estuvo Franz fuera de peligro. Karl prohibió cualquier muestra de agradecimiento. A Teresa le resultó sorprendente y maravilloso cómo Franz daba muestras de cambiar en aquel tiempo de recuperación paulatina. Cuando ella estaba sentada junto a su cama, él gustaba de mantener su mano en la suya, sentía la presión de sus dedos como una súplica de perdón, como una promesa. A ratos le leía. La escuchaba con miradas cargadas de agradecimiento, y hasta infantiles. Le parecía que mostraba cierto interés por algunos temas, sobre todo por historias de la vida animal, viajes y descubrimientos, y se propuso tan pronto como fuera posible conversar con él en serio acerca del porvenir. Llegó a soñar que podría seguir estudiando, llegar a ser maestro, o quizá doctor. Pero aún no se atrevía a hablarle de tales proyectos.

Sin embargo, el engaño no duró mucho tiempo, y pronto comprendió que aquel cambio de Franz había sido una imaginación suya. Cuanto más decididamente se reponía Franz, tanto más rápidamente volvía a convertirse en el que había sido antes. La mirada ingenuamente agradecida desapareció de sus ojos, su modo de hablar recuperó el tono, y su voz, el acento de antes de su enfermedad, que Teresa conocía tan bien. Al comienzo todavía se contenía un tanto; todavía contestaba a su madre, pero sus contestaciones se volvían cada vez más impacientes, descontentas y bruscas. Apenas le permitieron dejar la cama, no fue posible retenerlo en casa. Y pronto llegó una noche, y no fue ésa la última, en que Franz no regresó hasta la madrugada.

Teresa no preguntaba ya, pasaba por todo, estaba cansada. Había horas en las cuales, sin experimentar dolor alguno, sentía llegado el fin de su vida. Apenas tenía treinta y tres años, pero cuando se miraba al espejo, sobre todo por la mañana después de despertar, veía que aparentaba muchos más de los que tenía. Mientras duraba su cansancio aceptaba aquello con calma. Pero cuando volvió la primavera, y se sintió más fresca, se rebeló sin saber realmente contra qué. Las clases comenzaron a causarle un penoso aburrimiento. Ocurría que, frente a sus alumnas, cosa que hasta ahora nunca había acontecido, mostraba impaciencia, incluso hosquedad. Se sentía sola, pero nunca se encontraba peor que cuando Franz estaba en casa, lo que enseguida le parecía un agravio en contra de él. Le hubiera agradado mucho hablar con Sylvie, pero ésta había cambiado de empleo, estaba con una familia en el campo, y no era posible comunicarse con ella. Para liberarse del sentimiento, en ocasiones insoportable, de abandono visitaba algunas veces la casa de su hermano, cosa que, como ella misma notó, éste no recibió sin asombro, y en todo caso, no con alegría. Con tanta mayor cordialidad la acogía su cuñada, ahora que esperaba su segundo hijo. Una que otra vez Teresa se sinceró con ella, confesándole algunas cosas, y se sintió conmovida al encontrar en ella una comprensión, una reciprocidad que no hubiera esperado. Era como si el embarazo no solamente la hiciera más blanda, sino también más inteligente de lo que por naturaleza era. Pero apenas hubo dado a luz el niño cuando cayó nuevamente en su letargo y estrechez de horizontes de antes, y fue como si no supiera nada de los secretos de cierta índole que su cuñada le había confiado. En el fondo, Teresa estaba contenta de eso.

76

Al comienzo del invierno se encontró a Alfred casualmente en la ciudad. Su última carta no había tenido respuesta. Él le aseguró no haberla recibido jamás. Un poco frío y no por completo desenvuelto al principio, pronto volvió a estar más cordial que nunca. La manera en que hablaba de su joven esposa no permitía deducir una pasión especial de su parte. Teresa se la imaginó inmediatamente como una menesterosa, pálida provinciana alemana, a cuyo lado seguramente muchas veces él sentiría nostalgia de ella, de Teresa. Le gustó más que nunca. También su apariencia exterior parecía más cuidada que antes. No concretaron nada cuando se despidieron uno del otro, pero allí estaba él de nuevo, y ahora dependía de ella volverlo a ver cuando quisiera. Soñó con un nuevo enamoramiento y fue feliz. Comenzó a tener un aspecto más fresco y juvenil. Un joven, casi un muchacho aún, que una vez había ido a buscar a su hermana en la clase de Teresa, se enamoró de ella. Un día apareció por la mañana temprano para llevarle un encargo de su hermana. Su timidez la divirtió; le salió un poco al encuentro. Él se mostró tan tímido como era, apenas comprendió su sonrisa, su mirada..., y cuando se hubo ido, ella se avergonzó de sí misma, y desde entonces se mostró enteramente adusta con él.

Otro día llamaron a Teresa del colegio y se enteró que desde hacía muchas semanas Franz no iba por allí. No le produjo especial sorpresa. Cuando en casa le interrogó, él le comunicó su decisión de enrolarse como marinero en un barco. Teresa recordó que anteriormente ya había manifestado una intención parecida, y que en su conversación con Agnes, en la cual ella había estado presente, habían rozado ligeramente esa cuestión. Pero ahora parecía ser un asunto serio. Teresa no tenía nada que objetar, examinó ese plan con él a fondo y, cosa que no ocurría desde hacía mucho tiempo, hablaron sensata y casi amistosamente los dos, no como enemigos obligados a vivir bajo el mismo techo. Pero en los días sucesivos no se aludió más al proyecto. Teresa no se atrevió a volver sobre ello, como si temiera escuchar alguna vez el reproche de que ella misma lo había echado a rodar por el mundo.

Un muchacho muy alto, al parecer dependiente de una fiambrería, se había presentado a veces últimamente en la casa a buscar a Franz para ir al teatro, pues, según decía, le regalaban las entradas. Después del teatro Franz solía pasar la noche en casa de su amigo, al menos eso le decía a su madre. Una vez ocurrió que no fue a casa durante todo un día. Con un miedo repentino, del cual en realidad ya había comenzado a desacostumbrarse, corrió a casa de los padres de su amigo y supo que aquél tampoco estaba en casa. Aquella misma noche Teresa recibió una citación de la policía. Franz había sido atrapado, en compañía de algunos otros muchachos y jovencitas menores de edad, pertenecientes a una banda juvenil de ladrones. Franz, el único que no había cumplido aún los dieciséis años, fue entregado a su madre para que le castigara en casa. El comisario le hizo pasar, y apeló a su conciencia, en forma indiferente, con un discurso aprendido de memoria, con la esperanza de que esa experiencia le sirviera de enseñanza y que de ahora en adelante continuara siendo un muchacho decente. Teresa se fue a casa con su hijo en silencio. Sirvió la cena como de costumbre. Por fin se decidió a hacerle preguntas. Contestó al principio de una manera extrañamente retorcida, como una defensa estudiada para responder ante el tribunal. De hacerle caso, todo aquello no había sido más que una broma. En realidad tampoco habían hurtado nada. Cuando Teresa trató de hablarle a la conciencia no pareció tan reservado como de costumbre, como si aquella obligada confesión en presencia de su madre le hubiera hecho fácil una franqueza para la cual hasta entonces no hubiera tenido valor aún. Habló de los amigos y amigas con quienes solía reunirse de noche, y al principio realmente parecía que sólo se entregaban a juegos infantiles. Dio nombres que no era posible que fuesen verdaderos; eran, como él confesó, apodos de extraño sonido y sentido ambiguo. Poco a poco parecía olvidar que era su madre la que estaba sentada frente a él. Así, contó de noches en el Prater durante el verano pasado, donde todos juntos, muchachos y muchachas, habían dormido en el bosque, y sólo cuando tropezó con la mirada aterrada de su madre, se rió breve y atrevidamente y se calló. Ella se dio cuenta entonces de que esa franqueza repentina lo había apartado de ella más definitiva e insalvablemente que todo cuanto había ocurrido antes.

77

No volvió a preguntar nada más; sin resistencia alguna, dejó que él pasara todas las noches fuera de casa y no regresara hasta la madrugada. No obstante, una vez que se había hecho de día sin que él hubiera regresado, se sintió presa de un miedo inexplicable, lleno de presentimientos. No dudaba de que lo habían sorprendido de nuevo en un mal juego, y que esa vez no escaparía tan fácilmente como la primera. Cuando por fin lo vio ante sí, se desahogó en una forma muy agria, precisamente porque su aprensión había sido vana. Él la dejó hablar un rato, apenas replicó, y hasta se rió de sus palabras, como si le divirtiera su ira. Teresa, cada vez más enfurecida, se soltó a decir cosas agrias. Hasta que, repentinamente, él le gritó una palabra a la cara que ella al principio creyó haber entendido mal. Con los ojos muy abiertos, casi extraviados, le contempló, pero él repitió el insulto, y continuó hablando.

–Y una puta, ¿qué tiene que decirme a mí? ¿Qué te has creído tú? –La lengua se le había soltado. Continuó hablando, se desvergonzó, se burló, la amenazó, mientras ella escuchaba como si estuviera petrificada. Era la primera vez que le echaba en cara la mancha de su nacimiento. Pero no le hablaba como a una desdichada a quien un amante había abandonado, sino como a una mujerzuela que había tenido mala suerte y no sabía quién era el padre de su hijo. No eran tampoco los reproches de un hijo que se siente perjudicado por su ilegítimo nacimiento, en peligro o acaso avergonzado, eran palabras e insultos groseros como los que los chicos y los mozalbetes desvergonzados de la calle suelen gritar a las prostitutas. También se dio cuenta de que a pesar de toda su perversión apenas comprendía en lo profundo de su alma lo que decía. Se expresaba según era usual en su círculo; ella no se sentía ni ofendida ni lastimada; era solamente el pavor ante una inmensa, nunca presentida soledad, en la cual resonaba desde una lejanía infinita la voz de un ser inexplicablemente extraño, que era una persona como ella y a quien ella había parido.

Esa misma noche le escribió a Alfred que precisaba hablarle urgentemente. Transcurrieron algunos días antes de que él la invitara a su casa. Estuvo amable, pero algo frío, y su mirada crítica despertó en ella la necesidad de asegurarse si en su vestimenta, o en su aspecto, había algo mal. Mientras hablaba del motivo de su visita y en una forma poco hábil, apenas coherente, le contaba las últimas cosas de Franz, buscaba incesantemente, cohibida, su imagen en el espejo de la pared de enfrente, sin conseguirla al principio. Cuando hubo terminado, Alfred permaneció un rato en silencio y luego manifestó su opinión, una especie de discurso sobre el caso, del cual Teresa no sacó mucho en limpio. Tampoco era la primera vez que oía la palabra "*moral insanity*". Él concluyó confesando que no podía aconsejarla nada mejor de lo que ya le había dicho: sacar al muchacho de la casa; tratar quizá de que se trasladara a otra ciudad antes de que ocurriera algo irreparable.

Teresa, moviéndose inquieta en su sillón, había encontrado entretanto su rostro en el espejo, y se asustó. Por supuesto, la luz no le daba bien, pero que el vidrio hiciera lo hermoso feo y lo joven viejo, no era de creer; y vio, creyó descubrir irrevocablemente en aquel espejo extraño, desacostumbrado, que con sus treinta y cuatro años estaba marchita, envejecida, pálida como una mujer de más de cuarenta. Bueno; desde luego, en las últimas semanas había adelgazado bastante, y además su ropa le favorecía poco, el sombrero en particular le iba mal a su cara. Pero incluso teniendo todo eso en cuenta, el rostro que la miraba desde el espejo era una triste sorpresa para ella. Cuando Alfred terminó su discurso, se percató de repente que en los últimos momentos apenas lo había escuchado. Se puso en pie y se sintió obligado a añadir algunas palabras de consuelo; aventuró la posibilidad de que en cierto punto la edad del crecimiento tuviera culpa de aquel desagradable comportamiento de Franz, y sobre todo previno a Teresa contra los autorreproches hacia los que era muy inclinada, y para los que no existía en realidad ningún fundamento. A eso ella replicó con vivacidad. ¿Cómo? ¿No tenía motivos para hacerse reproches? ¿Quién, entonces, sino ella? Jamás había sido una verdadera madre para Franz; siempre, sólo un par de días o semanas, por rachas, por decirlo así, se había conducido con él maternalmente. En general había estado ocupada en sus propios asuntos, en su profesión, en sus preocupaciones, y –sí, ¿por qué negarlo?– en sus historias de amor. ¡Cuántas veces había pensado en el niño como en una carga!; sí, así era, como en una desdicha casi, ya de antiguo, mucho antes de haber tenido conocimiento alguno de su "*moral insanity*". Ya en la época en que él era un niñito inocente, y aun antes de que hubiera venido al mundo no había querido saber nada de él. La noche en que lo había dado a luz había esperado, deseado, que no naciera vivo.

Hubiera querido decir más aún, más verdades, pero en el último momento se contuvo por temor de que una más extensa confesión la apartara del amigo, o de mostrarse, por así decirlo, entregada a él, y no solamente a él. Se calló. Alfred, no obstante, si bien puso sobre su hombro una mano consoladoramente bondadoso, no pudo evitar que viese cómo, con la otra, extraía el reloj del bolsillo de su chaleco; y cuando Teresa se levantaba con cierta precipitación al notarlo, observó como disculpándose que, por desgracia, tenía que estar en la clínica antes de las seis. Teresa no debía, sin embargo, decidir nada antes de haber hablado de nuevo con él. Y –aunque no había sido su primera intención llegar tan lejos– le propuso que viniera pronto con Franz a la hora de la consulta, o mejor aún, él mismo la visitaría aquellos días, quizá el domingo a la hora del almuerzo, para hablar con Franz y obtener así una impresión clara y personal.

Teresa no comprendió por qué ese ofrecimiento tan natural de su amante de antaño, del amigo, del médico, le produjo el efecto de que le hubiera tendido una mano salvadora. Se lo agradeció de todo corazón.

78

La anunciada visita de Alfred no tuvo lugar, pues a la mañana siguiente Franz había desaparecido de casa de su madre sin dejar siquiera una palabra de explicación. El primer impulso de Teresa fue acudir a la policía. Pero lo descartó por temor a que las autoridades pudieran considerar la desaparición de Franz como una especie de huida, y precisamente a raíz de una denuncia pudieran ser puestos prematuramente sobre su pista. Volvió a comunicarse con Alfred, quien primero pareció molestarse cuando ella lo llamó, aunque luego le dio a entender que no encontraba nada de terrible en aquel nuevo giro, y que hacía muy bien en no intentar dar ningún paso, y en dejar que las cosas siguieran su curso. Su indiferencia lastimó a Teresa, y casi no se pudo ocultar que la conducta de Alfred le dolía más que la huida de Franz. Pronto, por supuesto, vinieron horas de dolor, de desesperación; en noches de insomnio experimentaba una insospechada nostalgia por el desaparecido y pensaba en publicar un anuncio en los periódicos al estilo de los que ya había leído algunas veces: "Vuelve, todo perdonado". Pero cuando llegaba la mañana, juzgaba inútil semejante proceder. No hizo nada de eso, y apenas unas semanas después se dio cuenta de que no vivía más contenta, pero sí más tranquila que en el tiempo en que aún tenía a su hijo consigo.

En la vecindad contó que Franz había aceptado un empleo en una pequeña ciudad austriaca. La creyeran o no, nadie se preocupaba mayormente de los asuntos de familia de la señorita Fabiani.

Su actividad profesional, que durante un cierto tiempo había ejecutado rutinaria y casi maquinalmente, sin participación interior, comenzó a procurarle de nuevo alguna satisfacción. No solamente daba clases individuales, sino que también llegó a poder organizar cursos para jovencitas más o menos del mismo grado.

Por lo demás, vivía completamente retraída; ni su madre, ni su hermano se ocupaban de ella, y tampoco Alfred daba señales de vida. Salía lo menos posible de casa, y supo arreglarse en forma tal que era raro que tuviera que salir a dar clases fuera de sus cuatro paredes. Raramente tomaba interés personal por ninguna de sus alumnas, o se excedía en la duración de las clases, y a veces se acordaba casi con nostalgia de tiempos pasados, cuando, como institutriz, estaba naturalmente más cerca de sus alumnos, siquiera fuera por la convivencia en la misma casa, de lo que estaba hoy; ligada a algunos con todo su corazón, y casi sintiendo lo que una madre por ellos.

Una vez, sin embargo, unos cuantos meses después de que Franz hubiera dejado la casa, ocurrió que una de las niñas que seguían un curso dejó de asistir unos cuantos días, y se sintió más conmovida por la falta de aquella niña de dieciséis años que nunca en semejante caso. Cuando una carta del padre justificó la ausencia de su hija por una inflamación febril de garganta, Teresa sintió una inquietud casi incomprensible para sí misma, a la que no quería ceder. Cuando por fin después de haber transcurrido apenas una semana, Thilda volvió a aparecer, Teresa sintió cómo su propio semblante se arrebolaba de alegría y sus ojos comenzaban a centellear. No se hubiera percatado ella misma de eso, si, como en respuesta, no hubiera visto dibujada en los labios de Thilda una singular sonrisa, amable desde luego, pero al mismo tiempo algo altanera, y hasta burlona. En este instante supo Teresa que amaba a aquella niña, que la amaba en cierto modo desdichadamente. Supo también que aquella chica de dieciséis años –y no sólo merced a más favorables condiciones externas de vida– pertenecía a una especie de seres distintos de ella, a los inteligentes, fríos, reservados, a los cuales jamás les podía ocurrir nada serio o difícil, porque están alerta, y saben tomar de cualquiera que se les aproxima y cae bajo su influencia, en su círculo hechizante, lo que les es necesario, o tan sólo lo que les divierte. El momento en que Thilda, después de una ausencia de ocho días, entró en la habitación, con unos minutos de retraso como de costumbre, y, saludando con gracia, acercó inmediatamente su silla a la mesa junto a las otras cinco participantes del curso, e impidió a Teresa con un casi imperceptible ademán mundano que interrumpiera la lección por ella..., ese instante fue uno de aquellos en que penetraba una luz en el alma en penumbra de Teresa y aclaró de una vez por todas la relación de sentimientos entre ella y Thilda.

Finalizada la clase se produjo con toda naturalidad que Thilda quedara a solas con la profesora, y se entablara una conversación cuyo punto de partida fue la enfermedad reciente. Al comienzo –así confesó Thilda–, la cosa había tenido un aspecto bastante serio, y hasta habían llegado a tomar una enfermera.

–¿Cómo?, ¿una enfermera?

Pues sí, la madre no vivía en Viena. ¿Cómo?, ¿la señorita Fabiani no lo sabía? Desde luego, sus padres estaban divorciados, la madre ya hacía años que residía en Italia, porque no soportaba el clima de Viena. El verano pasado, hasta muy entrado el otoño, lo había pasado con su madre en un balneario italiano. Thilda no nombró el lugar; le gustaba ser superficial, y Teresa comprendió que una pregunta acerca de la situación del balneario sería impropia e indiscreta. La enfermera se había portado muy amable y atenta con ella, pero al cuarto día la "habían" despedido, gracias a Dios. Y había sido como una liberación para ella estar en la cama sola y sin que la molestaran, leyendo un hermoso libro.

¿Qué libro? –estuvo a punto de preguntar Teresa; pero se guardó de hacerlo–. ¿Así que vive usted completamente sola con su señor papá? –preguntó.

Thilda sonrió un poco y en su respuesta habló, recalcándolo, no de su papá, sino de su padre. Y al hablar de él se puso un poco más animada que de costumbre. ¡Oh, se vivía muy bien sola con él! Después de que la madre "se hubiera ido de viaje", Thilda tuvo durante un tiempo una institutriz, pero resultó que sin institutriz también marchaban las cosas, y aun mejor. Hasta el año anterior había asistido a un liceo, ahora tomaba en casa clases de piano y hasta de armonía, con la maestra de inglés solía salir de paseo en ocasiones, y –una sombra de envidia pasó por la fisonomía de Teresa– dos veces por semana asistía a conferencias sobre historia del arte con unas amigas. Rectificó enseguida: con unas conocidas, pues "amigas" en realidad no tenía. Con su padre solía emprender los domingos pequeñas excursiones, también iba a los conciertos con ella, en realidad sólo por complacerla, pues personalmente él no tenía oído para la música. Entonces inclinó muy levemente la cabeza –Teresa no comprendió de inmediato que ese debía ser un gesto de despedida–, y después de un muy ligero apretón de manos, Thilda salió.

Teresa quedó sumida en una especie de confusión. Algo nuevo había entrado en su vida. Se sentía mayor y menor: maternalmente mayor y fraternalmente más joven al mismo tiempo.

Se guardó mucho de demostrar ante las otras chicas y también ante Thilda que su vínculo con ella era diferente que con las demás; y comprendió que Thilda se lo agradecía. La recompensa no se hizo esperar mucho tiempo: un día después de finalizar el curso Thilda, en nombre de su padre, invitó a Teresa a almorzar en su casa el domingo siguiente. Teresa se sonrojó de alegría. Thilda le hizo el favor de no notarlo. Tardó más tiempo que de costumbre en recoger sus cuadernos y sus libros, y luego, tomando el abrigo, habló de una novela de Bulwer, autor que Teresa le había recomendado, pero que le había decepcionado ligeramente; por fin, con expresión de contento en la cara, se volvió de nuevo hacia Teresa:

–Así que mañana a la una, ¿verdad? –y se marchó.

79

La vieja casa bien cuidada, y, según podía advertirse, recién restaurada, sita en una calle lateral del barrio de Mariahilfe, pertenecía a la familia Wohlschein desde hacía casi cien años. En la parte de dentro se encontraba la fábrica de artículos de cuero y de fantasía; en la planta baja del edificio anterior estaba la tienda. Había otra más grande y vistosa en el centro, pero los antiguos clientes preferían hacer sus compras en la casa tradicional. La vivienda estaba en el primer piso. El salón al cual hicieron pasar a Teresa era cómodo y estaba amueblado un poco a la antigua, con pesados cortinajes verde oscuro y muebles tapizados de igual color. El comedor, cuya puerta de comunicación estaba abierta, era por el contrario claro y moderno. Thilda salió, alegre, al encuentro de su visitante y dijo:

–Mi padre también está ya en casa, podemos sentarnos a la mesa enseguida.

Llevaba un vestido de paño azul con cuello de seda blanca, los cabellos castaños le caían esparcidos sobre los hombros, mientras que Teresa la había visto siempre con una trenza recogida. Tenía un aspecto más juvenil e infantil que de costumbre. Era un oscuro día de invierno; en la maciza lámpara de bronce que había sobre la mesa ardían las velas.

–¿A que no se figura usted dónde hemos estado hoy mi padre y yo? –dijo Thilda–. En el Parque Dornbach, sobre el Hamau. Hemos salido a las siete y media.

–¿No había un poco de niebla?

–No, no era tanta, y hacia el mediodía casi aclaró. Tuvimos una hermosa perspectiva sobre el valle del Danubio.

El señor Sigmund Wohlschein entró en la habitación. Era un caballero un poco corpulento y, a pesar de su ligera calvicie y sienes grises, aún de aspecto juvenil, con la cara llena, grueso, de bigote oscuro y tupido y ojos grandes, no claros pero amables.

–Me alegro de verla entre nosotros, señorita Fabiani. Thilda me ha hablado mucho de usted. Discúlpeme que me presente vestido de *sport*.

Hablaba con una voz de chocante profundidad, levemente teñida de acento vienés; llevaba un elegante traje de *sport* y, no obstante las verdes polainas, zapatillas de charol negro. Una criada ya no joven trajo la sopa. El propio señor Wohlschein la sirvió, y lo mismo hizo con los platos siguientes. Era un almuerzo burgués dominguero, bien preparado, con un ligero vino de Burdeos como bebida. La conversación recayó sobre los bosques de Viena, cuyos encantos otoñales ponderó el señor Wohlschein, luego pasó a otros lugares montañosos y colinas famosas por las cuales había vagado como apasionado alpinista. Teresa, contestando a amables preguntas, habló de su juventud, de Salzburgo, de su finado padre, el teniente coronel, y de su madre, la escritora cuyo nombre parecía enteramente desconocido en esa casa; también hizo una pasajera mención de su hermano, sin recalcar que llevaba un nombre distinto al suyo; de su hijo, naturalmente, no dijo una palabra, a pesar de que podía imaginarse que su existencia no era desconocida para Thilda, lo mismo que para las demás alumnas, pues podían haberlo visto antes, cuando vivía con la madre. Nunca su existencia, su relación con ella, le había parecido tan irreal como en aquel momento. El señor Wohlschein se retiró después del almuerzo, pero Thilda llevó a Teresa a su clara habitación de niña, donde había una reducida pero bien seleccionada biblioteca, y hojeó con ella las ilustraciones de una obra de historia del arte. Al contemplar el *Barberino* Thilda le preguntó a Teresa si conocía el original: estaba expuesto allí, en el Museo de Arte Histórico; Teresa tuvo que confesar que no lo había pisado desde que hacía mucho tiempo estuviera allí con una alumna suya.

–Hay que volver a ir –dijo Thilda.

El señor Wohlschein apareció más tarde en traje de calle, con un cuello alto algo estrecho y un abrigo de piel, besó a su hija en la frente y dijo que se iba a un café cercano a jugar una partida de *tarok*, pero que estaría de vuelta para cenar a las ocho de la noche.

–Y tú –se volvió a Thilda como disculpándose–, ¿qué planes tienes?

–Puedes quedarte fuera más tiempo, si quieres –repuso ella sonriendo condescendiente–. Yo tengo que escribir unas cartas.

¿Cartas? –pensó Teresa–. Probablemente para su madre, que vive en el extranjero–. De seguro el señor Wohlschein tuvo el mismo pensamiento, pues calló un momento y su bondadosa frente se frunció un poco. Luego se despidió amablemente de Teresa, sin exteriorizar el deseo de volver a verla. Poco después que él se hubo marchado también Teresa creyó llegado el momento de despedirse, y Thilda no la detuvo.

Así se cumplió su entrada en aquella casa; con intervalos de dos o tres semanas siguieron otras invitaciones para almuerzos domingueros, en los cuales a veces había también otros invitados: la hermana viuda del señor de la casa, una señora muy charlatana de mediana edad quien, a pesar de su alegre temperamento, gustaba de relatar, una y otra vez, con tristes movimientos de cabeza, serias enfermedades de sus amistades; el modesto y callado procurador de la firma Wohlschein, ya de alguna edad; una amiga mayor de Thilda, alumna de Bellas Artes, que hablaba en forma risueña y, con frecuencia, maliciosa de sus profesores y compañeras; pero todos ellos, lo mismo que otros invitados ocasionales, quedaron muy borrosos en el recuerdo de Teresa, y hasta los había olvidado a todos ya antes de salir por las puertas, pues era como si la proximidad de Thilda, aunque apenas participara en la conversación, oscureciese a todos los demás. Teresa no podía evitar el percibir de continuo su inteligencia, su superioridad y, en cierto modo, también su lejanía.

Y esa lejanía subsistió. Siempre, y no sólo en las horas de clase sino también en las conversaciones que las seguían, o en la habitación de Thilda, y también en el museo que visitó con ella por primera vez durante los días de Navidad, se convenció Teresa de esa algo dolorosa lejanía, y le parecía a veces como si tuviera que envidiar a la rubia mujer de Palma Vecchio, el Maximiliano de Rubens y algunas otras de aquellas apartadas imágenes, a las que Thilda parecía entregarse más libremente, con más confianza y mayor intimidad que a Teresa y quizá a todos los demás seres vivos.

80

Una tarde –estaba a punto de salir de casa– cuando llamaron a la puerta. Era Franz quien estaba afuera, cubierto de nieve, sin abrigo de invierno, pero con un traje aparentemente nuevo de elegante corte suburbano. El pañuelo de ribete rojo le salía, como de costumbre, del bolsillo de la chaqueta. Sin embargo, el que tenía ante sí era muy diferente del que había visto por última vez hacía un año. No era, en absoluto, ya un chico, sino un joven, aunque no de la mejor especie: la cara pálida, el pelo engominado peinado a raya, un proyecto de bigote bajo la nariz chata, los ojos inseguros y punzantes: una aparición algo sospechosa.

–Buenas noches, madre –dijo con una desafiante y estúpida sonrisa.

Ella lo miró con los ojos muy abiertos, pero no asustados. Se sacudió la nieve de la ropa y los zapatos, y con una cortesía torpe, como si pisara en casa extraña, siguió a su madre. Sobre la mesa quedaba todavía un resto de la cena. Su mirada, ansiosa casi, cayó sobre un plato con queso y manteca. Teresa cortó un pedazo de pan, señaló la comida, y dijo:

–Sírvete.

–Sí, el frío da apetito –comentó él; untó la manteca sobre el pan y comió.

–Así que estás de vuelta –dijo Teresa después de un rato, y sintió que había palidecido.

–No para siempre –contestó Franz con la boca llena y apresuradamente, como si quisiera tranquilizarla–. ¿Sabes, madre? Me he enfermado en el viaje.

–En el viaje a América –completó Teresa inconmovible.

Sin prestar atención a eso, Franz siguió hablando:

–En realidad no fue más que un pie lastimado, pero... el dinero tampoco alcanzó, y mi amigo, el que estaba conmigo, me dejó plantado. Después uno me dijo que hay que tener una cédula de identidad para el barco. Con el tiempo, ya me la procuraré. Pero por el momento pensé: "Lo mejor será que te vuelvas para casa".

–¿Hace cuánto que estás de nuevo aquí?

–No tuve que regresar desde muy lejos –replicó él, elusivo, con su risa desafiante. Luego contó que también había "trabajado" como camarero suplente, los domingos y días feriados, en una hostería. Y según afirmó, tenía en perspectiva, para dentro de poco tiempo, un empleo fijo de camarero. Hacía tiempo que hubiera podido tener ese empleo de no ser porque carecía de muchas cosas necesarias, ante todo de camisas; también sus zapatos estaban en malas condiciones. Le enseñó a su madre el par que llevaba puesto: unas delgadas botas de charol con las suelas completamente desgastadas. Teresa se limitó a asentir. Ella misma no sabía si la reacción que experimentaba era compasión, o miedo de que el muchacho volviera a depender de su bolsillo.

–¿Dónde te alojas? –le preguntó.

–Ah, alojamiento no me falta. Sin techo, gracias a Dios, no estoy. Uno siempre tiene amigos.

–Puedes vivir aquí, Franz –dijo ella. Pero apenas lo hubo pronunciado, ya lo lamentó.

Él meneó la cabeza. –No es mi lugar –dijo secamente–. Pero si tú me dejas dormir aquí esta noche, no diría que no. Estoy lejos, y estos zapatos en la nevada...

Teresa se levantó, pero vaciló enseguida. Hubiera querido sacar del ropero algunos de los pocos billetes de banco que guardaba allí, pero le pareció que eso sería muy poco prudente. Dijo, pues: –Te haré la cama sobre el diván, y... tal vez podamos encontrar unos cuantos *gulden* para que te compres un par de zapatos.

Franz arrugó la frente y asintió sin agradecer. –Se devolverá, madre. Te lo prometo. A más tardar, tres semanas.

–Yo no pido ninguna devolución.

Franz encendió un cigarrillo y miró fijamente al espacio. –¿No tienes una botella de cerveza en casa, madre?

Ella meneó la cabeza.

–¿Un ron, quizá?

–Te prepararé un té.

–Ah, té, no, el ron solo calienta más. Yo sé donde lo tienes guardado–. Se levantó y fue a la cocina.

Teresa tendió las sábanas sobre el diván. Fuera, oía los movimientos de Franz. ¿Mi hijo?, se preguntó ella con un estremecimiento. Mientras Franz estaba todavía afuera, sacó rápidamente un billete de cinco *gulden* de su armario, pero cuando lo volvía a cerrar, Franz, que había entrado a hurtadillas estaba ya detrás de ella con la botella de ron en la mano. Hizo como que no había visto nada. Ella conservó el billete oculto en el hueco de la mano y así lo mantuvo hasta que terminó de hacer la cama. Él llenó con el ron un vaso de agua casi hasta la mitad y se lo llevó a los labios.

–¡Franz! –exclamó ella.

Él bebió y se encogió de hombros. –Cuando uno tiene frío... –dijo. Se quitó y arrojó chaqueta, cuello y chaleco. Tenía sólo una camiseta rota, sin camisa; se tendió sobre el diván y se cubrió con la manta.

–Buenas noches, madre –dijo.

Ella estaba inmóvil, muda; él se volvió hacia la pared y se durmió enseguida. Entonces ella tomó otro billete de cinco *gulden* del armario y puso ambos sobre la mesa. Luego se sentó un momento, con la cabeza apoyada entre las manos. Por fin apagó la luz y se fue a su dormitorio; no se desnudó del todo, se acostó, intentó dormir, pero no pudo. Poco después de medianoche volvió a levantarse, se deslizó de puntillas hasta la habitación contigua. Franz respiraba tranquilo. Debió recordar cómo en tiempos pasados había velado a veces su sueño de niño; también hoy estaba tendido allí como solía acostarse de niño: la manta cubriéndole la barbilla, y como estaba oscuro, no vio en su imaginación su cara de hoy sino una de un tiempo ya pasado. Sí, también él había tenido una vez cara de niño, también había sido niño una vez, y todavía hoy... Oh, de seguro su aspecto sería distinto, si ella no le hubiera matado una vez.

Involuntariamente, como desde una cegada profundidad, esa palabra había aflorado a su conciencia, pese a que ella hubiera querido expresar algo enteramente diferente: si me hubiese podido ocupar algo más de él –eso era lo que hubiera querido pensar–, entonces habría tenido otro aspecto. Si yo hubiera sido otra madre, mi hijo habría sido otra persona. Se estremeció hasta lo más hondo de su alma. Suavemente, casi sin tocarle, acarició su cabello engominado y peinado a raya. –Lo conservaré a mi lado –dijo para sí–. Mañana por la mañana hablaré con él otra vez. Luego volvió a la cama y entonces se durmió de verdad.

Cuando, a las siete de la mañana, despertó y entró en la habitación de al lado, la manta arrugada estaba en el suelo, la botella de ron casi tres cuartos vacía, y Franz se había marchado.

81

No dijo a nadie una palabra de aquella visita, y más pronto de lo que había pensado se convirtió en un pálido recuerdo. También la circunstancia de que apenas ocho días después una mujer de edad, mal vestida, con un pañuelo a la cabeza, le entregara una carta de Franz que solamente decía lo siguiente: "Ayúdame otra vez, madre. Preciso urgentemente veinte *gulden*", la conmovió muy poco. Sin esquela ninguna, le envió la mitad de la suma pedida, lo que, por supuesto, ya significaba un sacrificio para ella.

Poco después, muy inesperadamente, apareció su cuñada. Estaba amable pero algo turbada. Hubiera venido hacía tiempo, pero la casa y los dos niños le tomaban todo el tiempo, y si venía hoy..., se interrumpió, y le dio a Teresa una carta. Eran unas cuantas líneas de Franz, escritas con garabatos infantiles y mala ortografía: "Muy estimada señora Faber. En un momentáneo apuro me permito dirigirme a usted. Si su gracia quisiera tener la bondad, puesto que mi madre de momento no puede ayudarme, de facilitarme la pequeña cantidad de once *gulden* para la urgente adquisición de un par de zapatos. Su seguro servidor Franz Fabiani".

–Espero que no le hayas mandado nada –dijo Teresa duramente.

–Yo no habría podido; debo rendir cuentas exactas. Pero quiero rogarte que le digas que, por Dios, no lo vuelva a intentar... Si mi esposo descubre una de esas cartas..., también es por ti.

Teresa frunció el entrecejo. –Hace mucho que Franz no vive conmigo; yo no sé nada de él. Hice lo que pude. Hace un par de días le envié algo, lo que me fue posible, ¿tú no creerás que yo lo he animado a eso?..., ni siquiera sé donde vive–. Y de repente rompió a llorar.

La cuñada suspiró. Cada uno tenía su cruz. Y como si sólo hubiera esperado una oportunidad para aliviar su corazón, continuó hablando. A ella tampoco le iba mejor. Si no tuviera los hijos... El tercero ya estaba en camino. Una preocupación más..., ojalá también una dicha más; falta le hacía.

–Tú puedes imaginártelo, Karl no es hombre fácil–. Solamente se preocupaba de su partido y sus reuniones, casi ninguna noche estaba en casa, el consultorio naturalmente se resentía por eso. Se quejó amargamente de su poca amabilidad, de su dureza, de su iracundia.

Aún tenía lágrimas en los ojos cuando se marchó; tuvo que marcharse, porque en ese momento llegaron dos alumnas a las clases. Thilda era una de ellas. Su mirada se posó, inquisitiva, no sin compasión, sobre Teresa, de manera que aquélla casi se vio obligada a una aclaración. Y observó:

–Era la mujer de mi hermano.

–*My brother's wife* –tradujo Thilda fríamente. Desempaquetó sus cuadernos y libros, y su interés por los asuntos de familia de Teresa se agotó ahí.

82

En las siguientes semanas no hubo ni mención de paseos en común ni visitas a museos. Tampoco Thilda se quedaba después de finalizada la lección con su maestra, como hacía antes tan a menudo. Sin embargo, un día, ya hacia la primavera, invitó de pronto a Teresa para el domingo a mediodía. Teresa respiró, aliviada, pues había temido, Dios sabía por qué, haber producido desagrado en la casa de Wohlschein. Además había sido sorprendida precisamente ayer con una nueva demanda de dinero por parte de su hijo, traída por aquella mujer de mal aspecto, de pañuelo a la cabeza...; se había puesto muy inquieta. Le había enviado cinco *gulden,* y había aprovechado la oportunidad para advertirle con toda severidad que jamás volviera a dirigirse a su hermano. "¿Por qué no buscas empleo afuera –le escribió luego– si aquí no lo encuentras? Yo no estoy en condiciones de ayudarte". Apenas había salido esa carta, ya lo lamentaba, con la sensación de que era peligroso irritar a Franz. Ahora que de nuevo Thilda se mostraba amable con ella, se sintió más fuerte, como armada contra cualquier mal que pudiera amenazarla.

Thilda estaba sola. Con extraordinaria cordialidad saludó a la maestra y dio curso a su alegría diciendo que la encontraba de mejor aspecto que la vez pasada. Y como en respuesta a la mirada inquisitiva de Teresa, observó breve y algo afectadamente:

–Siempre ocurre igual. Las visitas de familia rara vez traen nada agradable, se las espere o no.

–Pues, por suerte, yo recibo pocas, ni esperadas ni inesperadas–. Y habló de su manera retirada, casi solitaria, de vivir. Desde que su hijo había encontrado un empleo "fuera"... Su cara se tiñó de rojo oscuro, y Thilda simuló hacer algo junto a la biblioteca. No veía a nadie más de su familia; su madre estaba por completo absorbida en sus escritos, el hermano tenía su profesión y mucho que hacer además con la política, y su cuñada estaba enteramente entregada a sus preocupaciones de la casa y los niños.

Sin transición observó Thilda: –¿Sabe usted, señorita Fabiani, lo que ha dicho mi padre el otro día? Pero no vaya usted a enojarse.

–¿Enojarme? –repitió Teresa, algo extrañada.

Y Thilda añadió rápidamente:

–Mi padre encuentra... ¿cómo dijo?..., que usted no sabe sacar bastante provecho de sí misma. –Y ante la mirada inquisitiva de Teresa, añadió: –Él cree que una maestra tan superior tendría derecho, y hasta obligación, de pedir honorarios más elevados.

Teresa rechazó aquello.

–Por Dios, Thilda; a la mayoría ya les resulta demasiado. Soy solamente una profesora particular, no tengo certificados, nunca estuve empleada oficialmente.

Y le contó lo pronto que había necesitado sostenerse por sí misma, cómo jamás había logrado recuperar lo perdido... Verdad que, quizá, hasta un cierto punto la culpa había sido suya, pero de cualquier modo ahora ya era demasiado tarde para empezar de nuevo.

–Ay, Dios; nunca es demasiado tarde –observó Thilda. Y otra vez sin transición dirigió a Teresa la pregunta de si podía pedirle un favor. No sabía bien cuándo era su santo.

–Nosotros no los tenemos–. Por eso le pedía encarecidamente a la señorita Fabiani que aceptase hoy un regalo atrasado por su santo; y antes de que Teresa pudiera contestar nada, Thilda había desaparecido en la habitación contigua. Volvió con un abrigo de tela inglesa sobre el brazo, pidió a la señorita Fabiani que hiciera el favor de levantarse, y le ayudó a ponérselo. El abrigo le caía como hecho a medida, pero si necesitaba un arreglo, la casa donde estaba comprado se haría cargo de ello.

–¿Por qué hace usted esto? –dijo Teresa. Estaba de pie ante el gran espejo de la habitación de Thilda, contemplándose. Realmente, era un abrigo de buen gusto, que le sentaba muy bien, y ella tenía el aspecto de una señora todavía bastante joven, de círculos acomodados.

–Perfecto –dijo Thilda, y le entregó a Teresa un pequeño paquete de papel de seda. –Esto va junto–. Eran tres pares de guantes: blancos, gris oscuros y marrones, de la mejor calidad de Suecia. –Seis y tres cuartos. ¿Es su talla?

Mientras Teresa se estaba probando un guante, entró el señor Wohlschein.

–La felicito, señorita Fabiani –dijo.

–¿Por qué, señor Wohlschein?

–Está usted de cumpleaños, me dijo Thilda.

–¡Pero no! Ni cumpleaños ni santo... Yo realmente no sé...

–Pues hoy se celebra –declaró Thilda– y basta.

El almuerzo transcurrió en el mejor espíritu; tenían también un borgoña blanco; bebieron a la salud de Teresa, y Teresa se sentía como si en realidad fuera su cumpleaños. Para el café apareció la hermana del señor Wohlschein, y más tarde un amigo de negocios, un tal señor Verkade, de Holanda, no muy joven ya, sin barba, de cabellos oscuros, las sienes grises y ojos muy claros bajo las cejas negras. Se habló de Java, donde el señor Verkade había vivido durante años; de viajes por barco, de vapores de lujo, noches de baile en el mar, del progreso de los transportes en todo el mundo y de determinados atrasos de Austria. La hermana del señor Wohlschein tomó la defensa de su patria. El señor Verkade, naturalmente, no pretendía tener formada opinión sobre la situación de aquí y con habilidad llevó la conversación a un terreno más inofensivo: funciones de ópera, cantantes célebres, conciertos y cosas por el estilo, dirigiéndose algunas veces con marcada amabilidad a Teresa.

¡Cuántas veces había asistido ya a conversaciones de esta índole antaño, aunque casi nunca había tomado parte en ellas con el mismo derecho que los demás! Descubrió hoy que también en ciertos momentos hubiera deseado decir una palabra, pero no se atrevía. En alguna oportunidad, sin embargo –nadie, salvo Teresa notó la intención– Thilda la mezcló en la conversación; poco a poco –también el vino podría tener un poco de culpa– desapareció la turbación de Teresa, habló libremente y con vivacidad, como hacía tiempo no lo había hecho, y notó a veces la mirada algo extrañada, pero muy benévola, del dueño de la casa dirigida a ella.

83

El domingo siguiente sucedió por fin algo que ya había sido planeado con anterioridad, pero que aún no se había llevado a cabo: una pequeña excursión con Thilda y su padre, a la cual se agregó también un matrimonio que encontraron casualmente en el tranvía. Era un hermoso día de primavera; en una hostería del bosque se sentaron a tomar un bocado, y Teresa notó que era la misma donde hacía tantos años había parado con Casimiro. ¿No estaría sentada en la misma mesa, tal vez en la misma silla que entonces? ¿No eran los mismos niños que antaño los que corrían por la pradera..., como era el mismo cielo, el mismo paisaje y el mismo susurro de voces? ¿No estaban sentadas en la mesa de al lado las mismas gentes con quienes, en aquel entonces, su acompañante entabló conversación con bastante desagrado por su parte? En aquel mismo instante cayó en la cuenta de que el hombre ahora recordado era el padre de su hijo; y otra cosa más, misteriosamente olvidada desde ese día por la mañana, le vino a las mientes: que aquel niño, que su hijo Franz, de nuevo se había hecho presente anoche de la manera más desagradable. Le había enviado una carta: necesitaba doscientos *gulden*. Con esa suma estaría salvado, más aún, con ella podría dar una base a su existencia. "No me dejes en la estacada, madre, te lo imploro". No había sido la anciana del pañuelo quien le trajo la carta, sino un muchacho de aspecto macilento, mal trajeado, que se había introducido en la habitación cerrando la puerta tras de sí con mirada atrevida, y sin hablar una palabra le había entregado la carta; era como si Franz se hubiera propuesto meterle miedo a su madre con la aparición de aquel mensajero. Le envió treinta *gulden,* lo que le resultó bastante difícil. ¿Cómo podía continuar aquello? ¡Ah, si se hubiera ido en aquel entonces a América! ¡Si al menos tuviera bastante dinero para pagarle el pasaje! ¿Pero quién garantizaba que realmente se embarcaría y se marcharía? De pronto, como en un cuadro, lo vio ante sí: sobre la cubierta de un barco de carga, con traje raído, zapatos rotos, sin abrigo, el cuello levantado, en medio de la tormenta y la lluvia. Y en aquel mismo instante apareció de nuevo aquella sensación de culpa que la dominaba constantemente, aunque sólo fuera por minutos, y que cuando se esfumaba la dejaba como suspendida en el vacío, a la deriva, como si todo cuanto vivía no fuera real, sino un sueño.

–Se le enfría la sopa, señorita Fabiani –dijo Thilda.

Teresa levantó la vista y enseguida recordó dónde estaba. Los otros apenas habían notado su abstracción; comían, charlaban, reían, y también Teresa respiró de nuevo libremente; le encontró gusto a la comida, se animó con el aire, el paisaje, las gentes, la primavera y el humor dominguero que la circundaba. El matrimonio amigo se despidió; querían seguir adelante hasta unas colinas cercanas. Los demás emprendieron el regreso. En un lugar despejado y hermoso, con amplias vistas sobre el Danubio y su valle, hicieron un alto. El señor Wohlschein se recostó sobre la pradera y se durmió, Teresa y Thilda se echaron a cierta distancia y comenzaron a charlar. Teresa era la que hablaba. Se le ocurrían hoy tantas cosas de tiempos pasados; muchas personas en quienes hacía tiempo no pensaba, a quienes creía haber olvidado, familias con las que había vivido, padres, madres, los niños que había educado o al menos instruido, indiferentes unos y otros demasiado queridos...; era como si estuviera hojeando un álbum de fotografías, pasando algunas rápidamente y deteniéndose más tiempo, casi conmovida, a mirar otras, era triste al mismo tiempo que tranquilizador pensar que de todos esos niños, para alguno de los cuales había sido como una madre, ninguno se acordaba de ella hoy ni quizá sabían de su actual existencia. Atenta, las manos sobre las rodillas, ora con ojos de niña curiosa, ora seria y conmovida, escuchaba Thilda, y ante su atención surgieron en Teresa las imágenes del recuerdo con más vida de la que entonces habían poseído. Y le agradeció a Thilda que su vida tan pobre se hubiera enriquecido durante una hora de primavera.

El señor Wohlschein miró en dirección adonde estaban ellas, se levantó, se acercó y les preguntó si tenían todavía que contarse muchas cosas interesantes. Teresa y Thilda se levantaron también, sacudieron las hierbas y el polvo de sus faldas, y los tres volvieron a descender. Thilda se colgó confiadamente del brazo de Teresa; a veces tomaban ellas la delantera y el señor Wohlschein las seguía con la chaqueta sobre los hombros. Era el mismo camino que Teresa había bajado hacía muchos años con Casimiro Tobisch..., en los primeros días en que llevaba un niño bajo el corazón.

Mucho antes de que oscureciera, Wohlschein y Thilda se despidieron de Teresa ante la casa de ésta. Doblemente sola se sintió aquella noche de fiesta en su hogar, donde el calor de la naciente primavera no había hallado entrada todavía, y pronto la vida fue tan pobre como antes.

84

Transcurrió una semana, y aun más, durante la cual Thilda no se mostró con Teresa más confiada que las otras alumnas, y después de las clases parecía tener siempre mucha prisa, hasta que un día, también inesperadamente, le trajo una invitación de su padre para la ópera. Significaba una fiesta para Teresa, después de tantos años, volver a encontrarse en aquel suntuoso ambiente, y además al lado de Thilda, casi como una hermana mayor, asistiendo a la representación de *Lohengrin*, y apenas hubiera sido necesario el magnífico acompañamiento de la orquesta y los cantantes para hacerla feliz. También el señor Verkade estaba invitado al palco, y después cenaron todos juntos en un distinguido hotel-restaurante, donde Teresa, con su atavío algo pobre para la ocasión, naturalmente no se podía sentir ya como la hermana mayor de Thilda, y mucho menos aun por cuanto el holandés sólo conversaba con Thilda, mientras que el siempre conversador Wohlschein se mostraba notablemente parco. Teresa, sin saber bien por qué, se imaginó que preocupaciones de negocios eran la causa, pero tal posibilidad no la sorprendió desagradablemente. Muy al contrario, continuó hilvanando ese pensamiento hasta llegar a la imaginaria conclusión de que la vieja fábrica había llegado a la ruina, Wohlschein había perdido su fortuna y Thilda ya no era una damita rica, sino una chica pobre que tenía que ganarse su pan, con lo que estaría infinitamente más cerca de ella, de Teresa, que ahora.

Pero la verdadera causa del mal humor de Wohlschein, o lo que Teresa había tomado por mal humor, se le aclaró pocos días más tarde, cuando Thilda le anunció, en tono ligero, que se había comprometido con el señor Verkade. El casamiento debería celebrarse a fines del otoño, y como futuro lugar de residencia para la pareja había sido elegido Amsterdam, hacia donde el señor Verkade había salido el día antes por cierto tiempo. Mientras Thilda se lo contaba, en el rostro de Teresa había sólo una sonrisa helada; podía tomarse también como un gesto de felicitación, que Teresa no era capaz de formular con palabras.

No comprendía cómo Wohlschein había dado su consentimiento a ese matrimonio; le llamó débil para sus adentros, sin sentimientos, intentó incluso achacarle motivos bajos, como por ejemplo que la firma pasaba dificultades financieras y Wohlschein habría buscado ese compromiso rufianesco para salvarse a sí mismo y a la fábrica. No podía creer que Thilda, una niña casi, amara a aquel hombre que le llevaba veinte o veinticinco años y no era especialmente interesante ni apenas guapo. Se inclinaba a contemplar a esa criatura divina como una víctima inocente que no sabía muy bien cuál era su destino, y se le ocurrió de repente la idea de hablarle cara a cara al señor Wohlschein; pero de inmediato comprendió la ridiculez, sí, la imposibilidad de semejante acto, sobre todo porque sabía muy bien que Thilda no era en modo alguno la persona capaz de dejarse convencer u obligar a algo.

La idea de una separación próxima la ocupaba de tal modo que las demás preocupaciones diarias, grandes y pequeñas, apenas las sentía. Como había perdido cierta cantidad de alumnas, se veía obligada a vivir más modestamente que hasta entonces, pero apenas percibía esas cosas desagradables; ni siquiera las privaciones. Hasta la circunstancia de que una noche volviera a aparecer Franz de repente, con una maletita, y ocupara su lecho y participara en las comidas como si ése fuera su derecho indiscutible, significó para ella sólo una repugnancia más, no peor que las otras. Al principio la molestaba poco; en general permanecía acostado en el diván hasta mediodía, luego desaparecía después de un rápido almuerzo para regresar a altas horas de la tarde, a veces de noche o de madrugada, de manera que no se encontraba nunca con sus alumnas, cosa que le habría resultado bastante desagradable.

A veces, inmediatamente después de comer, venían los amigos a buscar a Franz, cuyo comportamiento era más sosegado y amable que antes. Uno de esos amigos era un muchacho larguirucho, altísimo, bastante guapo, que tenía aspecto de ser un estudiante de círculos burgueses más bien pobres. En el otro, en cambio, reconoció al muchacho mal encarado a quien Franz había enviado últimamente con una carta mendicante. Iba vestido como para parecer un tipo sospechoso, que llamara la atención a cualquier policía: pantalón a cuadros, chaquetilla color castaño, gorra gris, en la oreja izquierda un pequeño aro, la voz ronca, la mirada torcida y taimada. Teresa se avergonzaba y hasta le causaba temor el pensamiento de que algún vecino pudiera verle salir de su puerta, y no pudo dejar de hacerle una observación en ese sentido a Franz. Franz le hizo frente, súbitamente hosco, y le prohibió en la forma más grosera que ofendiera a sus amigos.

–Ése es de mejor familia que yo –gritó–; por lo menos tiene padre.

Teresa se encogió de hombros y salió de la habitación. Tampoco aquello conmovió su alma, repleta de preocupaciones más dolorosas...

85

Thilda volvía a asistir regularmente a las clases, pero no habló nunca más de su novio ni de su próximo matrimonio, de manera que Teresa a veces alentaba la esperanza de que el compromiso hubiera sido deshecho. Uno de los domingos siguientes, sin embargo, volvió a ser invitada de nuevo por los Wohlschein a un almuerzo en el que participaba también la hermana del señor de la casa, y apenas se habló de otra cosa que de asuntos relacionados con la boda: de clases de holandés que Thilda estaba tomando hacía tiempo, y de las que Teresa se enteraba ahora; de la decoración de la villa del señor Verkade en las playas de Zandvord, y de la granja de Java, que pertenecía a uno de sus hermanos. El señor Wohlschein no estaba esta vez nada malhumorado ni pensativo, sino casi contento, como si ese matrimonio fuera de su completo agrado, y lo más natural del mundo enviar un día a su única hija, que tan infinitamente cerca de él había estado durante años, a recorrer el mundo con un hombre extraño, y perderla para siempre.

Antes de lo dispuesto al principio, ya a primeros de julio, se celebró la boda en el Ayuntamiento. Teresa se enteró al día siguiente por una participación impresa que le trajo el correo. Cuando tuvo la tarjeta en su poder, le pareció haberlo sabido de antemano, como si Thilda, después de la última clase, le hubiera estrechado la mano más significativamente que otras veces. También recordó una mirada desde la puerta, en la cual se había exteriorizado una expresión de sentimiento, con una huella de ironía al mismo tiempo, como la mirada de un niño que logra hacer una trastada cuya trascendencia para el perjudicado no es capaz de juzgar. A pesar de eso Teresa esperaba por lo menos recibir en los próximos días noticias personales del viaje de bodas; pero nada por el estilo llegó ni había de llegar en mucho tiempo; ninguna carta, ninguna tarjeta, ningún saludo.

Una hermosa noche de verano, a fines de semana, Teresa emprendió el camino a Mariahilfe, con el inconfesado propósito de felicitar con retraso al señor Wohlschein por la boda de su hija. Pero cuando se detuvo delante de la casa vio todas las persianas cerradas, y recordó que hacía semanas el señor había manifestado su propósito de irse de vacaciones inmediatamente después de la boda de su hija. Emprendió lentamente el camino de regreso a través de las calles casi vacías, saturadas de pesado aire veraniego, hacia su solitario hogar, pues Franz tampoco vivía ya allí. La mañana anterior Teresa lo había despedido, porque había venido a casa muy tarde en compañía de un amigo y una mujerzuela, a los que ella no había visto, pero cuyos murmullos y risas la habían despertado. Franz quiso negar al principio que hubiera estado allí una mujer, pero no tardó, sin embargo, en confesarlo con un irónico encogimiento de hombros; empaquetó sus cosas y sin decir adiós desapareció del piso.

Cuando avanzó julio y las últimas alumnas salieron de vacaciones, la soledad de Teresa se hizo infinita. Según su costumbre, se levantaba por la mañana temprano y apenas sabía qué hacer durante el día. El trabajo doméstico terminaba pronto; los paseos mañaneros por las calles calurosas de la ciudad la cansaban; por la tarde intentaba leer, generalmente novelas que la aburrían o la conmovían inútil y muchas veces dolorosamente con sus relatos de vidas animadas y dulces historias de amor.

Los paseos nocturnos por el Ring o por los parques eran, sin embargo, los que la llenaban de más honda tristeza. Aun ocurría que, en las horas de penumbra, algún señor en busca de aventuras seguía sus pasos, pero ella tenía temor de entablar conversación o dejarse acompañar. Sabía que su aspecto en conjunto era aún bastante juvenil, pero llevaba infaliblemente dentro de sí la imagen que después de levantarse le devolvía el espejo: un rostro pálido, fino, pero marchito por el tiempo, con dos gruesos ramalazos grises en el cabello castaño, todavía muy espeso. Luego, cuando la soledad que durante el día había soportado con bastante paciencia le pesaba sobre los hombros como una dura carga, pasaba rápidamente por su imaginación la idea de ir de visita a casa de su hermano, pero tenía miedo de ello, se sentía insegura respecto a cómo la recibirían allí, y dudando incluso que la recibieran. De volver a ver a su madre sentía mayor temor aún, y ello por haber postergado su visita repetidamente durante el último año.

Sin embargo, una radiante mañana de verano emprendió el camino a su casa como si hubiera tomado esa decisión en sueños. No era nostalgia, ni el sentimiento de un deseo largamente postergado lo que la llevaba hacia allí, sino el simple hecho de no conocer a ninguna otra persona a quien pedirle prestado dinero para poder vivir un par de semanas tranquila en el campo, pues su deseo de dejar la ciudad aunque sólo fuera por un par de días había cobrado una importancia tan grande para ella como si de cumplirlo dependiera su salud, y hasta su vida. Y esos conceptos: campo, tranquilidad, reposo, se le presentaban desde hacía algún tiempo siempre bajo la misma imagen: la de una cierta pradera en Enzbach donde hacía muchos, muchos años, había jugado con un niño pequeño que en aquel entonces había sido su hijo.

Su madre vivía en un feo edificio de cuatro pisos en la calle principal de Hernals, donde ocupaba un pobre gabinete, en casa de la viuda de un empleado. Teresa ignoraba si su madre había perdido el dinero que durante años ganara en abundancia en alguna malhadada especulación, si tontamente lo había regalado, o si era sólo una avaricia morbosa lo que le hacía llevar una vida tan lamentable. Pero por más reducidas que en esas circunstancias fueran las posibilidades de conseguir un préstamo por ese lado, debido quizá a la urgencia de su deseo, quizá la primera alegría de su madre por la visita inesperada, o quizá solamente a la supersticiosa seguridad con que Teresa exteriorizó su deseo..., casi sin vacilar, la madre se halló dispuesta a poner a disposición de Teresa ciento cincuenta *gulden* contra un pagaré que debía ser saldado lo más tarde el primero de noviembre y a un interés mensual del dos por ciento si aquel plazo no fuera cumplido. Por lo demás apenas le preguntó a su hija para qué necesitaba esa suma, ni le preguntó nada de lo que le concernía a ella; charló tan sólo en una forma extrañamente libre de cosas cotidianas de la casa, llegando al más indiferente chisme de vecindario; le enseñó luego sin transición el manuscrito de su nueva novela: cien hojas de escritura apretada, que tenía guardado en el cajón de la mesa de cocina; replicó a una pregunta de Teresa acerca de la familia de su hermano en forma distraída y poco clara; saludó por la ventana abierta a una señora de enfrente que regaba las flores sobre el alféizar de la ventana, y dejó al fin marchar a su hija, sin intentar retenerla un poco más ni invitarla a que regresara.

86

A la mañana siguiente Teresa salió para Enzbach. Habían transcurrido seis años desde la última vez que había estado allí. Poco después de la muerte del viejo Leutner la viuda se había casado en un pueblo vecino; Teresa había pensado primero buscar alojamiento en cualquiera de las otras casas aldeanas, pero con el temor de verse obligada a tener contacto estrecho con alguno de los antiguos conocidos, prefirió instalarse en la humildísima posada del lugar.

En un corto paseo por los parajes conocidos, a través de campos y praderas, hacia el cercano bosquecillo, encontró por cierto a algunos habitantes del pueblo, conocidos de antes, pero parecieron no reconocerla. Estaba tan sola como había deseado, pero la sensación benéfica que esperaba no quería hacerse presente. Estaba muy cansada al volver a la fonda. El posadero la reconoció cuando estaba a la mesa, y hasta le preguntó por el pequeño Franz. Tan poco conmovida en lo íntimo que ella misma se estremeció, le contó que su hijo tenía un buen empleo en Viena.

Por la tarde se quedó en su habitación; fuera soplaba el cálido aire de verano, y a través de las gastadas persianas reverberaban estrechas franjas cegadoras de sol sobre la pared. Estaba medio dormida, echada sobre la dura e incómoda cama; las moscas zumbaban, unas voces sonaban cerca y lejos, toda clase de ruidos quizá de la calle, quizá de los campos, penetraban su sueño. Al caer la tarde se levantó y volvió a salir al aire libre. Pasó frente a la casa en que había transcurrido la niñez de Franz y que ahora había pasado a manos extrañas; esa casa estaba allí, ajena, como si jamás hubiera significado nada para ella. Del prado lindero a la casa subía una suave neblina, como si el otoño se anunciara prematuramente. Inmutable e inconmovible, rodeada de una corona de hojas marchitas como de costumbre y siempre con la misma falla en el vidrio, la imagen de la Virgen la miraba desde el plátano. De la colina bajó hacia la calle principal, donde se hallaban los modestos chalets; en las galerías, bajo toldos, se veían veraneantes sentados, matrimonios y niños, lo mismo que siempre; otros padres, otros hijos, pero siempre los mismos para la paseante, a quien los rostros desconocidos se le esfumaban en la penumbra. Arriba, por la vía, pasó vertiginosamente el expreso, perdiéndose con prontitud inconcebible en la lejanía su ruido y su golpeteo, y una tristeza cada vez más oprimente abrumó a Teresa, que caminaba en la oscuridad. Más tarde se sentó a cenar en la fonda, y como sentía pocas ganas de volver a su húmedo cuartucho, del que todavía no había salido el calor, se quedó largo tiempo abajo descolgando diarios del gancho. Leyó *El Mensajero Campesino de la Baja Austria*, *La Ilustración de Leipzig* y *El Diario Forestal y de los Cazadores*, hasta que se cansó, y entonces –pues contra su costumbre había tomado dos vasos de cerveza– se durmió profundamente y durante toda la noche.

En los días siguientes, sin embargo, consiguió gozar del aire de verano, del silencio, del olor a heno..., como solía ocurrirle en tiempos pasados. Recostada al borde del bosque, recordaba a veces al Franz de entonces como a un niño que hubiera muerto hacía tiempo, y tuvo nostalgia de Thilda de un modo suave y casi benéfico. Esa nostalgia, pensaba, era ahora lo mejor de su vida, y la elevaba a una altura donde, por lo general, no se hallaba en su elemento; y se le volvía a despertar un antiguo deseo, el deseo de vivir tranquila en algún lugar del campo, en medio del verdor, a ser posible lejos de la gente. ¡El crepúsculo de la vida!, pensó; la frase surgió de repente ante ella y, al verla frente a sí, sonrió un poco triste. ¿Crepúsculo? ¿Tan adelante había llegado ya?

Su cansancio desapareció paulatinamente, sus mejillas se habían sonrosado y en las últimas semanas veía su imagen en el espejo bastante rejuvenecida. Esperanzas confusas despertaron en ella: se le ocurrió la idea de hacerse recordar alguna vez por Alfred, después pensó que el señor Wohlschein debería estar pronto de regreso y que le daría informes de Thilda, de quien no había recibido aún una línea.

También el recuerdo de su profesión se volvió a hacer presente, y con él una leve nostalgia de su trabajo. Los últimos días de vacaciones de que aún se proponía disfrutar, los pasó con una creciente impaciencia, y aun inquietud y, cuando de repente vinieron unas lluvias, cortó su estancia antes del término que ella misma se había fijado, y regresó a la ciudad.

87

Las alumnas volvieron a reunirse poco a poco, el curso volvió a resurgir, y descansada y fresca como estaba ahora, podía cumplir con sus deberes sin mayor esfuerzo. Recibía a todas las alumnas con la misma amabilidad un poco indiferente, y aunque alguna que otra le inspiraba cierta simpatía, no había una Thilda entre ellas.

Una tarde, en el centro de la ciudad, se dio de bruces con un señor de edad, vestido con elegancia burguesa, sombrero negro duro, apenas inclinado, en quien, sólo cuando lo tuvo cara a cara reconoció al señor Wohlschein. Todo su rostro se distendió en una sonrisa, como si hubiera tenido una suerte inesperada; él estaba también visiblemente contento, y la estrechó con fuerza la mano.

–¿Por qué no se la ve a usted, querida señorita? Yo le hubiera escrito, pero lamentablemente no tenía su dirección.

Pues, pensó Teresa, hubiera sido fácil averiguarla. Pero se abstuvo de hacer observación alguna e inquirió enseguida:

–¿Cómo está Thilda?

Sí, cómo estaría, pues otra vez hacía más de quince días que el señor Wohlschein no tenía noticias de ella. Además, no era milagro, pues el viaje de novios de la joven pareja... ¿cómo, tampoco sabía eso la señorita Fabiani?..., se había convertido en una especie de viaje alrededor del mundo, y ahora seguramente se encontraban en alguna parte surcando los mares del planeta; de modo que no regresarían antes de la primavera.

–¿Y usted, señorita Fabiani, no tiene realmente ninguna noticia de Thilda aún?

Y como ella negara, casi avergonzada, con un movimiento de cabeza, él se encogió de hombros. –Sí, así es ella; y eso que puede usted creérmelo, sentía una extraordinaria simpatía por usted, señorita Fabiani...–, y siguió hablando de su amada hija lejana, a la cual había que tomar como era. Habló de su casa grande, triste y vacía, de sus aburridas partidas de *whist* en el club, y del triste destino de encontrarse un buen día, después de haber sido durante muchos años un hombre con mujer e hija, convertido de golpe en un solterón solitario, como si diez años de matrimonio feliz y unos cuantos de matrimonio desdichado y toda esa existencia con mujer e hija no hubieran sido más que un sueño.

Le extrañó que hablara tan francamente con ella, casi amistosamente, y notó que estaba contento de poder descargar su corazón. De repente, sin embargo, tras un suspiro, consultó su reloj y dijo que esa noche iba a ir al teatro con un conocido, a una opereta, para decir la verdad, no a una pieza clásica, pues necesitaba mucha distracción y alegría. ¿No iba también alguna vez al teatro la señorita Fabiani? Teresa negó con un movimiento: desde aquella noche de la ópera no había tenido ocasión... ni tiempo tampoco. ¿Continuaba siempre dando tantas..., vaciló un poco..., y tan mal pagadas clases? Ella se encogió de hombros, sonrió ligeramente y se percató de que él tenía aún más preguntas entre los labios que de momento prefería no plantear. Y se despidió un poco demasiado apresuradamente, con un "Hasta la vista" cordial pero no comprometedor. Ella se dio cuenta de que él se había detenido a mirarla.

El domingo siguiente por la mañana el correo le trajo un sobre expreso que contenía una entrada para el teatro, acompañada de una tarjeta de visita: "Siegmund Wohlschein, Comercio de artículos de cuero y joyería, fundado en 1804". Algo por el estilo había esperado, sólo la forma de la invitación no era enteramente de su agrado; pero la aceptó. El teatro ya estaba oscurecido cuando el señor Wohlschein apareció, tomó asiento junto a ella poniendo una bolsita de bombones en su mano; ella se lo agradeció con un movimiento de cabeza, pero no se dejó distraer. Las seductoras melodías bailables la agradaban, la letra graciosa la divertía; sintió que sus mejillas se sonrojaban paulatinamente, que sus rasgos se alisaban, que de escena a escena se volvía más joven y más bonita. El señor Wohlschein estuvo muy galante con ella en los entreactos, pero algo turbado, y cuando terminó la función, al marcharse, se quedó en el guardarropa cerca de ella, pero no como con alguien que le perteneciera, sino como si se hubieran encontrado en el teatro por casualidad.

Era una hermosa noche clara de otoño. ¿Quería ella ir a pie; él la acompañaría todo el camino hasta su casa? Ahora hablaba de Thilda, de quien naturalmente aún no habían llegado noticias; declinó su invitación a cenar, él no la forzó, y se despidieron frente a la casa de ella.

Aún no había transcurrido la semana cuando el señor Wohlschein volvió a invitar a Teresa al teatro, esta vez a la representación de una comedia moderna en el Teatro Nacional; y después, en un cómodo rincón de una amable confitería, tomando una botella de vino, charlaron ambos mucho más libre y animadamente que la última vez. Él aludió a los últimos duros años de su matrimonio; ella habló de algunas tristes experiencias de su vida, sin esbozar ninguna de ellas en trazos definidos, pero ambos sintieron al despedirse que habían avanzado mucho en su mutua confianza.

Al día siguiente, con un ramo de rosas, le rogaba que lo acompañara el próximo domingo "en recuerdo de Thilda" a dar un paseo por los bosques de Viena. Y así vagabundeó con él en las primeras suaves nevadas de aquel invierno por el mismo camino, que habían discurrido hacía medio año en compañía de Thilda. Wohlschein había traído tres tarjetas de su hija, que habían llegado todas juntas el día antes. En una de ellas había una postdata que decía: "¿No querrías ocuparte alguna vez de la señorita Fabiani? Su dirección es Wagnergasse, 74, segundo piso. Salúdala de mi parte; yo le escribiré detalladamente dentro de poco". Y en ese paseo también Teresa le habló por vez primera al señor Wohlschein de su hijo, que se había ido a América y del cual desde entonces no había sabido más.

Después de algunas otras noches que pasaron juntos en teatros y restaurantes, el señor Wohlschein sabía no poco de Teresa, pese a los voluntarios cambios y evasiones que ella se permitía en sus relatos y que él aceptaba con credulidad. Él también seguía hablando mucho de su mujer y, con asombro de Teresa, siempre en tono de aprecio, casi de adoración, como de una persona extraordinaria que no se podía medir por el mismo rasero que los demás; y Teresa creyó comprender que Wohlschein quería a Thilda más que nada por ser la hija de aquella mujer que había perdido y con la cual parecía tener ésta algunos rasgos de semejanza; y así se dio cuenta de que ella, Teresa, era quien le profesaba el amor más sincero, más desinteresado y directo.

Durante las semanas siguientes apenas cambiaron las cosas entre Teresa y Wohlschein. Continuaban yendo juntos a teatros y confiterías; él seguía enviándole flores y bombones y por último le llegó una canasta entera llena de conservas, frutas del sur y vino, cosa que no muy severamente le prohibió. Cuando a fines de diciembre hubo dos días de fiesta seguidos la invitó a una excursión a un lugarcillo al pie del Semmering. Ella estaba convencida, pese a toda la reserva mantenida hasta ahora, de que con esa invitación ocultaba ciertas intenciones, e inmediatamente se propuso no dejar pasar nada. Durante el trayecto se puso tierno en forma algo torpona, cosa que ella acogió con cierto agrado; el que sus habitaciones en la hostería no fueran contiguas la tranquilizó y la decepcionó al mismo tiempo. De todas formas no cerró su puerta con llave; a la mañana siguiente, después de una noche deliciosa, despertó tan sola como se había acostado. ¡Qué respetuoso! –pensó. Pero cuando al vestirse vio su imagen en el gran espejo del ropero, creyó de repente reconocer el motivo de su retraimiento. Simplemente, no era ya lo bastante bella para tentar a un hombre. Aunque su cuerpo había conservado las líneas juveniles, sus facciones estaban avejentadas y denotaban amargura. ¿Cómo podía ser de otra manera? Ella había vivido demasiado, sufrido demasiado, era madre, la madre soltera de un hijo casi mayor, y hacía tiempo que ningún hombre la había deseado. ¿Y acaso ella misma había experimentado por ese sencillo señor de edad especie alguna de tentación? Era el padre de una de sus alumnas; por dar gusto a su hija la trataba con cierta simpatía, y sólo por bondad la había llevado a respirar durante dos días el fresco aire invernal. Solamente su fantasía, siempre depravada –así se dijo–, le había hecho ver en eso el espejismo de una aventura de amor que ni siquiera deseaba.

Cuando hubo terminado de vestirse, con su traje de *sport*, se sintió más fresca, más joven, casi garbosa. Después de un solitario desayuno en su cuarto de la hostería que olía a pino, desde un rincón del cual la alta estufa de azulejos exhalaba un calor crepitante, se deslizaron en un trineo abierto entre pinos y abetos, a través de un estrecho valle; al mediodía se hallaban sentados al aire libre en una planicie de praderas nevadas, donde el sol reverberaba con tanta fuerza, que Teresa tuvo que sacarse el abrigo y el señor Wohlschein su chaqueta de piel, quedando en mangas de camisa, el sombrero de cazador con borla de gamuza en la cabeza, y el desordenado bigote negro húmedo de nieve: un aspecto, en realidad, algo cómico. En el trayecto de regreso refrescó mucho y se alegraron bastante al encontrarse de nuevo en la confortable hostería; cenaron en la habitación de Teresa, que era más agradable que el salón comedor de abajo.

A la mañana siguiente regresaron a Viena convertidos en una pareja que por fin se había encontrado.

88

Era como si Franz desde ignotas lejanías hubiera intuido el cambio que se había producido en las condiciones externas de la vida de su madre. Precisamente cuando Teresa acababa de recibir otra canasta que contenía diversos comestibles, apareció inesperadamente Franz, que, con su abrigo de invierno, a pesar del cuello de terciopelo raído, producía de pronto una impresión bastante decente, y casi digna de confianza. Pero cuando abrió el abrigo y bajo un esmoquin algo manchado se pudo ver la pechera de una camisa ya tampoco muy blanca, la primera impresión favorable desapareció enseguida.

–¿A qué debo el gusto? –preguntó la madre fríamente.

Pues... de nuevo estaba él cesante y sin techo. De la habitación donde había vivido durante un par de semanas lo habían desalojado. Ya estaba de regreso desde hacía unos cuantos meses.

–Bueno –dijo él satíricamente–, aunque no se tenga padre, se tiene una patria–. Y, además, había sido muy considerado no molestándola durante todo ese tiempo. ¿No estaría dispuesta su madre a darle en pago, por dos o tres días, alojamiento y comida?

Teresa se negó en redondo. De esa canasta, que sus alumnas le habían regalado por la fiesta de San Nicolás, podía tomar lo que quisiera. Y también le daría diez *gulden*. Pero ella no tenía una fonda. Bastaba ya.

Él guardó unas cuantas latas de conserva, tomó una botella bajo el brazo, y se dio la vuelta dispuesto a irse. Los tacones de sus zapatos estaban torcidos, tenía el cuello flaco, las orejas separadas del cráneo, raramente encorvada la espalda.

–Bah, no hay tanta prisa –dijo Teresa, presa de una repentina compasión–. Siéntate un poco y... cuéntame.

Él se volvió y soltó una risotada. –¿Después de tal recibimiento?... No me da la gana.– Abrió la puerta y la cerró al salir con tanto estrépito que atronó la casa.

De aquella visita no le contó nada al señor Wohlschein. Pero cuando una semana más tarde vino él a buscarla por la noche a su piso y la encontró pálida, excitada, con los ojos enrojecidos por las lágrimas, no pudo ocultarle ya que Franz había estado allí dos veces durante ocho días y había exigido dinero. Ella no había tenido el coraje de negárselo. Y también le confesó a Wohlschein que Franz nunca había estado en América, que llevaba allí en Viena una oscura existencia de la cual ella no sabía nada en concreto ni tampoco quería saber. Y como ya se le había soltado la lengua, relató en forma más detallada y real que nunca lo que había tenido que sufrir con su hijo hasta entonces. Al comienzo –lo notaba muy bien– Wohlschein estaba desagradablemente sorprendido, pero cuanto más la escuchaba más se despertaba su compasión. Declaró al fin que no podía verla vivir más esa dolorosa vida de preocupaciones, que casi le daba vergüenza vivir él tan libre de cuidados, y con tanto bienestar, mientras que ella a veces... –oh, él bien se percataba de eso– carecía de lo más esencial.

Ella protestó. Bajo ningún pretexto podía tolerar que él le pasara una pequeña renta mensual para mejorar su situación. Tenía su buen pasar y era su orgullo, su único orgullo quizá, poder sostenerse a sí misma mientras viviera y haber podido sostener también a su hijo durante bastante tiempo.

Pero cuando en una conversación posterior insistió él en que por lo menos dejara en sus manos la renovación y reposición de su guardarropa, en forma modesta, apenas protestó ya; y cuando durante una semana se vio obligada a guardar cama a causa de un resfriado con fiebre, tuvo que dejarle, quisiera que no, que él pagara médico y farmacéutico, la mejora necesaria de alimentos y, finalmente, también el perjuicio ocasionado por la pérdida de sus clases. Insistió, asimismo, en que después de su enfermedad descansara, y no le quedó otro remedio que aceptar, agradecida, su apoyo.

89

Un día de enero hubo una maravillosa sorpresa. Thilda apareció de pronto antes de que el padre hubiera sabido que el joven matrimonio estaba ya de vuelta en Europa. Teresa se enteró de la novedad por Wohlschein, quien por teléfono –ella lo tenía también gracias a su bondad– se disculpó diciendo que esta noche no podía ir a buscarla según lo convenido, a causa de la llegada repentina de Thilda. Lo hizo tan apresurado, tan perplejo, casi como un culpable, que Teresa no se animó a hacerle más preguntas. Cuando colgó el auricular apenas se alegró, y más bien experimentaba un cierto temor y depresión. Se sentía desplazada, traicionada; doblemente traicionada... por Thilda, que nunca le había escrito, y ni siquiera con ocasión de sus raras noticias al padre había agregado un saludo para ella;... y por parte de Wohlschein, para quien ella..., oh, bien se daba cuenta, en el momento en que Thilda había vuelto descendía a la categoría de persona indiferente, sino molesta. En todo el día siguiente –¡cuán acertada había sido su intuición!– él no dio señales de vida, para aparecer de repente en persona al tercero hacia el mediodía, y por cierto muy a destiempo, pues ella no lo esperaba; después de la enfermedad recién pasada, aún no repuesta del todo, con su bata de franela gris y el pelo ordenado a toda prisa, ofrecía un aspecto distinto del que deseaba lucir ante él. Pero él no pareció darse cuenta de eso, estaba distraído y de buen humor, y lo primero que anunció fue que Thilda había preguntado con el mayor interés por ella y se alegraría muchísimo de que al día siguiente, domingo, fuera a almorzar a su casa con ellos. Pero Teresa no se alegró. De repente surgió desagradablemente en su conciencia lo falso de la situación; el ser madre de un hijo ilegítimo, y haberse arrojado en brazos de gente indigna, de pronto perdía toda importancia frente a la realidad de que era la amante mantenida por el padre de Thilda. No lo dijo; Wohlschein se dio cuenta, sin embargo, de lo que le pasaba y trató de darle ánimo con sus ternuras. Al principio permaneció fría, tiesa casi. Mas, poco a poco, se percató de la dicha que significaba el que Thilda hubiera vuelto, y que al día siguiente pudiera verla; y cuando al despedirse encargó a Wohlschein un saludo para ese ser querido, estaba ya en condiciones de observar en tono de chanza, con cierta superioridad: –No precisas decirle que me has visitado; puedes haberme encontrado por casualidad.

Él, sin embargo, vistiendo su abrigo de piel, bastón y sombrero en mano, replicó serio y con dignidad: –Yo, naturalmente, le he dicho que solemos vernos con frecuencia, que nos hemos hecho... muy buenos amigos.

Thilda salió al encuentro de Teresa con la misma naturalidad que si le hubiera dicho adiós la víspera, y esa impresión se fortaleció más aún por la circunstancia de que su aspecto era casi el mismo, aniñado y suave como antes; solamente un poco más pálida. Ella, en cambio, encontró que Teresa había cambiado ventajosamente, que estaba rejuvenecida; le preguntó de un modo superficial por algunas compañeras del curso anterior, pero sin prestar mucha atención a las contestaciones de Teresa, y le dio saludos de parte de su esposo.

–¿Él no ha venido? –preguntó Teresa con aire inocente, como si no debiera mostrarse demasiado enterada.

–Ah, no –contestó Thilda–. Eso no hubiera estado bien. –Y sonrojándose levemente, añadió–: Es gustoso sentirse como una muchacha soltera unos cuantos días –como entre paréntesis– en la casa paterna.

–¡Cómo! ¿Sólo unos cuantos días?

–Por supuesto; es solamente una excursión. El señor Verkade –así llamaba a su esposo, y a Teresa no le sorprendió desagradablemente– en realidad no quería dejarme venir. Pero yo lo puse ante un *fait accompli*, saqué el billete en la agencia de viajes, hice el equipaje, y un día dije: “Esta noche, a las ocho y treinta, sale mi tren”.

–¿Sentía usted mucha nostalgia de su casa?

Thilda negó con la cabeza: –Si hubiera sentido mucha nostalgia quizá no habría venido–. Y en respuesta a la mirada de asombro de Teresa, sonrió, con una sonrisa que expresaba su comprensión ante ese asombro, añadiendo–: Entonces hubiera tratado de combatir eso; ¿a dónde iría uno a parar si hubiera de hacer caso de cualquier nostalgia? No, no he tenido muchos deseos de venir, pero ahora me alegro de estar aquí. ¡Ah, casi se me olvidaba!

Alargó a Teresa un paquetito que estaba preparado sobre el diván. Mientras ésta lo abría y sacaba una gran caja de chocolates holandeses y media docena de pañuelos bordados de la más fina seda, entró el señor Wohlschein precedido de su hermana, y en tanto la tía abrazaba a Thilda, Teresa y el señor Wohlschein pudieron saludarse con todo desembarazo, cambiando una cordial mirada de entendimiento.

No había ningún otro invitado, el almuerzo transcurrió como en otros tiempos en medio de una amable cordialidad; y si Thilda no hubiera contado un montón de cosas de su nueva patria y de sus viajes, se hubiera podido creer... –y el señor Wohlschein no dejó de advertirlo– que ella no había estado nunca ausente. Pero más que de los paisajes y ciudades que había visto, más que de la casa con sus enormes ventanales y muchas flores en que vivía ahora, habló de las horas que había pasado, a solas con cielo y tierra, recostada sobre cubierta. Y por el modo en que alabó la deliciosa monotonía de aquellas horas, pudo comprender Teresa que esas horas de soledad, de sueños, de lejanía, habían sido para Thilda la más profunda y real experiencia de su viaje, más significativas aun que la visita que relató a una finca sudamericana, desde la cual el nocturno panorama de las alturas que rodean a Río de Janeiro se abría sobre la bahía bañada en cien mil luces flameantes; más significativas aún que el baile con el joven astrónomo francés que viajaba a Sudamérica en el mismo barco para observar un eclipse de sol. Poco después del almuerzo se despidió Teresa con la leve esperanza de que Thilda la obligara a quedarse. Pero ésta no hizo tal. Evitó también concertar nada concreto para los días siguientes, y se contentó con la cordial pero en modo alguno comprometedora observación: –Ojalá la vuelva a ver todavía antes de mi marcha.

–Ojalá –repitió Teresa, algo deprimida; y añadió–: Por favor, déle usted mis recuerdos al señor Verkade. –Y con el paquete de chocolates y pañuelos en la mano bajó las escaleras.

Pasó una noche muy triste en casa y siguieron dos días tristes en los cuales no hubo noticia ni del señor Wohlschein ni de Thilda, por lo que la asaltaron malos pensamientos.

90

Al tercer día, sin embargo, ya en horas tempranas de la mañana, apareció el señor Wohlschein en persona. Venía directamente de la estación, adonde había acompañado a Thilda, quien, antes de lo proyectado, en respuesta a un telegrama urgente de su esposo, se había ido de repente. ¡Ah!, se mostraba mucho más independiente y segura de sí misma de lo que era ante la buena Thilda.

¡Qué apresuradamente nerviosa había abierto el telegrama!, y luego había fruncido el entrecejo riéndose levemente, con una cara por cierto difícil de distinguir si de enojo o de alegría. Lo seguro, en todo caso, era que ahora iba sentada en el expreso que la llevaba a Holanda a los brazos de su impaciente esposo. Por lo demás, había lamentado mucho no haber vuelto a ver por segunda vez a la señorita Fabiani, y le mandaba sus recuerdos. Pero había otra cosa más, algo agradable..., algo agradabilísimo que le tenía que contar. Y Wohlschein le preguntó a Teresa si era capaz de adivinar qué era. La tomó de la barbilla como a una niña pequeña, y la besó en la punta de la nariz como hacía cuando estaba de buen humor, para enojo de Teresa. Ésta no se hallaba en condiciones de adivinar nada agradabilísimo... ¿o quizá sí? ¿Una invitación, al fin..., una invitación a Holanda para pasar los días de Pascua... o para el verano a la villa de

Zandvord? No, no era eso; para ese año por de pronto tal invitación todavía no era de esperar. ¿Qué, entonces? Ella no era muy diestra en adivinanzas, tendría que tener la gentileza de comunicarle de qué debía alegrarse.

Pues Thilda había hecho ayer una observación en la mesa que era muy de ella, en realidad, pero de todas maneras le había sorprendido: "Pues bien, padre –había dicho–, ¿por qué no te casas con ella?".

–¿Quién es ella?

El señor Wohlschein se rió. A ver si Teresa lo tomaba por un Don Juan que tenía a su elección un montón de damas. No. La observación de Thilda se había referido sin lugar a dudas a la señorita Teresa Fabiani. Insistió: ¿Por qué no te casas con ella? –No podía concebir por qué él, el señor Wohlschein, no tomaba a Teresa por esposa, pues dado como estaban las cosas entre ellos... –la pequeña vivaracha se había dado cuenta inmediatamente, ya por la manera cómo él en sus cartas –afirmaba– escribía el nombre de Teresa. Sí, también era grafóloga. Y, había añadido: "No podrías hacer nada más sensato, tenéis mi bendición". Pues bien, ¿qué pensaba de eso la señorita Teresa?

Teresa sonrió, pero su sonrisa no era en modo alguno alegre. Y el señor Wohlschein se extrañó de no recibir en principio ninguna otra respuesta que esa sonrisa algo rígida, y más que él se extrañó la misma Teresa, pues lo que la movía no era la alegría, ni ningún sentimiento de dicha; era más bien inquietud, si no miedo, ante el gran cambio que tal acontecimiento significaría en su vida, y al cual ella, una señorita de edad, acostumbrada a obrar por su cuenta, no podría acostumbrarse tan fácilmente. ¿O era miedo a estar atada para el resto de su vida a ese hombre con el cual simpatizaba, es cierto, pero cuyas pruebas de amor le eran indiferentes en el fondo, a veces desagradables y que generalmente le parecían ridículas, o había también un miedo más profundo a las fastidiosas consecuencias que con relación a su matrimonio la amenazaban por parte de su hijo, y a las cuales Wohlschein apenas podría hacer frente de un modo adecuado, y por cuya causa tal vez quisiera vengarse de ella?

–¿Por qué no hablas? –inquirió Wohlschein, perplejo, al fin.

Entonces Teresa le tomó una mano. Algo precipitadamente, con una expresión que se vio clara enseguida, y en un tono al principio vacilante, pero luego más bien de broma, le preguntó:

–¿Crees tú que yo sería la mujer adecuada para ti?

Wohlschein, recuperando la calma suficiente como para dar una respuesta, se acercó a Teresa de aquella manera algo torpe que ella generalmente rechazaba, pero que esta vez dejó pasar para no hacer peligrar la buena disposición del momento y quizá no sólo esa disposición. Le manifestó su deseo de que ya durante los días siguientes comenzara a reducir sus clases. Ella al principio no quiso saber de eso, e incluso declaró que tampoco después de la boda deseaba dejar por completo su labor, puesto que le producía cierta satisfacción y en ocasiones hasta alegría.

Pero luego, cuando en los días siguientes casualmente le pidieron una nueva clase, la rechazó, y en una familia redujo el número de clases que era de seis, a tres por semana, cosa que Wohlschein aceptó casi como un favor para con él. En esos días le llegó una carta de Franz con una concreta exigencia de dinero. Le daba una dirección que usaba como parapeto a la cual había que enviar de inmediato la suma de cien *gulden*. Teresa no quiso ni pudo ocultarle esa realidad a su prometido, tanto menos cuanto que carecía de esa suma, ya que próximamente debía pagar su propio alquiler. Wohlschein le facilitó el dinero sin comentarios y aprovechó la ocasión para anunciar un propósito que tenía hacía tiempo. Estaba dispuesto a pagarle a Franz el pasaje para América, más aún –puesto que tratándose de una persona así había que tomar precauciones–, pensaba mandarlo a Hamburgo, con un hombre de confianza, y allí, provisto del pasaje, hacerlo conducir a bordo. Pero Teresa, en lugar de recibir como una buena solución la propuesta de Wohlschein, y aceptarla agradecida, sacó a relucir preocupaciones y dudas; y cuanto más intentaba convencerla Wohlschein explicándole sus razones, tanto más terca se ponía ella, declarando que no sería capaz de soportar la idea de estar separada de su hijo por el océano. Ahora más que nunca, cuando su situación cambiaba para mejorar, le parecía despiadada tal actitud para con su desdichado hijo, casi un pecado que en alguna forma tendría que reparar alguna vez. Wohlschein la contradijo; como en esas ocasiones suele ocurrir, cada uno de ellos se aferró a su propia obstinación, la pelea se tornó cada vez más violenta, Wohlschein paseaba con la cara ensombrecida por la habitación, hasta que Teresa al fin rompió a llorar y los dos comprendieron que habían ido demasiado lejos. Teresa comprendió, además, que su comportamiento frente a su prometido había sido demasiado falto de inteligencia, y sus relaciones eran aún demasiado recientes para que aquel primer encontronazo serio terminara en tierna reconciliación.

Cuando Wohlschein un par de días más tarde emprendió un pequeño viaje de negocios del que no le había hablado antes a Teresa, no le pareció a ésta imposible que esa separación momentánea pudiera ser la preparación de una ruptura definitiva; y un considerable regalo de dinero que le había dejado resultaba adecuado refuerzo de ese temor. Se dio cuenta, sin embargo, de que esa separación momentánea le hacía bien y le pareció que tampoco la idea de un adiós definitivo la pesaría demasiado.

Él regresó más pronto de lo que había esperado, afrontando el reencuentro con un raro comedimiento, que a ella le hizo de nuevo tener algún temor. Pero no la dejó mucho tiempo con la incertidumbre, pues le confesó que entretanto se había puesto por sus propios medios en contacto con el asunto de su hijo, y había sabido que Franz –con lo cual quedaba al descubierto el porqué de la dirección de parapeto– estaba cumpliendo con la justicia una condena carcelaria de varios meses... que no era la primera, como ella debía saber.

No, ella no sabía nada.

¿Qué pensaba Teresa ahora? ¿Quería ella, querían ambos –y le tomó las manos– pasar toda su vida bajo semejante opresión? ¿Era acaso de prever a dónde iría a parar ese muchacho? ¿Qué iría a hacer aún y en qué desagradables situaciones los podía poner a los dos si continuaba en la misma ciudad o tan sólo en el país? Wohlschein deseaba poner ese asunto en orden de una vez por todas, con la ayuda de un eficaz detective que le había ayudado ahora también en sus indagaciones. Tal vez era factible que Franz pudiera emprender viaje a Hamburgo directamente desde el pórtico de los tribunales y de allí salir para América.

Ella le escuchaba en silencio, sin replicar, pero de momento en momento sentía que un tormento corroía terriblemente su corazón, tormento que nadie hubiera podido comprender, el señor Wohlschein menos que nadie, pues ni siquiera ella podía captarlo.

–¿Cuándo sale? –preguntó simplemente.

–Creo que tiene que cumplir otras seis semanas –repuso Wohlschein.

Ella se calló, pero estaba decidida a visitar a Franz en los tribunales y abrazarlo otra vez antes de despedirse de él para la eternidad.

No obstante, aplazó una y otra vez siempre de nuevo la visita a la cárcel. Por más dolorosa que le resultaba la idea de no volver a ver a Franz nunca más, no sentía ninguna nostalgia de él, sino más bien temor a un reencuentro. Entre ella y Wohlschein no se habló más por el momento del asunto, pero tampoco se trató la cuestión de la fecha para la boda. De todas maneras, la relación entre ambos fue tomando un carácter en cierto sentido más oficial. Mientras que hasta entonces en general había visitado con ella sencillas hosterías, ahora cenaban a veces en los restaurantes más distinguidos de la ciudad, en ocasiones pasaba toda la noche en casa de ella, tomaba el desayuno allí y finalmente la invitaba a disfrutar la tarde del domingo en la suya. Pero precisamente ese estar juntos transcurría sin alegría y con turbación. Y que Wohlschein, ahora que estaban como comprometidos, la tratase siempre de usted delante de la muchacha que servía la mesa, y que frente a su hermana, que se presentó al parecer sin ser esperada y se mostró algo sorprendida al verla, no se comportase de ninguna manera como el novio de Teresa, le parecía un exceso de precaución casi de mal gusto.

91

Respecto a diversiones artísticas nocturnas ya no disimulaba Wohlschein su gusto un poco comodón. Una noche asistieron juntos a un teatro de variedades de los suburbios, un tinglado de la más baja especie, donde ofrecían un espectáculo tan pobre que casi era una parodia. Una cantante casi cincuentona subió a escena, ridículamente maquillada, con una cortísima faldilla de tul, y entonó con voz quebrada una canción irónica acerca de un gallardo teniente, saludando al final de cada estrofa a la manera militar. Un *clown* realizaba proezas para las cuales hubieran servido las cajitas de juegos de magia que se pueden adquirir para los niños en cualquier juguetería. Un señor de edad, con sombrero de copa, exhibía unos perros de aguas amaestrados; un cuarteto tirolés constituido por un hombre robusto y con barba a lo Andreas Hofer, un anciano de anormal delgadez y ojos penetrantes, y dos muchachas campesinas pálidas y gordas, con zapatos de cintas cruzadas, cantaban *yodel* alpinos; luego se presentó una *troupe* de acróbatas, The Three Windsors. Un hombre gordo con malla rosa sucia levantaba en alto con las manos a dos niños de más o menos diez años y los hacía girar, después de lo cual, y tras un pobre aplauso, se adelantaron los tres tirando besos al público. Teresa se sentía cada vez más triste; el señor Wohlschein, sin embargo, parecía hallarse en su elemento. A Teresa le llamó la atención que ese tinglado pudiera permitirse el lujo de una pequeña orquesta consistente en un piano, un violín, un violonchelo y un clarinete. Sobre la tapa del piano había un vaso de cerveza que no parecía destinado sólo para el ejecutante: de vez en cuando un músico que otro lo tomaba y bebía un sorbo. Se bajó un ridículo telón de papel, mejor dicho crujió hacia abajo –tenía dibujada una musa vestida de azul con un cinturón púrpura y una lira en el brazo, y un pastor con sandalias y malla de baño roja– en el preciso momento en que la mirada de Teresa se posaba casualmente sobre el vaso de cerveza que acababan de quitar nuevamente del piano. Sus ojos se fijaron en la mano que había tomado el vaso, una mano algo peluda y delgada que salía de la manga de una camisa sin puño, a rayas verdes y blancas; era la mano del violonchelista que por un momento dejaba a los otros músicos el trabajo de ejecutar. Se llevó el vaso a los labios y bebió; en su bigote gris quedó un poco de espuma. Se levantó rápidamente de la silla para volver a colocar el vaso sobre la tapa del piano, y mientras tomaba el arco se inclinó hacia el clarinete y murmuró algo a su oído. Éste, sin hacerle caso, continuó soplando; el otro, sin embargo, meneó la cabeza, ahora sin sentido alguno, y se lamió la espuma de la boca. Su frente era anormalmente alta; el pelo oscuro lleno de hebras grises, muy corto, se levantaba como un cepillo, y entornó un ojo al volver a tocar con los demás. Su instrumento era pobrísimo y además tocaba muy desafinado; una mirada enojada del pianista cayó sobre él. El telón se alzó; un negro, vestido con frac roñoso y sombrero de copa gris subió a escena y fue saludado por el público con un griterío; el violonchelista levantó el arco haciendo un saludo al negro, que no fue advertido por nadie, ni siquiera por el negro mismo; tan sólo por Teresa. Y ya no le quedó la menor duda: era Casimiro Tobisch el que tocaba el violonchelo en este tinglado. Estaba sentada con Wohlschein muy cerca del escenario, éste le volvió a llenar su vaso de vino, Teresa se lo llevó a los labios siguiendo con la mirada fija en Casimiro hasta que por fin le obligó a volverse a mirarla. Él la contempló, luego a su acompañante, después a otras gentes sentadas en la sala de espectáculos, volvió después los ojos a ella, y miró hacia otra parte; era evidente que no la reconocía. El espectáculo continuó; otra vez un roñoso Pierrot, una tísica Colombina y un Arlequín borracho representaron con una especie de tétrico humor una pantomima, y Teresa se rió mucho, sí, olvidó por un momento que ahí en la orquesta Casimiro Tobisch tocaba el violonchelo, que era el padre de su hijo, y que ese hijo era un ladrón y un rufián, y estaba en la cárcel, y también olvidó al señor Wohlschein que a su lado fumaba apaciblemente su cigarro en una boquilla blanca, y se rió mucho con él cuando Arlequín, en un intento de abrazar a Colombina, cayó al suelo cuan largo era.

Unas horas más tarde, sin embargo, ya en su cama, junto a Wohlschein que roncaba, no podía conciliar el sueño, lloraba en silencio y le dolía el corazón.

92

Una vez en horas tempranas de la mañana –Teresa estaba dando clase– con gran sorpresa por su parte apareció Karl en su casa. Su aspecto, ya la manera de entrar, le hicieron presagiar algo malo. Cuando le preguntó si no tendría un cuarto de hora de paciencia hasta que hubiera concluido la clase, le dijo bruscamente que enviara a sus "damiselas" para casa –también eso había sido dicho con ironía. Lo que tenía que comunicarle no admitía postergación. Teresa no pudo menos que acceder. Volvió la mirada cuando las jóvenes pasaron por delante de él al salir, como para no tener que saludarlas, y apenas se quedó solo con la hermana, sin ningún preámbulo, comenzó:

–Tu hijo, ese sinvergüenza, tuvo el increíble atrevimiento de enviarme esta carta desde la cárcel.– Y se la entregó a Teresa.

Ella leyó para sí: "Estimado señor tío: como dentro de pocos días salgo de la cárcel después de cumplir una condena injusta, a raíz de circunstancias adversas, y como pienso fundar una nueva existencia lejos de la patria, le ruego que, en vista de nuestro cercano parentesco, aporte para los gastos de viaje la suma de doscientos *gulden*, moneda austriaca, que le suplico tenga dispuestos mañana. Con mi más alta estima soy, muy apreciado señor tío, su...". Y Teresa dejó caer la carta y se encogió de hombros.

–¡Bueno! –gritó Karl–, ¿quieres tener la amabilidad de decir algo?

Teresa permaneció inmutable: –Yo no tengo que ver lo más mínimo con esta carta, y no sé qué quieres de mí.

–¡Magnífico! Tu hijo me escribe desde la cárcel una carta de extorsión, sí señor, una carta de extorsión –le arrancó la carta de la mano y señaló los párrafos: "En vista de nuestro cercano parentesco"..., "que le suplico tenga dispuestos para mañana"...–. Este canalla sabe que yo ocupo un puesto oficial. Va a ir a ver a otras personas, a mendigarlas, a decir que es mi sobrino, el sobrino del diputado Faber...

–Semejante intención no la veo yo en esa carta; y tu sobrino... lo es realmente.

La actitud fría, irónica, de Teresa puso a Karl fuera de sí.

–¿Te atreves a defender todavía a ese sujeto? ¿Crees que no sé que ya me pidió un par de veces dinero? María, bondadosa pero tonta como siempre, trató de ocultármelo. ¿Creéis que a mí me podéis ocultar algo? ¿Acaso imaginas que no he sabido siempre la existencia que llevas, bajo la pantalla de tu supuesta profesión? Pues sí, no me mires de esa manera con tus grandes ojos de vaca. ¿Crees que me puedes engañar con eso? Yo nunca me he inmiscuido en tus asuntos. Te vas a hundir en el fango lo mismo que tu señor hijo. No quieres otra cosa. Si ya una vez se te ha señalado una salida y se te ha encontrado un asno que a poco se hubiera casado contigo...; no, continuar viviendo en libertad, cambiar de amantes como de camisa, eso es más cómodo y más divertido; y con esas muchachas ahí, ¿qué haces con ellas? ¿clases?... ¡Ja, ja! Probablemente las preparas para el uso de salvajes semitas...

–¡Fuera! –dijo Teresa. –No levantó el brazo ni extendió la mano; casi con un murmullo repitió–: Fuera.

Pero Karl no se dejó irritar. Continuó hablando sin freno, tal como le salía de los labios. Sí, sí, lo mismo que en su juventud, así continuaba Teresa viviendo ahora..., en una edad en que otras mujerzuelas solían paulatinamente llegar a tener conciencia de sus actos, aunque sólo fuera por miedo a hacer el ridículo. ¿Se imaginaba ella que alguna vez le había podido engañar? Ya de jovencita había iniciado relaciones con su amigo y colega, luego había venido la historia del canallesco teniente..., ¿y de quién era ese fino hijo en quien se cumplía su triste destino? Difícil es que ella misma pudiera decirlo con seguridad. De sus posteriores dedicaciones como "señorita", "encargada de la educación de niños", solamente habían llegado a sus oídos murmuraciones raras veces. Y ahora..., también de eso estaba informado..., se paseaba con un judío rico de cierta edad a quien a toda costa trataba de retener por medio de sus supuestas "alumnas"...

En este momento entró el señor Wohlschein. No era posible saber si había escuchado o entendido las últimas palabras, pero pasaba la vista perplejo de Karl a Teresa. Karl creyó llegado el momento de marcharse.

–No quiero molestar por más tiempo –dijo; y con una leve inclinación casi irónica a Wohlschein se dispuso a abandonar la habitación.

Teresa no obstante lo detuvo–: Un momento, Karl–. Presentó con la mayor calma–: El doctor Karl Faber, mi hermano; el señor Wohlschein, mi prometido.

Karl torció ligeramente los labios. –Un gran honor –y repitió–: en este caso, desearía molestar aún menos.

–Perdón –dijo el señor Wohlschein–. Yo tengo casi la impresión de que quien molesta soy yo.

–Ni lo más mínimo –dijo Teresa.

–Por supuesto que no –agregó Karl–. Pequeñas divergencias de opinión que son inevitables en las familias. No se lo tome a mal –añadió–, y muchas felicidades. He tenido mucho gusto, señor Wohlschein.

Apenas hubo cerrado la puerta al salir cuando Teresa se volvió a Wohlschein. –Disculpa, no pude evitarlo.

–¿Qué quieres decir con eso de que no pudiste evitarlo?

–Quiero decir que el que yo te haya presentado como mi prometido no te obliga a nada. Tú, ahora como antes, eres libre en tus decisiones.

–Ah, ¿es eso lo que querías decir? Pero si yo no quiero ser libre, como tú dices–. La atrajo hacia sí con brutal ternura. –Y ahora quisiera saber qué era lo que en realidad quería de ti tu señor hermano.

Ella se alegró de que no hubiera escuchado la conversación y le contó lo que mejor le pareció. Cuando se despidieron, habían decidido que la boda se realizaría el domingo de Pentecostés y que la salida de Franz para América debía, en todo caso, tener lugar antes de esa fecha.

93

Hasta Pascua de Pentecostés faltaba algún tiempo. Tres meses casi. Que el señor Wohlschein retrasara tanto la boda tenía por motivo que él debía realizar dos viajes de negocios antes, a Polonia y al Tirol; y también era necesario practicar algunos cambios en la distribución de su casa. Además había que tratar un montón de cosas con el abogado, ciertas disposiciones testamentarias...

–Todos somos mortales –observó Wohlschein–; por eso era mejor tomar esas disposiciones antes de la boda.

Teresa no encontró inconveniente alguno en esa postergación; no le resultaba desagradable no tener que cancelar todos sus compromisos de clases tan de repente, pues le resultaban ahora una distracción tanto más agradable cuanto que no parecían obligaciones reales.

Los días de la ausencia de Wohlschein, una semana en febrero y otra en marzo, durante las cuales no tenía que temer ninguna de sus visitas mañaneras, fueron como un descanso para ella. Pero a pesar de eso, le echaba un poco de menos. Se había acostumbrado en el transcurso de los últimos meses a una especie de vida matrimonial, la cual, como no podía ocultarse a sí misma, le producía un efecto provechoso.

Por algunos síntomas, externos e internos, sintió que su vida, incluso su vida de mujer, no llegaría a su fin por mucho tiempo aún. Contribuyó también a realzar su buen humor el hecho de que se podía vestir mejor que nunca, y le alegraba la perspectiva de seguir haciendo compras necesarias, en compañía de Wohlschein, como él le había prometido.

Los días de Pascua, poco después del regreso del segundo viaje de Wohlschein, los pasó con él en una pequeña hostería confortable de las afueras de Viena. El tiempo era aún bastante frío, pero ya brotaban los árboles y las primeras ramas florecían. Y había noches que, en su confortable habitación, se sentían los dos como una pareja de amantes, de manera tal que a ella, que después del regreso pasaba muchas horas a solas en su piso, le parecía que en el hogar común como señora de Wohlschein podría pasarlo muy bien. Más delicioso que nada fue para ella una tarjeta de Thilda que Wohlschein le enseñó: “Con mil saludos de Pascuas para ti y Teresa”. Sí, así estaba escrito: simplemente Teresa.

Teresa no se había decidido a efectuar una visita a la cárcel. Su temor a ese reencuentro, que al mismo tiempo debía ser una despedida definitiva, siguió invariable. Durante todo ese tiempo Wohlschein no había vuelto a hablar una palabra de Franz. Teresa suponía que la pondría en conocimiento de las cosas sólo cuando todo estuviera solucionado. Y, efectivamente, después de la excursión de Pascua le comunicó que había enviado un abogado a la cárcel para ver a Franz, pero que aquél, por ahora, se mostraba inaccesible al proyecto del viaje a América, declarando que no estaba condenado a deportación; pero Wohlschein tenía el convencimiento de que Franz, mediante la promesa por carta de una estimable suma de dinero que le sería entregada en América, cambiaría de opinión.

94

Unos días más tarde Teresa esperaba al señor Wohlschein, que debía venir a buscarla con el coche para ir juntos, como ya había ocurrido otras veces, a hacer algunas compras. Era un tibio día de primavera, la ventana estaba abierta y el aroma de los bosques llegaba hasta allí. Wohlschein solía ser puntual; cuando media hora después de la señalada no había llegado aún, Teresa se extrañó. Se detuvo ante la ventana aguardando, con el abrigo puesto; pasó otra media hora, se inquietó y decidió telefonear. Nadie contestaba. Después de un rato intentó llamar de nuevo. Una voz desconocida contestó:

–¿Quién es?

–Sólo quería preguntar si el señor Wohlschein ha salido ya de casa.

–¿Quién habla? –inquirió la voz desconocida.

–Teresa Fabiani.

–Oh, señorita..., es terrible..., terrible. –Ahora reconoció la voz, era la del contable–. El señor Wohlschein..., sí..., el señor Wohlschein ha muerto de repente.

–¿Cómo? ¿Qué?

–Lo han encontrado muerto en la cama esta mañana temprano.

–¡Santo cielo!

Sonó el timbre. Colgó el auricular y corrió escaleras abajo.

No pensó en subir al tranvía, ni en tomar un coche; maquinalmente, como en sueños, más aturdida que conmovida, al principio ni siquiera apresurada, pero con más prisa cada vez, emprendió el camino a la calle Ziegler.

Allí estaba la casa. Ningún cambio notable. Un coche delante de la puerta como muchas veces. Corrió escaleras arriba; la puerta estaba cerrada. Teresa tuvo que llamar al timbre. La muchacha abrió.

–Buenos días, señorita.

Su saludo tenía la entonación de costumbre. Por un momento Teresa pensó que aquello no era cierto, que había comprendido mal o había sido objeto de una descarada broma. Y preguntó, con la rara sensación de que su pregunta podría cambiar las cosas:

–¿El señor Wohlschein?... –pero no continuó hablando.

–¿Es que la señorita no sabe?...

Asintió rápidamente, hizo un inútil ademán de rechazo con la mano, y sin seguir preguntando abrió la puerta del salón. Alrededor de la mesa estaban sentados el contable y dos señores que ella no conocía, uno de los cuales acababa de despedirse. Dos señoras se veían sentadas cerca de la chimenea; una, la hermana del muerto. Teresa se adelantó hacia ella:

–¿Pero es cierto?

La hermana asintió, le tendió la mano. Teresa se calló, desamparada. La puerta del cuarto contiguo estaba abierta; allí se dirigió Teresa y notó que la seguían con la mirada. El comedor estaba vacío. En la habitación siguiente, el saloncito de fumar, había dos señores cerca de la ventana que hablaban de algo, pero en voz baja. También la puerta hacia el otro cuarto estaba abierta. Allí estaba la cama de Wohlschein. Eran perceptibles los contornos de un cuerpo humano, cubiertos por una sábana. Allí estaba pues, él, muerto y tan solo como sólo lo están los muertos. Teresa no experimentaba más que temor y extrañeza, pero aún ningún dolor. Con gusto se hubiera arrodillado, pero algo la contenía. ¿Por qué la dejaban sola? La hermana hubiera podido seguirla. ¿Habrían abierto ya el testamento? ¡Pensar ahora en eso! No era en realidad asunto baladí, de eso se dio cuenta en ese mismo momento, pero lo demás era más importante. Él había muerto; el novio, el amante, el buen hombre a quien tanto tenía que agradecer, el padre de Thilda. ¡Ah, ahora tendría que venir Thilda también! ¿La habrían telegrafiado ya? Seguramente. Bajo esa sábana estaba su rostro. ¿Por qué no habían encendido velas aún? El día anterior a esa misma hora, había estado con él de compras, y habían encargado ropa de cama. ¿Qué susurraban ahí al lado? El desconocido de bigote negro sería seguramente el abogado. ¿Sabía acaso esa gente quién era ella? En fin, la hermana al menos lo sabía. Hubiera podido estar algo más cordial con la prometida de su hermano. Si yo hubiera sido ya su mujer todos se portarían de otra manera, eso es seguro. Voy a volver junto a su hermana, pensó. Nosotras dos somos las que realmente estamos de duelo; nosotras y Thilda. Antes de dejar la habitación se santiguó. ¿No hubiera debido echar una mirada al rostro del muerto? Pero no deseaba volver a ver su rostro otra vez..., ese rostro algo hinchado, brillante; sentía más bien temor de hacerlo. Sí, era un poco gordo, y quizá por eso... Pero aún no tenía los cincuenta. Y ella era ahora su viuda sin haber estado casada con él.

Sobre la mesa del salón había dulces, vino, copas.

–¿No quiere usted tomar algo, señorita Fabiani? –preguntó la hermana.

–Gracias –dijo Teresa. No tomó nada y se sentó junto a las otras señoras. La hermana las presentó. Teresa no entendió el nombre de la otra señora; y ahora venía el de ella:

–La señorita Fabiani, que durante años ha sido maestra de Thilda.

La señora estrechó la mano de Teresa.

–¡Pobre niña! –exclamó–. La hermana asintió. –Ya debe de haber recibido el telegrama.

–¿Vive en Amsterdam o en La Haya? –inquirió la extraña.

–En Amsterdam –repuso la hermana.

–¿Estuvo usted alguna vez en Holanda?

–No, nunca; este verano pensaba ir allá, con mi pobre hermano–. Corto silencio.

–Él nunca había estado muy enfermo... –aventuró la señora desconocida.

–Algunas veces tenía un poco de dolor en el corazón –repuso la hermana, y se dirigió a Teresa. –¿Pero no quiere usted tomar nada, señorita Fabiani? ¿Un sorbo de vino?

Teresa bebió.

Llegó un señor de cierta edad con traje gris de verano. Con expresión dolorida y ojos redondos de duelo que se perdían por la habitación, avanzó hacia la hermana, estrechó su mano, dos veces, tres veces.

–¡Esto es horrible, tan inesperado!

La hermana suspiró. Ahora le estrechó la mano a Teresa y se dio cuenta de que no la conocía. La hermana los presentó. Teresa no entendió el nombre del señor, luego: –La señorita Fabiani, que durante años ha sido maestra de mi sobrina Thilda.

–¡La pobre niña! –exclamó el señor. Teresa se despidió; nadie la detuvo.

95

En sus disposiciones de última voluntad el señor Wohlschein ordenaba que se le hiciera un entierro muy sencillo. Heredera universal era Thilda. Había dejado legados para obras de beneficencia, para su esposa divorciada quedaba de sobra, los empleados antiguos de la fábrica no habían sido olvidados, tampoco quedaron sin nada los sirvientes, la maestra de piano, dos antiguas institutrices de Thilda y la señorita Teresa Fabiani –esta última a raíz de un codicilo testamentario del verano pasado– heredaban cada una mil *gulden*. Por una disposición especial se había cuidado que los legatarios fueran enterados inmediatamente después de la apertura del testamento y se les pagara lo correspondiente.

Teresa fue citada a casa del abogado, para recibir personalmente esa suma. El abogado, en quien reconoció a un señor que había visto en casa de Wohlschein el día de su fallecimiento, parecía estar al tanto de sus relaciones, y observó, delante de ella, lamentándolo, que el señor Wohlschein hubiera sido llamado arriba demasiado temprano. Él había manifestado antes de morir –el ahogado no lo silenció– la intención de disponer cambios importantes en su testamento. Pero, según su lamentable costumbre, lo había postergado hasta que fue demasiado tarde.

Teresa estaba apenas desilusionada. Ahora se daba cuenta de que jamás había esperado convertirse en la señora Teresa Wohlschein, de que nunca había creído que le estuviera destinada una existencia plácida, exenta de preocupaciones, ni que pudiera ser la madrastra de la señora Thilda Verkade.

Como otros parientes y conocidos, también ella estaba, a la mañana siguiente, junto a la tumba de Wohlschein, y como todos los demás dejó caer un poco de tierra sobre el féretro.

Thilda también se hallaba presente; ambas mujeres cambiaron una mirada a través de la tumba, y en los ojos de Thilda brilló tanto calor y comprensión que Teresa experimento una confusa esperanza y casi una intuición de dicha. Toda de negro, del brazo de su altísimo esposo, tan apretada a él como Teresa jamás se hubiera imaginado que Thilda pudiera acurrucarse al lado de nadie, así la vio desaparecer Teresa por la arcada del cementerio al terminarse la ceremonia.

A la tarde siguiente, por expreso deseo de Thilda, Teresa debía haberla visitado en la calle Ziegler, pero no tuvo fuerzas para llegar hasta allí. Y a la otra mañana, cuando quiso comunicarse con ella, la hija del finado Wohlschein había partido ya con su esposo.

96

Ahora se encontraba sola, tan completamente sola como no lo había estado jamás. No había amado nunca a Wohlschein. Pero algunas noches, ¡cuán doloroso tormento era pensar que esa puerta no se volvería a abrir más para él, que ese timbre ya no anunciaría más su llegada!

Una vez sonó el timbre de noche, muy tarde. Aún no se había acostumbrado a la irremediable desaparición de Wohlschein tanto como para no pensar por un instante que fuera él. ¿Qué querrá tan tarde? Por supuesto, antes ya de levantarse para abrir comprendió que podía ser cualquiera menos él.

Era Franz quien estaba delante de su puerta. ¿Estaba ya en libertad? En el zaguán mal alumbrado, con la gorra apretada sobre la frente, una colilla entre los labios, flaco y macilento, la mirada baja y atravesada al mismo tiempo, tenía un aspecto que más bien inspiraba lástima que temor. Pero Teresa no sintió nada: ni temor ni piedad. Más bien una cierta satisfacción, casi una pequeña alegría de que alguien viniera a librarla por un rato de aquella terrible soledad que pesaba opresivamente sobre ella. Y con suavidad dijo:

–Buenas noches, Franz.

Él levantó la mirada, como extrañado por el tono dulce, casi cariñoso de su saludo.

–Buenas noche, madre.

Ella le tendió la mano, y hasta retuvo la suya más tiempo del necesario, mientras lo llevaba hacia dentro. Encendió la luz.

–Siéntate.

Él permaneció de pie.

–Así que ya estás libre. –Lo dijo sin entonación, como si hubiera preguntado: ¿Ya has vuelto del viaje?

–Sí –repuso él–. Desde ayer. Por buena conducta me han regalado una semana. Sí, fíjate, madre. Bueno, no tienes por qué tener miedo. Alojamiento, ya lo tengo. Pero nada más–. Rió brevemente.

Sin replicar al principio le puso ella la mesa, le sirvió lo que tenía en casa y llenó su copa de vino.

Él comió con apetito. Y como ella le sirviera un trozo de salmón ahumado, dijo: –Te va muy bien, madre–. En su tono hubo de repente una especie de exigencia, casi una intimidación.

Ella contesto: –No tan bien como tú crees.

Él soltó una risotada. –Yo no pienso quitarte nada, madre.

–No encontrarías tampoco ya gran cosa.

–Pero gracias a Dios..., siempre vendrá repuesto.

–No sé de dónde.

Franz la miró con hostilidad. –No estuve encerrado por asalto. ¿Qué culpa tengo yo si uno deja caer su billetera por ahí? Mi defensor también lo dijo, que a lo sumo podrían condenarme por ocultamiento de lo hallado.

Ella lo detuvo con un gesto. –Yo no te he preguntado nada, Franz.

Él siguió comiendo. Luego, de repente: –Pero de América, nada. Yo puedo salir adelante aquí también. Pasado mañana comienzo a trabajar en un empleo. Sí, señor. Uno, gracias a Dios, tiene todavía amigos que no lo dejan plantado porque una vez haya tenido una desgracia.

Teresa se encogió de hombros. –¿Por qué no había de encontrar empleo un muchacho joven y sano? Yo solamente desearía que esta vez fuera duradero.

–Por mí, algunas cosas ya podían haber sido duraderas. Pero la gente cree que uno puede pasar por todo. Y yo no soy hombre para eso. ¡A nadie!, ¿sabes, madre? Y si quisiera ir a América, iría por mi voluntad. No me dejo yo enviar. Esto se lo puedes decir a tu..., a tu señor.

Teresa permaneció completamente tranquila. –Él tenía las mejores intenciones para ti. Puedes creerme.

–¿Cuáles eran esas mejores intenciones? –preguntó él groseramente.

–Lo de América. Además ya no tienes por qué preocuparte; ya no es posible. El señor –mi prometido– murió hace tres semanas.

Él la miró, incrédulo al principio, como si pensara que ella con esa mentira quería precaverse de nuevas peticiones de su parte. Pero en su pálida frente y en su gesto amargo pudo leer que no se trataba de un pretexto ni de una mentira. Siguió comiendo, no dijo nada, y luego encendió su cigarrillo. Sólo ahora –por más frío e indiferente que quisiera y tuviera pensado parecer– notó Teresa por vez primera cierta compasión en su tono:

–Tampoco tú tienes suerte, madre.

A continuación declaró que estaba demasiado cansado para irse hasta su lejano alojamiento. Se acostó tal como estaba sobre el diván, se durmió pronto, y al día siguiente había desaparecido antes de que Teresa despertara.

Al mediodía, sin embargo, estaba allí de nuevo con una pequeña maleta sucia de cartón; se instaló en casa de su madre, por tres días –dijo–, hasta entrar en posesión de su nuevo empleo, sobre cuya naturaleza no dio más explicaciones. Teresa logró que permaneciera alejado de la casa mientras daba sus clases. Pero no pudo evitar la contingencia de que un amigo y una amiga –tal vez fueran tres o cuatro personas, de las cuales ella jamás vio a ninguno frente a frente– pasaran la mitad de la noche bebiendo, charlando y riendo con él. Lo que aún conservaba de provisiones en casa se lo entregó para sus huéspedes. En la cuarta mañana esperó a que Teresa despertara, declaró que ya no sería más una carga para ella, y exigió dinero. Ella le dio lo que tenía en casa en ese momento; la mayor parte de su dinero efectivo lo había guardado por precaución en la caja de ahorros. Había sido una suerte, pues Franz no dejó, antes de marcharse, de revolver armario y cómoda. A partir de entonces desapareció para ella durante muchas semanas.

97

Los días pasaron y llegó el domingo de Pentecostés, en el cual debía de haberse realizado su boda. Aprovechó para visitar la tumba de Wohlschein sobre la cual, junto a las marchitas coronas, sin nombre ni cintas, estaba su ramillete de violetas. Se hallaba allí de pie, bajo un cielo claro y azul de verano, sin orar, casi sin pensar, sin tan siquiera experimentar tristeza. Aquellas palabras de su hijo, las únicas en las cuales había sentido hablar su corazón, resonaron en su interior: "Tampoco tú tienes suerte, madre". Pero esa evocación de ningún modo se relacionaba exclusivamente con la muerte de su prometido, sino con toda su existencia. Efectivamente, ella no había venido al mundo para ser feliz. Y como señora de Wohlschein probablemente no lo hubiera sido más que de cualquier otra forma. Que alguien muriera, al fin no era más que una de las mil maneras de desaparecer o tomar las de Villadiego. ¡Tantos habían muerto para ella! Vivos y fallecidos. Su padre era el primero que estaba pudriéndose hacía ya mucho tiempo; muerto estaba Richard, quien de todos los hombres que había amado había sido el que más cerca de ella había estado; y su madre, a quien pocos días antes del fallecimiento de Wohlschein había anunciado su enlace, también lo estaba: apenas se había interesado por el asunto, solamente había hablado dándose gran importancia de su "herencia literaria", que pensaba legar a la ciudad de Viena; muerto estaba también su hermano, quien, desde su última desagradable aparición, no había dado señales de vida ni se había dejado ver más; y Alfred, su amante y amigo de antaño; también a su hijo, el rufián y ladrón, lo había perdido; y Thilda, que soñaba con Holanda tras elevados y lucientes ventanales y no se acordaba para nada ya de la "señorita Teresa". Y los muchos niños..., varones y chicas para quienes había sido maestra y en ocasiones casi madre; los diversos hombres a quienes había pertenecido..., todos ellos estaban muertos, y casi era como si el señor Wohlschein quisiera darse importancia con el hecho de descansar tan irremisiblemente bajo ese montículo, y como si se imaginara estar más muerto que todos los demás. ¡Ah, no! Ella no tenía lágrimas especiales para él. ¡Las que lloraba ahora fluían por otros muchos!... Y más que nada lloraba por sí misma. Tal vez ni siquiera aquellas lágrimas eran de dolor, sino de cansancio. Pues estaba fatigada como nunca lo había estado; a veces no sentía otra cosa más que puro cansancio. Cada noche caía tan pesadamente en la cama, que pensaba que alguna vez de tanto cansancio dormiría hasta la nada.

Pero tan fácil no debía ser. Siguió viviendo y preocupándose. Por dos veces tuvo que volver a ayudar a Franz. La primera vino él en persona en pleno día con su pequeña maleta, en el momento justo en que tenía unas alumnas consigo. Quería alojarse nuevamente en su casa. Ella lo rechazó, no le permitió ni pasar, pero para no terminar peor, no tuvo más remedio que entregarle cuanto aún conservaba en casa de dinero en efectivo. La siguiente vez no vino él mismo, sino dos de sus amigos. Tenían un aspecto parecido al suyo, hablaron de cosas incoherentes en un tono altanero, afirmaron que la vida del camarada y su honor estaban en juego, y no se alejaron hasta que Teresa no les entregó, también en esa ocasión, todo cuanto aún tenía.

Pero ahora había llegado el verano, las clases habían cesado por completo y los últimos *gulden* ahorrados se habían consumido; vendió sus insignificantes alhajas, una delgada pulsera de oro y un anillo con una piedra sintética que le había regalado Wohlschein.

El producto de esas ventas hubiera sido suficiente tal vez para ayudarla hasta el otoño, y fue lo bastante ligera o audaz como para trasladarse por unos días al campo en agosto, al mismo lugar en que había pasado las Navidades con Wohlschein, sólo que esta vez en una hostería más modesta.

En esos días fue cuando despertó por un momento de su fatiga, de su letargo, y se propuso poner, hasta donde todavía fuera posible, seguridad y sentido en su existencia. Ante todo decidió rechazar sin contemplaciones cualquier nuevo intento de chantaje de Franz, y hasta, si era necesario, recurriría a la policía para buscar protección contra él. ¡Qué importaba! ¡En todas partes se sabía que ella tenía un hijo depravado, que hasta había estado en la cárcel, y nadie en el mundo le reprocharía que lo dejara al fin librado a su destino! Además apeló a la memoria de algunas ex alumnas, que parcialmente ya estaban casadas, para pedirles recomendaciones. Si había logrado seguir adelante hasta entonces no podía fallar tampoco en el futuro.

Ya esos pocos días en el campo –el aire fresco, la tranquilidad, el verse liberada de aquellos dolores desagradables y penosos...–, qué ventajoso efecto ejercieron sobre su estado de ánimo. No estaba tan gastada como había temido en los últimos meses; y que aún contaba como criatura del sexo femenino, podía reconocerlo claramente por algunas miradas de los hombres con quienes se encontraba. Y si hubiera dado algunas esperanzas a ese joven alpinista que regresaba todas las noches de sus excursiones por las montañas, fumaba su pipa en el salón y volvía a dejar descansar sus ojos con simpatía sobre ella, hubiera podido vivir de nuevo una "aventura". Pero sabiendo que esa posibilidad existía, se contentó con la certeza. No le hubiera parecido digno, casi como una desvergüenza, casi como una provocación al destino, atraer a ese muchacho joven por artes de coquetería y despertar esperanzas en él que no estaba seriamente dispuesta a cumplir.

Una mañana, desde la ventana de su habitación, vio un coche que se ponía en marcha; él estaba sentado dentro, la mochila a sus pies, y como si hubiera adivinado que ella lo seguía con la mirada, se volvió de pronto, sacó con ademán exagerado el sombrero con borla de gamuza, y ella le hizo un saludo a su vez. Él se encogió levemente de hombros, como lamentándolo, como si quisiera decir: "Ahora es tarde". Y el coche salió.

Por un momento experimentó un sentimiento doloroso. ¿No sería ésa una última dicha que se iba? ¡Patrañas! –se dijo–, y se avergonzó un poco de tales pensamientos absurdos.

La noche del mismo día –como, por lo demás, tenía resuelto de antemano–, regresó a Viena.

98

Principalmente por temor a Franz, no había dejado dicho adónde iba de viaje. Así, halló a su regreso, con retraso de casi ocho días, una esquela con la noticia de la muerte de su madre; junto al nombre de su hermano y su cuñada, venía también el suyo. Estaba más asustada que conmovida. A la mañana siguiente, a una hora en que su hermano probablemente no estaría en casa, allí se dirigió. Su cuñada la recibió con frialdad. La señora Faber le reprochó que hubiera sido imposible dar con ella, reproche que parecía más importante aún debido a que la finada, en sus últimos momentos, pidiera con apremio ver a su hija. Se habían visto obligados a tomar todas las disposiciones sin la ausente; el testamento, del cual Teresa podía enterarse cuando quisiera, estaba en casa del notario; no contenía casi más que disposiciones para el legado literario, que era de sorprendente abundancia, pero la municipalidad de Viena, heredera real, no sabía qué hacer con ello y por el momento aún no lo había retirado. Dinero efectivo casi no había ninguno; por el contrario, se habían presentado algunos acreedores, pequeños comerciantes del vecindario, y para la cancelación de las deudas más urgentes se venderían por de pronto las escasas pertenencias de la finada. En el improbable caso de un excedente, se le comunicaría a Teresa por conducto del escribano. No le pasó a ésta inadvertido que su cuñada dejaba vagar constantemente su mirada hacia el lado de la puerta. Comprendió que la mujer aguardaba con temor la aparición de su marido, y observó:

–Es mejor que me vaya ahora–. La cuñada respiró aliviada.

–Te iré a ver en cuanto pueda –le dijo–, pero realmente es más sensato que no te encuentres con Karl ahora. Tú sabes cómo es. Ni siquiera asistió al entierro por temor a que tú pudieras estar allí.

–¿Por qué estoy yo en la esquela de defunción?

–Imagínate, ya estaba preparada; la había redactado tu madre antes de su muerte. La próxima vez te lo contaré todo al detalle–. Y casi la arrastró hasta la salida.

En el camino de regreso Teresa entró, después de mucho tiempo sin hacerlo, en una iglesia. Le parecía que debía hacer eso en recuerdo de su madre, a pesar de que ésta nunca se había ocupado de las prácticas religiosas, y le ocurrió de nuevo, como muchas veces años atrás, que en la semioscuridad del alto ámbito perfumado de incienso, se apoderó de ella una tranquilidad maravillosa, una tranquilidad más profunda y distinta que aquélla de que se había sentido embargada en el silencio de un bosque, sobre una pradera montañosa, o en cualquier otra dichosa soledad. Y mientras con las manos involuntariamente enlazadas estaba sentada en un banco de la iglesia, le pareció ver en la penumbra no sólo la figura de su madre tal como la había visto por última vez, sino que otros muertos que habían significado algo en su vida aparecieron ante ella, no como muertos, sino más bien como resucitados que habían entrado allí para la eterna salvación de su alma; también Wohlschein estaba entre ellos, y no lo veía ahora como uno a quien la muerte arrebata de repente, o como un cadáver en descomposición, sino sonriéndole desde el Cielo y mirando hacia ella con clemencia. Y lejanos, impuros, malditos casi, se le aparecieron ahora los vivos; no solamente las personas que le habían procurado pesares, como su hermano, su hijo, aquel ridículo Casimiro Tobisch, a todos los cuales ya en vida se los podía imaginar como condenados..., sino también gentes que nunca le habían hecho daño; hasta un ser como Thilda estaba más lejos de ella, más apartada de cuanto lo estaban los muertos; le parecía extraña, digna de compasión, verdaderamente condenada.

99

Con el otoño volvió de nuevo la época de colegios y clases. Pocas alumnas del año anterior volvieron a inscribirse, pero Teresa logró contratar un tiempo por la tarde, cosa que consideró un caso de suerte; era para enseñar y acompañar en sus paseos a las dos hijas de un tendero de los suburbios.

El padre, de una cultura bastante mediana, y más bien en situación modesta, ponía más empeño en tener una señorita para sus hijas que la madre, que también se ocupaba del negocio. Las dos niñas eran de condición amable, algo adormiladas de espíritu, y a veces, cuando Teresa, en las tardes soleadas de otoño, paseaba con ellas por una plaza-jardín próxima bastante pobre, y, más por costumbre y sentido de su deber que por imperativo interior, intentaba en vano entablar una conversación, se apoderaba de ella aquella fatiga que ya conocía de antes, pero que ahora la aplastaba de un modo tan pesado y opresor que a veces se asemejaba a una oscura desesperación; y el favorable efecto que siguió a la breve estancia en el campo desapareció con amenazante presteza.

Cuando Franz apareció de repente una noche, no tan irritado como de costumbre, sino algo sumiso y callado, no tuvo fuerzas para negarle, como había sido su propósito, el albergue que le suplicó. Los primeros días realmente la molestaba poco, pasaba el tiempo fuera, no recibía visitas y seguía tan callado y deprimido que Teresa estaba ya a punto de preguntarle qué le ocurría. La tercera noche apareció cuando ella se había ido ya a la cama. Se le veía muy acuciado, afirmó haber hallado por fin un alojamiento al cual debía mudarse esa misma noche, pero precisaba para ello, sin falta, la suma de diez *gulden*, que ella debía darle inmediatamente. Teresa se negó; declaró, lo que casi era verdad, que no tenía nada. Franz no la creyó... e hizo ademán de empezar a rebuscar él mismo por todo el piso. Como cada vez se mostraba más amenazador, a Teresa le pareció lo más sensato abrir el armario y sacar ante sus ojos un par de *gulden* que había guardado entre las piezas de ropa. Él dudó de que eso fuera todo lo que tenía oculto; ella le juró que le había dado lo último que poseía, y respiró aliviada cuando él se abstuvo de intentar hacer más averiguaciones, alejándose de pronto con notable prisa.

A la mañana siguiente le fue revelado el porqué de la prisa de Franz. Un detective la despertó a las seis de la mañana preguntando por él e inquiriendo si conocía su nuevo alojamiento, al mismo tiempo que la ponía amablemente al corriente de que ella tenía el derecho de negar la información.

–De todos modos le detendremos pronto –observó afable, y se alejó con una mirada de compasión profesional.

Ahora Teresa creía muerto el último resto de sentimiento que aún guardaba en su corazón para su hijo, y lo único que todavía la ligaba a él era el miedo a su regreso. La mirada perversa que le había dirigido mientras sacaba esos pocos *gulden* del ropero le hizo temer algo más terrible para la próxima vez. Y tomó la decisión de no volverlo a dejar entrar jamás, bajo ningún pretexto, en su casa, aunque para ello fuera necesario recurrir a la policía.

Serias preocupaciones avanzaban sigilosamente hacia ella. Nunca hasta entonces se había acercado a nadie para pedir ayuda, y no se le ocultó que tal intento en su situación actual no podía significar otra cosa que una especie de pordioseo. ¿Además, de quién podía esperar una ayuda? Alfred, por supuesto, no se la hubiera negado; también Thilda, en caso de necesidad, la socorrería; pero el solo pensamiento de ponerse en comunicación por carta con uno de ellos dos hizo subir el calor de la vergüenza a su rostro. Las clases aún traían lo suficiente a la casa como para no tener que pasar hambre; por el momento no era necesario renovar cosas y estaba acostumbrada a una existencia pobre; así vivía entonces, retirada y menesterosa, pero como Franz había desaparecido de nuevo, todo continuó más o menos apaciblemente.

Una mañana, en el invierno, recibió una pequeña alegría auténtica. Llegó una carta de Thilda, que tenía el delicioso aroma de un conocido perfume que ella usaba ya desde jovencita.

"Mi querida señorita Teresa Fabiani –eso escribía–, pienso frecuentemente en usted, casi tan frecuentemente como en el pobre papá. ¿Quisiera usted tener la bondad, queridísima señorita, de colocar unas flores en mi nombre sobre su tumba la próxima vez que vaya usted al cementerio? Y sería una gran amabilidad de su parte si me volviera a escribir alguna vez, diciéndome cómo le va a usted. ¿Aún existe el curso? ¿Cómo está la pequeña Greta? ¿No sabe escribir aún con ortografía? Aquí está bastante brumoso estos días invernales debido a la cercanía del mar, apenas hay nieve. Mi esposo le manda sus mejores saludos. Está frecuentemente de viaje, y las noches se hacen a veces muy largas y solitarias, pero usted sabe que a mí me gusta bastante estar a solas conmigo misma, así que no se me ocurre quejarme. La saludo cordialmente, querida señorita Teresa. Espero que nos volvamos a ver alguna vez. Su agradecida Thilda. P. D. Adjunto una cantidad para las flores."

Teresa contempló la carta durante largo tiempo. "Espero que nos volvamos a ver alguna vez." Muy prometedor no parecía aquello en el fondo. ¿No habría sido escrita la carta por lo de las flores para la sepultura de su padre? En cuanto a la "cantidad", no venía incluida. O Thilda se había olvidado de adjuntarla, o la habían robado. Bueno, solamente se trataba de unas cuantas margaritas, y eso en el peor de los casos lo podía pagar ella. "La próxima vez que vaya usted al cementerio." Desde el domingo de Pentecostés Teresa no había vuelto allí. En uno de los días festivos de Navidad lo repararía. Perder una hora para eso, y además comprar flores, era más de lo que podía permitirse. La carta, la contestaría más adelante. La señora Thilda Verkade también la había hecho esperar bastante tiempo.

100

Pocas noches más tarde, a una hora avanzada, sonó el timbre. El corazón de Teresa se detuvo. Sigilosamente se acercó a la puerta y atisbó a través de la mirilla. No era su hijo. Una mujer joven estaba en la puerta. Teresa no la reconoció de inmediato.

–¿Quién es? –preguntó vacilante.

Una voz clara, pero algo ronca, repuso: –Una buena antigua conocida. Abra, señorita Teresa; soy Agnes, Agnes Leutner.

¿Agnes? ¿Qué quería ésa? ¿Qué le traería? Probablemente alguna noticia de Franz. Y la abrió.

Agnes entró llena de nieve, sacudiéndose los copos en el recibidor.

–Buenas noches, señorita Teresa.

–No pensará usted seguir paseando.

–¡Pero hábleme de tú, señorita Teresa, como antes!

Siguió a Teresa a la habitación y su mirada errabunda cayó, antes que nada, sobre la mesa llena de cuadernos con cubiertas azules, y libros. Teresa la contempló. Oh, no se podía dudar un solo instante qué especie de mujerzuela era la que tenía delante. La cara maquillada, casi pintarrajeada, bajo un sombrero de fieltro violeta con una brillante pluma de pavo real, los cabellos teñidos de rubio, los rizos a tenacilla cayendo sobre la frente, grandes brillantes falsos en las orejas, un desastrado abrigo de imitación astracán con manguito de lo mismo..., así estaba delante de ella, atrevida y confusa al mismo tiempo.

–Tome usted asiento, señorita Agnes.

Agnes había observado la mirada examinadora y crítica de Teresa, y en tono un poco irónico, como disculpándose, dijo:

–Lógicamente, yo no me hubiera permitido..., si no fuera porque vengo a traerle un mensaje.

–¿De... Franz?

–Con su permiso–. Y se sentó. –Se trata de que está en el hospital de la cárcel.

–¡Por Dios! –exclamó Teresa, y de pronto se dio cuenta de que era su hijo el que estaba en el hospital, quizá enfermo de muerte.

Agnes la tranquilizó: –Bueno, pero no es de cuidado, señorita Teresa; se va a curar, aun antes de que salga el juicio. Todavía está en la instrucción. Además, esta vez no le podrán probar nada, precisamente en esa historia él no estuvo presente. La policía casi nunca atrapa a los culpables.

–¿Qué es lo que tiene?

–¡Pero nada de particular, una insignificancia!–. Comenzó a tararear.– *¡Es el amor, el amor solamente...!* –Y añadió con una risa descarada: –Bueno, eso suele durar un rato, pero luego también hay que andar con cuidado. Aunque sólo sea por los demás. ¡Como si los demás tuvieran cuidado! Pero yo también me curé. ¡Y eso que fue algo tremendo! Pasé seis semanas en el hospital.

Teresa cambió la palidez por el sonrojo. Frente a aquella mujerzuela se sentía como una muchacha joven. Únicamente tenía un deseo: que aquella persona se fuera cuanto antes. Y apartando su silla lejos de ella, le preguntó: –¿Qué tiene usted que decirme de parte de Franz?

Agnes, visiblemente irritada, habló imitando un lenguaje culto: –¿Lo que yo tengo que decirle de parte de él? ¡No debe ser tan difícil de adivinar! ¿O cree usted quizá, señorita Teresa, que dan bastante de comer en el hospital a los acusados? Para que den algo bueno tiene uno que ser tuberculoso o algo por el estilo. Precisa dinero para mejorar su alimentación. Una madre debe comprender eso.

–¿Por qué no me ha escrito? –dijo Teresa–. Si está enfermo yo hubiera conseguido el dinero en alguna parte.

–Él sabrá por qué no la escribió.

–Yo siempre le he ayudado, aun cuando sólo yo... –se interrumpió. ¿No era vergonzoso que tratara de justificarse en cierto modo frente a esa persona?

–Sí, ¡vaya! Puedo suponer que tampoco usted está muy lucida, señorita Teresa; a uno le va unas veces mejor y otras peor. Pero usted tiene todavía bastante buen aspecto. De vez en cuando llega uno que deja algo.

De nuevo sintió Teresa que la sangre le afluía a la cara. ¡Qué mujerzuela! ¿No le hablaba a ella como si fuera una de su misma calaña? ¡Oh, cómo le debía haber hablado Franz a ella y también a otras gentes! ¡Oh, hijo, hablar así de su madre! ¡Con qué ojos debía verla! Buscó una respuesta y no la halló. Por fin, desamparada, tartamudeando casi, dijo: –Yo..., yo doy clases.

–Pero ¡por supuesto! –repuso Agnes. Y con una despectiva mirada hacia los libros y cuadernos: –Eso ya se ve. Y es una suerte cuando uno tiene alguna cultura. Yo también preferiría poder elegir a mis caballeros siempre.

Teresa se levantó. –¡Váyase usted! Yo misma le llevaré a Franz lo que necesita.

También Agnes se levantó, lentamente, como vacilando. Pero ahora parecía darse cuenta de que había empleado un tono inadecuado, o tal vez no quisiera regresar junto a Franz con las manos vacías. Y dijo:

–Bueno, si quiere usted ir un día a verlo al hospital... pero seguramente él no ha contado con eso. Y usted tampoco lo había pensado...

–Yo no sabía que estaba en el hospital.

–Yo tampoco. Fue pura casualidad. Iba a visitar a un viejo amigo mío allí, y le llevaba algo de comer. Sí, una en mi situación tiene que hacer un montón de economías y se lo gana mucho más difícilmente, me lo puede creer, señorita Teresa, que dando clases. Y puede imaginarse, señorita Teresa, mi asombro al ver allí acostado a Franz, frente a frente de mi amigo. Él también se alegró. Viejo amor no se herrumbra. Luego una palabra trajo la otra, y yo le pregunté si no precisaba algo de afuera, y entonces él dijo: –"Si quisieras ir a ver a mi madre y decirle si puede enviarme algunos *gulden* para mejorar mi comida". –¿Por qué no? –dije yo–, tu madre aún se acordará de mí. Y quizá prefiera darme algo para que te lo traiga antes que venir ella aquí al hospital de la cárcel. Eso es molesto para las personas que no están acostumbradas.

Teresa tenía unos cuantos *gulden* en su bolso.

–Ahí tiene, tome usted. Lo siento, pero no tengo más.

Se dio cuenta de que Agnes dirigía una mirada hacia el ropero. ¡También estaba enterada de eso por Franz...!

Y temblándole las comisuras de los labios añadió:

–Ahí dentro tampoco tengo nada más. Quizá para Navidad..., pero entonces iré yo misma.

–Para Navidad puede que él ya esté fuera. Ya le he dicho, señorita Teresa, que esta vez no le podrán probar nada. Entonces le agradezco esto infinitamente en su nombre, y... ¿nosotras quedamos amigas, no? ¿Tendría usted quizás unos cigarrillos para él?

No tengo, iba a decir Teresa; pero recordó en ese momento que aún había una caja abierta desde los tiempos de Wohlschein. Desapareció en la habitación contigua por un par de segundos y le trajo a Agnes un puñado de cigarrillos.

–Esto alegrará más que nada a Franz –dijo Agnes; y los guardó dentro del manguito–. ¿Puedo fumarme yo uno?

Teresa no replicó nada, pero le tendió la mano como despedida. De pronto no sintió más rencor contra ella ni tampoco superioridad. En realidad no había una diferencia tan inmensa entre ella y Agnes. ¿Acaso no se había vendido al final al señor Wohlschein?

–Salúdelo de mi parte, Agnes –dijo más suavemente.

En la escalera ya estaba oscuro. Teresa acompañó a Agnes hasta abajo; ésta, antes de que el portero viniera a abrir, levantó el cuello de su abrigo de falso astracán y Teresa se dio cuenta de que lo había hecho por consideración a ella.

Aquella noche permaneció desvelada mucho tiempo. Acababa de vivir otra experiencia. ¿Acaso era, a fin de cuentas, algo tan extraño? Tenía un hijo que era un inútil, que frecuentaba a perdidos y prostitutas, y a quien la policía buscaba de vez en cuando y en ocasiones detenía, y que ahora estaba en el hospital de la cárcel con una repugnante enfermedad. No quedaba más remedio que conformarse con esa situación. Al fin y al cabo, era su hijo.

Como de costumbre, no pudo defenderse contra eso como deseaba... En su corazón había lástima, sentimiento de culpa cuando él podía sufrir o hacer daño a otros. Sentimiento de culpa, sí, eso era. Resultaba extraño, ciertamente, que en tales instantes pensara sólo en su propia culpa, como si únicamente ella, que lo había dado a luz, fuera la responsable de todo lo que él hacía, y como si el hombre que lo había engendrado, retirándose luego sigilosamente a la oscuridad de su existencia, no tuviera nada que ver con él. Sí, para Casimiro Tobisch aquel abrazo del que había surgido el niño como ser humano era uno de tantos..., no más dichoso ni de consecuencias más graves que todos los demás. Él no sabía que el ser que había puesto en el mundo era un canalla, no se enteró siquiera de que tenía un hijo. ¿Y si casualmente se hubiera enterado, qué le hubiera importado, qué hubiera comprendido de eso? ¿Qué tenía que ver aquel muchacho perdido, que ahora estaba en el hospital de la cárcel, con él, un hombre de edad, que después de veinte oscuros estultos años tocaba el violonchelo en un grasiento local de variedades, y se le bebía la cerveza al pianista? ¿Cómo podía él sentir la conexión con su destino si aun a ella le costaba trabajo imaginarse como realidad que de un fugaz momento de deseo hubiera surgido un ser que era su hijo? Aquella comunión de un momento, tiempo atrás, y esa comunión presente..., ¿cómo era posible definirlas siquiera con la misma palabra? No obstante, lo que durante años le había sido por completo indiferente cobró de pronto una no sospechada significación e importancia, como si desde el momento en que Casimiro supiera de la existencia de su hijo, fuera a cambiar el rumbo y el contenido de su vida, que tomaría un nuevo sentido. Se sentía como aquel que está de pie junto a la cama de uno que duerme, inseguro de si debe tan sólo acariciarle con suavidad la frente sin perturbar su sueño, o sacudirlo para que despierte y vuelva a la responsabilidad. Sabía, por cierto, que precisamente Casimiro Tobisch era en realidad un soñador que ignoraba lo fundamental de su propia existencia. Habría habido muchas mujeres, con toda seguridad, en su vida; tal vez tuviera también otros hijos, sabría del uno o del otro, porque no siempre le podía haber salido bien eso de tomar las de Villadiego a tiempo...; pero que de repente se le apareciera una, una de la cual había olvidado hasta el rostro y la mirada, se plantara delante de él veinte años después de haberla dejado, y le dijera: –Casimiro, hay un hijo tuyo y mío... –Eso probablemente era algo que jamás le había sucedido.

Casi pudo representarse la escena en vivo: cómo le despertaba, tomaba su mano, le conducía a través de numerosas calles que al mismo tiempo representaban los caminos confusos de su vida, cómo con él llamaba a un portón, el portón del hospital de la cárcel, y le llevaba delante de la cama de un muchacho enfermo, que era su hijo; cómo él abría los ojos, asombrados y grandes, comenzando a comprender al instante, y se volvía hacia ella y tomaba su mano murmurando: –Perdóname, Teresa.

101

El primer día de las fiestas de Navidad fue al cementerio. Hacía un engañoso tiempo primaveral. Un viento tibio soplaba sobre las tumbas, y el suelo estaba húmedo de nieve derretida. Ella había traído margaritas blancas en nombre de Thilda, violetas en el propio. No encontró tan fácilmente la sepultura de Wohlschein como había creído; todavía no había sido colocada la losa, y sólo un número le indicó dónde estaba enterrado el padre de Thilda. ¡El padre de Thilda! Pensó antes en eso que en que fuera su amante el que allí dormía el sueño eterno. Ahora casi haría ya tres cuartos de año que estaríamos casados, se le ocurrió pensar; yo estaría instalada hoy en una tibia habitación, lindamente amueblada, y al igual que Thilda, miraría la calle a través de una lustrosa ventana, y no tendría preocupaciones. Pero apenas lamentaba que eso no hubiera resultado así, y pensó en el muerto sin ninguna ternura. ¿Soy tan desagradecida –se preguntó–, tan fría de sentimientos, tan apagada? Sin que las evocara, surgieron en su imaginación las figuras de otros hombres a quienes había pertenecido; hoy sabía que esas evocaciones de otros fueron las que le habían procurado siempre un fugaz deseo en sus horas de amor con Wohlschein.

Y de pronto –aunque le parecía que ya se había dado cuenta de eso cuando él vivía– se preguntó si su amante habría intuido en lo más recóndito de su ser aquella perversa infidelidad que siempre se repetía, y en un momento en que había tenido una conciencia avergonzada de su triste papel, ese reconocimiento le había destrozado, y como suele decirse, eso le había producido un ataque al corazón. Oh, conexiones así se daban, estaba segura. Hay culpas misteriosas, profundamente ocultas, que por momentos iluminan débilmente el alma para apagarse de inmediato..., y le parecía como si la culpa que ella sentía por la muerte de Wohlschein no fuera la única que como una llama insegura y pálida calcinaba el más profundo rincón de su alma. La certidumbre de una aún más pesada y oscura culpa dormitaba en ella, y después de mucho, mucho tiempo, volvió a pensar en aquella noche lejana en la que había dado a luz a su hijo, matándolo. Ese muerto, sin embargo, seguía siendo un fantasma en el mundo. Ahora estaba en una cama del hospital de la cárcel, y aguardaba a que viniera su madre, su asesina, para reconocer su culpa.

Las margaritas blancas y violetas se deslizaron de sus manos, y con los ojos terriblemente abiertos, como una demente, miró con fijeza al vacío.

Esa misma noche, sin embargo, se sentó ante una mesa bien puesta, en el círculo familiar del tendero, y habló con la señora y el señor, lo mismo que con los invitados, un matrimonio de pequeños burgueses, sobre un montón de cosas cotidianas, del tiempo de nieve, de los precios del mercado, sobre la enseñanza en colegios municipales y nacionales... sin pensar más en sus muertos.

102

En los días siguientes consideró si debía escribir a Casimiro Tobisch..., quizá ni siquiera fuera ése su nombre. No era de ningún modo seguro que se llamara así o de otra forma. Además, era posible que no hiciera caso ninguno de esa carta, menos tal vez si presumía quién se la mandaba. Así es que al final le pareció lo más inteligente esperarlo a la salida de la función. Podía hacer como que lo encontraba por casualidad.

Una noche, a las once, el letrero luminoso "Universum" brilló ante su vista. De pie, en la entrada, había un gigantesco portero con una librea verde raída con botones dorados, sosteniendo en el puño un largo bastón con borlas plateadas. La función aún no había terminado. Teresa buscó la puerta a través de la cual Casimiro Tobisch tendría que abandonar el local. Le fue fácil hallarla: doblando la esquina, una calle más allá, doblando la esquina siguiente, entrando en otra calle apenas alumbrada, se podía leer sobre una puerta mitad de vidrio: "Entrada para actores". En ese momento salía una mujerzuela, flaca y de aspecto vulgar, envuelta en un pobrísimo impermeable excesivamente ligero, y desaparecía a la vuelta de la esquina. Su abrigo tampoco estaba muy de acuerdo con el tiempo de nieve. Llevaba el elegante sobretodo primaveral que le había regalado Thilda, y debajo, naturalmente, una chaqueta de lana. Ah, de todos modos estaba mejor provista que otras mujeres en su situación, sólo sentía los pies húmedos y fríos; hubiera debido ponerse los zapatos más gruesos que había usado últimamente cuando iba al campo en compañía de Wohlschein. Pese a su continuo ir y venir, sintió frío. Tal vez hubiera sido más sensato procurarse un asiento barato en la sala de espectáculos y aguardar el final de la función. Continuó caminando en un incesante ir y venir por las calles nevadas, dando vueltas alrededor del edificio de manera tal que tan pronto tenía delante de su vista la entrada como la puerta del escenario. Llegó un momento en que aquella espera le pareció insensata, inútil. ¿Qué era lo que quería? ¿A quién estaba esperando? ¿A un viejo músico que tocaba el violonchelo allá dentro, o a un joven con sombrero de ala ancha cuyo bigote olía a reseda? En realidad, aquél no le importaba nada; y sin embargo le parecía que de la puerta de vidrio debía salir un joven vestido con una capa y el sombrero de fieltro en la mano. Por un momento, se sintió ella misma la hermosa "señorita" que tenía el domingo libre y acudía alegre al encuentro de su amante. Pero en aquel entonces naturalmente era primavera. ¿Qué es lo que hacía ahora allí? Ya no era primavera y ella no era tampoco una hermosa señorita. ¿No era acaso la señorita Steinbauer, de quien entonces había tenido tanta compasión porque no tenía amantes? Ella no era la misma ni él tampoco... ¿Qué pretendían uno de otro? No, realmente en su vida había emprendido nada tan inútil como ese camino hasta aquí. ¿No era mejor desistir del asunto y volver quizá en otra ocasión y con mejor disposición de ánimo? Ya se alejaba paulatinamente del edificio, cuando el círculo iluminado desapareció, lo lamentó, dio la vuelta y se percató de que la función acababa de terminar. El portero estaba con el bastón en alto, meneando las borlas plateadas. La gente se precipitaba por la puerta principal al aire libre, se detenían los coches. Teresa atravesó la calzada rápidamente, corrió hasta la entrada del escenario, se quedó del lado opuesto para no perder de vista la puerta de vidrio; y el primero que salió fue él..., delgado, vistiendo la capa, el sombrero de ala ancha en la mano, con un cigarrillo entre los labios; su fisonomía apenas era distinta que la de veinte años antes. Era realmente como un milagro. Se volvió en todas direcciones, luego miró hacia las alturas, sacudió la cabeza como si le extrañase la caída de la nieve y no le agradara. Se puso el sombrero, y entonces, de pronto, como si supiera que enfrente lo aguardaba alguien, cruzó apresuradamente y con pasos largos la calle en dirección a Teresa. La rozó con una fugaz mirada al pasar por su lado.

–Casimiro –le llamó ella.

Él no se volvió y continuó caminando de prisa.

–Casimiro Tobisch –le llamó de nuevo.

Él se detuvo, volvió la cabeza, se dio vuelta, se acercó a Teresa, la miró a la cara. Ella sonrió, a pesar de que él ahora tenía un aspecto completamente distinto, parecía mayor de lo que era, con muchas arrugas en la frente y más profundas aún en las comisuras de los labios.

Ahora la reconoció. –¿Qué ven mis ojos? –exclamó–. ¡Esto es..., pero esto es... Su Alteza, la Princesa!

Ella continuó sonriendo. ¡Eso era lo que primero recordaba después de veinte años, que primero se había comportado como si la tomara por una archiduquesa o por una princesa! Bueno, en todo caso ella había cambiado menos de lo que temía. Hizo un ademán de asentimiento, como afirmando; su sonrisa inexpresiva se volvió más vacía, y dijo:

–Sí, soy Teresa.

–¡Pero esto es realmente una sorpresa! –dijo él y le tendió la mano.

Teresa le hubiera reconocido tan sólo con haber estrechado sus dedos delgados.

–¡Pero, dime, cómo has venido aquí!

–Pues... asistí casualmente a la función y te vi... –se detuvo.

–¿Y me has reconocido?

–Por supuesto. Apenas has cambiado.

–Tú en realidad tampoco has cambiado mucho. –La tomó por la barbilla y fijó sus ojos vidriosos en el rostro de ella. Su aliento olía a cerveza ácida–. Así que tú eres realmente Teresa. ¿No? ¡Que nosotros dos nos hayamos vuelto a encontrar! ¿Cómo te ha ido en este tiempo, Teresa?

Ella sentía aún la sonrisa en sus labios; era imposible quitarla de allí, pese a que apenas tenía significado alguno.

–No es tan fácil de contar cómo me ha ido a mí.

–Por supuesto, por supuesto –confirmó él–. Ya hace una media eternidad que no nos hemos visto.

Ella asintió. –Veinte años casi.

–Pueden pasar muchas cosas en veinte años. Tú seguramente estás casada..., tienes hijos.

–Uno.

–Sí, sí..., yo tengo cuatro.

–¿Cuatro?

–Sí, dos hijos y dos hijas. Pero, ¿por qué no seguimos andando? Hace frío si uno se queda parado.

Ella asintió. Volvió a darse cuenta de que tenía los pies helados.

–¿Dónde aguarda tu acompañante? –preguntó él entonces deteniéndose de repente.

Ella lo miró sin comprender.

–Supongo que no habrás estado sola ahí dentro en el local... Con tu señor esposo, por supuesto.

–No. Mi esposo, desgraciadamente, ha muerto. Hace mucho. He estado con unos conocidos que ya han debido de marcharse.

–Esos conocidos no son muy corteses. Entonces yo te acompañaré hasta la próxima parada del tranvía.

Bajaron la calle, Teresa Fabiani y Casimiro Tobisch, como habían subido y bajado hacía veinte años algunas calles. No tenían mucho que decirse.

–Esto es realmente una sorpresa –comenzó Casimiro de nuevo–. ¿Así que estás casada, o viuda más bien?

Ella vio cómo él, de reojo, miraba en forma algo crítica su abrigo primaveral. Y su mirada se entristeció un poco cuando descendió y se fijó en sus zapatos. Teresa dijo enseguida: –No sabía que tú también supieras tocar el violonchelo.

–¡Pero, claro!

–¿No eras entonces pintor?

–Pintor y músico. Y sigo siendo pintor, esto es, a decir verdad más bien pintor de paredes. Hay que tener un oficio suplementario.

–Me lo imagino. Con cuatro hijos no debe ser fácil.

–Dos de ellos son ya mayores. El más viejo es ayudante de un mecánico dental.

–¿Qué edad tiene?

–Cumple veintidós este mes.

–¿Cómo?

Ahora estaban en la parada del tranvía.

–¿Veintidós? Entonces ya estabas casado cuando nos conocimos. –Se rió sonoramente.

–Oh, Dios –dijo él, y se rió a su vez–. Me parece que ahora he metido la pata.

–No te preocupes –dijo ella; y realmente su revelación apenas la había conmovido. Simplemente pensó: ¿Así que entonces ya tenía mujer y un hijo? De allí la huida y el nombre supuesto, pues ahora veía bien claro que Casimiro Tobisch nunca se había llamado... ¿cómo se llamaría este hombre? ¿Quién era realmente este hombre, junto al cual caminaba ahora, de quien tenía un hijo que estaba en el hospital de la cárcel, y cuyo conocimiento le había querido obligar a que hiciera? En este momento le hubiera podido preguntar su verdadero nombre y él quizá le habría dicho la verdad, pero por encima de todo le era indiferente cómo se llamaba, si era pintor, violonchelista o pintor de paredes, si tenía cuatro hijos o diez. Era un pobre diablo tonto en todo caso, y ni siquiera lo sabía. Relativamente ella estaba mejor que él.

–Ahí precisamente llega un tranvía –dijo él, y respiró visiblemente aliviado.

–Sí, ahí viene uno –repitió ella contenta–. Pero de pronto lamentó que hubiera finalizado ese encuentro y que Casimiro Tobisch, o como se llamase, desapareciera de nuevo para ella entre otros seres anónimos... para siempre.

El tranvía se detuvo pero ella no subió, pese a que su mirada la invitaba amablemente a hacerlo. Y habló:

–Me hubiera gustado conversar contigo un poco más extensamente. ¿No quieres visitarme?

Él la miró; y ni se tomó la molestia de fingir. Claramente pudo ella leer en su mirada: ¿Visitarte?, ¿para qué? Como mujer tú ya no cuentas para mí, y no me dejo engañar por tu abrigo primaveral...; pero pareció notar el leve temor que había en los ojos de ella, y respondió amablemente: –Con mucho gusto. Me tomaré esa libertad.

Teresa le dio su dirección. –De mi nombre te acordarás, supongo –murmuró y añadió un poco triste, suspirando–: Me llamo Teresa.

–Por supuesto –dijo él–. Eso lo sé. Pero... el apellido...

–¿Lo has olvidado?

–¿Cómo es posible?... Pero..., disculpa..., ahora debes de llamarte de otro modo.

–No, sigo llamándome Teresa Fabiani.

–¡Así que no te has casado!

Ella solamente meneó la cabeza.

–¿Pero no has dicho que tenías un hijo?

–Sí, un hijo tengo.
–Ya, ya... Mira...
De nuevo se acercaba un tranvía. Teresa contempló a Casimiro Tobisch frente a frente. Ahora era cosa de que él siguiera preguntando; ahora hubiera podido preguntar él, hubiera debido preguntar; y en sus ojos chispeó algo como una pregunta, quizás hasta una especie de intuición. Sí, seguramente era una intuición la que brillaba en sus ojos, y precisamente por eso prefirió no preguntar.
El tranvía se detuvo y Teresa subió. Desde la plataforma dijo rápidamente: –Puedes telefonearme, si quieres.
–Ajá, ¿tienes teléfono? Pues te va bastante bien..., yo siempre tengo que ir a la lechería cuando quiero telefonear. Entonces hasta la vista.
El tranvía se puso en marcha. Casimiro Tobisch se quedó allí parado un momento saludando a Teresa. La sonrisa de ésta desapareció de pronto, y sin contestar al saludo, seria y distante, le siguió con la mirada desde la plataforma trasera. Pudo ver aún cómo se volvía e iniciaba el camino de regreso. La nieve caía suave y espesamente, las calles estaban casi vacías de gente, y el hombre que durante tanto tiempo se había llamado Casimiro Tobisch, el padre de su hijo, desapareció para ella, innominado entre muchos otros innominados, y desapareció para siempre.

103

La pequeña suma que Teresa le había enviado a Franz después de la visita de Agnes Leutner le fue devuelta. El destinatario había sido dado de alta del hospital de la cárcel y el correo ignoraba su paradero. Así que realmente le habían dejado en libertad. A Teresa no le resultaba muy agradable pensar en eso. Y por primera vez pensó si no sería aconsejable cambiar de casa. Pero, ¿de qué le serviría? Él la encontraría de todos modos. Sólo, lamentablemente, era cuestión de si estaba en condiciones de seguir pagando su piso actual. El alquiler, con el tiempo, le resultaba difícil de pagar; en febrero vencía el plazo, y apenas sabía cómo podría reunir ese dinero hasta entonces. El curso se había disuelto; eso se debería a que los padres de las alumnas ya no estaban muy conformes con los adelantos de éstas. Y ella no trataba de engañarse a sí misma con la idea de que lo que enseñaba hubiera sido jamás muy importante. Sólo su corrección, su manera agradable de tratar a las alumnas le había ayudado a hacer la competencia a maestros de mejor calidad. Ella misma se daba cuenta de cuánto había perdido en los últimos meses.

Pero poco antes del vencimiento del alquiler recibió una comunicación del notario informándola de que había una pequeña suma a su disposición procedente de la herencia de su madre, el sobrante de la venta del mobiliario. Hasta el otoño podía ir tirando, ahora un poco más segura. Eso levantó su ánimo de tal modo que con renovadas fuerzas logró preocuparse de resolver sus conflictos, y así en marzo encontró dos nuevas, aun cuando mal pagadas, clases en el barrio.

De nuevo tuvo noticias de Franz. Una mujerzuela de edad trajo su carta. Tenía un trabajo a la vista. Que su madre lo ayudara por última vez. Pedía una suma determinada: ciento cincuenta *gulden*. Aquella exigencia la asustó; probablemente él sabía que había heredado algo. Sin contestar palabra le envió la quinta parte y al día siguiente se apresuró a llevar a la caja de ahorros los quinientos *gulden* que aproximadamente le quedaban todavía. Respiró aliviada después de haberlo hecho.

La primavera había llegado. Con los primeros días suavemente tibios, la embargó una bien conocida fatiga, unida ahora a una profunda melancolía como jamás había experimentado. Todo lo que en otras ocasiones solía procurarle cierto alivio, la llenaba aún de más tristeza: algún pequeño paseo, la asistencia al teatro, que una vez se permitió. Más triste todavía la puso una carta de Thilda, tardía respuesta a la suya, donde le comunicaba que había llevado flores por ella a la tumba de su padre, carta que mencionaba el hecho de que Thilda se hallaba en estado. Teresa sintió solamente una cosa: cuán vacía y sin esperanzas era su propia vida. Precisamente fue en esos días cuando, después de largos meses, sus sentidos se manifestaron confusamente, sin verdadero deseo, pero extrañamente atormentadores. Tenía sueños lúbricos, feos y hermosos, pero eran siempre desconocidos, hombres sin un rostro determinado, aquellos con cuyos abrazos soñaba. Una sola vez tuvo la impresión de deambular con Richard por las márgenes del Danubio, donde se había entregado a él por vez primera. Precisamente ese sueño carecía por completo de sentido, pero se sintió envuelta como en una especie de ternura que había deseado precisamente de él, pero que jamás le había otorgado; una nostalgia dolorosa e imposible de satisfacer, y el reconocimiento de su infinita soledad fue el remanente que le quedó.

104

Una noche de mayo, muy tarde, volvió a sonar el timbre de la puerta. Teresa se sobresaltó. Casualmente ese día, para el pago de una cuenta que vencía al siguiente, había sacado de la caja de ahorros una suma considerable de dinero guardándola en la casa. Y precisamente por eso no le quedaba la menor duda de que era Franz el que estaba ante la puerta. Se juró que no le entregaría un solo *kreuzer.* Por lo demás, tenía cuidadosamente oculto aquel dinero, de manera tal que estaba convencida de que él no podría encontrarlo. La ventana estaba abierta, y en el peor de los casos pediría ayuda. Salió de puntillas, vaciló, no se atrevió siquiera a mirar por la mirilla..., alguien golpeó contra la puerta fuertemente, de modo que ella temió que los vecinos pudieran oírlo, y abrió.

Franz, a primera vista mejor vestido que de costumbre, estaba más pálido y con un aspecto más de enfermo que nunca.

–Buenas noches, madre –y quiso entrar. Pero Teresa le cerró el paso.

–¿Qué ocurre? –preguntó él con mirada perversa.

–¿Qué quieres tú? –le preguntó ella con dureza.

Él cerró la puerta tras de sí. –Nada de dinero –repuso soltando una risotada irónica–. Pero si me dejaras dormir esta noche aquí, madre...

Ella negó con la cabeza.

–Por una noche, madre. Mañana me pierdes para siempre.

–Ya conozco esa canción –dijo ella.

–Ah, ¿es que ya hay alguien ahí? ¿Alguno acostado sobre el diván?

La apartó a un lado, abrió la puerta del comedor y miró en todas direcciones.

–En este piso tú no volverás a dormir jamás –dijo ella.

–Esta noche sólo, madre.

–Tú tienes alojamiento para dormir, ¿qué quieres aquí?

–Por esta noche me desalojaron, son cosas que pasan, y para un hotel no tengo dinero.

–Te puedo facilitar lo que precises para un hotel.

Sus ojos centellearon. –Pues ¡venga!..., ¡venga!

Ella abrió su monedero y le entregó unos *gulden*.

–¿Eso es todo?

–Con eso puedes vivir tres días en un hotel.

–Bueno, por mí..., me voy, entonces. –Pero no se marchó.

Ella lo miró interrogativamente. Él continuó con risa irónica: –Sí, me voy si me entregas mi herencia.

–¿Qué herencia? ¿Estás loco?

–Oh, no. Lo que me corresponde de la abuela quiero que me lo des.

–¿Qué te corresponde a ti?

Él se adelantó acercándose mucho a ella. –Ahora escúchame bien, madre. Ya lo has oído. Hoy me ves por última vez. Tengo un empleo, no aquí en la ciudad; en algún lugar, fuera. Y nunca más volveré. ¿Cómo recibiré mi herencia si no me la entregas ahora?

–¿De qué estás hablando? ¿Qué derecho tienes tú a ninguna herencia; y menos aún cuando yo misma no heredé?

–¿Tú te crees, madre, que yo me chupo el dedo? ¿Crees que no sé que tienes un dinero del señor Wohlschein y de tu señora madre, mientras yo tengo que andar mendigando los pocos *gulden* que necesito con urgencia? ¿Es ésa la manera de portarse de una madre con su hijo?

–Yo no tengo nada.

–¿Ah, sí? Enseguida veremos si tú no tienes nada.

Se adelantó hacia el armario.

–¿Cómo te atreves? –gritó ella, tirándole del brazo con el que intentaba abrir la puerta.

–Venga la llave.

Ella le soltó, dio un paso hacia la ventana y se inclinó hacia fuera como si quisiera llamar. Él se precipitó hacia ella, le dio un empujón apartándola de la ventana, y la cerró. Ella corrió hasta la puerta de la calle. Él se colocó inmediatamente a su lado. Giró la llave, y se la guardó. Luego le cogió las dos manos.

–Dámelo por las buenas, madre.

–No tengo nada –susurró ella entre sus dientes convulsivamente cerrados.

–Yo sé que tú tienes algo. Y sé que lo tienes aquí. Dame algo, madre.

Ella estaba furiosa, no tenía miedo y lo aborrecía.

–¡Aunque tuviera mil *gulden,* ni un *kreuzer* daría a un tipo así!

La soltó un momento y pareció algo más calmado.

–Madre, tengo que decirte algo. Dame la mitad de lo que tienes, lo necesito para irme. No tengo ningún empleo. Debo partir. Si me agarran, esta vez me echan uno o dos años.

–Tanto mejor –mascculló ella.

–¿Sí?, ¿así lo crees? ¡Muy bien! –Y de nuevo se precipitó al ropero golpeándolo con los puños. Era inútil. Reflexionó un instante encogiéndose de hombros. Sacó de su bolsillo una ganzúa y forzó la puerta.

De nuevo se arrojó Teresa sobre él e intentó sujetarle los brazos; él la apartó de un empujón, revolvió entre la ropa, arrugándola, y tiró una pieza tras otra al suelo. Teresa intentó asir nuevamente sus brazos; él la empujó lejos de sí, de manera tal que salió disparada hasta la ventana, y continuó revolviendo la ropa, tirando las prendas una a una; mientras tanto Teresa había abierto una hoja de la ventana, y trataba de abrir la otra, pero él ya había llegado junto a ella y la arrancaba de allí.

–¡Ladrones! –gritó–. ¡Bandidos!

Él, con los ojos enrojecidos, ronco, se plantó ante ella: –¿Quieres dármelo o no?

–¡Ladrones! –volvió a gritar ella.

Entonces él la sujetó, tapándole la boca con una mano, y la arrastró, tiró, empujó hasta el pequeño gabinete dormitorio, hasta el lado de la cama.

–¿Lo tienes por aquí?, ¿dentro del colchón?, ¿entre las plumas?

Tuvo que soltarla otra vez para revolver la cama, y ella de nuevo volvió a gritar: –¡Bandidos! ¡Ladrones!

Pero ya él le había sujetado con una mano ambos brazos mientras con la otra le tapaba la boca. Ella le dio de patadas. Él soltó sus manos y la agarró por la garganta.

–¡Ladrón, asesino! –gritó ella.

Él comenzó a apretar. Teresa cayó junto a la cama. Él soltó su garganta, tomó un pañuelo, hizo un bulto con él, se lo metió en la boca, tomó una toalla que colgaba del lavabo, y le ató las manos. Ella jadeaba, tenía los ojos muy abiertos y fijos; en la oscuridad brillaban al mirarlo. Solamente del cuarto contiguo entraba un rayo de luz. Él gritó como un poseído, registró la cama por todas partes, desgarró la cubierta del colchón, miró en la palangana, dentro de la jarra, en la cómoda, bajo la alfombra; de repente se detuvo, pues sonó el timbre de afuera y a través de las dos puertas cerradas sintió voces. No cabía duda, habían oído gritar a la madre y también el ruido que él había hecho al golpear con los puños y con la ganzúa. Franz desató inmediatamente la toalla de las manos de su madre. Ella estaba tendida en el suelo, jadeaba, respiraba.

–No ha pasado nada, madre –dijo él de repente.

Los ojos de ella estaban muy abiertos. Miraba. Lo contemplaba. No, no estaba muerta. No podía haberle hecho mucho daño.

De nuevo sonó el timbre, tres veces, cinco veces, cada vez más precipitadamente. Seguido. ¿Qué se podía hacer? ¿Saltar por la ventana? ¿Tres pisos? De nuevo una mirada hacia la madre. No, no le había ocurrido nada..., miraba con los ojos muy abiertos, movía los brazos, sus labios temblaban. El timbre seguía sonando de modo ininterrumpido y estridente. No tenía más remedio que abrir. Siempre sería posible pasar por delante de la gente, bajar la escalera y correr hasta la calle. Si al menos ella no estuviera allí tendida en el suelo, como muerta. Se inclinó hacia ella tratando de incorporarla, pero era como si se le rebelara. Hasta sacudió la cabeza. Entonces no estaba muerta. No. Inconsciente. ¿O es que solamente lo fingía, para perjudicarle a él?

El timbre seguía sonando con estridencia. Golpes primero, luego puñetazos en la puerta.

–¡Abran!, ¡abran! –gritaban desde fuera.

Franz se precipitó hasta el recibidor; la puerta retemblaba bajo los puñetazos. ¿Era posible? Allí sólo había dos mujeres que le miraban trastornadas. Las apartó de un golpe y voló escaleras abajo. Oyó a sus espaldas: –¡Deténganle! ¡Deténganle!–. Se mezcló una voz de hombre. Venía de arriba. Antes de que pudiera ganar el portal de la casa, alguien lo había agarrado de los hombros por dejas. Él rezongó y gritó. Luego enmudeció. ¡Estaba listo! Su madre no había muerto, todo lo más estaba inconsciente, ¿qué querían de él todas esas personas? En efecto, era seguro que nada le había ocurrido a su madre. A su alrededor se amontonaba la gente. También había un policía.

Las dos mujeres, mientras tanto, se habían precipitado dentro del piso y vieron a la señorita Fabiani tendida a los pies de la cama. Inmediatamente detrás de ella llegaron otros, otra mujer y otro hombre. Acostaron a Teresa sobre la revuelta cama. Miró a su alrededor, pero no fue capaz de hablar. Apenas reconocía a las personas que iban entrando en la habitación: los vecinos, el comisario, el médico de la policía; tampoco parecía entender las preguntas que le dirigían.

Por el momento se desistió de hacer ninguna investigación; las existencias eran fáciles de inventariar, el médico pudo comprobar también que al parecer no había una lesión de gravedad.

El piso fue precintado oficialmente y a Teresa la llevaron al hospital aquella misma noche.

Allí se comprobó que había rotura de un cartílago de la laringe, lo que hizo tomar al asunto un cariz más temible, también para su hijo. Según manifestaciones de los vecinos de la casa resultó que la maestra Teresa Fabiani era hermana del diputado Faber, así que esa misma noche llamaron a éste para comunicarle el delito perpetrado contra su hermana. A primera hora de la mañana apareció él, en compañía de su esposa; se acercó a la cama de la paciente, instalada en una habitación individual. Se había presentado una fiebre elevada, cosa que los médicos no creyeron deber atribuir tanto a la lesión como al colapso nervioso. Al parecer se hallaba inconsciente, y no reconoció a los visitantes, que se fueron pronto.

105

Hacia el mediodía compareció Alfred ante su lecho. Se había enterado del asunto por los periódicos. A esa hora la temperatura había bajado, pero comenzó el delirio. Inquieta, se revolvía Teresa, con los ojos, ora abiertos, ora cerrados, susurrando palabras incomprensibles. Tampoco pareció reconocer al principio al nuevo visitante. Después de que el médico ayudante que la atendía hubo hablado profesionalmente sobre el caso con el docente doctor Nüllheim, le dejó solo con la enferma. Alfred se sentó junto a la cama, le tomó el pulso, estaba débil y afiebrado. Entonces, como si de esa mano, en otros tiempos amada, fluyera una corriente hacia la enferma, que no había reaccionado con otros contactos indiferentes, la inquietud de Teresa se mitigó; y cuando el médico detuvo la mirada un momento sobre su frente, sobre sus ojos, sin ninguna intención especial, ocurrió algo más extraño aún: esos ojos que hasta entonces, aún abiertos, no habían sido capaces de reconocer a nadie, centellearon como si paulatinamente fueran despertando a la conciencia. Sus rasgos marchitos y al mismo tiempo agonizantes se iluminaron, alisándose; sí, se rejuvenecieron; y cuando Alfred se inclinó más hacia ella, Teresa susurró: –Gracias–. Él la contuvo, tomó sus dos manos, y pronunció palabras consoladoras, afectuosas, tal como subían a sus labios. Ella sacudía la cabeza, cada vez con más fuerza, no solamente como si no quisiera escuchar nada consolador; se veía que tenía que confesarle alguna cosa. Se inclinó aún más hacia ella para escucharla, y Teresa comenzó:

–Debes decirlo ante el Tribunal, ¿me lo prometes?

Él creyó que el delirio recomenzaba y puso la mano sobre su frente intentando calmarla. Pero ella continuó hablando, más bien susurrando, porque no era capaz de articular una palabra en voz alta:

–Tú eres médico, a ti deben creerte. Él es inocente. Tan sólo me ha devuelto lo que yo le hice. No deben castigarlo con demasiada dureza.

De nuevo Alfred intentó calmarla. Pero ella continuó hablando precipitadamente, como si intuyera que no le quedaba mucho más tiempo. Lo que había ocurrido en aquella noche lejana, y sin embargo no había acabado de ocurrir..., lo que ella había comenzado a hacer y no había llegado a completar..., cuando su deseo había actuado más que su voluntad..., aquello de lo cual siempre se había vuelto a acordar, y sin embargo jamás se había atrevido a evocar plenamente en su memoria...; aquella hora –quizá sólo fue un instante– en la que ella había sido asesina, volvió a resucitar con tanta nitidez en su imaginación que lo volvió a vivir casi como si fuera algo presente...

Fueron solamente unas pocas palabras, no siempre comprensibles por su sonido, las que Alfred, cerca de sus labios susurrantes, pudo captar. Pero entendió en su recto sentido la acusación de que Teresa se hacía objeto como un intento de evitar el castigo de su hijo. Tuviera validez o no esa conexión ante un juez divino o humano..., para esta moribunda..., pues lo era, aunque aún le quedaran por delante decenas de años..., para Teresa esa validez existía; y Alfred sintió que la conciencia de su culpa no la atormentaba en esa hora, sino que la liberaba, porque el fin que ella había sufrido o debía sufrir ya no le parecía sin sentido. Así que no trató de emplear palabras calmantes o de consuelo que en este momento no hubieran cumplido ningún cometido; intuyó que ella había vuelto a encontrar a aquel hijo, que por tanto tiempo había estado perdido para ella, en el momento en que se había convertido en el ejecutor de una justicia eterna.

Después que hubo acabado de hablar, cayó pesadamente sobre las almohadas. Alfred sintió cómo ahora se había vuelto a alejar de él y seguía distanciándose, hasta que al fin dejó de reconocerle.

En el transcurso de las horas siguientes apareció una complicación, con la cual los médicos que la atendían habían contado..., y súbitamente, inesperadamente, Teresa falleció antes de que fuera posible practicarle una operación salvadora.

Alfred habló con el defensor *ex-officio* que había sido designado para el matricida Franz, y en el juicio el hábil joven abogado intentó hacer valer como atenuante aquella confesión de la madre, que Alfred había puesto a su disposición. No tuvo mucha suerte ante el tribunal. El fiscal observó con amable ironía que el acusado apenas debía guardar en la memoria aquellas primeras horas de su existencia, y habló en general contra algunas, por así calificarlas, tendencias místicas, las cuales se pretendían utilizar para oscurecimiento de hechos completamente claros, en ciertas ocasiones con buena intención sin duda, pero que también se intentaban emplear para dificultar la justicia. La solicitud de invitar a un perito en la materia fue denegada, porque no era posible decidir si en ese asunto se requería la responsabilidad de un médico, de un sacerdote, o de un filósofo.

Como circunstancia atenuante se hizo valer tan sólo el nacimiento ilegal del acusado, y las circunstancias con ese hecho relacionadas que entrañaban fallas en su educación. Así, la sentencia que se dictó fueron doce años de presidio, reforzados con celda oscura y ayuno el día del aniversario del hecho.

Teresa Fabiani, en ese tiempo, cuando la vista del proceso tuvo lugar, hacía mucho que estaba enterrada. Junto a una corona verde, humilde y seca con la inscripción: "A mi desdichada hermana", había un floreciente ramo primaveral, no marchito aún, sobre su tumba; esas bellas flores habían llegado con bastante retraso desde Holanda.